HEYNE <

VALERIE LORD

# Duell der Sinnlichkeit

Roman

WILHELM HEYNE VERLAG
MÜNCHEN

*Umwelthinweis:*
Dieses Buch wurde auf chlor-
und säurefreiem Papier gedruckt.

Originalausgabe 02/2007

Printed in Germany 2007
Umschlagillustration: Pino Daeni / Agentur Schlück
Umschlaggestaltung: Nele Schütz Design, München
Satz: Satz- und Datentechnik GmbH, Berlin
Druck und Bindung: GGP Media GmbH, Pößneck
http://www.heyne.de

ISBN: 978-3-453-77143-7

# Erstes Kapitel

*Königreich England – Whitby, im Juni 1153*

Maylis träumte mit offenen Augen. Auf der Feder, die sie müßig zwischen den Fingern hielt, trocknete die Tinte, während sich vor ihrem Blick ein beeindruckendes Panorama entfaltete.

Eine Hafenbucht. Menschen, die sich erwartungsvoll am Ufer drängten. Willkommensrufe, Hörnerklang und das Läuten zahlloser Glocken mischten sich zu einem Jubel, der ihnen über das Wasser entgegen flog, noch ehe das Schiff richtig angelegt hatte. Die stolze Gewissheit, dass sie zu jenen gehörte, die hier so freudig erwartet wurden, sprengte ihr für kurze Zeit fast das Herz. Dann setzten die Fragen ein.

Was erwartete sie an Land? Wer erwartete sie?

Stand er dort zwischen den Rittern des Königs? Ruhte der forschende Blick seiner grauen Augen auf diesen Segeln, die das Wappen seines neuen Herrschers trugen? Ahnte er, dass auch sie ihn begleitete? Die Treulose? Die Verräterin? Die Frau, die all seine Vorurteile über dieses Geschlecht bestätigt hatte?

»Maylis! Mayliiiis!«

Die Stimme kam näher. Die Rufe rissen sie unerbittlich aus ihrem Tagtraum. Maylis schrak auf und vergaß ihre Feder festzuhalten. Klappernd rollte sie über das Pergament.

*Dummes Ding! Nun musst du wieder mühsam Tintenflecken von der Oberfläche kratzen. Kannst du nicht aufpassen?,* schalt sie sich selbst.

Als sie jedoch genauer hinsah, entdeckte sie statt der befürchteten Spritzer lediglich ein paar trockene Tintenstäubchen. Sie konnte sie zusammen mit den befremdlichen Traumfragmenten wegwischen. Welch lächerliche Illusion. Niemand würde je die Glocken läuten oder in Jubel ausbrechen, nur weil sie kam.

In diesem Moment riss Schwester Roberta die Tür auf und segelte mit wehenden Haubenflügeln und wichtiger Miene in das Skriptorium des Klosters der frommen Frauen von Whitby.

»Gelobt sei Jesus Christus«, grüßte Maylis sanft, ehe die andere den Mund aufmachen konnte. Gleichzeitig hob sie fragend die Brauen, denn es war nicht üblich, dermaßen in die Schreibstube zu stürmen. Diese Geste, von der sie selbst nicht ahnte, wie stolz und gleichzeitig einschüchternd sie wirken konnte, genügte, Schwester Robertas wohlvorbereitete Rede wieder durcheinanderzubringen.

»Die Mutter Oberin schickt mich – wegen des Mannes. Du musst sofort kommen. Sie warten im Besucherzimmer. Es geht um dich.«

»Was für ein Mann?«

»Die Mutter Oberin wird es dir sagen. Nun komm schon. Lass deine Schreibarbeiten. Sie hat gesagt, du sollst nicht säumen.«

Maylis verschloss gehorsam das Tintenfass und legte die eingetrocknete Feder zu den anderen. Robertas hektisch gerötetes Gesicht, die Hände, die sie nervös über ihrem Habit knetete, und ihre offensichtliche Aufregung machten sie neugierig. Sie hatte noch nie Besuch erhalten, seit sie im Kloster war, und schon gar nicht von einem Mann. Die Nonnen von Whitby lebten in einer Welt, in der es nur Frauen gab.

Die heilige Hilda hatte das Kloster im Jahre 870 für Frauen und Männer gemeinsam gegründet, aber seit es dem Orden der Benediktiner angegliedert worden war, ging der Einfluss der Nonnen in dem Maße zurück, wie jener der Mönche in der großen Abtei wuchs. Mutter Magdalena, die Nachfolgerin der verstorbenen Äbtissin, plante dies voller Ehrgeiz zu ändern. Unter ihrer Leitung war in wenigen Monaten so vieles anders geworden.

Maylis, die einzige Schreiberin des kleinen Klosters, wusste mehr darüber als die anderen Schwestern. Sie hatte Mutter Magdalenas Briefe an den Bischof in ihrer flüssigen, schönen Schrift zu Papier gebracht. Sie wusste auch, dass sie noch immer vergeblich auf Antwort wartete. Kam der Besucher vom Bischof? Und was hielt seine Exzellenz davon, das Kloster zu vergrößern und mehr Novizinnen aufzunehmen?

Es lag Maylis nicht, Schwester Roberta auszufragen. Sie folgte ihr schweigend in das Besucherzimmer, das neben den Gemächern der Äbtissin lag und so selten genutzt wurde, dass sie seine Existenz schon fast vergessen hatte. Im Gehen strich sie ihr Novizinnengewand glatt und verschob das Band des rechten Ärmels, damit der Tintenfleck am Saum keine Aufmerksamkeit erregte. Die Mutter Oberin legte Wert auf makellose Sauberkeit.

»Schwester Maylis ist jetzt da, Ehrwürdige Mutter«, kündigte Roberta sie an.

»Schwester Maylis?«, antwortete eine heisere Männerstimme anstelle der Äbtissin. »Ihr habt sie zur Nonne gemacht? Dazu hattet Ihr kein Recht! Sie war Euch nur auf Zeit anvertraut.«

Maylis sah die Miene der Ehrwürdigen Mutter noch verkniffener werden, als sie es ohnehin schon war. Sie vergaß zu grüßen, als sie in den Raum mit dem steinernen Deckengewölbe trat, dessen weiß gekalkte Wände auch im heißesten Sommer kühl blieben. Vor dem Bogenfenster stand ein Mann in Harnisch und Reiterumhang, gestiefelt, mit Messer und Kurzschwert bewaffnet. Der eisgraue, kurz gehaltene Bart im Verein mit der schwarzen Augenbinde über der linken Kopfhälfte weckte eine ferne, unangenehme Erinnerung in ihr.

»Oheim?«

Mit acht Jahren hatte sie ihren Onkel zum letzten Mal gesehen. Damals, als er sie zu den Nonnen von Whitby gebracht hatte. Sie war ein mutterloses Kind gewesen, das sich verzweifelt nach Zuneigung und Wärme gesehnt und nicht begriffen hatte, warum es sein Zuhause verlassen musste. Ihn jetzt wiederzusehen ließ sie Schlimmstes befürchten. Sie hatte angenommen, man habe sie zu Hause, auf Barnard Castle, längst vergessen. Dass man sich ihrer entsann, bedeutete sicher nichts Gutes.

»Hat mein Vater sich daran erinnert, dass er eine Tochter besitzt? Seid Ihr gekommen, mich nach Hause zu holen?«

Sie bemühte sich, die aufkeimende Hoffnung aus

ihrer Stimme fernzuhalten. Obwohl sie schon vor Jahren aufgehört hatte, auf Nachrichten von zu Hause zu warten, riss allein die Gegenwart ihres Onkels alle Schutzwälle nieder.

»Ich bin gekommen, ein Edelfräulein nach Hause zu holen. Mit einer Nonne weiß ich wenig anzufangen, Nichte«, entgegnete ihr Onkel barsch.

»Ich bin keine Nonne.«

Maylis hielt dem bedrohlichen Blick des einen Auges mit Mühe stand. Schon als Kind hatte sie sich vor Walter von Balliol gefürchtet. Inzwischen hatte sie jedoch wenigstens gelernt, ihre Gefühle zu verbergen.

»Eure Nichte trägt unsere Novizinnentracht, weil sich auch unsere Gäste den Vorschriften des Ordens unterwerfen müssen.« Die ehrwürdige Mutter mischte sich in das Gespräch. »Maylis hat jedoch noch kein Gelöbnis abgelegt. Die Anrede Schwester gilt jeder Frau unserer Gemeinschaft, werter Ritter. Ihr macht uns zu Unrecht Vorwürfe.«

Während Maylis und die anderen Bewohner des Klosters bei diesem speziellen Tonfall der neuen Äbtissin den Kopf senkten und Besserung gelobten, blieb Walter von Balliol ungerührt. Er nickte lediglich knapp.

»Umso besser«, sagte er und fasste Maylis näher ins Auge.

Sie spürte förmlich, wie diese eine Pupille ihre Erscheinung in sich aufsaugte. Sie konnte ein Frösteln nicht unterdrücken. Verursacht von der Kühle des Raumes oder der Vorahnung dessen, was ihr bevorstand?

»Pack deine Sachen zusammen und kleide dich

deinem Rang angemessen«, befahl er, ohne sich wortreich mit Erklärungen aufzuhalten. »Morgen reiten wir nach Barnard Castle. Dein Vater wartet dort auf dich. Er hat einen Gemahl für dich bestimmt. Deine Hochzeit findet satt, sobald wir dort eingetroffen sind.«

»Ich soll heiraten?«

Mehr als diese tonlose Frage brachte Maylis im ersten Schockzustand nicht über die Lippen.

»Was ist daran so ungewöhnlich? Du bist erwachsen, gesund und ansehnlich. Es wird Zeit, dass du deine Pflicht tust.«

Von den Nonnen zu absolutem Gehorsam erzogen und zur Demut angehalten, kämpfte Maylis gegen das Aufbegehren in ihrem Inneren. Dennoch entschlüpfte ihr eine rebellische Frage.

»Mein Vater hat Euch geschickt, um mir mitzuteilen, dass er mich verheiraten will? Warum kommt er nicht selbst?«

»Weil er Wichtigeres zu tun hat.«

»Wichtigeres, als mit einer Tochter zu sprechen, die er seit zehn Jahren nicht gesehen hat? Warum will er mich so plötzlich an den Mann bringen? Wenigstens eine Erklärung habe ich verdient.«

»Heiraten ist die Bestimmung der Frauen, Nichte.« Walter von Balliol war es sichtlich unangenehm, seiner Meinung nach überflüssige Erklärungen abgeben zu müssen. »Du bist erwachsen. Es ist an der Zeit, dass du einen Gemahl bekommst, der deinem Vater zur Seite steht. Barnard Castle braucht Söhne.«

»Barnard Castle hat Söhne – meine Brüder.«

»Deine Brüder sind auf dem Schlachtfeld geblieben. Es ist an dir, die Ehre des Hauses Balliol im Blut deiner Söhne weiterzugeben.«

Maylis wurde noch bleicher. Niemand hatte es für nötig gehalten, ihr vom Tod ihrer beiden Brüder zu berichten. Sie entsann sich nur vage an zwei Jünglinge, die ihre Schwester nach Kräften gehänselt hatten. Als sie fortgeschickt worden waren, um bei einem befreundeten Edelmann als Knappen zu dienen, war sie erleichtert gewesen. Sie nie als erwachsene Männer kennenzulernen schmerzte trotz allem.

Ihr Schweigen enthielt Reue, Entsetzen und Trauer zugleich. Es machte Walter von Balliol argwöhnisch.

»Ich hoffe, man hat dir hier die Erziehung zuteil werden lassen, die dich befähigt, deinem Gemahl ein gehorsames Eheweib zu sein und seinen Hausstand vernünftig zu führen.«

Die ehrwürdige Mutter glaubte einen Anflug von Kritik zu hören. Sie bemühte sich augenblicklich, ihr Kloster in das beste Licht zu rücken.

»Ihr werdet Maylis in allen weiblichen Tugenden bewandert und sehr gebildet finden, Herr Ritter«, warf sie scharf ein. »Sie versteht sich nicht nur auf die Führung eines großen Hauswesens, sie beherrscht auch Lesen, Schreiben und Rechnen. Sie spricht die Sprache des Hofes ebenso wie das Latein der Kirche. Die Jungfern, die unserer Fürsorge anvertraut werden, sind eine Zierde ihres Standes.«

Maylis ließ die Rechtfertigung gleichgültig. Sie starrte unglücklich auf das Kruzifix, das hinter der Äbtissin an der Wand hing.

*Trostreicher Herr Jesus, hilf mir! In meinem Kopf dreht sich alles. Was soll ich nur sagen?*

»Wen …« Sie räusperte sich und begann noch einmal mit lauterer Stimme, die den Disput der anderen schlagartig unterbrach. »Wen soll ich zum Gemahl nehmen, Oheim?«

Sowohl die Äbtissin wie der Ritter sahen sie an, als habe sie eine völlig ungehörige Auskunft gefordert. Maylis hielt ihrem Blick mit klopfendem Herzen stand. Sie war keine acht Jahre mehr. Man konnte sie nicht mehr einfach von hier nach dort bringen und ihr Befehle erteilen, ohne ihr zu sagen, weshalb.

»Je nun.« Walter von Balliol war zum ersten Mal ein Hauch von Unsicherheit anzuhören. »Mein Bruder will dich mit dem Laird von Kyle verheiraten. Deine Ehe wird den Frieden an der Grenze zu Schottland sichern, denn deine Söhne werden zu beiden Seiten Land besitzen und herrschen.«

»Den Laird von Kyle?«, wiederholte Maylis mit tauben Lippen. Sogar ein Mädchen, das den größten Teil seines Lebens im Kloster verbracht hatte, wusste, dass dieser Titel einem schottischen Clanführer gehörte. »Mein Vater will mich einem Schotten geben?«

»Der Laird ist ein Mann von großem Einfluss. Du wirst sowohl in Schottland wie auch in England eine Lady von hohem Rang sein.«

Maylis sah ihn mit so unverhohlenem Entsetzen an, dass er sich zu einer weiteren Ermahnung gezwungen fühlte.

»Wie auch immer, du wirst heiraten. Diese Ehe dient den Interessen deiner Familie, und das ist das Einzige, was für dich zählt.«

»Und wenn ich mich weigere?«

Maylis wusste nicht, woher sie die Kühnheit nahm, eine solche Frage zu stellen. Ihr Onkel gab ein Geräusch von sich, das sich wie das Knurren eines gereizten Hofhunds anhörte.

»Es liegt an dir, ob du wie eine Lady auf einem Zelter nach Barnard Castle reitest, oder ob ich dich zum Paket verschnürt nach Hause schaffe, damit dein Vater tut, was nötig ist, um dir Vernunft einzubläuen. Es ist deine Pflicht zu gehorchen.«

Unter dem drohenden Blick des Ritters verstummte Maylis. Zweifellos war er kein Mann, der leere Drohungen ausstieß. Er würde tun, was er sagte, und sie kannte keine Menschenseele, die ihr helfen würde.

Die Ehrwürdige Mutter würde sie lediglich darauf hinweisen, dass Recht und Gesetz auf Seiten ihres Onkels standen. Ein Vater besaß die Befugnis, über Leben und Zukunft seiner Töchter bestimmen. Vielleicht war die Äbtissin im Grunde ihres Herzens sogar froh darüber, eine Bewohnerin des Klosters loszuwerden, die aufrichtig um ihre Vorgängerin trauerte. Die all den ehrgeizigen Neuerungen, die sie seit ihrer Amtsübernahme eingeführt hatte, ablehnend gegenüberstand.

»Ich verlasse mich darauf, dass du auf die Stimme der Vernunft hörst.« Ihr Oheim hatte alles gesagt, was er für nötig hielt. »Wir sehen uns Morgen nach der Frühmesse, Maylis von Balliol. Ich hoffe ein reisefertiges, gehorsames Edelfräulein vorzufinden, wenn wir aufbrechen. Gott zum Gruß, Ehrwürdige Mutter. Dies hier ist für Eure Mühen.«

Er warf mit beiläufiger Geste einen kleinen Lederbeutel auf den Tisch. Münzen klirrten verheißungsvoll.

»Ihr werdet nicht enttäuscht werden, Herr Ritter«, versprach die Ehrwürdige Mutter, erfreut über das bedeutungsvolle Geräusch.

Maylis sah hartnäckig zu Boden und schwieg. Erst als das Schloss klickte, entrang sich ihrer Kehle ein erstickter Laut.

»Ich kann nicht erkennen, was es da zu seufzen geben sollte.« Die Mutter Oberin besaß scharfe Ohren. »Deine Erziehung in diesem Kloster hat dich auf die Aufgaben vorbereitet, die auf dich warten. Du wirst unserem Haus Ehre machen. Wir haben dich Gehorsam, Demut und Bescheidenheit gelehrt. Ich werde für dich beten, dass du deinem Gemahl eine gute Frau sein wirst und der Himmel dir die gewünschten Söhne beschert.«

Maylis schenkte ihren Ermahnungen wenig Aufmerksamkeit. Die ehrwürdige Mutter liebte es zu predigen. Es war ihr ein ständiger Stachel im Fleisch, dass nur die Patres das Wort Gottes von der Kanzel verkünden durften, deswegen nutzte sie jede Gelegenheit, wenigstens ihre Nonnen ausgiebig zu belehren.

*Mein Vater hat sich also daran erinnert, dass ich existiere. Nach zehn langen Jahren ist ihm eingefallen, dass er seine Tochter bei den Nonnen von Whitby abgegeben hat. Ich kann mich nicht darüber freuen. Herr, du befiehlst, Vater und Mutter zu lieben. Wie kann ich einen Mann lieben, der mir so fremd ist? Der mich verschachert wie einen Gegenstand?*

»... auch solltest du diese Nacht dem Gebet widmen und unseren Herrn um Stärke bitten«, beendete die Äbtissin soeben ihre Epistel. »Gelobt sei Jesus Christus, Maylis von Balliol.«

»In Ewigkeit. Amen«, entgegnete Maylis und floh so schnell aus dem Besucherzimmer, dass ihre Rocksäume fast zwischen Tür und Türstock eingeklemmt worden wären.

Auf geheimnisvolle Weise schien die Neuigkeit ihrer bevorstehenden Heimkehr und Vermählung bereits die Runde gemacht zu haben. Bis sie in die Kleiderkammer kam, wo Schwester Mary jene Gewänder hütete, die die Schwestern ins Kloster mitgebracht hatten, wusste jede Küchenmagd Bescheid. Maylis ignorierte die Fragen, die sie nicht beantworten konnte. Sie versuchte lieber die praktischen Probleme zu lösen.

»Meinem Stande angemessen gekleidet soll ich sein«, berichtete sie Schwester Mary. »Wie stellt mein Oheim sich das vor? Soll ich vielleicht den fadenscheinigen Kinderkittel anziehen, in dem er mich vor zehn Jahren hier abgegeben hat? Er hat es nicht versäumt, der Mutter Oberin ein Entgelt für meinen Aufenthalt zu geben, aber an mich hat er nicht gedacht.«

»Wir werden etwas für dich finden«, versprach die rundliche Schwester und verschwand in den Tiefen des Raumes, der nur von zwei kaum handbreiten, länglichen Fensternischen erleuchtet wurde und erstickend nach alter Wolle und Kampfer roch.

»Was weißt du über deinen künftigen Gemahl?«, fragte sie über die Schulter, während sie emsig verschiedene Truhen öffnete, Leinenhüllen auseinanderschlug und Ballen verschob.

»Nichts«, entgegnete Maylis ehrlich. Schwester Mary war eine jener Nonnen, die der verstorbenen Äbtissin besonders eng verbunden gewesen waren. Das machte sie auch zu Maylis' Vertrauter. Ihr konnte sie sagen, wie bang ihr zumute war. »Er ist Schotte. Hast du schon einmal etwas Gutes über die Schotten gehört?«

Die wiederholten Überfälle, Streitigkeiten und Brandschatzungen im Grenzgebiet des Königreiches hatten den schottischen Kriegern den Ruf von Grausamkeit, Brutalität und Rücksichtslosigkeit eingetragen. Die Mütter gingen so weit, ihren ungehorsamen Kindern damit zu drohen, dass sie sie an die Schotten verschenken würden. Eine solche Drohung brachte auch den übelsten Rabauken zum Einlenken.

Schwester Mary kehrte mit einem Bündel Kleider aus den Tiefen der Kammer zurück. Es war in ungebleichtes Leinen gehüllt und von erstaunlichem Umfang. Sie legte es auf dem Tisch vor Maylis ab und versuchte ihre Antwort aufmunternd klingen zu lassen.

»Ich habe den Laird von Kyle vor vielen Jahren bei einer Wallfahrt gesehen, die meine Schwester zum heiligen Aidan von Lindisfarne machte. Er ist ein mächtiger, einflussreicher Mann. Ein wahrer Riese mit kupferroten Haaren.«

»Er ist alt, nicht wahr?«

Schwester Mary lebte noch länger als Maylis bei den Nonnen von Whitby, deswegen lag die Vermutung nahe. Die Wallfahrt musste Ewigkeiten zurückliegen.

»Das fünfte Lebensjahrzehnt wird er inzwischen

schon überschritten haben«, bestätigte sie zögernd. »Aber wenn du mich fragst, das ist gut für dich. Ältere Ehemänner sind ruhiger, nicht mehr so stürmisch und fordernd wie junge...«

Maylis wollte gar nicht wissen, was Mary im Einzelnen damit meinte. Allein beim Gedanken an den Laird von Kyle überlief es sie eiskalt. Warnten sie die eigenartigen Träume, die sie seit geraumer Zeit im Skriptorium heimsuchten, vielleicht vor ihm? War er der rätselhafte Mann mit den grauen Augen, an dessen genaues Bild sie sich im Wachen jedes Mal vergeblich zu erinnern versuchte?

Ihr Blick fiel auf das Stoffbündel, und dankbar für jede noch so kleine Ablenkung streckte sie die Hand danach aus.

»Was ist das?«

Schwester Mary schlug sorgsam die Leinenschichten zur Seite. Maylis sah eine solche Fülle von Stoff und Farbe, dass sie die Hand wieder zurückzog und auf den halb offenen Mund legte, um ihr Staunen zu ersticken.

»Das sind die Kleider der Fremden, die man im vergangenen Winter aus dem Hafen zu uns gebracht hat«, erklärte die Nonne zufrieden. »Hast du jemals solche feinen Gewebe gesehen?«

Der Tod der schwerkranken Frau hatte die Ordensschwestern von Whitby in helle Aufregung gestürzt. Weniger wegen ihres Fiebers als aufgrund des Umstands, dass sie nicht mehr zur Besinnung gekommen war, um ihnen zu sagen, woher sie kam und wie sie hieß. Man hatte sie in ein namenloses Grab legen müssen, denn das Schiff, das sie gebracht hatte,

hatte den Hafen nur kurz angesteuert, um sich der Sterbenden zu entledigen.

»Sie muss auf jeden Fall eine Frau von Bedeutung gewesen sein, wenn sie solche Kleider getragen hat«, vermutete Maylis und berührte vorsichtig einen Samtärmel.

»Ich weiß nur, dass die arme Seele der Toten an dem Ort, wo sie jetzt ist, sicher keine Einwände dagegen erheben würde, dass du ihre Kleider trägst. Sie müssten dir ungefähr passen.«

Schwester Mary zog die Falten des tannengrünen Stoffes auseinander und präsentierte das Gewand voller Stolz. Die breiten roten Samtbänder an Rocksaum, Ärmeln und Ausschnitt waren mit einem Muster bestickt. Rund um das Dekolleté schimmerten blasse Flussperlen wie fremdartige Blüten zwischen den Ranken. Noch nie hatte Maylis ein so prachtvolles Kleid gesehen. Daran konnten auch ein paar Salzwasserspritzer nichts ändern, die den Rock beschmutzten.

»Siehst du, es gibt noch einen Umhang dazu, sowie das Unterkleid, Schuhe und Strümpfe. Wenn dir die Schuhe zu groß sind, musst du ungesponnene Schafwolle in die Spitzen stecken. Das wärmt und gibt guten Halt beim Laufen.«

Maylis wich dennoch zurück. »Das kann ich nicht tragen.«

»Warum nicht? Es sind angemessene Gewänder für ein Edelfräulein. Dein Onkel wird mit dir zufrieden sein, du wirst sehen.«

»Mir liegt nicht daran, dass er zufrieden ist«, sagte sie eigensinnig. »Und außerdem sind es die Kleider einer Toten.«

»Seit wann bist du abergläubisch?«, wunderte sich Schwester Mary.

»Ich bin nicht ...«

Maylis brach ab. Sie wollte nicht lügen. Sie war abergläubisch. War es möglich, dass das Unglück der Toten auf sie abfärbte? Dass auch sie vergessen und namenlos strandete, wenn sie es trug?

*Das wäre auf jeden Fall besser, als die Frau des Lairds von Kyle zu sein!*, meldete sich ihre innere Stimme.

»Es macht sie nicht wieder lebendig, wenn du es ablehnst, ihre Garderobe zu tragen«, protestierte auch Schwester Mary. »Hier nimm und pass auf den Gürtel auf. Er ist mit echten Edelsteinen verziert und sicher ein Vermögen wert.«

»Ein Vermögen, das dem Kloster gehört. Die Mutter Oberin wird nie erlauben, dass ich mich auf diese Weise schmücke.«

Mary verdrehte die Augen über so viel Widerspenstigkeit.

»Niemand hat mich angewiesen, dieses Gewand von seinen Juwelen zu befreien. Wenn die Mutter Oberin über ihren vielfältigen Aufgaben diese Kleinigkeit vergessen hat, soll es nicht meine Schuld sein. Dir hingegen werden die Steine gute Dienste leisten. In der Welt außerhalb des Klosters sind Kleider wichtig. Man wird dir mehr Respekt entgegenbringen, wenn du nicht nur eine Lady bist, sondern auch aussiehst wie eine Lady. Jetzt zier dich nicht länger.«

Maylis gab es auf zu widersprechen. Zehn Jahre bedingungslosen Gehorsams hatten ihre Spuren hinterlassen. Sie hielt sich das Gewand vor die Gestalt. Überrascht von seinem Gewicht machte sie ein paar prüfende Schritte. Seine Vorbesitzerin schien kleiner gewesen zu sein.

Die provisorische Anprobe machte sie noch auf ein weiteres Problem aufmerksam. »Der Ausschnitt ist unschicklich groß. Er zeigt Hals, Schultern und sogar den Ansatz des Busens. Ich kann nicht halb nackt nach Hause reiten.«

»Die Heilige Jungfrau schenke mir Geduld«, seufzte Schwester Mary und faltete das Leinentuch zusammen, das nun nicht mehr benötigt wurde. »Jede andere Schwester wäre froh, wenn sie ein solches Kleid tragen dürfte. Es ist schön. Sogar eine Nonne darf es schön finden, und du bist nicht einmal eine Nonne. Du bist eine Braut. Das ist genau die Art, wie sich eine Braut kleiden sollte. Modisch und sehr elegant.«

»Ich will keine Braut sein«, brach es aus Maylis heraus. »Ich wünschte, ich könnte hier bleiben und den Schleier nehmen.«

»Du weißt nicht, was du sagst.« Mary schüttelte nachsichtig den Kopf. »Unsere geliebte, verstorbene Ehrwürdige Mutter hätte dir so etwas nicht durchgehen lassen. Sie hätte dich nach Hause geschickt und dafür gesorgt, dass du genau in diesem Kleid nach Hause gehst.«

Maylis musste Schwester Mary recht geben, obwohl ihr der Gedanke an das inzwischen fremd gewordene Zuhause in Barnard Castle nicht gefiel. Genauso wenig wie die angekündigte Heirat.

»Was soll ich dort? Für meinen Oheim und meinen Vater bin ich nur ein Handelsobjekt. Für den Schotten eine Zuchtstute.«

»Trotzdem musst du deinem Vater gehorchen. Es

ist deine Pflicht als Tochter. Ein Mädchen hat keine andere Wahl.«

»Man hat immer eine Wahl«, erwiderte Maylis trotzig und riss das Kleiderbündel an sich. »Und sei es die zwischen Gehorsam und Ungehorsam.«

»Was willst du tun?«

»Ich weiß es noch nicht«, antwortete Maylis wahrheitsgemäß. »Aber ich bin sicher, es wird mir etwas einfallen.«

»Das befürchte ich«, behielt Schwester Mary das letzte Wort.

# Zweites Kapitel

Das Fell des Hengstes glänzte schon längst, aber Drystan hörte nicht auf zu striegeln. Ares hielt absolut still. Er spürte die aufgewühlte Stimmung seines Herrn, nur manchmal lief ein leichtes Zucken über seine nussbraune Flanke. Das gleichmäßige Geräusch des Striegels, das leise Schnaufen der übrigen Pferde und das Hämmern des Hufschmieds vor der Stalltür klangen nach alltäglichem Leben, aber darunter lauerte Unzufriedenheit. Aufkommende Unruhe.

Crispin war der Einzige, der es wagen durfte, den Lord von Nansay Hall in diesem Moment im Pferdestall zu stören. Er machte es sich auf einem Strohballen bequem, zog ein Bein an und kaute auf einem Halm herum, den er sich sorgsam zwischen zwei Fingern zurechtgebogen hatte. Ein vertrautes Ritual, das ihnen beiden Zeit gab, die ersten Worte sorgsam zu wählen.

»Was wirst du tun?«, brach Crispin zuerst das Schweigen.

»Nansay Hall verlassen. Alles andere ist von Übel.«

»Bist du sicher?«

»Das fragst du? Nach dieser Szene?«

Der Streit zur Mittagszeit hatte die Festung förmlich gelähmt. Noch nie hatte es ein Mann gewagt, der Herrin von Nansay Hall so offen zu widersprechen. Crispin konnte es kaum fassen, dass Drystan d'Aval, ausgerechnet der ruhige, höfliche, beherrschte Drystan, sein Milchbruder, diese Schlacht nicht nur geschlagen, sondern auch gewonnen hatte. Was hatte Lady Clarisse getan, um ihren einzigen Sohn dermaßen in Wut zu versetzen?

»Du weißt es nicht?« Drystan knirschte mit den Zähnen. »Ich dachte, ganz Nansay weiß es, und in Whitby lachen sie schon über den Erben, der nicht einmal imstande ist, sich eine eigene Braut zu suchen. Wie kann sie es wagen, mich solchem Spott auszusetzen? Einen Augenblick lang war ich versucht, ihr den Hals umzudrehen. Kannst du dir das vorstellen? Sie ist meine Mutter! Ich bin entsetzt über mich selbst.«

»Beruhige dich. Ich bin sicher, jeder auf Nansay Hall hat Verständnis für eine solche Anwandlung. Lady Clarisse kann einem gehörig die eigenen Grenzen weisen.«

Drystan bedachte seinen Milchbruder mit einem missmutigen Blick und ließ den Striegel sinken. Ares warf mit einem zustimmenden Schnauben den Kopf zurück, aber sein Herr war zu sehr in die eigenen Gedanken vertieft, um es zu registrieren.

»Bei Gott, in den Jahren nach dem Tode meines Vaters habe ich alles getan, ihren Schmerz zu lindern und ihr das Leben zu erleichtern. Aber ich bin nicht bereit, auch nach ihrer Pfeife zu tanzen, wenn es um meine eigene Zukunft geht.« Drystan unterdrückte einen Fluch. »Ich bin ihr Sohn, nicht ihr Sklave. Ich liebe sie, aber ich werde nicht wie eine Memme an ihren Rocksäumen hängen, während sie mir das Hochzeitsbett mit einer Jungfer richtet, die ausschließlich ihren Wünschen entspricht und nicht den meinen.«

»Was regst du dich auf? Irgendwann musst du ohnehin heiraten. Kennst du das Mädchen?«

»Nein. Und ich will es auch nicht kennenlernen.«

»Deine Mutter ist eine Lady. Sie wird dir keine Vogelscheuche als Braut andienen.«

»Nimm du sie.«

»Ich bin dein Milchbruder. Nicht gerade eine lohnende Partie für ein Edelfräulein.«

Die trockene Erwiderung brachte Drystan zum Grinsen. »Wir haben beide Besseres zu tun, als hinter Weiberröcken herzulaufen, Crispin.«

»Und das wäre, Mylord?«

»Was ist das für eine Frage? Heinrich Plantagenet braucht jeden Mann, um England endlich vom Bürgerkrieg zu erlösen. Ich werde mich ihm anschließen. Ich wollte es schon längst tun. Es war ein Fehler, mich von ihr zurückhalten zu lassen.«

Crispin warf den Strohhalm zur Seite, erhob sich und trat an die Pferdebox. Er dämpfte seine Stimme, obwohl sie allein im Stall waren.

»Schön und gut. Ein vernünftiger Entschluss, auch wenn er deiner Mutter nicht gefällt. Dennoch solltest du die Sache mit der Braut nicht einfach abtun.«

Die Herrin von Nansay Hall, die in unnachahmlicher Weise Drystans Zuneigung für ihre eigenen Zwecke manipulieren konnte, hatte voller Selbstvertrauen eine passende Partie für ihren einzigen Sohn eingefädelt. Sie bestand darauf, dass Drystan diese Braut in Ehren empfing. An diesem Punkt war die heftige Auseinandersetzung zum hässlichen Streit geworden. Der Sohn weigerte sich, den Befehlen der Mutter zu gehorchen. Crispin versuchte zu tun, was er bisher immer getan hatte, wenn Drystan und seine Mutter aneinandergeraten waren: vermitteln.

»Irgendwann wirst du ohnehin heiraten müssen«, erinnerte er ihn. »Oder willst du riskieren, dass Nansay Hall an die Krone zurückfällt, weil kein Erbe dafür vorhanden ist?«

»Ich bin sechsundzwanzig Jahre alt und dem Rand meines Grabes noch ziemlich fern«, knurrte Drystan ironisch. »Bisher habe *ich* mich für den Erben von Nansay Hall gehalten.«

»Irrtum. Seit dem Tode deines Vaters bist du nicht mehr der Erbe, sondern der Lord von Nansay Hall«, verbesserte Crispin. »Die Festung untersteht deinem Befehl, und das Lehen ist dir anvertraut. Von deinen Taten hängen Menschenleben ab.«

Drystan runzelte die Stirn. »Halte mir keine Predigten, sage mir, worauf du hinauswillst.«

»Wenn du Mathildas Sohn Heinrich Plantagnet unterstützt, stellst dich auf die Seite jener Barone, die offen gegen die Krone rebellieren.«

»Das hat bereits mein Vater getan, erinnere dich. Stephen von Blois ist alt und krank und sein Sohn Eustace ein bösartiger Ränkeschmied. Keiner von ihnen hat das Format, einem unmittelbaren Nachkommen des großen Eroberers die Stirn zu bieten. Nansay Hall hat stets der direkten Linie des Königs gedient. Daran wird sich auch unter meinem Befehl nichts ändern.«

Drystan beobachtete, wie es in Crispin arbeitete.

Er schätzte die Freundschaft seines Milchbruders, seine Ehrlichkeit, seine bedingungslose Treue. Aber er wusste, dass Crispin tief in seinem Herzen auch Lady Clarisse auf diese Weise ergeben war. Sie hatte Crispins Leben ebenso bestimmt wie das ihres Sohnes. Sie hatte ihn zum Gefährten und Beschützer des jungen Lords erziehen lassen. Von Kind an war er stets darum bemüht gewesen, den goldenen Mittelweg zwischen Drystans Freiheitsdrang und ihrem Wunsch nach seinem Schutz zu finden. Die nächsten Worte bestätigten es einmal mehr.

»Du hast deiner Mutter geschworen, dich aus den Thronstreitigkeiten herauszuhalten«, erinnerte Crispin.

»Nein, das habe ich nicht.«

»Aber Lady Clarisse ...«

»Meine liebe Mutter hat versucht, mir diesen Schwur in den Mund zu legen, als mein Vater vor den Toren von Oxford für Mathilda von Anjou fiel. Ich habe ihn jedoch nie geleistet. Ich habe geschwiegen, um ihr keinen zusätzlichen Schmerz zuzufügen. Das ist alles. Sie neigt dazu, ihre Wünsche für die Wirklichkeit zu halten. Ich kann ihr das herbe Erwachen nicht länger ersparen.«

Crispin fühlte ein höchst unbehagliches Kribbeln im Nacken. Er zog die Schultern hoch. In Drystans Ton lag eine neue Kälte, die schwerwiegende Entscheidungen ankündigte.

»Was hast du vor?«

»Auf jeden Fall werde ich nicht den Tanzbären für eine Braut spielen, die meine Mutter über meinen Kopf hinweg ausgesucht hat. Ich habe weder sie noch ihre Familie nach Nansay Hall geladen. Soll sich Lady Clarisse darum kümmern, was mit ihnen geschieht.«

»Du brüskierst sie alle miteinander.«

»Nicht ich. Meine Mutter. Wage es nicht, mir die Schuld für den Skandal in die Schuhe zu schieben.« Er packte Crispins Arm und zog ihn so nahe heran, dass seine nächsten Worte besonders eindringlich klangen. »Heute Nacht ist Neumond. Sobald Ruhe in der Festung eingekehrt ist, werde ich Nansay Hall verlassen. Es ist allein deine Entscheidung, ob du mitkommst oder nicht. Ich gehe in jedem Fall.«

Er spürte Crispins Zusammenzucken.

»Wie willst du das deiner Mutter erklären?«

»Wenn sie mir heute Mittag zugehört hat, dann braucht sie keine Erklärungen. Dann weiß sie alles, was wichtig ist. Meine Ehre als Ritter und Vasall ruft mich an die Seite des Herzogs. Ich habe ihr gesagt, dass ich aufbrechen werde. Es ist nicht meine Schuld, dass sie sich weigert, mir zu glauben. Ich habe viel zu lange gezögert.«

Crispin nickte. Im Gegensatz zu Lady Clarisse verstand er, was in Drystan vorging. Der junge Lord von Nansay Hall empfand ein tief verwurzeltes Verantwortungsgefühl für jene, die zu ihm gehörten. Seine Mutter hatte dieses Gefühl rücksichtslos für ihre eigenen Zwecke ausgenutzt und dabei übersehen, dass es eine natürliche Grenze besaß. Den angeborenen Stolz ihres Sohnes.

Er wusste auch, warum Drystan dem Abschied von seiner Mutter durch diese kaum verhohlene Flucht aus dem Wege ging. Sie war eine große Tragödin, wenn es galt, den eigenen Schmerz zur Schau zu stellen.

Drystan wollte nicht der Hauptdarsteller eines Schaustücks voller Tränen sein, das ihn als Schurken zeichnete, der eine schwache Frau im Stich ließ. Keine Frau im ganzen Königreich war stärker und selbstbewusster als Lady Clarisse. Schon zu Lebzeiten ihres Mannes hatte sie Nansay Hall für ihn verwaltet, während er für Königin Mathilda kämpfte. Sie würde dasselbe für ihren Sohn tun. Er suchte Drystans Blick.

»Ich bin an deiner Seite.« Es würde künftig keine geteilte Loyalität mehr geben. »Sie wird uns böse sein.«

»Damit kann ich leben«, erwiderte Drystan sichtlich erleichtert. »Sorge du für Pferde, Waffen und Proviant. Ich kümmere mich um den Rest. Ehe ich einer Frau das Recht einräume, über mich zu bestimmen, fallen die Sterne vom Himmel!«

# Drittes Kapitel

Die Nacht war so dunkel, dass Maylis mit ausgestreckten Händen an der Mauer entlang nach dem Weg tasten musste. Die Steine glitten moosig und feucht vom Tau an ihren Fingerspitzen vorbei. Unter ihren Sohlen gab bei jedem Schritt leise quietschend die Erde nach.

Hastig raffte sie die Säume von Kleid und Umhang, damit sie nicht nass wurden. Hatte sie den Teil schon verfehlt, wo die Umfriedung des Klosters der Ausbesserung harrte, seit im letzten Herbst der Sturm einen der alten Apfelbäume gegen die aufgeschichteten Bruchsteine geschmettert hatte?

Suchend hielt sie inne. Die pechschwarze Finsternis der Neumondnacht machte aus dem vertrauten Gelände gefährliches Terrain. Sie tat den nächsten Schritt und landete genau auf der eckigen Kante eines Holzscheits. In den ungewohnten Schuhen, die tatsächlich viel zu groß für ihre zierlichen Füße gewesen waren, fand sie keinen Halt. Sie knickte um. Schmerz schoss scharf und heiß durch ihren Knöchel. Sie schlug den Handrücken vor den Mund, um ihren Aufschrei zu ersticken. Sie war auf dem richtigen Weg. Aber um welchen Preis!

Die Mutter Oberin hatte befohlen, das Apfelholz

des morschen Baums für ihren Kamin zu spalten, und offensichtlich hatten die Laienbrüder, die solche Arbeiten für die Nonnen erledigten, bereits damit begonnen. Erst jetzt fiel Maylis der Geruch frisch geschlagenen Holzes in der Nachtluft auf. Irgendwo hier hatte der fallende Baum die Mauer eingerissen.

Auf einem Bein hüpfend rieb sie sich den schmerzenden Knöchel, ehe sie den Fuß vorsichtig wieder aufsetzte. Es tat weh, aber sie versuchte die Pein außer Acht zu lassen. Sie gab es auf, ihr Gewand zu schützen, und suchte tastend nach der Mauerlücke. Da! Endlich fasste sie ins Leere.

Über die Steine zu klettern hatte sie sich leichter vorgestellt. Ihr Knöchel pochte, ihre Röcke blieben an vorstehenden Bruchkanten hängen. Sie hörte Stoff reißen und Mauersteine kollern. Atemlos hielt sie inne.

Irgendwo schrie ein Käuzchen, aber auf dem Klostergelände vernahm sie nur das Rauschen des Nachtwindes. Er kühlte den Schweiß auf ihrer Stirn und übertönte die Geräusche aus dem Hafen der Stadt, die sich unterhalb der Klippen, an der Mündung des Esk ausdehnte. Wenn es ihr gelang, den Fluss zu erreichen und einen Fährmann zu finden, der sie im Morgengrauen zum anderen Ufer brachte, war schon viel gewonnen.

Sie hatte keine Münzen, um ihn für seine Dienste zu bezahlen, aber sie vermutete, dass einer der Edelsteine, die den Gürtel ihres Kleides schmückten, ausreichen würde, ihn zu entlohnen. Die unbekannte Reisende war bei näherem Hinsehen zu Maylis' Schutzengel geworden. In ihrem Kleid kam sie sich stärker, tapferer und selbstsicherer vor, als sie es in Wirklichkeit war. Ohne dieses Kleid wäre eine Flucht aussichtslos gewesen – das Novizinnengewand hätte sie bei Tagesanbruch augenblicklich verraten.

Sie spürte die Karrenspuren der Straße unter ihren Sohlen, als sie endlich von der Mauer zurücktrat. Die Räder der Fuhrwerke, die die Abtei mit Nahrungsmitteln, Brennholz und anderen lebenswichtigen Dingen versorgten, hatten sich tief in die getrocknete Erde des Weges eingegraben, dessen Windungen die Klippe hinabführten. Maylis folgte ihnen mit dem Mut der Verzweiflung. Das Rauschen des eigenen Bluts in den Ohren, die Zähne gegen den Schmerz in ihrem Knöchel zusammengebissen und die Fäuste vor Anstrengung geballt, humpelte sie, immer schneller werdend, den Hügel hinab.

*Fort! Nur fort von hier!*

Kein Lichtschein, kein Laut warnte sie vor dem Hindernis, das einem Phantom gleich, aus dem Nichts vor ihr auftauchte. Sie lief voll dagegen und vernahm viel zu spät das schrille Wiehern eines Pferdes. Etwas Unsichtbares streifte ihren Kopf. Jähe Helligkeit flammte grell hinter ihren Augäpfeln auf, dann senkte sich die Dunkelheit über sie. Maylis spürte nicht mehr, dass sie rückwärts in den Straßenstaub flog.

Gedämpfte Stimmen rissen sie aus ihrer Benommenheit. Wie viel Zeit war inzwischen vergangen? Sie hörte Pferde schnauben, Sattelzeug klirren. Fremde Hände tasteten in selbstverständlicher Freiheit ihren Körper ab und verharrten auf ihren Brüsten.

»Das ist eine Frau!«

»Bist du sicher?«

»Wer sonst trägt Samt und perlenbestickte Borten? Außerdem besitzt sie einen Busen so hübsch und fest wie zwei wohlgerundete Sommeräpfel. Ein Mädchen an der Schwelle zur Frau würde ich sagen.«

»Flegel! Was erlaubst du ... aaah!«

Maylis wollte sich zur Wehr setzen, aber das Hämmern in ihrem Kopf ließ sie mit einem leisen Jammerlaut zurücksinken. Jede Bewegung fand dort ein schmerzhaftes Echo.

»Herrje, beruhigt Euch, Jungfer. Niemand will Euch Böses. Es ist nicht unser Fehler, dass Ihr wie ein Pfeil aus der Nacht mitten in unseren Weg geschossen seid. Seid Ihr verletzt? Habt Ihr Schmerzen? Ich wünschte, wir hätten eine Laterne zur Hand. Diese Finsternis ist schlicht unerträglich.«

Die zweite Stimme klang melodischer – auf eine Weise tief besorgt, die Maylis unbewusst dazu veranlasste, die eigenen Beschwerden herabzuspielen.

»Nein! Es geht mir gut. Nur ein dummer Schlag an den Kopf. Gleich wird es besser.«

Sie hob die Hand, wollte an die Schläfe fassen und bekam stattdessen einen Männerarm in die Finger. Sehnige Muskeln bewegten sich unter ihrem Griff. Es rief einen nie gefühlten Eindruck von Stärke, Wärme und Schutz in ihr wach.

»Wer seid Ihr?«, fragte sie atemlos und ängstlich. Jemand nur zu fühlen und nicht zu sehen versetzte sie in Panik.

Sie konnte sein Zögern förmlich mit den Händen greifen.

*Er will dir seinen Namen nicht nennen. Sei vorsichtig. Nur*

*Menschen, die Böses im Schilde führen, müssen die Wahrheit fürchten.*

Dennoch glaubte sie zu wissen, dass sie bei ihm in Sicherheit war. Obwohl es keineswegs heller geworden war, konnte sie endlich den Umriss breiter Schultern vor sich erkennen. Ihre Augen hatten sich an die Dunkelheit gewöhnt. Sie nahmen in rabenschwarzer Finsternis einen dunklen Schatten wahr.

Um sich ein genaueres Bild von ihm zu machen, musste sie ihre anderen Sinne bemühen. Seine Kleider rochen, als wären sie noch gestern in der Sonne getrocknet worden. Ein Hauch von Leder, Waffenfett und Pferd umgab ihn, und dann war da noch eine Aura von Männlichkeit und Körperlichkeit, die sie nur fühlen, aber nicht benennen konnte. Sie weckte eine seltsame Sehnsucht tief in ihr, die sie mehr beunruhigte als die Tatsache, dass sie sein Gesicht nicht sehen konnte.

»Mein Name ist Drystan, und meinen Freund ruft man Crispin«, antwortete er in diesem Moment bedächtig. »Und wie lautet Euer Name, Jungfer? Wohin können wir Euch bringen, damit man sich um Euch und Eure Verletzung kümmert? Wo seid Ihr zu Hause?«

»Nirgends«, beantwortete Maylis nur die letzte Frage der Wahrheit gemäß.

Ein halb ungläubiges, halb gereiztes Auflachen verriet seine Ratlosigkeit. Die zweite Stimme mischte sich wieder in das Gespräch.

»Wir können sie nicht im Straßenstaub liegen lassen, Drystan. Sie muss von irgendwo kommen. Junge Frauen fallen nicht einfach vom Himmel.«

»Dann sag mir, was wir tun sollen. Mitnehmen können wir sie schließlich auch nicht.«

Maylis wollte eben protestieren, als eines der Worte eine gefährliche Kette von Gedanken in ihr freisetzte. Mitnehmen? Schickte ihr die Mutter Gottes auf diese Weise etwa Hilfe?

Alles an Drystan verriet sogar in tiefster Finsternis den Edelmann. Er führte das Kommando, und Crispin folgte seinen Befehlen. Im Nu entstand ein tollkühner Plan in ihrem Kopf. Der Mut der Verzweiflung verlieh ihren Worten die nötige Festigkeit. Sie wusste instinktiv, was sie sagen musste, um das Gespräch in die entsprechende Richtung zu lenken.

»Ich bin sehr wohl imstande, auf meinen eigenen Beinen zu stehen, wenn Ihr mir beim Aufstehen behilflich seid. Lasst Euch von mir nicht aufhalten«, täuschte sie Tapferkeit vor.

»Und dann? Wie soll es weitergehen? Wohin wollt Ihr? Woher kommt Ihr? Wisst Ihr nicht, wie weit die Nacht schon fortgeschritten ist?«

Von Drystans starker Hand gestützt, kam Maylis tatsächlich auf die Beine. Ihr Kopf dröhnte, und als sie den falschen Fuß belastete, meldete sich ihr angeschlagener Knöchel. Nur der Ärger über sich selbst hielt sie aufrecht. Ihr Fluchtplan, den sie für so einfach gehalten hatte, entpuppte sich in der Wirklichkeit als Anhäufung von Katastrophen und Unfällen.

»Kümmert Euch nicht um mich«, wiederholte sie dennoch eigensinnig.

Es tat ihr leid, dass sie zu solchen Winkelzügen greifen musste, und es beschämte sie, dass er tatsächlich so darauf reagierte, wie sie es vermutet hatte.

»Es ist nicht meine Art, eine hilflose Jungfer in dunkler Nacht im Stich zu lassen. Es ist unsere Ritter- und Christenpflicht, Euch zur Seite zu stehen.«

Genau das hatte sie von ihm hören wollen.

»Wenn Ihr das wirklich tun wollt, so werde ich Euch in jedes meiner künftigen Gebete einschließen«, erwiderte sie erleichtert. »Ich muss Whitby dringend verlassen. Nehmt mich mit Euch.«

»Das kommt nicht in Frage!«

»Wie stellt Ihr Euch das vor?«

Der doppelte Ausruf entlockte Maylis einen enttäuschten Seufzer. »Dann redet Ihr also nur von Ritterehre und Christenpflicht, ohne sie in die Tat umzusetzen?«

»Nehmt Vernunft an, Jungfer.« Drystan griff zu jenem besänftigenden Ton, den er im Umgang mit Lady Clarisse perfektioniert hatte. »Ich weiß nicht, wer Ihr seid, aber allem Anschein nach besitzt Ihr einen gefährlichen Hang zum Abenteuer. Setzt Euer Wohlergehen nicht weiter aufs Spiel. Es ist Glück genug für eine Nacht, dass Ihr nicht schlimmer verletzt wurdet, als Ihr unter die Hufe meines Pferdes geraten seid. Wenn Ihr uns nicht sagt, wo Ihr wohnt, müssen wir Euch zum Kloster bringen und Euch den frommen Schwestern der Abtei anvertrauen. Sie werden gut für Euch sorgen.«

Maylis zuckte erschrocken zusammen. Sie hatte zehn Jahre ihres Lebens in diesem Kloster verbracht. Sie war dort vom Kind zur jungen Frau gereift und hatte unter der gütigen Leitung der verstorbenen Mutter Oberin ihren Intellekt und ihre Fähigkeiten entwickelt. Dennoch war ihr der

Gedanke unerträglich, dorthin zurückkehren zu müssen.

Zum ersten Mal kam ihr zu Bewusstsein, dass sie das Kloster eigentlich schon seit dem Tod der Äbtissin verlassen wollte. Dass es ihr verhasst geworden war, unter der engstirnigen Frömmigkeit ihrer Nachfolgerin zu leben. Dass sie all die Dinge, von denen sie gelesen hatte, sehen wollte.

Nein, sie wollte lieber untergehen, als in das Kloster der Nonnen von Whitby zurückzukehren. Ganz zu schweigen von der anderen Gefahr, die dort auf sie wartete, wenn sie schwach wurde. Ihr Oheim und die Hochzeit mit dem Laird von Kyle.

»Weint nicht. Wir sorgen uns doch nur um Eure Sicherheit.«

Drystan fuhr mit dem Rücken eines Zeigefingers über ihre Wangen und wischte die Feuchtigkeit ab. Maylis erzitterte unter seiner Berührung. Sie hatte die eigenen Tränen nicht bemerkt. Sie wich vor ihm zurück, ängstlich darauf bedacht, nicht so schwach zu wirken, wie sie sich in Wirklichkeit fühlte.

»Ihr trefft für mich Entscheidungen, um die ich Euch nicht gebeten habe«, flüsterte sie müde, nahe daran, trotz allem aufzugeben. »Lasst mich in Ruhe. Geht. Ich brauche Euch nicht.«

Dieses Mal meinte sie die Aufforderung bitter ernst, aber sie hatte ebenso wenig Erfolg wie zuvor.

»Da täuscht Ihr Euch. Ihr könnt nicht allein durch die Nacht spazieren. Nehmt Vernunft an. Lasst zu, dass wir Euch geleiten.«

»Ich bin vernünftig. Ihr habt weder ein Recht,

mich ins Kloster zu schaffen, noch mir meinen Weg zu verstellen. Ich bin mein eigener Herr.«

Sie ahnte nicht, dass sie mit ihren Worten Drystans Interesse noch stärker weckte. Wenn es einen Menschen gab, der diesen Wunsch nach Eigenständigkeit und Freiheit ohne Ansehen der Person verstand, dann war es Drystan d'Aval. Auch er war im Schutz der Neumondnacht unterwegs, weil er endlich sein eigener Herr sein wollte.

»Keine Frau kann ihr eigener Herr sein«, widersprach er ihr dennoch. »Auch in Eurem Leben muss es einen Vater, einen Bruder oder einen Gemahl geben, der über Euch wacht und Euch schützt.«

»Ich schwöre Euch beim Heil meiner ewigen Seele, dass es keinen Menschen gibt, der sich wahrhaftig um mich sorgt«, antwortete Maylis, der allein beim Wort *Gemahl* ein eisiger Schauer über den Rücken rann. »Meine Mutter ist tot, und von meinem Vater habe ich seit zehn Jahren keine Silbe vernommen. Ich bin allein.«

Es waren weniger ihre Worte als ihr Tonfall, der Drystan vollends entwaffnete. Solche Hoffnungslosigkeit und Einsamkeit konnte nicht gespielt sein.

Crispin wusste noch vor Maylis, wohin das führen würde. Er kannte seinen Milchbruder zu gut. Sein Verantwortungsgefühl erlaubte es nicht, diese junge Frau im Stich zu lassen.

»Nimm Vernunft an«, mahnte er Drystan nichtsdestoweniger. »Du kannst nicht ein Mädchen von der Straße auflesen wie eine verlorene Kupfermünze. Wer sagt dir, dass sie die Wahrheit spricht? Vielleicht hat sie etwas angestellt und ist auf der Flucht?«

»Vielleicht seid auch Ihr auf der Flucht?« Maylis wandte sich wütend dem Störenfried zu, der gegen sie sprach. In ihrer Verzweiflung vergaß sie alle Scheu. »Was habt Ihr denn verbrochen, dass Ihr in einer mondlosen Nacht unterwegs seid? Warum eilt es Euch dermaßen? Wollt Ihr mich loswerden, damit es keine Zeugen für Eure Flucht gibt?«

Crispin blieb der Mund offen stehen, und Drystan grinste. Beides konnte sie in der Finsternis nicht sehen, aber sie fühlte deutlich, dass eine Entscheidung fiel. Zu ihren Gunsten? Sie sandte ein stummes Stoßgebet zum Nachhimmel.

»Ich schlage vor, wir beenden diese nutzlose Debatte«, sagte Drystan schroff. »Ich bin nicht bereit, meine Pläne zu ändern, wir reiten nach Süden. Wenn Ihr mit uns reisen wollt, Jungfer, dann könnt Ihr das tun. Aber sagt uns wenigstens Euren Namen.«

»Maylis.«

»Maylis? Nicht mehr?«

»Nur Maylis.«

»Ihr werdet zusammen mit mir auf Ares reiten müssen, Maylis. Er ist stark genug, um uns beide zu tragen. Wenn Ihr Einwände habt, bringt sie besser gleich vor.«

Maylis schüttelte ihren angeschlagenen Kopf. Ihr unterdrücktes Stöhnen verriet die leichtsinnige Geste trotz der Dunkelheit.

»Es wird nicht angenehm werden«, warnte Drystan ein letztes Mal.

»Es ist angenehmer als alles, was mir sonst zustoßen würde«, entgegnete Maylis mit zusammengebissenen Zähnen.

»Dann kommt.«

»Ich fasse es nicht …«, murmelte Crispin.

Maylis stimmte ihm insgeheim zu.

Wenig später saß sie vor Drystan auf Ares. Der Hengst trabte die Straße hinauf, am Kloster vorbei und die Klippe entlang, zu deren Füßen der Esk dem Meer entgegenströmte. Jeder Huftritt hallte schmerzend unter ihrer Schädeldecke nach, so dass es Maylis schlicht egal war, wohin ihre Flucht nun führte. Hauptsache, sie entkam ihrem Oheim und der Hochzeit, die in Barnard Castle auf sie wartete. Sie schloss die Augen, und irgendwann schlief sie trotz aller Schmerzen und aller Unbequemlichkeit aus purer Erschöpfung ein.

Als die Sonne den Saum des östlichen Himmels rosig färbte, ritten Drystan und Crispin nebeneinander Richtung Süden. Erleichtert über die Helligkeit gaben sie ihren Pferden endlich die Zügel frei. Drystan sah sich nicht um. Dass er Nansay Hall im Streit verließ, lag ihm schwer auf der Seele, aber er wusste, dass ihm keine andere Wahl blieb. Sogar seine Mutter würde dies irgendwann einsehen müssen.

Vielleicht war er deswegen so schnell bereit gewesen, das nächtliche Findelkind unter seine Fittiche zu nehmen. Maylis lenkte ihn erfolgreich von den eigenen Problemen ab. Besonders seit das zunehmende Tageslicht es erlaubte, sie genauer zu betrachten. Es enthüllte ein zartes Antlitz mit elegant gewölbten Brauen. Eine zierliche Gestalt und blasse, feingliedrige Hände, die trotz Straßenschmutz und hässlichen Schrammen keine Spuren körperlicher Arbeit aufwiesen. Ohne Zweifel die Hände einer Edelfrau.

Auch die feinen Züge deuteten auf edle Abstammung hin. Dichte Wimpern lagen fächerförmig auf den Wangen, und die vollen, angestrengt verzogenen Lippen des ausdrucksvollen Mundes schienen sogar im Schlummer noch Auflehnung und Widerspruch zu verkünden. Ihre Kleider unter dem seidengefütterten Umhang waren die einer Edeldame. Er entdeckte sogar den Schimmer von Perlen und Edelsteinen. Was trieb eine Frau, die in solchem Luxus lebte, nachts auf die Straße?

Woher kam sie? Er war in Nansay Hall geboren und aufgewachsen. Er kannte die Familien seines Ranges im weiten Umkreis. Sie passte in keine einzige von ihnen.

»Es gibt nur eine logische Erklärung«, hörte er Crispin an seiner Seite spekulieren. Auch er beobachtete Maylis genau und machte sich so seine Gedanken. »Sie ist aus dem Kloster entflohen.«

»Sieht so eine Nonne aus?«

»Eine Nonne vielleicht nicht, aber eine ungehorsame Tochter oder ungetreue Ehefrau. Eine rebellische Edeldame, die ihre Familie in das Kloster verbannt hat, damit sie dort Buße tut.«

Drystan wollte nichts davon hören.

»Hast du je mehr süße Unschuld in einem Gesicht gelesen? Dieses Kind sieht aus, als wisse es gar nicht, was eine Sünde ist, geschweige, denn dass es eine begangen hätte.«

»Du verteidigst die Kleine, als hinge dein Leben davon ab. Wo bleibt deine Vernunft?«

»Die sagt mir, dass sie weder eine Ehebrecherin sein kann noch eine leichtfertige Person. Warten wir ab, was sie uns freiwillig erzählt.«

Crispin antwortete mit einem verdrossenen Schnauben, ehe er seine Argumente für einen neuen Angriff sammelte.

»Lügen vermutlich. Eine unschuldige, wohlerzogene Jungfer ohne Fehl und Tadel liegt in Neumondnächten allein in ihrem Alkoven. Sie träumt von edlen Rittern, statt sich auf dunklen Straßen vor ihre Pferde zu werfen. Du lässt dich von Äußerlichkeiten beeinflussen.«

Dem war kaum zu widersprechen. Crispin hatte leider recht. Und doch – etwas in Drystan stand unverrückbar und selbstverständlich auf Maylis' Seite. Was immer sie in die Flucht getrieben hatte, er weigerte sich, ihr die Schuld an den Ereignissen zu geben.

»Also? Was willst du mit ihr anfangen? Darf ich dich daran erinnern, dass wir uns einem Kriegsheer anschließen wollen?«

Crispin ließ nicht locker. Der Ausdruck in Drystans Augen besorgte ihn zunehmend. Er schien seine Blicke gar nicht mehr von der wohlgeformten Brust nehmen zu können, die sich in unmerklichem Auf und Ab hob. Er war wie verzaubert.

»Willst du sie gar Heinrich Plantagenet schenken? Er wird sich freuen. Man sagt, er sei trotz seiner Jugend und seiner schönen Gemahlin ein unwiderstehlicher Herzensbrecher. Die Frauen verfallen seiner Art und seinem Charme.«

Drystan reagierte nicht auf das provozierende Geplänkel seines Milchbruders. Das leichte Gewicht des Mädchens in seinen Armen gefiel ihm immer besser. Er hatte nicht geahnt, dass es so befriedigend sein würde, ihren Schlaf zu bewachen.

Welche Farbe ihre Augen wohl hatten?

# Viertes Kapitel

Maylis erwachte zögernd. Blinzelnd schlug sie die Augen auf und fand nicht die vertraute, weiß gekalkte Zellendecke über sich, sondern das Firmament des Himmels. Strahlendes Sommerblau wölbte sich so weit das Auge reichte, bis eine Bewegung von links ein kantiges Kinn und wehende blonde Haare in das Bild brachte. Den Kopf eines Mannes mit blonden Haaren, der sie in seinen Armen hielt. Wie war sie in diese ungewöhnliche Lage geraten?

Obwohl sie starr vor Erstaunen keine Bewegung machte, bemerkte der Reiter ihr Erwachen. Er sah auf sie herab. Sein Blick tauchte in den ihren, und Maylis' Pupillen weiteten sich in fassungslosem Erstaunen. Sie kannte diesen Mann!

Es war, als fülle das schmale, eckige Männergesicht einen Platz in ihrer Erinnerung, der bislang leer gewesen war. Einen Rahmen, in den es passte, wie ein Edelstein in seine Fassung. Sie wusste, dass die grauen Augen im Zorn dunkel und feurig werden konnten, während sie im Lachen das Blau des Himmels oder das Grün des Waldes reflektierten. Sie wusste um seinen Stolz, sein Ehrgefühl und seine Stärke. Um seine Wahrhaftigkeit und seine Hilfsbereitschaft. Aber sie konnte nicht sagen, wie dieses Wissen in ihren Kopf kam.

»Ihr habt einen gesegneten Schlaf, Jungfer Maylis«, sagte er halb amüsiert, halb beunruhigt von der Intensität ihres Blickes. »Wie fühlt Ihr Euch?«

Maylis brachte keine Silbe über die Lippen. Sie war so versunken in seinen Anblick, dass sie seine Stimme vernahm, ohne die Worte zu begreifen. Das kinnlange Haar umwehte ihn wie Sonnenschein. Das Lederwams umspannte breite Schultern, und das Leinenhemd darunter betonte die Sommerbräune seiner Haut. Weiße Zähne blitzten hinter vollen Lippen. Sie hatte noch nicht viele Männer gesehen, aber sie wusste mit absoluter Sicherheit, dass diese kraftvolle, maskuline Schönheit ihresgleichen suchte. Sie beschleunigte den Schlag ihres Herzens und den Rhythmus ihres Atems.

»Durchgeschüttelt und durcheinander«, vermutete Drystan, als er keine Antwort erhielt. »Ein Wunder ist es nicht. Geduldet Euch ein wenig. Sobald wir einen Lagerplatz gefunden haben, werden wir sehen, was wir für Euer Wohlbefinden tun können.«

Seine Sorge gefiel Maylis noch mehr als sein Anblick. Noch nie war sie einem Menschen wichtig genug gewesen, damit er sich um sie sorgte. Allein die Art, wie er sie prüfend ansah und ihre Schultern stützte, beinhaltete mehr Aufmerksamkeit, als ihr in ihrem ganzen bisherigen Leben zuteil geworden war. Er schenkte ihr ein Gefühl der Sicherheit, das sie in sich aufsog wie trockene Erde den erquickenden Regen.

»Dort drüben, der Waldweg sieht vielversprechend aus«, hörte sie eine andere Stimme und erinnerte sich erst jetzt daran, dass die beiden Männer zu zweit gewesen waren.

Drystan und Crispin. In der Nacht hatte sie nur ihre Stimmen gehört. Drystans Stimme war klangvoll und bestimmend, Crispins ein wenig heiser und spöttisch. Sie wollte den Kopf nach ihm drehen, aber die Bewegung tat weh. Ihre rechte Schläfe fühlte sich an, als wolle sie im nächsten Moment platzen. Sie zog scharf den Atem ein und hob die Hand an die schmerzende Stelle. Sie fühlte festgeklebte Haarsträhnen, eine verschorfte Wunde.

Drystan bemerkte die Geste.

»Reite du voraus«, bat er seinen Begleiter. »Wir folgen langsam, ich denke, eine Rast wird uns allen guttun.«

Crispin führte sie zu einer Waldlichtung, die weit genug vom Weg entfernt schien, um ihnen Ungestörtheit und Sicherheit zu garantieren. Ein Tümpel lag wie ein samtig braunes Auge vor ihnen in der späten Nachmittagssonne, gesäumt von flachen Wiesenufern. Gespeist von einer Quelle an einem winzigen Hügel, plätscherte das Wasser über moosige Felsen und stürzte zwischen schattigen Birken in freiem Fall etwa mannshoch in den Teich. Die Idylle schlug Maylis so in den Bann, dass sie Schmerzen und Unbequemlichkeiten vergaß, obwohl ihr ganzer Körper protestierte, als Drystan sie aus dem Sattel gleiten ließ. Ein tiefer Atemzug weitete ihre Brust.

*Ich danke dir, göttlicher Vater, dass du mir den Mut gegeben hast, das Kloster zu verlassen. Ich danke dir, dass du mich beschützt und mir Helfer gesandt hast. Ich wusste, dass du mich nicht verlassen wirst.*

»Sie betet.«

Crispin stieß Drystan in die Seite, während sie die

Pferde von den Sätteln befreiten und sie zum Trinken ans Wasser führten.

»Was hast du daran auszusetzen? Missfällt dir ihre Frömmigkeit?«

»Eine normale Frau würde jammern und sich um ihr Aussehen kümmern.«

Drystan grinste.

»Was willst du damit sagen? Dass sie nicht wie andere Frauen ist? Das sehe ich selbst.«

»Und wenn sie nun doch aus dem Kloster geflohen ist ...«

»... ändert es nichts daran, dass sie uns um Hilfe gebeten hat und wir ihr diese Hilfe gewähren.«

»Bist du der Braut entflohen, die dir deine Mutter gesucht hat, nur um am Ende in die Fänge einer entlaufenen Nonne zu geraten?«

Maylis sah, wie sie miteinander sprachen. Sie sah auch, dass Drystan unwillig auffuhr. Er zischte Crispin einen scharfen Befehl zu, worauf dieser die Schultern hob und verstummte. Sie hätte gerne verstanden, worum es ging, denn sie befürchtete, dass sie selbst den Grund für die Verstimmung lieferte.

Drystan riss sie aus ihren Überlegungen. Sie hatte vor lauter Grübeln nicht bemerkt, dass er Crispin die Pferde überlassen hatte. Jetzt hielt er ein tropfendes Leinentuch in der Hand und deutete auf einen umgestürzten Baumstamm, über dem eine Satteldecke lag. Sein aufmunterndes Lächeln ließ helle Funken in den grauen Augen aufblitzen.

»Setzt Euch, Jungfer Maylis. Lasst mich das angetrocknete Blut und den Schmutz von Eurer Schläfe entfernen. Ihr werdet Euch besser fühlen, wenn Ihr sauber seid. So wie es bei Tageslicht aussieht, ist die Wunde selbst eher harmlos.«

Maylis griff nach dem Tuch in seiner ausgestreckten Hand. Die kurze Atempause hatte auch ihren Verstand wieder in Gang gesetzt. Sie wusste wieder, dass er ein Fremder war, dessen vertrauliche Berührung sie nicht dulden sollte.

»Das kann ich selbst. Gebt her.«

»Ihr seht aus, als könntet Ihr im Augenblick nicht einmal die Bänder dieses Umhanges aus eigener Kraft lösen. Er muss Euch halb erwürgen.«

Ehe sie begriff, was er tat, fühlte sie, dass er den Verschluss des Mantels löste und die Kapuze von ihrem Kopf strich. Der streng geflochtene Zopf ihres Haars hatte sich darunter halb aufgelöst. Ungebärdige Strähnen fielen über ihre Schulter, und sie wusste nicht, was sie zuerst tun sollte. Die zerzauste Haarflut bändigen oder den Mantel festhalten.

»Lasst mir den Umhang. Es ziemt sich nicht, barhäuptig das Haus zu verlassen«, zitierte sie die Mutter Oberin rein gewohnheitsmäßig.

Drystan antwortete nicht. Er sah sie schweigend an. Maylis folgte der Richtung seiner Blicke und sah an sich herab. Sie hatte das Gewand noch nie im vollen Tageslicht gesehen. In ihrer von einer einzigen Talgkerze erhellten Klosterzelle hatte es prächtig, aber nicht so auffällig gewirkt. Die Sonne brachte die Farben zum Glühen und die Edelsteine zum Funkeln. Der Stoff saß so eng um den Oberkörper, dass sich der blasse Ansatz ihres Busens über die Kante mit der bestickten Borte wölbte. Sie errötete. Sie fühlte sich nackt und bloß den Blicken der beiden Männer preisgegeben.

Crispin brach die jähe Stille mit einem spöttischen Pfiff und trat näher.

»Das ist ja ein prächtig geschmücktes Vögelchen, das wir uns da eingefangen haben, mein Freund. Perlen und Juwelen, so weit das Auge reicht.«

»Ich hatte kein anderes Kleid«, verteidigte sich Maylis beschämt, ohne zu merken, welche Schlüsse Crispin aus ihrer Kleidung zog und wie seltsam diese Verteidigung in seinen Ohren klingen musste.

Er lächelte prompt noch breiter.

»Sorgt Euch nicht. Es passt zu Euch wie die rote Schale zu einem prallen Herbstapfel«, entgegnete er.

Maylis errötete noch tiefer. Obwohl sie den Doppelsinn des Kompliments nicht verstand, fühlte sie, dass es nicht freundlich gemeint war.

»Crispin«, mischte sich Drystan mahnend ein. »Die Jungfer ist verletzt und bedarf unserer Hilfe. Es gehört sich nicht, ihr zuzusetzen. Wenn du nichts Besseres beizutragen hast, sieh nach, was wir zum Essen in unseren Satteltaschen haben.«

Maylis drehte Crispin gekränkt den Rücken zu und setzte sich endlich auf den Baumstamm. Drystan zog ihr sanft das Tuch aus den Fingern und begann die Wunde an ihrer Schläfe zu säubern. Er löste die angeklebten Haare und ging ein zweites Mal zum Wasser, um schließlich auch ihr Gesicht und ihre Hände vom Schmutz zu befreien.

»Das meiste war glücklicherweise nur Staub«, sagte er danach. »Der Kratzer an Eurer Schläfe schließt sich bereits. Ihr werdet wohl nicht einmal eine Narbe zurückbehalten. Wisst Ihr, welches Glück Ihr hattet? Ares hätte Euch im Dunkel der Nacht mit einem einzigen Hufschlag töten können. Welcher Leichtsinn hat Euch um diese Zeit auf die Straße getrieben?«

Maylis betrachtete hartnäckig ihre Finger, die sie gewohnheitsmäßig über dem Samt des Gewands gefaltet hatte. Eine Geste, so selbstverständlich wie das Atmen. Die Jahre im Kloster waren nicht einfach abzustreifen. Es widerstrebte ihr bereits, Drystan anzulügen, dennoch wusste sie, dass er kein Verständnis für die Wahrheit aufbringen würde.

»Ihr würdet mir ja doch nicht glauben, wenn ich es Euch erkläre«, murmelte sie abwehrend.

»Das kommt auf einen Versuch an.«

»Ich hatte keine andere Wahl, als zu fliehen«, begann sie vorsichtig und versuchte wenigstens Teile der Wahrheit in ihre Geschichte einzuflechten. »Man wollte mich gegen meinen Willen aus Whitby fortbringen.«

»Wer und wohin?«

Unter Drystans eindringlichem Blick verlor Maylis den Faden. »Könnt Ihr mir nicht einfach vertrauen, ohne all diese Fragen zu stellen?«, flehte sie.

»Das würde nur ein Narr tun, und Drystan ist kein Narr«, warf Crispin ein, ehe sein Gefährte Maylis antworten konnte.

»Ihr habt keine Ahnung!«, brauste Maylis zum ersten Male in ihrem Leben auf und funkelte ihn wütend an. »Ihr seid ein Mann. Niemand versucht Euch seinen Willen aufzuzwingen, und keiner kann Euch wie ein Stück Vieh von hier nach dort schaffen, ohne dass Ihr das Recht habt, dagegen Einspruch zu erheben.«

Unbewusst bestätigte sie damit Crispins Vermutungen, dass man sie im Kloster unter Arrest gesetzt hatte, damit sie dort für eine Verfehlung büßte. Beide Männer tauschten einen vielsagenden Blick, der ihr nicht entging. Sie geriet in Panik und sprudelte die einzige Erklärung heraus, die ihr in der Eile einfiel.

»Wenn Ihr es genau wissen wollt, ich befand mich auf einer Reise nach London, als ich an Bord des Schiffes, das mich nach Süden bringen sollte, schwer erkrankte. Der Kapitän ließ mich zu den Nonnen von Whitby bringen. Sie haben mich wieder gesund gepflegt.« Maylis bediente sich am Schicksal der armen Frau, die vor ihr dieses Kleid getragen hatte.

»Warum habt Ihr das Kloster dann mitten in der Nacht verlassen, wenn Euch die Nonnen nur Gutes getan haben?«

Drystans ebenso freundliche wie logische Frage stürzte sie in neue Erklärungsnöte.

»Sie wollten mich nicht gehen lassen«, versuchte sie sogar jetzt bei der Wahrheit zu bleiben. »Ich hatte keine andere Wahl. Ich muss meine Reise fortsetzen. Ich gehe nicht zu den Nonnen von Whitby zurück. Egal, was Ihr sagt.«

»Eure Reise – wohin?«, fragte Drystan bedeutungsvoll, als sie nicht weitersprach.

Ihre Hände zitterten, und in ihren tiefbraunen Augen stand so viel Verzweiflung, dass er ihr spontan die Antwort erließ. Sie glich einem Rehkitz, das vor dem gespannten Pfeil erstarrt auf den Tod wartete. Er brachte es nicht übers Herz, sie noch mehr zu erschrecken.

»Beruhigt Euch. Ihr seid in Sicherheit. Niemand tut Euch Böses.«

»Schwört es mir!«

Die leidenschaftliche Bitte verblüffte ihn. Er war es nicht gewohnt, dass man für eine Selbstverständlichkeit feierliche Schwüre von ihm forderte.

»Wofür haltet Ihr mich? Für einen Schurken, der sein Wort nicht hält?«

»Ihr seid ein Mann«, antwortete Maylis bebend. »Männer halten ihr Wort nur, wenn es mit einem Schwur bekräftigt wurde.«

Drystan betrachtete sie voller Erstaunen. Sie schien bislang keine guten Erfahrungen mit seinen Geschlechtsgenossen gemacht zu haben.

»Unter welcher Art von Schurken wart Ihr bislang zu Hause, Maylis?«

»Schwört, dass ich bei Euch in Sicherheit bin und dass mir niemand Böses zufügen darf.«

Zwischen Verärgerung und Mitgefühl hin- und hergerissen, zögerte Drystan, diesen Schwur zu leisten. So zerbrechlich und eingeschüchtert sie auch wirkte, sie besaß die Kraft der Verzweiflung und kämpfte bis zum letzten Atemzug. Welches Geheimnis verbarg Maylis vor ihnen? Je heftiger sie sich dagegen wehrte, es zu verraten, umso neugieriger wurde er. Sie war ebenso schön wie rätselhaft, eine unwiderstehliche Kombination. Sie verkörperte vermutlich das genaue Gegenteil der braven, ehrenwerten und ach so passenden Braut, die Lady Clarisse für ihn ausgesucht hatte. Der letzte Gedanke gab den Ausschlag.

»Ich schwöre Euch, Euer Ritter zu sein, Mylady«, sagte er und griff nach ihrer Hand, während Crispin in heller Empörung hinter ihm fluchte. »Lasst mich für Euch sorgen und für Euch kämpfen, bis Ihr mich aus Euren Diensten entlasst und mir mein Wort zurückgebt. Genügt Euch dieser Schwur?«

Sein Blick brachte Maylis so durcheinander, dass sie ihre Finger geradezu panisch aus seinem Griff riss und sie mit der anderen Hand umklammerte.

»Wenn Ihr es ehrlich meint, dann genügt er mir«, sagte sie schroff.

Sie versuchte die jähe Hitze zu ignorieren, die sie durchrieselte, als sich ihre Blicke ineinander verhakten. Der Zusammenprall ihres Willens mit dem seinen machte unverhofft etwas anderem Platz. Sie wusste keinen Namen dafür, aber eine innere Stimme sagte ihr, dass es gefährlich war.

»Du musst den Verstand verloren haben«, hörte sie Crispin hinter sich Einspruch erheben. »Wem willst du etwas beweisen? Dir selbst? Lady Clarisse? Oder gar unserem Findelkind, das dich so geschickt um seinen hübschen Finger wickelt? Hast du schon vergessen, dass du keine Frau in deinem Leben haben willst?«

Drystan sah ihn stumm an, und Crispin gab ebenso wortlos nach. Er schnaubte und raufte sich mit beiden Händen den sandfarbenen Haarschopf.

»Sag mir am Ende bloß nicht, dass ich dich nicht gewarnt hätte ...«, knurrte er und schlenderte zu den Pferden.

»Achtet nicht auf sein Gebrumm.« Drystan bückte sich zu einer Satteltasche, die bereits an dem Baumstamm lehnte, und brachte einen Weinschlauch zum Vorschein. Er entfernte den Verschluss mit einer Drehung zwischen seinen kräftigen weißen Zähnen. »Crispin hält sich für meinen Wachhund, dabei schießt er gerne über das Ziel hinaus.«

Maylis sah ihm zu, wie er den Verschluss in eine Hand nahm und den Schlauch mit der anderen ansetzte, um zu trinken. Sie verfolgte die Bewegungen an seiner Kehle und verspürte gleich einem Echo ein Ziehen in ihrem Körper, das über Hunger und Durst hinausging. Ein fremdes Sehnen, das ihr die Kehle dermaßen austrocknete, dass sie sich räuspern musste.

Drystan setzte den Wein ab, und ihre Blicke trafen sich, hielten sich fest. Ein unsichtbares Band spannte sich plötzlich zwischen ihnen. Noch nie hatte sich Maylis dermaßen zu einem anderen Menschen hingezogen gefühlt. Noch dazu zu einem Mann. Zu einem Mann, den sie gar nicht kannte.

»Ihr müsst ebenfalls durstig sein«, brach Drystan den unheimlichen Bann. Er bot ihr den Wein an, und Maylis nahm den Schlauch, ohne zu überlegen. Sie trank in durstigen Zügen. Als sie den Schlauch verschloss, fühlte sie, wie der gehaltvolle Wein warm und schwer in ihr Blut drang. Ein rosiger Schimmer färbte ihr blasses Gesicht und tönte die feuchten Lippen in Purpur. Sie vergaß ihre Schwäche.

»Wer ist Lady Clarisse?«, platzte sie mit der ersten Frage heraus, die ihr in den Sinn kam.

»Meine Mutter«, antwortete Drystan und entschied sich unverhofft das Versteckspiel aufzugeben. Es kam ihm albern vorn, seinen Namen noch weiter zu verheimlichen. Vielleicht lohnte Maylis sein Vertrauen ja, indem sie ihm endlich verriet, wie ihre Familie hieß. »Clarisse d'Aval, die Lady von Nansay Hall. Sie ist Witwe, denn mein Vater fand bei der Belagerung von Oxford den Tod.«

Die Lady von Nansay Hall! Sogar im Kloster hatte

Maylis diesen Namen gehört. Die Herren von Nansay Hall beherrschten seit den Tagen des Eroberers den Hafen und die Ländereien um Whitby. Sie waren ein mächtiges Geschlecht, das dem König nahestand und über großen Einfluss verfügte.

»Ihr liegt im Streit mit Eurer Mutter?«, fragte sie weiter.

»Aber nein, wie kommt Ihr darauf? Ich liebe meine Mutter.«

Irritiert runzelte Maylis die Stirn. »Dann wart Ihr also nicht auf der Flucht, als wir uns trafen?«

»Das kommt ganz auf den Standpunkt an.« Drystans Lächeln enthielt eher Resignation als Heiterkeit. »Meine Mutter wird es Flucht nennen. Ich nenne es eine klare Entscheidung treffen.«

»Ihr wollt nicht länger mit Eurer Mutter unter einem Dach leben«, fasste Maylis die Tatsachen knapp zusammen. »Warum nicht?«

»Weil sie glaubt, über mein Leben bestimmen zu müssen. Sie will, dass ich die Frau heirate, die sie mir ausgesucht hat. Außerdem verlangt sie, dass ich wie ein Feigling zu Hause bleibe, während unser Land im Bürgerkrieg liegt. Es gibt Dinge, die kann auch eine Mutter nicht verlangen. Die d'Avals haben seit jeher dem Eroberer und seinen direkten Nachkommen gedient. Ich werde diese Verpflichtung nicht versäumen.«

Maylis runzelte besorgt die Stirn. Drystans Pläne brachten ihr zu Bewusstsein, dass sie selbst nicht die Spur eines Planes für die Zeit nach dem Kloster gemacht hatte. Die Dinge hatten sich überstürzt. Sie hatte nur an ihre Flucht gedacht und nicht weiter.

Aber es ging weiter. Wo sollte sie bleiben, wenn er in den Kampf zog?

Sie ahnte nicht, wie genau sich diese plötzlichen Sorgen auf ihrem Gesicht abzeichneten. Drystan verspürte augenblicklich den Wunsch, die Verwirrung aus den samtigen braunen Augen zu vertreiben.

»Keine Angst, noch sammelt der Herzog auf dem Weg nach Süden seine Anhänger. Ehe die große Schlacht stattfindet, werden noch Wochen ins Land gehen. Man spricht davon, dass sie in der Nähe der Themse geschlagen wird. Vielleicht deckt sich das ja mit Eurem geheimnisvollen Ziel …«

*Auf jeden Fall ist es nicht Westen. Nicht Barnard Castle. Nicht das Zuhause, wo ein Bräutigam auf mich wartet. Dem Himmel sei Dank.*

Maylis lächelte in reiner Erleichterung. Wie gebannt verfolgte Drystan das Mienenspiel auf ihren exquisiten Zügen. Je länger er sie ansah, umso vollkommener kam sie ihm vor.

Sein intensiver Blick riss Maylis aus ihrer Versunkenheit. Sie war es nicht gewohnt, dass man ihr so viel Aufmerksamkeit schenkte. Nach Ablenkung suchend sah sie sich um. Weder der Ententeich im Klostergarten noch die knorrigen Apfelbäume hinter der Abtei hatten sie auf die majestätische Schönheit der unberührten Natur vorbereitet, die sie umgab.

Drystan bemerkte, dass er sie unziemlich lange angestarrt hatte. Er wollte sich abwenden, aber das verträumte Lächeln auf ihren Zügen zog ihn in seinen Bann.

Warum machte sie ein solches Geheimnis daraus, woher sie kam und wohin sie wollte?

# Fünftes Kapitel

Ein Spitzensaum aus Türmen und Mauern zeichnete sich verheißungsvoll am Horizont ab. *York!* Maylis verengte die Augen, damit ihr keine noch so kleine Einzelheit entging. Noch nie hatte sie eine so riesige Stadt gesehen. Sie brannte darauf, näher zu kommen, mehr zu erblicken, und vergaß völlig darüber, dass es nicht an ihr war, das Tempo zu bestimmen. Als Drystan Ares' Zügel anzog, statt sie freizugeben, protestierte sie leise.

Er gab keinen Kommentar dazu ab. Er wandte sich im Sattel um und prüfte die Straße hinter ihnen. Maylis konnte nicht mehr als eine ferne Staubwolke ausmachen. Reiter. Auch Crispin hatte sie entdeckt, und er schien nicht erfreut darüber.

»Kannst du die Standarte erkennen?«, fragte er.

»Gleich«, murmelte Drystan.

Seine Anspannung übertrug sich auf Maylis. Sie fühlte, dass er beunruhigter war als sonst. Sie konnte es ihm nachfühlen. Seit sie ihr Ritt an den zerstörten Dörfern, den verwüsteten Feldern und den niedergebrannten Abteien vorbeigeführt hatte, die der anhaltende Bürgerkrieg im Norden des Landes hinterlassen hatte, war auch sie sich nicht mehr sicher, dass es klug gewesen war, den sicheren Hort des Klosters für den Wunschtraum von Freiheit aufzugeben. Wo war sie denn, die ersehnte Freiheit? Sicher nicht hier. Das Volk duckte sich unter dem Machtkampf des englischen Königshauses, der auf seinem Rücken ausgetragen wurde. Es bezahlte ihn mit Hunger, Elend und Angst. Angst vor einer höchst ungewissen Zukunft.

»Ein halber Eberkopf auf schräg geteiltem Silber und Rot«, sagte Drystan in diesem Moment, obwohl weder Maylis noch Crispin die Umrisse der Standarte erkennen konnten. Er musste die Augen eines Adlers besitzen. »Die Männer des Barons von Balliol.«

Maylis erstarrte. Man suchte sie. Ihr Oheim hatte sich an ihre Fersen geheftet. Was sollte sie tun?

»Balliol?«, erwiderte Crispin indessen nachdenklich. »Auf welcher Seite steht der alte Haudegen?«

»Ich schätze, das würde Herzog Heinrich Plantagenet ebenso gerne wissen wie du«, entgegnete Drystan. »Er hat mit seinen Söhnen für Mathilda gekämpft, aber seine Erben sind am gleichen Tag vor Oxford gefallen wie mein Vater. Seitdem hat man wenig von ihm gehört. Er hat sich nach Barnard Castle zurückgezogen. Die Burg ist eine der wichtigsten Festungen an der schottischen Grenze.«

»Es sieht so aus, als habe er sein Einsiedlerdasein bereits beendet.« Crispin deutete auf den näher kommenden Trupp. »Das sind keine leichten Reiter. Es handelt sich um schwer bewaffnete Ritter.«

»Gehen wir ihnen aus dem Weg. Ich will mit Balliol nichts zu schaffen haben. Er ist ein Eisenfresser, und ich bezweifle, dass ihn die Ereignisse milder gestimmt haben. Männer wie er denken ausschließlich an den eigenen Vorteil.«

Drystan lenkte Ares von der Straße in das lichte Gehölz, das den Forst begrenzte. Er war so darauf bedacht, den tief hängenden Ästen auszuweichen und keine Spuren zu hinterlassen, dass ihm nicht auffiel, wie Maylis erleichtert in sich zusammensank.

Sie schloss die Augen und ließ ihren angehaltenen Atem ganz langsam wieder fließen. Drystans Einschätzung ihres Vaters konnte sie nur teilen. Auch sie wollte nichts mit ihm zu schaffen haben.

»Die Ländereien des Barons grenzen im Norden an die unseren«, hörte sie Crispin in ihrem Rücken protestieren. »Es sind unsere Nachbarn.«

»Keine, auf deren Gesellschaft ich Wert lege, mein Freund. Ich wollte ohnehin in Sichtweite der Stadt das Lager aufschlagen.«

»Wieder eine Nacht im Wald?«, platzte Maylis enttäuscht heraus und vergaß, dass sie eben noch vor der möglichen Entdeckung gezittert hatte.

Drystan und Crispin tauschten einen Blick, der sie auf der Stelle misstrauisch machte. Beide konnten sich verständigen, ohne dass irgendwelche Worte fielen. Ihr stummes Bündnis beunruhigte sie.

»Ist es wegen mir?«, sagte sie ihnen auf den Kopf zu. »Aber warum? Niemand kennt mich. In York schon gar niemand. Ich war noch nie in dieser Stadt.«

»Bereits die Stadtwache würde uns aufhalten«, nahm Crispin Drystan die Antwort ab. »An Eurem Kleid funkeln die Juwelen, und Ihr reitet auf dem Pferd eines Edelmannes, der weder Euer Bruder noch Euer Gemahl ist. Welche Erklärung würdet Ihr den Männern am Tor dafür geben?«

»Ich könnte behaupten, Eure Schwester zu sein ...«

Sie sah Drystan fragend an, aber der schüttelte ablehnend den Kopf.

»Verwandte meiner Mutter leben in York. Eine solche Lüge wäre zu leicht zu entlarven. Es bleibt dabei, wir rasten hier.«

»Und wenn ich den Gürtel ablege und die Borten abtrenne?«, bot Maylis diensteifrig an. »Ich könnte auch Crispins Schwester sein.«

»Von wegen. Ihr vergesst Eure Art, die Nase in die Luft zu recken, wenn Euch etwas nicht passt«, warf Crispin ein. »Man sieht Euch die Edeldame auf hundert Schritt in der Dämmerung an.«

Maylis senkte beschämt den Kopf. Die vergangenen Tage hatten ihr bereits bewiesen, dass sie weltfremd und unwissend in allen Dingen des praktischen Lebens war. Drystan machte ihr deswegen keine Vorwürfe, aber die spöttischen Bemerkungen von Crispin brachten sie immer mehr in Rage.

Drystan sah auf den gesenkten Scheitel hinab und lächelte, ohne dass ihm dieses Lächeln ins Bewusstsein drang. Maylis war so leicht zu durchschauen wie Quellwasser. Sie hatte sich bereits darauf gefreut, die Sehenswürdigkeiten von York zu bestaunen, und sie kämpfte mit ihrer Enttäuschung darüber, dass sie ihr verborgen bleiben würden. Sie besaß die ungetrübte Fähigkeit eines Kindes, die Wunder der Schöpfung zu bestaunen. Gleichgültig, ob es sich dabei um einen aufsteigenden Reiher im Morgennebel handelte oder um die Steinbögen einer römischen Brücke. Er hatte begonnen, die Welt mit ihren Augen zu betrachten, und es hatte ihm den Ritt kurzweilig und amüsant gestaltet. Es gefiel ihm nicht, dass sie Crispins Worte wieder mutlos und ängstlich machten.

»Keine Angst, wenn Ihr erst unauffälligere Kleider und ein Reittier habt, werden wir weniger Aufmerksamkeit erregen. Dann ist es nicht mehr nötig, dass wir uns im Wald verstecken.«

»Woher wollt Ihr die nehmen?«, fragt Maylis, augenblicklich wieder von Hoffnung erfüllt.

»Ich werde sie in York kaufen, ganz einfach. Ihr bleibt mit Crispin in unserem Lager, und ich werde Ares einen strammen Galopp gönnen. Auf diese Weise kann ich die Stadt wieder verlassen, ehe die Tore zur Nacht geschlossen werden.«

Maylis musste ihre ganze Selbstbeherrschung aufbieten, damit sie keinen Einspruch gegen einen Plan erhob, der in erster Linie ihr selbst zugute kam. Der Gedanke, allein mit Crispin zu bleiben, war ihr höchst unbehaglich, aber sie sah ein, dass es keine andere Möglichkeit gab.

»Kommt bald zurück«, rutschte es ihr sehnsüchtig heraus, als er sein Pferd wendete und davonsprengte. Vermutlich hatte er es gar nicht mehr gehört.

Während Crispin die üblichen Vorbereitungen für ein kleines Lagerfeuer traf, hielt Maylis sorgsam Abstand von ihm. Sie zog sich unter einen überhängenden Felsen zurück, der den Lagerplatz vor dem Ostwind schützte, der durch die Baumwipfel rauschte. Die ersten Junitage waren kühl und feucht, so dass sie dankbar den gefütterten Umhang um sich schloss, der nicht nur ihr Kleid verbarg, sondern sie auch zuverlässig wärmte.

Unter halb gesenkten Lidern sah sie Crispin dabei

zu, wie er sein Pferd absattelte und seine Satteltaschen, zusammen mit dem Gepäck, das Drystan zurückgelassen hatte, unter den Felsen schleppte. Sie konnte nicht abstreiten, dass er ein ebenso tüchtiger wie zuverlässiger Begleiter war. Aber sie war sich genauso sicher, dass er nur auf eine günstige Gelegenheit lauerte, um sie von Drystan zu trennen.

Als Crispin sich in ihrer Nähe auf einen Stein setzte und das Messer aus seinem Gürtel zog, entrang sich ihrer gepressten Kehle trotz aller Gefasstheit ein unterdrückter Laut des Entsetzens. Er sah verblüfft auf. Seine Augen wanderten von ihrem bleichen Gesicht zu dem Messer und wieder zurück.

»Du hast Angst vor mir?«, fragte er so verblüfft, dass er jede Höflichkeit vergaß.

»Ist das ein Wunder?« Maylis faltete die Hände abwehrend vor der Brust. »Ihr würdet alles dafür geben, damit Drystan mich an der nächsten Straßenecke sitzen lässt.«

»Das kann ich nicht abstreiten«, nickte Crispin bedächtig. »Aber dennoch ist es nicht meine Art, Frauen mit dem Messer zu bedrohen. Beruhige dich, ich will nur Kleinholz zum Feueranzünden machen. Du hast nichts von mir zu befürchten. Wenn mein Herr dich schützt, bedeutet das, dass auch ich dich schütze.«

Maylis errötete und ließ die Hände wieder sinken. Sie hatte ihm Unrecht getan und wollte diesen Fehler augenblicklich wiedergutmachen. Sie wusste, wie sehr es kränkte, falsch verdächtigt zu werden. Die Mutter Oberin hatte in den vergangenen Wochen kaum etwas anderes getan.

»Was verbindet Euch mit Drystan?«

»Wir haben die gleiche Muttermilch getrunken. Ich passe auf ihn auf, seit ich denken kann.«

»Hat er einen Aufpasser nötig?«

Crispin verzog den Mund. Sie rechnete damit, dass er stumm bleiben würde, aber dann entschied er sich doch für eine ehrliche Antwort.

»Nein. Sein Vater hat ihn zu einem Ritter mit außergewöhnlichen Fähigkeiten erzogen. Ich kenne keinen Edelmann, der rechtschaffener, kühner und charakterfester ist als Drystan d'Aval.«

Maylis vernahm die Bewunderung in Crispins Stimme und nutzte die Gelegenheit, ihn weiter auszufragen. Drystan hüllte sich meist in Schweigen, wenn sie persönliche Fragen stellte. Sein Milchbruder schien da gesprächiger zu sein.

»Das klingt, als habe er keine einzige Schwäche.«

Unter Crispins Messer flogen die Holzspäne. Unzweifelhaft ging es jetzt um ein Thema, das ihn verstimmte. Seine Stimme hörte sich dementsprechend grimmig an. »Schön wäre es. Eine hat er sicher ...«

»Ach ja? Welche?«

»Dieselbe, die auch den Lord von Nansay Hall das Leben gekostet hat.«

Maylis beugte sich wissbegierig vor, um ja keine Silbe zu verpassen.

»Frauen«, knurrte Crispin erbost und schnitzte so rasend schnell weiter, dass die Rindenstücke mit leisem Rascheln gegen ihre Röcke prallten und von dort zu Boden fielen. »Eine Frau, die ihn um Hilfe bittet, setzt seine Vernunft außer Kraft. Sein Vater starb für die Enkelin des Eroberers. Der Sohn hat sich in den Fängen einer Lügnerin verstrickt ...«

Maylis zuckte zurück, obwohl sie mit einer Bemerkung wie dieser gerechnet hatte. Sie mochte unerfahren und lebensfremd sein, aber sie ahnte, dass auch er die Gelegenheit nutzen wollte, ihr ein paar Dinge zu sagen, die er in Drystans Gegenwart um des lieben Friedens willen für sich behalten musste.

»Früher oder später werdet Ihr ihn sicher aus meinen Fängen befreien können.« Sie bemühte sich, jedes Gefühl aus ihrer Stimme zu verbannen.

»Er kann sich selbst helfen. Glaubt nicht, dass ihn ein paar schmachtende, braune Augen von seinem großen Ziel abbringen werden.«

Schmachtende braune Augen. Galt das ihr?

Maylis drehte Crispin den Rücken zu und starrte in das Dickicht des Waldes, ohne etwas zu sehen. Ihre Gedanken waren bei Drystan. Zum ersten Mal seit jener Nacht in Whitby waren sie getrennt, und es kam ihr vor, als fehle ihr eine Hälfte. Sie wartete bereits jetzt sehnsüchtig auf seine Rückkehr. Dabei verabscheute sie nichts so sehr wie warten.

Sie hatte ihr Leben lang gewartet. Auf ein freundliches Wort ihres Vaters. Auf eine Aufmerksamkeit ihrer Brüder. Auf die Aufforderung, nach Hause zu kommen. Auf einen Menschen, dem sie etwas bedeutete. Nicht einer all dieser Wünsche war je in Erfüllung gegangen. Sie hatte lediglich eines gelernt: Warten, warten und wieder warten. Warum fiel es ihr ausgerechnet heute so unerträglich schwer? Weil es um Drystan d'Aval ging?

*

Drystan führte eine mausbraune Stute am Leitzügel, als er kurz nach Sonnenuntergang in das Lager zurückkehrte. Crispin tätschelte das eingeschüchterte Tier, das sowohl vor ihm wie auch vor Ares zurückwich.

»Du warst lange fort.«

»Seit wann machst du dir Sorgen um mich?«

»Seit ich nicht mehr mit Gewissheit voraussagen kann, was du tust.«

Frage und Antwort folgten so schnell aufeinander, dass Maylis sie kaum verstand. Sie beobachtete staunend, wie sie beide ihre Rechte erhoben und ein jeder in Höhe des Gelenks die Hand des anderen umfasste, ehe sie ein vertrautes Grinsen tauschten.

»Was gibt es Neues?«, fragte Crispin danach.

»König Stephan hat die Bischöfe einsperren lassen, die sich geweigert haben, seinen Sohn Eustace zum König zu krönen. Er hat jetzt auch die Kirche gegen sich aufgebracht. Ich frage mich, was noch passieren muss, damit dieser Mann endlich begreift, dass seine Macht auf tönernen Füßen steht«, berichtete Drystan. »Seine eigenen Barone und Grafen drängen ihn bereits, sich mit Heinrich zu einigen, ehe es zu weiterem Blutvergießen kommt.«

»Dann gibt es also keine Schlacht?«, mischte sich Maylis aufgeregt ein. Der Gedanke, dass Drystan in den Kampf zog, behagte ihr immer weniger.

»Wir werden sehen«, entgegnete er und deutete auf die Stute. »Wollt Ihr sie nicht begrüßen? Sie gehört Euch. Sie ist nicht unbedingt eine Schönheit, aber gesund und zuverlässig. Man hat mir versichert, dass sie über ein angenehmes Temperament verfügt und eine Dame nicht in Schwierigkeiten bringen wird.«

Maylis und die Stute betrachteten sich vorsichtig. Ihre Augen waren in etwa auf gleicher Höhe, und beide empfanden sie ängstlichen Respekt voreinander. Maylis wich als Erste zurück.

»Ich kann nicht reiten«, platzte sie heraus.

Erst als sie die erstaunten Blicke der beiden Männer registrierte, kam ihr zu Bewusstsein, wie ungewöhnlich eine solche Tatsache für eine Dame von Stand war. Nahezu jede Edelfrau konnte reiten, wie sonst war es möglich, sich in weglosen Gegenden von einer Burg zur anderen zu bewegen?

»Ich habe es nie gelernt«, verteidigte sie sich. »Nach dem Tode meiner Mutter wurde ich von Nonnen erzogen. Im Kloster gab es keine Pferde.«

»Ihr werdet reiten lernen«, beruhigte sie Drystan freundlich, als sie stockte und nicht weiterwusste. Er gebot Crispin mit einer Handbewegung Schweigen. »Es ist nicht schwer. Ihr habt in den vergangenen Tagen auf Ares sicher begriffen, worauf es dabei ankommt. Macht Euch keine Sorgen, es wird leichter sein, als Ihr denkt. Ich habe Euch auch Kleider mitgebracht. Ich war auf mein Augenmaß angewiesen, ich hoffe, sie passen Euch.«

Stumm presste Maylis das weiche Bündel an die Brust und sah zu, wie er noch weitere Schätze präsentierte. Frisches Brot. Kirschen. Eine Pastete. Köstlichkeiten, die ihr das Wasser im Mund zusammenlaufen ließen.

»Hattest du Schwierigkeiten mit den Wachen am Stadttor?«, erkundigte sich Crispin indessen.

»Sie waren zu beschäftigt, mich zu beachten. Der Magistrat von York lässt keine bewaffneten Truppen mehr in die Stadt, welchem Herrn sie auch dienen. Balliols Männer fielen unter das Verbot. Die Wachen haben sie zurückgewiesen. Fast wären sie sich gegenseitig an die Gurgel gegangen. Es sind unerfreuliche Kerle, die der Baron in seinen Diensten hat.«

»Man kann es den Yorkern nicht verübeln, dass sie solche Verbote aufstellen. In einem Bürgerkrieg tun die Städte gut daran, sich zu schützen. Komm, setz dich, lass uns essen.«

Drystan sah sich nach Maylis um, die wie gelähmt noch immer am selben Fleck stand und lauschte. Sie hätte zu gerne gewusst, welcher Befehl die Bewaffneten aus Barnard Castle nach York geschickt hatte. Drystan hingegen entdeckte, dass ihn der Ausflug nach York nur noch empfänglicher für ihre mädchenhafte Anziehungskraft gemacht hatte. Sie war so anders als die kecken Bürgerstöchter, denen er dort begegnet war. Lieblicher, zarter, schutzbedürftiger. In ihrer prächtigen Robe erinnerte sie an einen Paradiesvogel, der sich im Wald verirrt hatte.

»Wollt Ihr nicht gleich das neue Gewand anprobieren?«, weckte er sie sanft aus ihrer Versunkenheit. »Ihr werdet es möglicherweise bequemer finden als dieses schwere, komplizierte Festgewand.«

Maylis nickte stumm und eilte hinter den Felsen. Das leise Gemurmel der Männer folgte ihr, bis es vom Hämmern des eigenen Herzens übertönt wurde. Waren die Krieger ihres Vaters der entflohenen Tochter auf den Fersen? War sie als einziges Kind und letzte Erbin plötzlich von solcher Wichtigkeit?

Mit bebenden Fingern nestelte sie an den Bändern und Schleifen ihres Gewandes. Das Bündel aus York enthielt die schlichte Garderobe einer wohlhabenden Bürgerin. Gebleichtes Leinen, dünne Wollstoffe und eine sittsame Schleierhaube.

Dennoch handelte es sich um eine ganze Reihe von Kleidungsstücken, die eines über dem anderen getragen werden mussten. Sie benötigte Zeit, ihre einzelnen Funktionen zu entdecken, denn ihre fromme Erziehung hatte keinen Unterricht in modischen Feinheiten beinhaltet. Über ein Hemd zog sie ein im Ganzen geschnittenes, loses Kleid an, und darüber folgte das ärmellose Übergewand, dessen Halsausschnitt und Ärmellöcher so weit aufklafften, dass man das hellere, hochgeschlossenere Kleid darunter noch erkennen konnte. Eine Fülle von Bändern raffte die Stoffe um den Körper, befestigte Ärmel und Kragen und wand sich am Ende mehrmals um ihre Taille.

Drystan hatte sogar an passende Strümpfe und Schuhe gedacht, so dass sie das ganze glitzernde Ensemble, das ihr Schwester Mary in Whitby anvertraut hatte, ablegen konnte. Tief in ihrem Herzen bedauerte sie es ein wenig. Es war unpraktisch, auffällig und nicht sehr bequem gewesen, aber es war nichtsdestotrotz das schönste Kleid gewesen, das sie je getragen hatte.

Als sie hinter dem Felsen hervortrat, verstummte die leise Unterhaltung der beiden jungen Männer mit einem Schlag.

Sie ahnte nicht, dass sie in ihrem vermeintlich so ärmlichen Staat eleganter wirkte als in der freizügigen, bunten Robe. Jetzt lenkten weder Juwelen noch Farben die Aufmerksamkeit von ihr ab. Das braune Scharlachtuch des Übergewands kontrastierte auf das Vorteilhafteste mit der elfenbeinfarbenen Wolle des Unterkleids. Es betonte die zierliche Figur seiner Trägerin ebenso wirksam wie die Transparenz ihrer Haut.

Lediglich am Versuch, ihr langes Haar zu bändigen, war Maylis gescheitert. Ohne die Hilfe eines Kamms oder gar den Luxus einer Bürste konnte sie die dichten Strähnen nur straff aus dem Gesicht ziehen und in einem Zopf bändigen, den ein Band hielt, das sie ebenfalls in dem Bündel gefunden hatte. Die Haube umspannte ihr Antlitz wie ein Rahmen. Sie betonte den Goldschimmer ihrer hellbraunen Augen und die rosenfarbenen Lippen.

Drystan durchrieselte ein begehrlicher Schauer, der augenblicklich von seinem schlechten Gewissen eingeholt wurde. So gekleidet war Maylis nicht länger ein Rätsel, sondern zweifellos von edler Geburt. Eine Lady, unverschuldet in Schwierigkeiten geraten, die ein Recht auf Respekt und Höflichkeit hatte. Es gehörte sich nicht, dass er sich bei ihrem Anblick fragte, wie ihre Küsse wohl schmecken würden. Dass er Mühe hatte, den offensichtlichen Beweis seines Verlangens unter dem Wams zu verbergen, stürzte ihn ebenso sehr in Unbehagen wie in Selbstvorwürfe.

»Hier sind die anderen Kleider.« Maylis ignorierte das Schweigen und hielt Drystan ihr Bündel hin. »Die Edelsteine am Gürtel und die Perlen in der Borte werden Euch sicher für die Unkosten entschädigen, die mein neues Gewand verursacht hat.«

Drystan fuhr zusammen und hatte erkennbar Mühe, in die Wirklichkeit zurückzufinden. »Lieber Himmel, was soll ich mit Eurem Gewand? Behaltet es. Ihr werdet sicher wieder eine Gelegenheit finden, es zu tragen. Es kommt nicht in Frage, es seines Schmucks zu berauben.«

»Warum nicht?« Eine steile Mittelfalte auf Maylis' Stirn kündete von trotzigem Widerstand. »Wozu sollte er sonst von Nutzen sein?«

»Ein solches Gewand zerstört man nicht«, widersprach Drystan voller Überzeugung.

»Aber ich habe nichts anderes, um die Kosten für diese Kleider und die Stute zu bestreiten«, protestierte sie hartnäckig. »Ich will keine Almosen von Euch. Es genügt, dass Euer Gefährte denkt, ich bliebe nur um des Vorteils willen bei Euch.«

Drystan stieß scharf die Luft aus und sah zu Crispin, der die Hände mit den offenen Handflächen in Schulterhöhe hob und heftig den Kopf schüttelte.

»Ich habe ihr diesen Floh nicht ins Ohr gesetzt, das darfst du mir glauben«, verteidigte er sich.

Maylis schnaubte verächtlich, und Drystan entschied die Angelegenheit, ohne auf ihre Vorwürfe genauer einzugehen.

»Hört auf, Euren schönen Kopf mit solchem Unsinn zu belasten«, forderte er, ehe er Maylis das Kleid abnahm und zur Seite legte. Dann fasste er nach ihren Händen und hob sie leicht an, damit sie einen Schritt auf ihn zumachen musste. In der Bewegung folgte der weiche Stoff der Linie ihrer Beine, und sein persönliches Unbehagen nahm an Umfang zu, statt zu verschwinden. Er versuchte es zu ignorieren.

»Ihr habt mich um Hilfe gebeten, und ich habe

Euch geschworen, dass Ihr sie bekommt, liebste Lady. Und nun setzt Euch, ich habe Essen und Wein aus der Stadt mitgebracht. Wir haben uns eine Abwechslung von all dem Waldgetier, dem alten Käse und dem trockenen Brot redlich verdient!«

Maylis ließ sich zögernd auf einem Stein nieder, der mit Drystans Umhang gepolstert war. Das ständige Wechselbad aus Angst, Erregung und Vorsicht zerrte an ihrer Beherrschung.

»Greift zu!«

Drystan bediente sie, wie er eine Hofdame an der Tafel des Königs bedient hätte. Er suchte ihr die besten Stücke aus, reichte ihr Kirschen und ließ nicht zu, dass ihr Becher leer wurde. Er machte es Maylis leicht nachzugeben und zu genießen. Ihre Ängste verschwanden und machten einem anderen, neuen Gefühl Platz, für das sie noch keinen Namen hatte.

»Das war einfach wunderbar«, sagte sie, als nichts mehr da war, und leckte sich begeistert auch noch die letzten Brösel von ihren Fingern. »Nie zuvor habe ich so etwas Köstliches gegessen.«

»Es war eine einfache Fleischpastete vom Brett eines Straßenhändlers«, erwiderte Drystan verblüfft. »Wollt Ihr behaupten, Ihr habt noch nie eine Fleischpastete gegessen?«

»Zumindest kann ich mich nicht daran erinnern, dass sie so vortrefflich geschmeckt hätte«, machte Maylis eilig ihren Fehler wieder gut. Sie erhob sich hastig. Außerhalb des kleinen Lagerfeuers war der Wald inzwischen dunkel und kalt. »Erlaubt, dass ich mich kurz entferne, ehe ich mich schlafen lege.«

»Geht nicht zu weit.« Crispin, der sie während der

ganzen Mahlzeit nur nachdenklich beobachtet und auf seine üblichen Hänseleien verzichtet hatte, beugte sich vor. »Der Wald kann bei Nacht gefährlich sein.«

Sie nickte und eilte so schnell davon, dass sie völlig außer Atem war, bis sie endlich auf einer winzigen Lichtung anhielt. Sie stützte sich mit der Hand an einem Baumstamm ab und presste die andere gegen ihr rasendes Herz. Was geschah nur mit ihr? Welche Gefühle bewegten sie? Was waren das für seltsame Wünsche nach Nähe und Wärme, die sie heimsuchten?

*Gütige Maria, Mutter Gottes, hilf einer armen verwirrten Seele. Ich weiß nicht mehr, was ich tun soll!*

»Müsst Ihr Crispin sogar um den Preis Eurer eigenen Sicherheit ärgern? Er hat Euch gebeten, in der Nähe zu bleiben. Warum stürmt ihr durch den halben Wald?«

Maylis fuhr mit einem Schrei herum, ehe Drystans Hand ihre Schulter umfassen konnte.

»Lasst mich«, stammelte sie bebend.

»Wovor lauft Ihr davon?«

Drystans breite Brust war eine einzige Versuchung. Sie wollte die Stirn an seine Schulter legen und alles gestehen. Allein, was war sie dann in seinen Augen? Eine Lügnerin? Eine ungehorsame Tochter? Eine entlaufene Braut? Eine feige Novizin ... Nein. Es war zu spät. Sie hatte sich bereits zu tief in ihrem Lügengespinst verfangen. Sie sah keinen Ausweg mehr.

»Wovor habt Ihr Angst?« Drystan umfing ihren Kopf mit beiden Händen und strich sanft mit den Daumen über die feine Linie ihrer Wangenknochen.

»Vertraut mir doch, Maylis. Ich spüre, dass Ihr einen geheimen Kummer mit Euch herumtragt. Lasst zu, dass ich Euch helfe. Hat es mit Eurer kopflosen Flucht aus Whitby zu tun?«

Maylis hörte nicht, sie fühlte nur. Sie hatte das Gefühl zu schweben. Ungewohnte Wärme durchrieselte ihren Körper. Sie hob den Blick, obwohl sie ihre innere Stimme davor warnte. Das Grau von Drystans Augen glich im Schein des aufgehenden Mondes flüssigem Silber. Sie konnte sich selbst in ihrem Spiegel sehen. Winzig klein. Zerbrechlich.

»Wie schön du bist«, hörte sie ihn raunen. »Ich könnte ganze Tage damit zubringen, dich ununterbrochen anzusehen, weißt du das?«

Maylis erbebte. Sie wusste nicht zu sagen, ob seine Worte oder seine Hände an ihrer Erregung schuld waren.

Sicher träumte sie. Das war die einzig logische Erklärung für ihre unbeschreiblichen Empfindungen. Jeden Augenblick würde das dünne Scheppern der Klosterglocke ertönen, und sie würde auf ihrer kargen Lagerstatt erwachen. Sie würde sich das grobe Gewand überstülpen und in der morgendlichen Dunkelheit zur ersten Laudes stolpern. Schuldbewusst und voller sehnsüchtiger Wünsche, die sie irgendwann dem Pater beichten musste.

Ein grelles Kreischen riss sie aus ihren Überlegungen. Erschrocken drängte sie sich enger an Drystan. Seine Arme schlossen sich schützend um sie. Überrascht von der Wärme und Härte seiner Brust begriff sie es. Er war kein Traum. Sie konnte ihn berühren und hören.

»Ein Marder, Maylis«, murmelte seine Stimme an ihrem Ohr. Seine Lippen berührten ihre Schläfe. »Der Wald ist gefährlich für die Kleinen und Schwachen, genau deswegen bin ich dir gefolgt.«

Sein Mund wanderte weiter, berührte die verheilende Schramme an der Schläfe und fand zielsicher die kühlen, unberührten Lippen.

Maylis erstarrte, dann begann sie zu schmelzen. Eine Stimme in ihrem Kopf protestierte, aber die andere Hälfte ihres Seins erwachte unter dem sanften und zugleich fragenden Kuss zu ungewohntem Leben. Zwischen dem Geschmack von Rotwein und Pastete kostete sie etwas Namenloses, Verheißungsvolleres. Sie wollte mehr davon spüren, mehr kosten. Sie hatte Hunger danach, und dieser Hunger unterschied sich fundamental von jenem, der mit Nahrung gestillt werden konnte.

Ohne darüber nachzudenken, erwiderte Maylis den immer fester werdenden Druck des Kusses. Sie hob ihre Arme um Drystans Nacken und ergab sich den berauschenden Gefühlen, die seine Zärtlichkeiten in ihr entfachten.

Drystan hatte Widerstand erwartet, eine gewisse Ziererei, den Versuch zu flirten oder wenigstens eine Rüge, dass er sich zu viel herausnahm. Es gehörte sich nicht, ihr seine Küsse aufzudrängen. Maylis hatte sich ihm anvertraut, und sie hätte guten Grund gehabt, ihm den Bruch dieses Vertrauens vorzuwerfen. Aber was tat sie? Sie erhob weder Einspruch dagegen, dass er die Süße ihrer Lippen plünderte, noch dass seine Hände die verlockenden Linien ihres Leibes entdecken.

Betört von so viel sinnlichem Entgegenkommen, kämpfte er gegen die Versuchung, sie hier und jetzt zur Seinen zu machen. Die Gelegenheit ungenutzt zu lassen brachte ihn schier um den Verstand, aber sein Ehrgefühl war stärker. Er mochte wie ein Schurke empfinden, aber er würde nicht so handeln. Abrupt gab er sie frei.

In seiner Stimme vibrierte die Anstrengung, die es ihn kostete, Lippen und Hände von ihr zu nehmen. »Ich habe dich unterschätzt. Du besitzt deine ganz eigene Art, einen Mann zu schwächen, schöne Maylis.«

Verwirrt hob sie die Fingerspitzen an die feuchten Lippen. Das Mondlicht übergoss Lichtung und Frau mit blasser Helligkeit. Mehr denn je glich sie einer verirrten Fee mit ihren großen dunklen Augen.

»Lass uns zurück zum Feuer gehen, ehe ich vergesse, was sich gehört. Du könntest einen Heiligen in Versuchung führen.«

Maylis taumelte. Ein wahrer Sturm neuartiger Sinnesempfindungen fegte durch ihren ganzen Körper. Sie suchte nach Halt.

»Lasst mich nicht allein«, bat sie heiser. »Ich kann nicht ohne Eure Hilfe stehen.«

»O doch.« Drystan trat bewusst noch weiter zurück. »Du bist stärker, als du denkst.«

Maylis schwieg ernüchtert und schluckte ihren Widerspruch hinunter. Sie verstand nicht, was Drystan von einem Herzschlag auf den anderen so verwandelte. War es möglich, dass er gar nichts von diesen bestürzenden Gefühlen bemerkt hatte, die sie empfand?

# Sechstes Kapitel

Das Heerlager Heinrich Plantagenets war eine quirlige Stadt aus Zelten, die sich einem Geschwür gleich am Flussufer des Axe entlangzog. So weit das Auge reichte, flatterten Wimpel und Standarten, loderten Feuer, drängten sich die Menschen durch die Zeltgassen. Das kleine Dorf, an dessen Rand das Heer sich ursprünglich niedergelassen hatte, ging im Gewirr der Krieger und Pferde unter. Lediglich der hölzerne Turm der Kirche ragte tapfer über Zelte und Dächer hinweg. Im Steinhaus des Dorfpfarrers empfing Heinrich Plantagenet nun Drystan d'Aval, den Lord von Nansay Hall.

»Seid willkommen unter meinen Gefährten, d'Aval«, sagte der Herzog und bedachte seinen neuen Vasallen mit einer knappen Umarmung. »Wir haben eine große Aufgabe vor uns. Stephen von Blois ist mit seinem Heer vor Wallingford erschienen. Noch hält die Festung stand, die seit fast fünfzehn Jahren dem Hause Plantagenet treu ergeben ist. Aber sie erwartet unseren Entsatz. Wir werden Stephen und seinen bösartigen Sprössling Eustace zum Teufel schicken und England endlich den Frieden zurückbringen.«

»Ich bin der Eure«, bestätigte Drystan noch einmal, angetan vom Elan des Herzogs, der trotz seiner Jugend bereits Autorität und Stärke versprühte.

Mit zwanzig Jahren war der Nachkomme des großen Eroberers von stämmiger Gestalt und mittlerer Größe. Unter einem roten Haarschopf betrachtete er die Welt aus interessierten, steingrauen Augen. Selbstbewusstsein, Intelligenz und Ruhelosigkeit, gepaart mit jenem Charisma, das von Wilhelm dem Eroberer auf seine Nachfahren übergegangen war, verliehen ihm die seltene Fähigkeit, Männer und Frauen gleichzeitig für sich einzunehmen.

Maylis wartete im Hintergrund neben Crispin und ließ den Herzog unter halb gesenkten Lidern nicht aus den Augen. Drystan hatte ihr von Heinrichs skandalöser Heirat mit der schönen Eleonore von Aquitanien berichtet. Eleonores erste Verbindung mit dem französischen König war mit kirchlichem Einverständnis aufgelöst worden, da sie diesem Gemahl in fünfzehnjähriger Ehe nur zwei Töchter geschenkt hatte. Eleonore hatte, obwohl elf Jahre älter als ihr Gemahl, Heinrich mit ihrer Schönheit und Leidenschaftlichkeit für sich eingenommen. Zudem hieß es, dass sie bereits mit Heinrichs erstem Kind schwanger ging.

»Ihr habt Eure Ehefrau mitgebracht, d'Aval?«, hörte Maylis den Herzog fragen, ehe er auf sie zuging.

Geistesgegenwärtig versank sie in eine tiefe Reverenz und überließ es Drystan zu antworten.

»Nicht meine Gemahlin, sondern eine Lady, der ich Schutz und Geleit versprochen habe, Euer Gnaden«, antwortete Drystan knapp. »Sie ist unverschuldet in Not geraten.«

Maylis musste Heinrich nicht einmal ansehen, um das spöttische Gelächter zu fühlen, das ihn innerlich erbeben ließ. Mittlerweile war sie daran gewöhnt, dass alle Welt sie für Drystans Buhle hielt. Sie reisten zusammen und er sorgte für sie. Dass nicht mehr zwischen ihnen war, wollte niemand glauben. Auch Heinrich Plantagenet nicht.

Der jähe Impuls, ihn zu verteidigen, dafür zu sorgen, dass sein künftiger König nichts Ehrenrühriges von ihm dachte, gab ihr die Kraft, dem Blick des Herzogs standzuhalten. Das graue, amüsierte Glitzern in seinen Augen wich einer Spur von Anerkennung.

»Wollt Ihr für Euch selbst sprechen, Mylady? Wie ist Euer Name?«

»Maylis, Euer Gnaden.«

»Lady Maylis, nicht mehr?«

»Wenn es Euer Gnaden erlauben«, sagte sie mutig.

Heinrich Plantagenet hob die Brauen. Er machte zum dritten Mal den Versuch, sein englisches Erbe einzufordern. Er war mehr als nur ein Heißsporn und Abenteurer. Im Gegensatz zu Stephen von Blois verfügte er nicht nur über eine direkte Blutlinie zu Wilhelm dem Eroberer, er besaß auch die Menschenkenntnis seines Urgroßvaters. Sein Instinkt riet ihm, der Ehrlichkeit in Maylis' Augen zu trauen. Auch gefiel es ihm, wie sie sich für Drystan in die Bresche warf. War da etwa Leidenschaft im Spiel? Eine Affäre so skandalös wie seine eigene Liebe zu Eleonore? Er hatte eine Schwäche für Frauen, die es wagten, die herkömmlichen Grenzen zu sprengen.

»Gut. Erhebt Euch, Lady Maylis!« Der Herzog griff nach ihrer Hand und zog sie hoch. »Gebt mir

Euer Wort, dass Ihr mir Rede und Antwort stehen werdet, wenn der Zeitpunkt gekommen ist, da Ihr Euer Geheimnis lüften könnt.«

»Das Wort einer Frau, Euer Gnaden?«

»Ich liebe Frauen, Lady Maylis. Besonders schätze ich jedoch kluge Frauen.«

Drystan stand zu weit entfernt, um die gedämpfte Unterhaltung zu verstehen. Aber er sah mit höchstem Unbehagen, wie sich ein Lächeln auf den Zügen seines Souveräns ausbreitete, das Maylis ebenso strahlend erwiderte. Der sprichwörtliche Charme der Plantagenets, den er in so reichem Maße besaß, verschönerte seine Züge und ließ Röte in Maylis' Wangen steigen.

»Ihr werdet eine Zierde unseres Feldlagers sein, liebste Lady«, versicherte er ihr jetzt so laut, dass alle es hören konnten. »Es tut uns gut, über all den kriegerischen Vorbereitungen nicht zu vergessen, dass es Schönheit und Sanftmut auf der Welt gibt. Robin!« Er winkte einem Pagen, der soeben ein Tablett mit einer Mahlzeit herbeischleppte. »Du bist mir dafür verantwortlich, dass Dame Maylis ein ordentliches Quartier erhält. Ich verlasse mich auf dich. Ich hoffe, Ihr erweist uns die Ehre, heute Abend mit mir und meinen Gefährten zu speisen.«

»Euer Gnaden sind zu gütig«, entgegnete Maylis halb schüchtern, halb überwältigt.

Drystan verspürte den Stich eines unbekannten Gefühls in seiner Brust. Er hatte Maylis in den vergangenen Reisetagen so gut es ihm möglich war zu ignorieren versucht. Dennoch hatte sich die Erinnerung an die verzauberten Augenblicke im Wald bei York tief in sein Bewusstsein gegraben. Ihre Stimme zu hören genügte, damit er die Süße ihrer Lippen schmeckte und die Verlockung ihres Körpers fühlte, der sich in seine Arme schmiegte.

Nachts träumte er davon, sie aus ihren Gewändern zu schälen und zur Seinen zu machen. Meist wachte er in Schweiß gebadet und mit schmerzenden Lenden auf und konnte danach nicht mehr einschlafen – wütend auf sich selbst, dass er sich nicht besser im Griff hatte. Aber auch stets aufs Neue verlockt von dem Rätsel und dem Liebreiz, die sie umgaben.

Auch der Herzog schien empfänglich dafür zu sein, denn das Zelt, das ihnen zugewiesen wurde, befand sich in unmittelbarer Nähe der Kirche und damit in der Nähe des Hauptquartiers. Es enthielt mehrere Schlafgelegenheiten und konnte mit Vorhängen abgeteilt werden, so dass Maylis ein privater Bereich zur Verfügung stand.

Drystan beobachtete, wie sie sich staunend umsah, ehe sie sich auf einem Scherenstuhl niederließ, als würden sie die Beine nicht länger tragen.

»Du hast den Herzog beeindruckt, Maylis«, kam er mit zusammengebissenen Zähnen ihrer Frage zuvor. Er hatte sich nicht mehr dazu überwinden können, die vertraute Anrede aufzugeben. »Ich hoffe, du beabsichtigst nicht, dich in Gefahr zu begeben.«

»In welche Gefahr?«

Im Samt ihrer braunen Augen flackerte eine Spur von Unsicherheit. Wenn er diesen barschen Ton anschlug, fühlte sie sich schuldig, ohne zu wissen, weshalb. Hatte sie einen Fehler gemacht, von dem sie nichts wusste?

Drystan hielt ihr erkennbares Unbehagen prompt für Schuldbewusstsein und fühlte sich in seiner Eifersucht bestätigt. Verärgert darüber, dass sie eine solche Warnung überhaupt nötig hatte, antwortete er schroffer, als es in seiner Absicht gelegen hatte.

»Du befindest dich unter meiner Obhut. Mein Name und dein eigenes Benehmen sorgen dafür, dass man dir auch in diesem Feldlager mit Respekt begegnet. Wenn du dich jedoch zu einer Tändelei mit dem Herzog verführen lässt, bist du nicht besser als all die anderen Trossweiber und Dirnen, die den Soldaten folgen.«

Maylis wusste im ersten Moment nicht genau, ob er ihr einen wohlmeinenden Rat gab oder sie zu beleidigen versuchte. Seit er sie im Wald vor York geküsst hatte, verstand sie ihn weniger als zuvor. Die Zärtlichkeiten schienen ihm nichts bedeutet zu haben. Es hatte keine Wiederholung gegeben, und wenn er mit ihr sprach, tat er es mit der kränkenden Überheblichkeit eines Mannes, der sich gegen seinen Willen mit einer Närrin beschäftigen muss. Dann war er so arrogant wie soeben.

Er verletzte sie, aber sie bemühte sich, diese Wunde vor ihm zu verbergen. Sie bot ihren ganzen Stolz und das wenige Wissen, das sie über die Welt außerhalb der Klostermauern besaß, auf, um ihm die kühle Schulter zu zeigen.

»Habe ich Euch Anlass gegeben, mein Benehmen zu tadeln, Mylord?«

Maylis wusste nicht, dass im Zorn ihre Augen zu Gold wurden und vor unterdrücktem Ärger funkelten. Im Verein mit den erhobenen Brauen und den durchgedrückten Schultern glich sie einer wütenden Amazone. Drystan fragte sich, wie es möglich war, dass er sie im selben Moment anbeten und verprügeln wollte. Wie er überhaupt so weit gehen konnte, im Zusammenhang mit einer Frau an Gewalt zu denken?

»Lass uns nicht streiten«, beherrschte er sich unter Aufbietung aller Kräfte.

»Das ist auch in meinem Sinn«, entgegnete Maylis trocken. »Seid bedankt für Eure Ratschläge. Weder der Herzog von Anjou noch ich haben es verdient, von Euch verdächtigt zu werden.«

Sie hoffte inständig, dass man den rasenden Schlag ihres Herzens unter drei Lagen Stoff nicht bemerkte. Was war in Drystan gefahren?

Er trat zum Zelteingang und hob die Klappe, ehe er sich noch einmal zu ihr umwandte. »Wenn Crispin zurückkommt, sag ihm, dass ich nach den Pferden sehe.«

Ohne ihre Antwort abzuwarten, verschloss er den Eingang und ließ sie mit ihrer Empörung, ihrer Unsicherheit und ihrer Sehnsucht allein.

Maylis stand wieder auf und begann eine unruhige Wanderung durch das Zelt. Sie war so aufgewühlt, dass sie vor Erregung die Fäuste ballte. Am liebsten hätte sie irgendetwas durch die Gegend geworfen. Etwas zerstört und zerschmettert, um sich abzureagieren.

Seit sie akzeptiert hatte, dass sie die Ihren im Kloster vergessen hatten, waren die wilden Ausbrüche ihres Temperaments, mit denen sie als Kind die Nonnen erschreckt hatte, in sich zusammengebrochen.

Heute verspürte sie zum ersten Male wieder die Anflüge eines solchen Anfalls, und sie erinnerte sich an den Rat, den ihr die verstorbene Mutter Oberin für solche Fälle gegeben hatte.

*Wenn du selbst nicht mehr weiterweißt, Kind, bitte Gott den Herrn um Rat. Er ist unser aller Vater.*

Seit ihrer Flucht aus dem Kloster hatte sie das Haus Gottes nicht mehr betreten. Kein Wunder, dass ihr die Klarheit ihrer Gedanken und Gefühle abhanden gekommen war. Sie vermisste die Ruhe des Gebets, die Stille eines Kirchenschiffs, die es erlaubte, ins eigene Herz zu blicken.

Kurz entschlossen verließ sie das Zelt. Der Page Robin, der auf einem Hocker neben dem Eingang saß, schoss hoch und verneigte sich respektvoll.

»Womit kann ich Euch zu Diensten sein, Mylady?«

Maylis stutzte, dann lächelte sie über die Bewunderung in den Augen des Jungen, der kaum mehr als ein Knabe war und vor Eifer rot anlief.

»Das ist lieb von dir, aber hast du nichts Wichtigeres zu tun?«

»Der Herzog hat mir befohlen, Euch zu dienen. Er möchte, dass es Euch an nichts fehlt.«

Maylis entdeckte die Löwen von Anjou auf seinem Wams. Die Fürsorge des Herzogs verwunderte und rührte sie zugleich. Er schien zu ahnen, wie verwirrend das Feldlager auf sie wirkte.

»Wenn das so ist, würdest du mich zur Kirche begleiten?«, sagte sie. »Weißt du, ob es dort einen Pfarrer gibt, bei dem man beichten kann?«

»Wir haben nicht viel von ihm zu Gesicht bekommen, seit wir hier sind, Mylady«, antwortete der Page. »Aber ich will Euch gern zur Kirche bringen. Wenn Ihr mir bitte folgen wollt.«

Obwohl ihr ein wahres Kreuzfeuer neugieriger Blicke folgte, erreichte sie unbehelligt die Dorfkirche. Das Wappen auf Robins Wams sorgte auf magische Weise dafür, dass sich eine Gasse vor ihnen auftat.

Im Gegensatz zum hölzernen Kirchturm war das Kirchenschiff wie auch das Pfarrhaus aus grob behauenen Felssteinen erbaut. Es umfing sie mit kühler Stille. Maylis spürte die leicht unebenen Schieferplatten unter ihren Sohlen. Über dem einfachen Altar hing ein Kruzifix mit einer bemalten Holzfigur des leidenden Heilands. Eine Muttergottes suchte Maylis ebenso vergeblich wie einen Beichtstuhl. Schräge Bahnen aus Sonnenlicht fielen durch die Fenster zu beiden Seiten des Kreuzes. Staub und kleine Insekten tanzten darin auf und nieder.

Robin machte das Kreuzzeichen, blieb aber neben der Tür stehen, während Maylis langsam auf den Altar zuschritt. Ihre Röcke raschelten über den Boden. Der Lärm des Lagers strömte draußen an Fensternischen vorbei, wie das Wasser um einen Brückenpfeiler. Es rauschte leise um eine Insel der Stille.

Und dann war da noch das Weinen. Ein herzzerreißendes, unterdrücktes Schluchzen, von dem Maylis im ersten Augenblick annahm, dass es aus ihrem eigenen Herzen aufstieg. Erst als sie die Gestalt erblickte, die an der Pforte zur Sakristei auf dem Boden lag, entdeckte sie den wahren Ursprung. Das Wimmern drang aus einem Gewirr bleicher Glieder, zerrissener Kleider und blonder Haare. Ein Mädchen. Ein verletztes Mädchen mit Blutspuren an Armen und Beinen.

»Du lieber Himmel, was ist mit dir geschehen?«

Maylis sank auf der Schwelle der Sakristei in die Knie. Sie berührte vorsichtig die Schulter der Weinenden. Das Gesicht in den Händen vergraben, schluchzte die Unbekannte in harten erstickenden Stößen. Die sachte Berührung entlockte ihr einen panischen Schrei.

»Beruhige dich. Ich will dir helfen. Sag mir, was kann ich für dich tun?«

Heftiges Kopfschütteln und noch trostloseres Jammern bildeten die einzige Antwort. Maylis überlegte und erinnerte sich daran, dass sie nicht allein war.

»Komm her«, winkte sie Robin. »Wir müssen sie aufheben. Sie kann nicht auf den blanken Steinen liegen bleiben.«

Sichtlich widerstrebend näherte sich der Junge.

»Fasst sie bloß nicht an, Mylady«, riet er entrüstet, sobald er Einzelheiten erkennen konnte. »Ihr verschwendet Euer Mitleid an die Dirne. Das ist nur eines der Dorfmädchen. Erst lassen sie sich mit den Soldaten ein, und hinterher ist das Geheul groß, wenn der Schaden passiert ist.«

Maylis sah von dem Pagen zu dem Mädchen und wieder zurück. Robin rümpfte voller Abscheu die Nase. Der unverkennbare Hochmut des Edelmannes, gepaart mit männlicher Arroganz, den er trotz seiner Jugend bereits besaß, verschlug ihr die Sprache. Dann jedoch brach irgendwo in ihr ein Damm. Sie hatte genug von Männern, die ihr sagten, was sie tun sollte – sattsam genug von ihrer Überheblichkeit, ihrer Herrschsucht und ihrer eingeschränkten Urteilskraft.

»Das weißt du so einfach auf den ersten Blick, ja?«, fauchte sie Robin an, ohne ihre Worte groß zu wählen. »Ich will dir eines sagen, Bürschchen: Du befindest dich in einer Kirche, und unser Heiland dort oben ist am Kreuz dafür gestorben, dass uns unsere Sünden vergeben werden und dass wir Verzeihung finden. Wenn du dich für erhabener hältst als der Sohn Gottes, dann verschwinde von hier. Dann brauchst du dich auch gar nicht mehr bei mir sehen zu lassen. Ich verzichte auf die Dienste eines Grünschnabels, der vor lauter Hochnäsigkeit seine erste Christenpflicht vergisst und sich für besser als ein armes Dorfmädchen hält, das von seinesgleichen brutal verletzt wurde.«

»Bravo!«

Leichtes Klatschen aus dem Hintergrund ließ sowohl Maylis wie auch den Pagen herumfahren. Crispin kam näher, und sie entdeckte einen grimmigen Zug um seine Mundwinkel, der ausnahmsweise einmal nichts mit ihr zu tun hatte.

»Was ist mit ihr geschehen?«, fragte er Maylis.

»Ich kann es nicht genau sagen. Sie weint ohne Unterlass. Ich wollte gerade um Hilfe schicken. Ich kann keine Verletzungen an ihr entdecken, aber irgendetwas muss geschehen sein, dass sie zu Tode erschreckt hat. Könnt Ihr sie in unser Zelt bringen? Ich will mich dort um sie kümmern.«

Crispin handelte im Gegensatz zu dem Pagen, ohne viele Worte zu verlieren. Er nahm das Mädchen so mühelos auf seine Arme, als wöge es nicht mehr als eines der tanzenden Staubkörnchen.

Maylis zog die zerfetzten Röcke über die zerkratzten Beine, die sowohl Schmutz wie Blutspuren aufwiesen. Sie raffte auch die zerzausten Haare mit geschicktem Griff zu einem Knoten, damit sie nicht über den Boden schleiften. Dann strich sie dem Mädchen über die Hände, die noch immer das Gesicht bedeckten, und sagte tröstend: »Hab keine Angst, wir tun dir nichts Böses. Aber du kannst nicht auf dem Boden liegen bleiben, du wirst krank werden. Wir bringen dich in Sicherheit.«

Dieses Mal folgten Maylis, dem Pagen und Crispin noch mehr verdutzte Blicke als zuvor. Sie nahm sie nicht zur Kenntnis. Ihre ganze Aufmerksamkeit galt der Verletzten, und sie übersah sogar die beschämte Miene des Pagen, der im Zelt von einem Bein auf das andere trat, während Crispin die junge Frau auf das Lager bettete, das eigentlich für Maylis vorgesehen war.

»Entschuldigt, Mylady«, meldete sich Robin nach kurzem Überlegen tapfer. »Ich wollte Euch nicht verärgern. Sagt mir, was ich tun kann, damit ich meinen Fehler wiedergutmachen kann.«

Maylis blickte auf, betrachtete ihn einen Herzschlag lang prüfend und schenkte ihm dann ein Lächeln, das ihn knallrot anlaufen lies.

»Du hast nicht mich gekränkt, sondern dieses arme Wesen hier. Aber ich will deine Entschuldigung in ihrem Namen annehmen. Jeder von uns macht Fehler. Kannst du mir warmes Wasser bringen? Frische Leinentücher und vielleicht auch einen Imbiss? Das Mädchen sieht aus, als habe es seit Tagen nichts Vernünftiges in den Magen bekommen. Und vielleicht verrätst du mir auch endlich deinen vollständigen Namen. Jetzt, wo es so aussieht, als könnten wir doch Freunde werden, will ich ihn gerne wissen.«

»Ich bin Robin, der Sohn des Herrn von Longleat.«

»Fein, Robin, dann lauf und sieh zu, was du für sie tun kannst. Ich messe meine Freunde an ihren Taten, nicht an ihren Worten.«

Der Page eilte davon, dass die Zeltklappe flatterte, und Crispin sah Maylis mit erkennbarer Wertschätzung an.

»Ihr versteht es wahrhaftig, einem Flegel in die Schuhe zu helfen, Mylady. Was werdet Ihr mit mir tun, wenn ich Euch gestehe, dass ich mehr und mehr zu der Einsicht komme, dass auch ich Euch Unrecht getan habe? Ich war nicht klüger als dieser Grünschnabel. Ich habe geurteilt, ehe ich nachgedacht habe.«

»Ich werde Euch zu Eurer Vernunft gratulieren, wenn ich einmal Zeit dafür finde«, antwortete Maylis eher nebenbei, denn in diesem Augenblick ließ das Mädchen ihre Hände endlich sinken und suchte ängstlich ihren Blick.

»Gott steh mir bei«, flüsterte sie tonlos.

»Das hat er schon getan«, lächelte Maylis. »Alles wird gut werden, du musst keine Angst mehr haben. Wer bist du?«

»Janice«, wisperte das Mädchen kaum hörbar.

»Deine Eltern werden dich vermutlich längst vermissen, Janice«, antwortete Maylis sanft. »Sollen wir ...«

»Ich hab nur den Vater, und dem ist egal, was mit mir ist«, fiel ihr Janice rau ins Wort.

Maylis griff in jähem Verständnis stumm nach ihren Händen. Janice erwiderte den Händedruck mit unerwarteter Kraft und sah sich um. Als sie Crispin entdeckte, zuckte sie erkennbar zusammen. Zur selben Zeit erschien auch Robin in Begleitung eines Knechts, der zwei Eimer Wasser trug, während er selbst Tücher über dem Arm hängen hatte und gleichzeitig ein Tablett balancierte.

Janice rückte in wilder Panik so eng an die äußerste Kante des Feldbetts, dass Maylis sie halten musste, damit sie nicht auf der anderen Seite aus dem Bett fiel. Das Mädchen hatte unzweifelhaft große Angst vor Männern.

»Habt Dank für Eure Mühe.« Maylis sah Crispin bedeutungsvoll an und machte eine stumme Kopfbewegung in Richtung Zeltausgang.

Er verstand glücklicherweise sofort und nahm sowohl den Knecht wie den Pagen mit nach draußen. Janice entspannte sich nur langsam unter Maylis' Händen. Sie ließ es geschehen, dass sie ihr den gröbsten Schmutz abwusch. Ein rundes, sommersprossiges Mädchengesicht mit einem hässlichen Bluterguss unter dem rechten Auge und einer Prellung am Wangenknochen kam zum Vorschein.

»Wer hat das getan?«, fragte Maylis entsetzt.

»Die Männer, die das Dorf besetzt haben.«

»Die Männer des Herzogs? Aber sie führen doch keinen Krieg gegen die Dorfbewohner.«

Janice gab einen verächtlichen Laut von sich. »Wenn das kein Krieg ist, dann bewahre uns Gott vor dem richtigen Krieg. Sie haben unsere Gärten niedergetrampelt und unsere Hühner geschlachtet. Ihre Zelte stehen auf unseren Feldern, wenn sie abgezogen sind, ist es zu spät, neu anzusäen. Aber es wäre ohnehin sinnlos, sie haben das übrige Saatgetreide an die Pferde verfüttert.«

»Der Herzog wird Euch dafür entschädigen!«

»Das würde mich aber wundern.« Janice sah finster auf ihre zerkratzten Hände. »Soldaten sind schlimmer als Heuschrecken, egal ob sie im Guten oder im Bösen kommen. Der Pfarrer hat uns vor ihnen gewarnt. Er sagte, die Frauen und Mädchen sollten sich im Wald in Sicherheit bringen. Es würde nicht lange dauern, bis die Soldaten weiterziehen. Aber ich ... ich war dumm. Ich wollte nach unserer Kuh sehen. Sie steht kurz vor dem Kalben, und ich hatte Angst, dass der Vater sich nicht rechtzeitig um sie kümmert. Ich wusste, dass er sich bei den Kriegern herumtreibt und mit ihnen zecht. Er war lange einer von ihnen, bis ihm ein Schwerthieb das rechte Knie zerschlagen hat. Dann kam er heim zu Mutter und mir ...«

Janice verstummte und starrte auf die Zeltplane. Sie sah Bilder, die Maylis verborgen blieben. Aber die Art, wie sie zitterte und die Arme um sich schlug, verriet ihr vieles. Der Bürgerkrieg hatte aus vielen Bauern Waffenknechte gemacht, und die wenigsten von ihnen hatten diesen Tausch unbeschadet an Körper und Seele überlebt.

»Wo ist deine Mutter?«, versuchte sie Janice abzulenken. »Noch im Wald?«

»Auf dem Dorffriedhof. Er hat sie gegen den Brunnenrand gestoßen, kurz nachdem er heimgekommen ist. Seitdem sind wir allein.«

Maylis strich ihr sanft über das Haar. Janice sprach wie im Fieber weiter.

»Sie hatten die Kuh schon geschlachtet. Mein Vater war dabei. Betrunken. Er hatte ihnen alles verkauft, was wir besaßen. Unser Leben für ein Fass Wein. Er lachte mich aus, als ich ihn anschrie. Die Männer johlten und hielten mich fest. Er half mir nicht, als sie sich über mich hermachten. Einer nach dem anderen, wie die Tiere. Irgendwann hab ich an einem Gürtel ein Messer zu fassen gekriegt. Ich hab einfach drauflosgestochen. Überall war Blut ... Plötzlich hielt mich keiner mehr fest. Ich bin gerannt. In die Kirche. Besser Gott straft mich als die Soldaten. Wenn sie mich erwischen, werden sie mich hängen.«

Maylis biss sich erschrocken auf die Unterlippe. Die stockende Erzählung erfüllte sie ebenso mit Mitleid wie mit Wut. Mehr denn je war sie davon überzeugt, dass nicht Janice die Schuld an den Ereignissen trug.

»Ich schwöre dir, niemand wird dich hängen. Aber ich werde dafür sorgen, dass man die Schuldigen zur Rechenschaft zieht, die dir das angetan haben.«

Janice schüttelte ungläubig den Kopf. »Ihr seid eine Lady, aber auch nur eine Frau. Warum habt Ihr mich aus der Kirche geholt? Die Kirche war mein Zufluchtsort. Jetzt werden sie mich finden und verurteilen.«

»Unsinn!«

Die Hartnäckigkeit, mit der Janice ihren eigenen Tod heraufbeschwor, machte Maylis noch wütender, als sie es ohnehin schon war.

»Unsinn ist es, wenn eine Frau meint, sie könnte gegen die Männer etwas gewinnen«, hörte sie Janice flüstern.

»Das werden wir erst einmal sehen«, behielt Maylis trotzig das letzte Wort.

# Siebtes Kapitel

»Ist es möglich, dass Ihr alle beide den Verstand verloren habt?« Drystan sah von Maylis zu Crispin und von seinem Milchbruder wieder zu der jungen Frau. »Was sollen wir mit diesem Bauernmädchen anfangen?«

»Ich brauche eine Kammermagd«, entgegnete Maylis mit größerer Überzeugung, als sie in Wirklichkeit empfand. »Jede Edeldame hat eine Zofe. Wenn ich als Lady von Stand gelten soll, ist es undenkbar, dass ich nicht einmal eine Kammerfrau habe. Janice wird die Rolle der Dienerin sicher gut ausfüllen.«

Die Tatsache, dass sie recht hatte, reizte Drystan nur noch mehr. Warum hatte er nicht selbst daran gedacht? Weil er Maylis mit niemand teilen wollte? Weil es ihm gefiel, dass sie so ausschließlich von ihm allein abhängig war? Er versuchte sein Unbehagen hinter Spott zu verbergen.

»Eine Kammermagd, so, so. Und was bekommen wir als Nächstes, Mylady? Einen eigenen Haushofmeister? Einen Lautenspieler? Einen Kaplan?«

Maylis warf ihm einen vernichtenden Blick zu und würdigte ihn keiner Antwort. Sie besaß eine natürliche Würde, die ihn sogar beeindruckte, wenn er wütend auf sie war. Je mehr Facetten ihres Charakters er entdeckte, umso interessanter wurde das Geheimnis, das sie so sorgsam vor ihm und Crispin verbarg.

Crispin hatte es übernommen, seinem Milchbruder Janice' Schicksal zu erzählen. Jetzt tauschte er einen schnellen Blick mit Maylis, ehe er die Arme vor der Brust verschränkte und bedächtig den Kopf schüttelte.

»Es geht ausschließlich darum, Janice zu schützen. Sie hat ihr eigenes Leben verteidigt. Der Bogenschütze, dem sie das Messer in die Schulter gerammt hat, verdient viel Schlimmeres als eine Wunde, die wieder verheilt. Hast du die Prellungen in ihrem Gesicht gesehen? Kannst du dir vorstellen, was sie sonst mit ihr getan haben? Diese Kerle sind rücksichtslose Schweine. Man sollte ihnen ohne Federlesen die Kehle durchschneiden, wenn du meine Meinung hören willst.«

»Und wenn man Janice bei uns entdeckt?« Drystan fragte sich, warum die beiden diesen Aspekt der Angelegenheit einfach nicht sehen wollten. »Man sucht nach der Dirne, die den Bogenschützen verletzt hat. Man weiß, dass es eines der Dorfmädchen gewesen ist. Es ist nur eine Frage der Zeit, bis sie herausfinden, dass Janice bei uns Unterschlupf gefunden hat.«

»Janice ist keine Dirne! Die Soldaten haben ihr Gewalt angetan! Und selbst wenn man sie bei uns entdeckt und verdächtigt, so bleibt immer noch die Tatsache bestehen, dass sie unter dem Schutz von Lady Maylis steht. Sie wird nicht zulassen, dass man die Ereignisse zu ihren Ungunsten verdreht und Janice verurteilt.«

»Lady Maylis, so, so …«

Drystan warf seinem Milchbruder einen undeutbaren Blick zu. Er hatte geahnt, dass auch er früher oder später Maylis' Zauber erliegen musste. Man konnte ihr nicht böse sein. Schon gar nicht über einen längeren Zeitraum hinweg.

»Findest du nicht, mein Freund, dass du selbst den geringsten Grund hast, dich über die Schwierigkeiten aufzuregen, die dabei entstehen, wenn man einer Frau in Not zur Seite steht?«, quittierte Crispin die anzügliche Bemerkung mit einer Herausforderung.

Sogar Maylis musste bei seiner Frage ein Lächeln unterdrücken. Ihr Gesicht blieb unbewegt, aber ihre fröhlichen Augen verrieten sie.

Drystan fuhr sich mit allen zehn Fingern durch seine Haare und kapitulierte vor der Phalanx des ungleichen Paares.

»Weiß der Himmel, wie es kommt. Ich wollte für den Herzog kämpfen und nicht meinen eigenen Hausstand gründen«, beklagte er sich, aber sein resignierender Ton verriet Zustimmung. »Seid ihr denn sicher, dass die Kleine mit uns kommen will, wenn wir morgen aufbrechen? Sie hat ihr Dorf noch nie verlassen. Sie wird dir mehr Plage als Hilfe sein, Maylis.«

»Ich habe ihr versprochen, dass sie bei mir in Sicherheit ist«, antwortete Maylis leise. »Sie hat wenig Grund, im Dorf bleiben zu wollen. Ihr Vater ist ein herzloser Schurke, den ein Krug Bier mehr fasziniert als das Leben und die Ehre seiner Tochter. Lassen wir sie zurück, wird sie auch weiterhin die rechtlose Sklavin seiner Launen sein müssen.«

»Sklavin? Übertreibst du da nicht?«

»O nein.« Jeder Funken Fröhlichkeit war aus Maylis' Blicken verschwunden. »Väter sind die Herren ihrer Töchter, wisst Ihr das nicht? Sie dürfen sie verheiraten, verprügeln, verbannen und sogar ihren ärgsten Feinden ausliefern, ohne dass König oder Kirche dagegen Einspruch erheben. Das Recht ist auf ihrer Seite. Das Unglück auf Seiten der Töchter.«

»Unter diesem Gesichtspunkt habe ich es noch nie betrachtet«, räumte Drystan nachdenklich ein.

»Ihr seid auch keine Tochter«, fügte sie bitter an. »Wollt Ihr hören, was dieser Rohling Janice über Jahre alles angetan hat?«

Maylis hatte der jungen Frau behutsam die Einzelheiten ihres trostlosen Lebens entlockt. Sie hatte dafür gesorgt, dass sie aß und trank, hatte ihre Prellungen gekühlt und über sie gewacht, bis sie völlig erschöpft einschlief. Jetzt kam sie sich wie eine Glucke vor, die ein Junges verteidigt. Die Sorge um Janice lenkte sie erfolgreich von ihren eigenen Problemen ab. Sie hatte noch nie für einen anderen Menschen sorgen dürfen, und sie stellte fest, dass es ihr gefiel.

»Erspar mir die Einzelheiten. Ich sehe, ihr habt an alles gedacht«, antwortete Drystan. »Seid ihr beide denn sicher, dass auch der Page schweigen wird, den der Herzog an Maylis' Fersen geheftet hat?«

»Er hat allen Grund dazu«, erwiderte sie knapp, ohne sich in Details zu verlieren.

»Und wer wacht über die Kleine, während wir beim Herzog sind?«

»Darum werde ich mich kümmern«, erklärte Crispin. »Kein Fremder betritt dieses Zelt, solange sie darin schläft.«

»Nun gut, dann lasst uns gehen.«

Drystan bot Maylis seinen Arm und ließ einen prüfenden Blick über ihre Erscheinung gleiten, die er zum ersten Mal in allen Einzelheiten wahrnahm. Dank Robins kundiger Hilfe hatte sie aus den Möglichkeiten ihrer beschränkten Garderobe das Beste gemacht.

Zum ersten Male sah er sie mit offenen Haaren. Lediglich zwei dünne Zöpfe an den Schläfen, in die eine feine Goldkordel eingeflochten war, hielten die glänzende Fülle zurück, die ihn spontan an das braunrot schimmernde Fell eines Eichhörnchens erinnerte. Über dem Haar wallte der Nebelhauch eines weißen Schleiers bis auf ihre Hüften hinab. Ein schmales juwelengeschmücktes Band, dessen Enden über das Schleiergewebe in ihren Nacken fielen, fixierte den Schleierstoff. Dass es sich dabei um den Gürtel ihres ersten Kleides handeln musste, fiel ihm nur anhand der prächtigen Steine auf. Das Gewand brachte Kopfputz und Haar durch seine Schlichtheit auf raffinierte Weise besonders zur Geltung.

»Der Schleier ist neu«, sagte er so neutral, dass Maylis ihre Enttäuschung nur mühsam verbergen konnte.

Robin hatte ihr versichert, sie sehe wundervoll aus, und dummerweise hatte sie ihm geglaubt. Sie hatte für Drystan schön sein wollen, damit er sie endlich wieder so ansah wie in jener Nacht im Wald. Offensichtlich ein Vorhaben, das von vorneherein zum Scheitern verurteilt gewesen war. Sie gefiel ihm nicht mehr.

»Der Page des Herzogs hat mir aus meiner Verlegenheit geholfen«, sagte sie steif.

Drystan gab keine Antwort.

Maylis' Anblick beunruhigte ihn in doppelter Weise. Er begehrte sie, wie er noch nie eine Frau begehrt hatte, und gleichzeitig sagte ihm die Stimme seiner Vernunft, dass er die Finger von ihr lassen sollte. Das ungelöste Rätsel ihrer Herkunft und ihres Ziels mahnte zur Vorsicht. Aber würde auch ein so leicht entflammbarer Charakter wie Heinrich Plantagenet bei so viel Schönheit Vernunft walten lassen?

Die Tafel des Herzogs versammelte nur seine engsten Gefährten. Maylis war, wie erwartet, die einzige Dame unter all den Kriegern. Heinrich hatte ihr den Ehrenplatz zu seiner Rechten reserviert und teilte ungezwungen sein Essbrett mit ihr. Er füllte mit eigener Hand ihren Becher und verwickelte sie in ein launiges Gespräch, das ihre Scheu verfliegen ließ und ihre Wangen zum Glühen brachte. Ihr melodiöses Lachen legte sich wie ein Frosthauch auf Drystans Laune.

Er saß zu weit entfernt, um zu hören, worüber sie so lachte, aber der begeisterte Blick des Herzogs war leicht zu deuten. Maylis gefiel ihm. Sie gefiel ihm sehr. Und nicht nur ihm.

»Wo habt Ihr dieses Zauberwesen gefunden, d'Aval?«, erkundigte sich sein Nachbar launig. »Gibt es dort noch mehr von ihrer Sorte?«

Drystan ging nicht auf die Frage ein. »Was könnt Ihr mir über die Pläne des Herzogs sagen? Was erwartet uns in Wallingford? Eine Schlacht?«, erkundigte er sich stattdessen.

Sein Tischnachbar nickte zögernd und nahm endlich den Blick von Maylis. » Vermutlich. Stephen von Blois hat die Festung eingekesselt und belagert sie seit Wochen. Er weiß, dass Heinrich jetzt keine Wahl mehr hat. Er muss den Männern in Wallingford zu Hilfe eilen. Stephen will mit der Burg ein Exempel statuieren. Wenn der junge Herzog hier versagt, muss er seinen Wunsch nach der englischen Krone für immer vergessen. Sieg oder Untergang ist die einzige Alternative für Heinrich Plantagenet und alle, die ihm folgen.«

Das Gespräch wandte sich Kriegstaktiken, Waffen, Söldnern und neuen Belagerungsmaschinen zu, aber Drystan behielt trotz allem Maylis und den Herzog im Auge. Die Art und Weise, wie sie Köpfe zueinander neigten, gefiel ihm keineswegs.

Heinrich Plantagenet hob die Tafel früher als sonst auf, da man bei Sonnenaufgang aufbrechen wollte. Er machte sich die Mühe, Maylis persönlich zu Drystan zu führen, und er küsste ihre Hand zum Abschied erheblich länger, als es die Höflichkeit erlaubte.

»Passt mir gut auf die Lady auf, mein Freund«, sagte er zu Drystan und klopfte ihm auf die Schulter. »Sie ist ein Edelstein von besonderer Güte.«

Glücklicherweise wandte er sich ab, ehe Drystan antworten konnte. Stumm hielt er Maylis den Arm hin und führte sie eilig aus dem Zelt.

Sein zähneknirschendes Schweigen beunruhigte sie. Inzwischen kannte sie ihn gut genug, um den Ärger zu entdecken, den er so grimmig vor ihr verbarg. Hatte sie schon wieder etwas falsch gemacht?

»Ihr seid böse auf mich«, sagte sie ihm auf den Kopf zu. »Warum? Womit habe ich Euch verärgert? Liegt es noch immer an Janice?«

»Liegt es an Janice?«, wiederholte er ihre Worte

aufgebracht. »Spiel nicht die Einfältige, du bist es nicht. An dir liegt es.«

Überrascht von seiner Heftigkeit blieb Maylis stehen und zwang ihn damit, ebenfalls zu warten. Der Tag war so ereignisreich gewesen, dass seine kränkenden Worte vom Nachmittag von anderen, wichtigeren Problemen verdrängt worden waren. Erst jetzt kehrte die Erinnerung zurück. Die Enttäuschung darüber, dass er so wenig Vertrauen für sie aufbrachte.

»Könnt Ihr nicht aufhören, mich ständig irgendwelcher Falschheiten zu verdächtigen?«, fragte sie erschöpft. »Was ist mit Eurem Schwur, mir zu helfen und mich zu schützen? Seit wir den Herzog erreicht haben, scheint er sich verflüchtigt zu haben.«

Drystan stieß einen unterdrückten Fluch aus und sah sich um. Zelt an Zelt. Feuer an Feuer. Beileibe kein Ort, um ein solches Gespräch zu führen. Er packte sie am Arm, ignorierte ihren leisen Aufschrei und zog sie durch die nächste Zeltgasse hindurch, zum steilen Flussufer hinunter. Der Axe, ein silbernes Band im Licht eines abnehmenden Mondes, war um diese Zeit das Revier von Fröschen und Nachtvögeln. Das Sirren der Grillen und das Plätschern des Wassers übertönten hier sogar die Geräusche des nächtlichen Feldlagers. Tief eingegraben zwischen seine Wiesenufer, strömte der Fluss seiner Mündung entgegen.

Maylis sog die frischere Luft in tiefen Zügen ein. Die Laute der Natur übten eine besänftigende Wirkung auf sie aus und ließen sie ihr inneres Gewicht wiederfinden. Sie wartete in geduldigem Schweigen, bis er sie freigab.

Danach brannte ihr Handgelenk von seinem Griff, und sie rieb mechanisch die Druckstellen. Mit fragenden Augen betrachtete sie den Umriss seiner Gestalt und versuchte das schmerzliche Sehnen in ihrem Blut zu ignorieren, das er hervorrief.

»Ich habe meine Meinung nicht geändert«, hörte sie ihn ihre Frage von vorhin aufgreifen, als hätte es diesen hastigen Lauf durch die Nacht nie gegeben. »Aber ich frage mich, warum mich das Schicksal in jener Nacht in Whitby ausgerechnet mit dir zusammenstoßen ließ.«

»Vielleicht weil es so sein musste?«

»Oder weil du genau gewusst hast, dass du dir auf diese Weise den Lord von Nansay Hall verpflichten konntest?«

Maylis wich verwirrt zurück. »Ich kannte Euch doch gar nicht und ...«

»Vielleicht steckt hinter all deinen Geheimnissen ein raffinierter Plan? Hast du in Whitby auf uns gewartet, damit du im richtigen Moment unseren Weg kreuzen konntest? Es gab genügend Menschen in Nansay Hall, die sich an zwei Fingern ausrechnen konnten, dass ich in dieser Nacht aufbrechen würde und dass mich mein Weg über die Klippen führen musste. Was willst du von mir?«

Es fiel ihr schwer, seinen absurden Gedanken zu folgen. Dann jedoch ging das zweite Mal an diesem Tag ihr Temperament mit ihr durch. Sie war zu müde und zu verwirrt, um sich zu beherrschen.

»Ihr seid von Sinnen!«, warf sie ihm heftig vor. »Und Ihr überschätzt Eure Wichtigkeit, Drystan d'Aval. In meinem Leben gab es vor diesem Abend keinen Platz Für Euch. Ihr seid nicht der Nabel der Welt, auch wenn Ihr Euch dafür haltet.«

»Ich weiß, ich bin kein Fürst, und es wartet auch keine Krone auf mich! Deswegen bin ich nicht länger von Interesse für eine hinterhältige Hexe.«

Maylis stockte der Atem.

In der abgeschiedenen Enklave des Klosters von Whitby hatte Eifersucht ein anderes Gesicht gehabt, deswegen erkannte sie nicht, welche Verzweiflung Drystan in diesen sinnlosen Streit trieb. Sie begriff lediglich, dass er sie absichtlich verächtlich behandelte. Dass er sie verwunden wollte. Ihr Zorn erlosch so schnell, wie er aufgeflammt war. Sie wich erschrocken vor ihm zurück.

»Ich habe keine Ahnung, wovon Ihr redet.«

Drystan entdeckte das steile Flussufer hinter ihr, und die Sorge triumphierte einmal mehr über seine Zweifel. Mit zwei Schritten war er bei Maylis und packte sie an den Schultern. Obwohl sie sich wand wie ein Aal, hielt er sie unvermindert fest. Er spürte ihr Widerstreben, aber auch etwas Neues. Angst.

»Seit wann fürchtest du mich?«

»Seit ich Euch nicht mehr verstehe«, entgegnete Maylis ehrlich. »Ihr seht mich an, als ob Ihr mich hasst.«

»Du hast mich bestohlen.«

»Niemals.«

»Du hast mir mein Herz geraubt.«

Ehe Maylis den tieferen Sinn dieser Anschuldigung begriffen hatte, lag sie bereits in Drystans Armen. Sein Mund suchte mit solcher Sehnsucht ihre Lippen, dass sie von heißer Wärme durchflutet sehnsüchtig in seine Umarmung sank. Ihr Plus raste, und ihr Herz pochte in leidenschaftlichem Sturmlauf gegen das Gefängnis ihrer Brust. Sie vergaß zu atmen. Ihr schwindelte, und sie klammerte sich an den einzigen Halt, den sie in diesem unverhofften Strudel fand. Ihre Arme umspannten seinen Nacken. Sie spürte, wie ihre Gestalt mit der seinen verschmolz.

»Du hältst mein Herz in deinen feinen, weißen Händen, und immer wenn ich versuche, es daraus zu befreien, ist es so, als wolle ich es mir selbst aus der Brust reißen«, raunte Drystan zwischen seinen Küssen. »Noch nie hat eine Frau solchen Aufruhr in meinem Blut verursacht. Du bist eine Hexe, gib's zu.«

Maylis schwankte zwischen Seligkeit und Empörung. Schon einmal hatte er sie von sich gestoßen, als sie den Fehler gemacht hatte, seinen schönen Worten zu glauben. Aber noch hielt er sie innig umfangen, sein Mund streifte ihre Schläfen und die Stirn. Er zeichnete heiße Spuren des Verlangens auf ihre Haut, die tief in ihrem Inneren ein Echo fanden, von dem sie noch nicht wusste, ob es Wonne oder Schmerz sein sollte.

Sie spürte, dass er ihr den Schleier vom Scheitel strich und seine Finger in ihren offenen Haaren vergrub. Sie umspannten ihren Kopf, hielten ihn fest, damit sie seinen Küssen nicht entfliehen konnte. Es wäre nicht nötig gewesen. Sie war außerstande, der Verführung zu widerstehen. Er presste jeden Gedanken aus ihrem Kopf, der nicht ihm galt.

Der Geschmack seines Mundes, die Berührung seiner Zunge und die unverhoffte Intimität seiner streichelnden Hand auf ihrer Brust entlockten ihr ein sehnsüchtiges Seufzen. Der Wunsch, mehr davon zu fühlen, riss jede Spur von Widerstand oder Vernunft mit sich fort. Sie wusste, dass es sich nicht gehörte, dass es Sünde war und dass sie dafür büßen musste, aber in diesem Augenblick war ihr alles außer Drystan egal.

Er drängte sie sanft hinter einen Vorhang, den die Zweige einer Weide bis auf das Wasser hinab warfen. Darunter fand sich trockener Sand und die Illusion von Ungestörtheit. Er breitete seinen Mantel zu Füßen des Stammes aus, und sie sank ohne Widerstreben in seine wartenden Arme. Das Mondlicht wob ein schwarz-silbernes Blättermuster über sie beide.

Drystan ergriff die Hände, die sich stumm und flehend nach ihm ausstreckten.

»Bist du sicher, dass du es willst?«, fragte er in einem letzten Anflug von Anstand und Vernunft. »Ich begehre dich, aber ich habe mich noch nie einer Frau aufgezwungen.«

»Ich will, dass du mich in deinen Armen hältst.« Maylis vergaß Kontrolle und Beherrschung. Sie sagte, was sie fühlte und was ihr als Erstes in den Sinn kam. »Ich wusste nicht, dass man solche Sehnsucht nach den Berührungen eines anderen Menschen haben kann. Dass es Küsse gibt, die die Haut verbrennen und dennoch wohl tun.«

Die Unschuld dieses sinnlichen Geständnisses entwaffnete und entflammte Drystan zugleich.

»Ich werde dich lehren, welche Küsse es gibt«, versprach er rau. »Die Nacht ist wie geschaffen für eine solche Lektion.«

Seine Hände fanden unter ihr Überkleid und beschäftigten sich mit Häkchen und Bändern, während er an ihrer Unterlippe knabberte und mit seiner Zungenspitze spielerisch die Konturen ihrer Lippen nachfuhr.

Maylis kostete diese Zärtlichkeiten ebenso begierig, wie die unbekannten Köstlichkeiten an der Tafel des Herzogs. Es war ihr nie zu Bewusstsein gekommen, welche Beschränkungen das Leben im Kloster mit sich brachte. Sie hatte nicht vermissen können, was sie gar nicht kannte. Nun freilich überwältigte sie die reine Fülle des Unbekannten. Hatte sie auf ihrem Ritt nach Süden schon die Vielfalt der Natur und der Landschaft bestaunt, so war es nun die Mannigfaltigkeit ihrer eigenen Empfindungen, die sie erschütterte und sprachlos machte.

Sobald Drystans Hände ihre bloße Haut berührten, richteten sich die feinsten Härchen darauf auf, zogen sich die Poren zusammen und rauschte das Blut schneller durch ihre Adern. Ihre Brüste fühlten sich mit einem Mal lebendiger, größer und schwerer an. Sie wurden von harten Spitzen gekrönt, die sich erwartungsvoll zusammenzogen, als seine Lippen sie berührten, seine Zunge sie auf raffinierte Art umschmeichelte. Sie empfand den Kontrast der kühlen Nachtluft und seines heißen Mundes, im Wechsel seiner Atemzüge, als köstliche Folter. Sie bewirkte ein schmerzliches Ziehen in den Tiefen ihres Leibes. Eine nie gefühlte Unruhe.

War es wirklich ihr eigener, schamloser und nackter Körper, der vom Rankenwerk der Weidenschatten verziert so erwartungsvoll zitterte? Sie betrachtete ihn ebenso erstaunt wie Drystan. Die Klosterregeln hatten verlangt, dass sie stets ein Hemd trug. Ein Kleidungsstück, das sie nicht einmal ablegen durfte, wenn sie sich darunter mit dem eiskalten Wasser wusch, das sie sich dafür selbst aus dem Brunnen ziehen musste. Die Nonnen hatten sie dazu angehalten, ihren Leib zu kasteien, ihn als Last und Bürde zu betrachten. Als den Fluch einer jeden Frau. Denn die Sünde dieses Körpers hatte Adam und Eva aus dem Paradies vertrieben.

Auf Drystans Zügen konnte sie keinen Abscheu entdecken. Nur Bewunderung.

»Wie schön du bist«, flüsterte er und strich mit flachen Händen bewundernd über die eleganten Linien ihrer Gestalt. »So zart und doch so glatt und gleichzeitig fest. Perlen können nicht kostbarer schimmern, nicht feiner sein.«

»Wenn ich schön bin, dann will ich es nur für Euch sein«, hauchte sie erschauernd.

Sie wölbte sich seinen forschenden Händen entgegen, und ihre leisen Seufzer mischten sich mit dem Plätschern des Flusses. Irgendwo ganz in der Nähe begann eine Nachtigall ihr berückendes Lied.

»Hörst du?«, raunte Drystan. »Sie bringt uns ein Ständchen.«

Maylis hörte nicht nur das Lied des Vogels, sondern auch das Rascheln von Kleidern. Dennoch fuhr sie überrascht zusammen, als sich ein bloßer, muskulöser Körper an sie schmiegte, als ihre Hände nicht länger Stoff, sondern warme Haut ertasteten. Die Stränge harter Muskeln, die Vertiefungen und Wölbungen eines Männerkörpers, fremd und doch nach kurzem schon aufregend vertraut, berauschten ihre

Sinne. Sie verlangte nach Drystans Berührungen. Sie wollte ihn mit all ihren Sinnen in sich aufnehmen. Sie entdeckte, dass er sie ergänzte, wie eine Wachsform den Guss, der aus ihr entstand. Wölbung fügte sich in Vertiefung, Härte in Weiches, Haariges an Glattes.

Drystan wusste schon längst nicht mehr, wer hier wen verführte. Maylis' natürliche Sinnlichkeit, gepaart mit einer geradezu heiteren Hemmungslosigkeit, brachte ihn um jede Beherrschung. Bis zu dieser Nacht hatte er sich für einen Mann mit einiger Erfahrung gehalten, aber Maylis zeigte ihm, dass er ahnungslos und dumm gewesen war. Dass er nichts von Genuss und Hingabe wusste.

Ohne jede Gegenwehr ließ sie zu, dass seine Finger die Geheimnisse ihres Schoßes erkundeten. Sie war bereit für ihn, und als er die zarten Falten ihres Geschlechts auseinanderschob, bis er die kleine erregte Knospe fand, die dort auf seine Zuwendung wartete, stieß sie einen überraschten Laut purer Ahnungslosigkeit aus. Der Aufschrei endete ein wenig erstickt, weil sie die Zähne in seine Schulter grub.

»Benimm dich, kleine Löwin«, knurrte er hingerissen von ihrer ungestümen Reaktion.

»Was tust du mit mir?«, fragte sie heiser.

»Soll ich aufhören?«

»Nein! Nein! Nein!«

Die Leidenschaft der drei Worte war ihm Aufforderung genug. Der feingliedrige Körper, der ihn so verführerisch im Mondlicht verlockte, war Wunder und Provokation zugleich. Obwohl es ihn danach drängte, sich in wilder Lust auf sie zu werfen, zögerte er. Ihr wehzutun war das Letzte, was er wollte.

»So komm doch!«

Maylis' verzückte Aufforderung ließ Drystan eine Erfahrung bei ihr vermuten, die sie nicht besaß. Er gab sich ganz der Erregung des Augenblicks hin und stieß in die heißen, feuchten Tiefen ihrer Weiblichkeit. Er war bereits fern jeder Möglichkeit, die eigene Lust zurückzuhalten, als er das Hindernis spürte. Ihr ungeschickter Versuch, sich seiner Leidenschaft zu entziehen, kam zu spät.

Eine Jungfrau!

Das war sein letzter bewusster Gedanke, ehe er in einer nie zuvor erlebten Erschütterung die höchste Spirale der Lust erklomm.

Maylis hielt den jähen, scharfen Schmerz für den Tribut, den sie für ihre sündige Lust zu zahlen hatte. Nach dem ersten Zurückzucken entrichtete sie ihn freudig. Sie umfing Drystan, völlig berauscht von dem Gefühl der Macht, die sie in diesem Augenblick über ihn besaß. Sie bereitete ihm Entzücken, und das schenkte auch ihr nie gefühlte Freude.

Sie konnte nicht sagen, wie viel Zeit vergangen war, als ihr auffiel, dass das Lied der Nachtigall längst verstummt war. Sogar der Fluss strömte lautloser als zuvor dahin. Kein Geräusch störte die Stille. Es kam ihr vor, als könne sie die Erde atmen hören. Drystan und sie waren allein in einem neuen Universum, das ihre Liebe für sie geschaffen hatte. Sie wollte ewig so liegen bleiben, fern der Wirklichkeit und aller Fragen, auf das Engste mit ihm verbunden.

»Verzeih mir, dass ich dir wehgetan habe«, brach

ausgerechnet Drystans Stimme die magische Verzauberung. »Du hast mich um den Verstand gebracht, meine Schöne.«

»Du hast mir nicht wehgetan«, widersprach Maylis leise. Sie strich über sein Haar und spürte, wie er sein Gesicht zwischen ihre Brüste drückte. »Du hast mir Liebe geschenkt. Ich danke dir dafür.«

»Ich habe mir etwas genommen, das nicht für mich bestimmt war. Ich fürchte, wir haben beide einen verhängnisvollen Fehler gemacht.«

Er löste sich von ihr und richtete sich auf. Im Dunkeln tastete er nach seinen Kleidern und begann sich anzuziehen. Es war, als lege er die stützende Rüstung an, die seine Vernunft benötigte, um wieder in Gang zu kommen.

Maylis fror ohne die Wärme seiner Gegenwart. Sie schlang die Arme um ihren nackten Oberkörper. Warum ließ er sie allein? Sie hätte gerne sein Gesicht gesehen, aber die Dunkelheit verhinderte das.

»Was geschehen ist, war kein Fehler, sondern mein Wille«, sagte sie schließlich mit angestrengter Stimme.

»Das habe ich gefühlt. Aber bist du wirklich sicher, dass es keinen anderen Mann gibt, der ein Recht auf dich anmelden kann?«

Maylis fuhr ertappt zusammen. Wusste er von den schottischen Heiratsplänen ihres Vaters? Nein, unmöglich. Sie hatte ja nicht einmal dem Herzog ihren wahren Namen anvertraut. Aber warum fragte Drystan nach den Rechten eines anderen Mannes? Was sollte sie antworten?

Sie drängte ihre Ängste gewaltsam zurück und hob

in jähem Stolz den Kopf. »Wer ein Recht auf mich oder meine Person hat, bestimme allein ich selbst.«

Drystan rückte den Gürtel über seinem Wams zurecht und sank neben Maylis auf ein Knie. Er wollte sie küssen, aber sie wich vor ihm zurück. Seine argwöhnischen Vermutungen erhielten neue Nahrung. Es war kaum einige Stunden her, dass sie ein flammendes Plädoyer für die weibliche Freiheit gehalten hatte.

»Wieso habe ich das dumme Gefühl, dass du nicht die Wahrheit sagst, meine leidenschaftliche Liebste? Was verbirgst du vor mir? Du bist auf der Flucht. Willst du mir nicht endlich sagen, vor wem?«

Maylis erstarrte. War das die richtige Gelegenheit? Sollte sie ihm nicht nur ihren Körper, sondern auch ihr Schicksal anvertrauen? Alles in ihr drängte danach, aber gleichzeitig war da auch eine Stimme in ihr, die sie warnte. Was sollte sie tun?

Drystan hielt ihr Zögern für eine Bestätigung seiner Mutmaßungen, und ihr Schweigen bedeutete ihm Ablehnung. Er richtete sich enttäuscht auf. Was hatte er erwartet? Vertrauen? Ehrlichkeit? Loyalität? Sie kannten einander kaum, obwohl sie sich soeben auf das innigste vereint hatten.

»Zieh dich an. Der Morgen wird bald dämmern, und du willst sicher nicht, dass man sieht, wie du in meiner Begleitung vom Fluss kommst«, sagte er schroff. Es fiel ihm schwer, seine Gefühle unter Kontrolle zu bringen, so dass er barscher als üblich klang.

Maylis verstand. In ihren Augen brannten ungeweinte Tränen. Sie gehorchte stumm.

# Achtes Kapitel

Behutsam entwirrte Janice Haarsträhne für Haarsträhne mit einem aus Holz geschnitzten Kamm. Maylis bekam langsam einen steifen Hals, aber sie wagte nicht, ihrer neuen Kammermagd Einhalt zu gebieten. Es gab so wenig, das das eifrige Mädchen für sie tun konnte, und sie hatte schnell begriffen, dass Janice zu stolz war, Almosen entgegenzunehmen. Wohl oder übel musste sie es zulassen, dass sie von ihr umsorgt wurde, als sei sie unfähig, einen einzigen Handstrich selbst zu tun.

»Lass gut sein, Janice«, verlor sie schließlich doch die Geduld. »Unter dem Schleier sieht ohnehin niemand, ob mein Haar glänzt oder nicht.«

»Es ist viel zu schön, um es zu verstecken«, widersprach Janice eigensinnig. »Ihr seid noch nicht verheiratet, also habt Ihr das Recht, Euer Haar offen zu tragen. Lord Drystan gefällt es, wenn Ihr das tut.«

»Woher willst du das denn wissen?« Maylis resignierte und ließ sie weiter bürsten.

»Ich sehe seine Blicke. Sie sprechen deutlicher als seine Worte. Seine Augen leuchten auf, sobald sie Euch sehen.«

»Gütiger Himmel, wer sagt dir, dass dieses Leuchten mit mir zu tun hat? Er brennt darauf, Schlachten zu schlagen und seinen Herzog zum König zu krönen. Der entscheidende Waffengang gegen König Stephen und seinen Sohn beschäftigt ihn mehr als eine dumme Person, die seinem Schutz unterstellt ist.«

»Ihr tut ihm unrecht«, beharrte Janice. »Ihr solltet froh sein, dass er eine Unterkunft für Euch gefunden hat, die nicht aus Zeltwänden besteht. Der Sommer neigt sich bald dem Ende entgegen. Ich für meinen Teil wohne lieber unter einem Dach, wenn die Septembergewitter über uns hereinbrechen.«

Maylis verzog das Gesicht. Seit Heinrich Plantagenet sein Feldlager bei Wallingford aufgeschlagen hatte, lebten sie und Janice in einem hübschen, mit Efeu überwachsenen Häuschen, das Teil des Sommersitzes eines reichen Händlers war. Drystan hatte darauf bestanden, dass sie dieses Haus fern des Feldlagers bezogen, und sie hatte sich seiner Bitte gebeugt.

Anfangs hatte sie noch gehofft, er habe die Abgeschiedenheit dieses Quartiers bewusst gewählt, um sie ungestört lieben zu können, aber diese Träume gehörten längst der Vergangenheit an. Drystan mied sie. Ihre Tage waren eintönig geworden und vom sinnlosen Warten auf seinen Besuch gefüllt. Nicht einmal Janice gelang es, ihre Stimmung aufzuhellen.

Sie zürnte Drystan, schimpfte ihn heimlich herzlos und sehnte sie sich trotzdem nach seinen Zärtlichkeiten. Nachts lag sie wach und verwob die Erinnerung an diese eine besondere Nacht, mit ihren Wunschträumen von der Zukunft. Morgens erhob sie sich müde und verfluchte die Macht, die er über ihr Herz besaß.

Die Liebe zog sie gegen jede Vernunft zu ihm.

Sie war Wachs in seinen Händen. Die Stunden am Flussufer hatten sie für immer zu seinem Eigentum gemacht. Seitdem musste er sie nur ansehen, damit sie seine Hände auf ihrem Köper spürte. Sie konnte seinen Mund nicht betrachten, ohne an seine Küsse zu denken, und sogar wenn er fern von ihr war, wie jetzt, erfüllte sie der Gedanke an ihn mit so leidenschaftlichem Verlangen, dass es schmerzte. Sie hungerte nach ihm und seinen Berührungen, aber die Stimme der Vernunft sagte ihr gleichzeitig unerbittlich, dass sie allein unter den Folgen dieser speziellen Krankheit litt.

Drystan lebte anscheinend recht gut ohne sie. Er schien nicht das Bedürfnis nach ihrem Anblick zu verspüren. Seine Aufgaben an der Seite des Herzogs füllten ihn aus. Von Crispin wusste sie, dass er zu seinen bevorzugten Gefährten gehörte. Mittlerweile besaß er sogar eine Stimme im Rat und begleitete Heinrich Plantagenet bei allen seinen Unternehmungen.

Wann war das Unglück eigentlich passiert? Wann hatte sie ihr Herz so hoffnungslos an Drystan d'Aval verloren? Was war ihr Leben ohne ihn noch wert? In Augenblicken wie diesem wünschte sie sich, sie wäre ihm niemals begegnet und stattdessen im Kloster von Whitby geblieben.

*Wach auf! Auch dann wärest du nicht mehr im Kloster! Du wärest die Gattin des Lairds von Kyle. Hast du schon vergessen, dass du vor diesem Schicksal geflohen bist?*

»Wenn der Krieg vorbei ist, werdet Ihr endlich heiraten, nicht wahr?« Janice' Stimme riss sie aus ihren bedrückenden Gedanken.

Maylis hörte nur *heiraten* und erstarrte. Sie fuhr so

hastig herum, dass sie ihrer Magd den Kamm aus der Hand stieß.

»Heiraten? Was redest du für dummes Zeug? Wer wird heiraten?«

»Verzeiht, ich wollte Euch nicht ... ich meine ... Lord Drystan und Ihr ...«

Janice geriet ins Stottern. Ihre oberflächlichen Wunden mochten verheilt sein, aber sie geriet bei lauten Geräuschen in Panik und litt des Nachts unter schlimmen Albträumen. Dass ihre normalerweise so sanfte und geduldige Herrin plötzlich laut und heftig wurde, jagte ihr einen gehörigen Schrecken ein.

Maylis entschuldigte sich augenblicklich für ihre scharfen Worte, ehe sie deutlich gemäßigter fragte: »Lord Drystan und ich? Was willst du damit sagen?«

Janice schüttelte stumm den Kopf, und Maylis begriff mit Verzögerung, dass sie gar nicht auf ihre Heirat mit dem Laird von Kyle angespielt hatte. Sie konnte ja nichts davon wissen. Janice spann einfach eine Geschichte bis zum guten Ende, die sie sich in ihrem arglosen Gemüt aus den Blicken und Seufzern ihrer Herrin zusammengereimt haben musste.

»Wie kommst du nur darauf, dass ich Lord Drystan jemals heiraten werde?«, fragte Maylis am Ende in ratloser Bestürzung.

»Ihr liebt ihn«, entgegnete Janice treuherzig. »Und er liebt Euch.«

»Wer sagt das? Woher willst du das wissen? Hast du mit ihm gesprochen?«

Es hielt Maylis nicht länger auf ihrem Hocker. Sie stand auf, egal ob Janice mit Kämmen fertig war oder nicht. Die losen Haare flogen wie ein Schleier um ihre Schultern.

»Er ist freundlich zu mir, aber er spricht nicht mit mir. Was ich weiß, ergibt sich aus den Umständen. Ihr seid ihm in den Krieg gefolgt, und er behält Euch bei sich. Nur Liebe kann das bewirken.«

In Janice' Augen war Drystan d'Aval die Verkörperung aller ritterlichen Tugenden und sie hatte sich ihre eigene, gutherzige Erklärung dafür zurechtgelegt, dass er für Maylis sorgte, obwohl sie weder verwandt noch in Ehren verlobt waren.

»Ich muss dich enttäuschen, Janice.« Maylis achtete sorgfältig darauf, dass ihre Stimme dieses Mal keine Niedergeschlagenheit verriet. »Ich bin nicht die Lady, die Lord Drystan zum Altar führen wird. Seine Mutter hat ihm eine Edeldame ausgesucht, die zu Hause darauf wartet, dass er aus dem Krieg kommt.«

»Das ist nicht wahr.«

»Ich weiß es aus seinem eigenen Mund.«

»Aber warum ...?« Janice wurde glühend rot und beendete die Frage nicht.

»Warum ich trotzdem bei ihm bleibe und die Brosamen seiner Zuneigung aufsammle?«

Janice nickte heftig.

»Man sucht sich nicht aus, wen man liebt, du wirst es noch selbst herausfinden«, hörte sich Maylis zu ihrer eigenen Verblüffung antworten. »Das Schicksal wirft dir die Liebe in den Schoß, ohne dass du am Anfang merkst, wie gefährlich sie ist. Du hebst sie auf, und dann ist es bereits passiert. Sie klebt an deinen Fingern, sickert in dein Blut und macht sich in deinem Herzen breit. Gegen diese Krankheit ist kein Kraut gewachsen. Sie plagt dich ein Leben lang.«

Janice bückte sich nach dem Kamm. Als sie sich wieder aufrichtete, suchte sie eindringlich den Blick ihrer Herrin.

»Ich denke, Ihr täuscht Euch«, sagte sie bedächtig. »Der Lord wird Euch nie verlassen. Er wird Euch heiraten und gewiss nicht diese Edeldame, die zu Hause auf ihn wartet. Er will Euch und nicht sie.«

»Ich würde dir zu gerne glauben, Janice.« Maylis lachte freudlos. »Aber in meinem Leben ist noch nie etwas so gekommen, wie ich es mir gewünscht habe. Niemand hat sich je die Mühe gemacht, sich um meine Hoffnungen zu kümmern.«

*

Drystan klopfte Ares ermunternd auf den Hals. Die Flanken des Hengstes bebten, und seine Beine waren bis weit über die Knie hinauf mit Schlamm bespritzt. Er selbst sah nicht viel besser aus. Eine Jagd mit Heinrich Plantagenet forderte das Äußerste von Mensch und Tier. Der Herzog liebte den Wettstreit, egal ob es um die Zahl der Hasen ging die er schoss, oder um die Schnelligkeit seines Reittieres. Ares hatte den schwarzen Renner geschlagen, den Heinrich ritt, und Drystan kam es vor, als empfinde sein Pferd den gleichen heimlichen Stolz darüber wie er selbst.

»Trockne ihn gut ab und führe ihn ein wenig herum, damit er sich abkühlt«, bat er Crispin und reichte die Zügel weiter. »Er hat der Pferdezucht von Hawkstone Ehre gemacht, aus der er stammt. Rund um den

Rosenturm werden noch immer die besten Pferde von England gezüchtet. Sogar der Herzog musste das einräumen. Mein Vetter in Hawkstone wird mir noch dafür dankbar sein müssen, dass ich unseren künftigen König auf diesen Umstand aufmerksam gemacht habe.«

»Was gibt es Neues über die bevorstehende Schlacht?«, erkundigte sich Crispin. Er wusste inzwischen, dass der Herzog die Angewohnheit hatte, wichtige Entscheidungen auf der Jagd zu überdenken.

»Nichts.« Drystan zog eine Grimasse, ehe er sich Schweiß und Staub von der Stirn wischte. »Theobald von Canterbury predigt einen Waffenstillstand auf Dauer. Der Erzbischof warnt vor weiterem Blutvergießen.«

»Dem kann man schlecht widersprechen«, antwortete Crispin. »Dieser Bürgerkrieg tobt nun seit Jahrzehnten und hat nichts als Elend und Tod gebracht. Das Land ist am Ende. Zu viele Dörfer sind zerstört, und die Felder liegen brach. Unsere besten Ritter haben ihr Leben gegeben, ohne dass eine der beiden Seiten den Sieg davongetragen hätte. Vielleicht will der Himmel, dass sie sich einigen, Stephen und Heinrich.«

»Wer kann das schon sagen.«

Drystan schlug seinem Milchbruder auf die Schulter und überließ ihm die Sorge um Ares. Der Herzog erwartete ihn im Rat, aber zuvor wollte er sich säubern und frische Kleider anlegen.

Heinrich Plantagenet und König Stephen befanden sich seit Wochen in einem eigenartigen Gleichgewicht der Kräfte. Sie standen einander am Ufer der

Themse bei Wallingford gegenüber. Die Heere, jenes des gekrönten Königs und das des jungen Herzogs, lagerten tatenlos am Fluss. Man tauschte Beleidigungen und Informationen aus, aber es kam zu keinen nennenswerten Kampfhandlungen. Jeder Plan scheiterte in endlosen Besprechungen, und jede Initiative erstickte in Gegenargumenten, noch ehe sie in die Tat umgesetzt werden konnte.

Der Herzog empfing ganze Heerscharen von Botschaftern, Spionen und Verbündeten, aber er traf keine Entscheidung. Weder befahl er den ersten Schritt über den Fluss, noch bot er König Stephen Verhandlungen an. Das ständige Kommen und Gehen machte indes einen wahren Bienenstock aus seinem Lager. Jeden Tag tauchten neue Gesichter auf.

Drystan hatte es längst aufgegeben, sich ihre Namen zu merken. Es fiel ihm ohnehin immer schwerer, Geduld für die Verwicklungen der Diplomatie aufzubringen. Der Rat des Herzogs lag im ständigen Streit über das richtige Vorgehen. Heinrich schmähte die Zauderer und Vorsichtigen, aber er konnte es sich nicht leisten, ihre Warnungen völlig in den Wind zu schlagen. Wenn er die englischen Edelmänner verärgerte, die zu ihm hielten, bestand die Gefahr, dass er seine Streitmacht empfindlich schwächte.

Tief in Gedanken versunken achtete Drystan nicht auf seinen Weg, so dass er mit einem fremden Ritter zusammenprallte, der ohne nach links und rechts zu sehen, aus einer Zeltgasse stürmte. Erst als er im heimischen Tonfall des Nordens zu fluchen begann, betrachtete er ihn näher. Das faltige Gesicht mit den blutleeren Lippen und der schwarzen Binde über dem Auge kam ihm bekannt vor, also entschuldigte er sich höflich, obwohl die Schuld ebenso sehr auf Seiten des anderen lag.

»Auf ein Wort.« Der Ritter hielt ihn am Arm fest, damit er seinen Weg nicht fortsetzen konnte. »Gehört Ihr nicht zum Rat des Herzogs? Ihr seid d'Aval, nicht wahr? Was muss ich tun, damit mich der Herzog empfängt? Ich habe ein dringendes Anliegen.«

»Haltet Euch an den üblichen Weg.« Drystan befreite sich energisch aus dem unerwünschten Griff und ging auf Abstand. »Der Haushofmeister des Herzogs führt die Liste der Audienzen. Gebt Ihm Euren Namen. Wenn Euer Begehr wirklich von Bedeutung ist, so werdet Ihr unverzüglich vorgelassen.«

Die Miene des Fremden verfinsterte sich bedrohlich, und Drystan suchte in seiner Erinnerung nach dem Namen für das Gesicht.

»Hört, ich bin Walter von Balliol«, beantwortete der Mann in diesem Moment selbst die Frage. Als Drystan die Stirn runzelte, weil er wenig erfreuliche Erinnerungen mit diesem Namen verband, fuhr er schnell fort: »Meine Neuigkeiten sind von größter Wichtigkeit. Es gilt Kämpfe an der Nordgrenze zu verhindern.«

Drystan verengte die Augen. Der König von Schottland war Heinrich Plantagenets Patenonkel. Von seiner Seite drohte keine Gefahr. Andererseits kannte auch er die streitsüchtigen Clanführer an der Grenze gut genug, um zu wissen, dass sie auch ohne die Zustimmung ihres Königs auf eigene Gefahr auf Raubzüge gingen, wenn sie es für angebracht hielten. Übertrieb Balliol, um sich wichtig zu machen, oder sprach er die Wahrheit? Barnard Castle verfügte über strategische Bedeutung an der schottischen Grenze.

»Wollt Ihr etwa behaupten, Barnard Castle drohe Gefahr von den Schotten?« Drystan legte eine gute Portion Ungläubigkeit in seine Stimme.

»Was ich behaupte, werde ich dem Herzog selbst sagen. Bringt mich zu ihm. Unverzüglich.«

Was für ein widerlicher Angeber. Noch schlimmer als sein gewalttätiger Bruder, an dessen Wüten bei Oxford sich Drystan nun wieder erinnerte. Er hatte jeden für den Tod seiner Söhne verantwortlich gemacht. An erster Stelle jedoch die Königin. Mathilda. Heinrichs Mutter.

»In Eurer Familie wechselt man die Loyalitäten wohl wie die Jahreszeiten«, sagte er deswegen kalt. »Erlaubt, dass ich Euch zu Eurem geschmeidigen Gewissen gratuliere. Ich war Ohrenzeuge, als Euer Herr Bruder die Mutter des Herzogs verfluchte und ihr seine Treue aufkündigte.«

»In verständlicher Trauer über den Tod seiner Söhne, wie Ihr sehr wohl wisst, Herr d'Aval. Das liegt Jahre zurück.«

»Und was treibt Euch nun wieder an die Seite von Mathildas Sohn? Welchen Unfrieden stiftet Ihr an der Grenze?«

Balliols Gesicht rötete sich auf gefährliche Weise. Sein tief liegendes Auge glitzerte bedrohlich. Ehe er den Mund aufmachen konnte, entdeckte Drystan freilich den Pagen Robin und winkte ihn heran.

»Bring den Herrn von Balliol zum Haushofmeister des Herzogs, Robin. Er wünscht eine Audienz.«

Er hörte den Einäugigen fluchen, als er sich abwandte, aber er ließ sich nicht aufhalten. Er hatte genügend eigene Probleme. Genauer gesagt war es ein Problem und es hieß Maylis.

Er hatte sie an den äußersten Rand seines Lebens verbannt und es Crispin überlassen, für die beiden Frauen zu sorgen. Aber sein Plan war nicht aufgegangen. Maylis steckte dermaßen tief in seinem Blut, dass er sie so wenig wie den eigenen Namen vergessen konnte. Ihre Küsse hatten ihn gezeichnet, und die Erinnerung an ihre Leidenschaft setzte ihm zu.

Obwohl er sie seit der Nacht am Ufer des Axe nicht mehr in seinen Armen gehalten hatte, nahm ihre Anziehungskraft zu statt ab. Ob bei der Jagd, beim Kampftraining oder bei Besprechungen, nie gelang es ihm, sie gänzlich aus seinem Bewusstsein zu verdrängen. Stets blieb ihm gegenwärtig, dass ihn lediglich die Spanne eines kurzen Galopps von ihr trennte.

Er musste sich wohl der Tatsache stellen, dass er noch nicht fertig mit Maylis der Rätselvollen war. Es hatte keinen Sinn, ihr aus dem Weg zu gehen. Er musste sich ihr und seinen Gefühlen stellen.

Gleich nach dem Treffen des Rats wollte er das Lager verlassen. Hoffentlich hatte Walter von Balliol keine wirklichen Schwierigkeiten im Gepäck, die den Herzog dazu veranlassten, die Sitzung über Gebühr auszudehnen. Irgendetwas in seinem Inneren warnte ihn davor, dass von Balliol nichts Gutes kam.

# Neuntes Kapitel

Das Gewicht der Früchte drückte die Brombeerranken über den Zaun nach unten. Bienen und Schmetterlinge umsummten die reifen Köstlichkeiten. Maylis beachtete sie nicht. Gedankenverloren streifte sie Beere für Beere in eine Holzschüssel. Janice hatte sie aus dem Haus geschickt und an die Arbeit getrieben.

»Ihr könnt nicht immer nur herumsitzen, aus dem Fenster sehen und darauf warten, dass er kommt«, hatte sie energisch behauptet. »Pflückt die letzten Brombeeren am Zaun. Bei dieser Beschäftigung könnt Ihr genauso gut Ausschau nach einem Pferd halten wie aus der Stube. Die Sonne wird Euch guttun.«

Die Tatsache, dass das Mädchen ihre verzweifelte Sehnsucht so genau durchschaute, war Maylis peinlich. Wo war nur ihr Stolz geblieben? Ihre Kraft? Bei den frommen Frauen von Whitby hatte sie doch wahrhaftig gelernt, dass es keinen Sinn hatte, unerfüllbaren Träumen nachzuhängen.

*Du bist kein Kind mehr!*, rief sie sich selbst zur Ordnung. *Du allein wolltest über dein Leben bestimmen, und was tust du? Du lässt dich treiben und wartest auf ein Wunder. Es gibt keine Wunder!*

Sie strich sich mit dem Handrücken über die Stirn

und hinterließ Brombeerspuren auf der Haut. Die Sonne brannte von einem strahlend blauen Himmel. Das kleine Haus und der Garten davor badeten in Wärme und Helligkeit. Im Kloster hatte sie sich nach solcher Häuslichkeit gesehnt. Nach einfacher Arbeit, einem Leben ohne Vorschriften. Nach einem Menschen, der ihre Tage teilte, wie es Janice tat.

Wieso fühlte sie sich dennoch unglücklich, betrübt und ernüchtert? Warum konnte sie nicht genießen, was sie besaß?

Weil sie Angst vor der Zukunft hatte? Weil sie sich fragte, was aus ihr wurde, wenn das Heer weiterzog? Wenn Drystan sie zurückließ?

Es war nicht irgendein Mensch, mit dem sie ihre Tage teilen wollte, das hatte sie inzwischen begriffen. Es war nicht Janice, so sehr sie das Mädchen auch schätzen gelernt hatte. Es war Drystan. Drystan, der sie seit Wochen mied, als habe sie eine ansteckende Krankheit.

»Ein Goldstück für deine Gedanken.«

Die Schüssel mit den Beeren fiel aus Maylis' Händen. Dunkle Früchte kollerten zu ihren Füßen ins Gras, während sie sich fassungslos umwandte. Drystan lehnte am Gartenzaun. Einen Fuß hinter sich gegen das Hindernis gestemmt, einen Grashalm lässig zwischen den Zähnen.

Wie lange stand er schon dort und beobachtete sie? Überraschung, Zorn, Freude, Empörung und Erregung wallten mit einem Schlag in ihr auf und raubten ihr die Sprache.

»Willst du mich nicht begrüßen, Maylis?«

Sie brachte keinen Laut über die Lippen. Sie konnte ihn nur ansehen. Seine Augen glänzten silbern im Sonnenlicht, der Grashalm betonte den sinnlichen Schwung seines attraktiven Mundes. Die breiten Schultern, das neue Waffenhemd mit den Löwen von Anjou, die starken Schenkel, über denen sich der Stoff der Beinkleider spannte. Ja, genauso bewahrte sie ihn in ihrer Erinnerung. Auch so selbstsicher, ruhig und ungerührt, während in ihr das vertraute Chaos aus Sehnsucht und Verzweiflung aufbrach. Sie spürte die Röte in ihre Wangen steigen.

»Ich verdiene deinen Unmut«, sagte er, als das Schweigen zwischen ihnen lastend wurde. »Ich habe dich zu lange allein gelassen. Leg es meiner Feigheit zur Last. Aber du darfst mir glauben, dass ich mich selbst am meisten damit gestraft habe.«

»Ich...« Maylis musste sich erst räuspern, ehe sie endlich sprechen konnte. »Ich hätte nicht gedacht, dass Ihr Euch meiner noch entsinnt, Seigneur. Es ist lange her, seit Ihr mich zur Kenntnis genommen habt.«

»Bin ich wieder ein Seigneur für dich? Du hast mich schon Drystan genannt.«

»Ein Umstand, an den Ihr Euch nicht gerne erinnert, will mir scheinen, sonst hättet Ihr früher den Weg zu mir gefunden.«

Drystan lächelte. Maylis konnte sich weder der Wirkung dieses Lächelns noch der Magie des Augenblicks entziehen. Die Zeit blieb stehen.

Keiner von beiden bemerkte, dass Janice aus dem Haus trat und sie mit großen Augen musterte. Dann nahm sie sich ein Schultertuch vom Haken neben der Tür und verschwand eilig um die Hausecke.

Eine der zahllosen Bienen flog taumelnd gegen Maylis' Wange und weckte sie aus ihrer Erstarrung. Ihr Herz überschlug sich, als sie sie vertrieb, ohne den Blick von Drystan zu nehmen.

Erst jetzt entsann sie sich daran, dass sie nur einen der einfachen Barchentkittel trug, die Janice für sie genäht hatte, damit sie ihre beiden guten Gewänder schonen konnte. Seit sie die Hoffnung auf seinen Besuch aufgegeben hatte, trug sie nur noch dieses Bauerngewand. Sicher sah sie ganz fürchterlich aus.

Dennoch stand etwas in seinen Augen, das ihr wie Bewunderung erschien. Bewunderung? Unsinn. Sie dachte nur solches Zeug weil er sie so völlig durcheinanderbrachte. Weil sie in seiner Gegenwart nicht mehr wusste, was sie fühlen oder sagen sollte. Sie nahm Zuflucht zu den Floskeln der Höflichkeit.

»Ich glaube, ich habe Euch noch nie dafür gedankt, was Ihr alles für mich getan habt«, sagte sie mit steifen Lippen. »Ihr müsst mich für ungezogen und eigensüchtig halten. Verzeiht.«

»Es ist wohl eher an mir, dich um deine Nachsicht zu bitten«, antwortete er zu ihrer Überraschung und gab seine Pose am Zaun auf.

Er trat näher und ergriff ihre schmutzigen Hände, ohne sich um die Brombeerflecken zu kümmern. »Ich habe das Geschenk, das du mir voller Hingabe gemacht hast, nie richtig gewürdigt. Wenn einer von uns beiden Verzeihung erflehen sollte, dann bin ich das. Ich war ein Narr.«

»Ich verstehe nicht ...«

»Wirklich nicht?« Drystan hatte sich seine Worte auf dem Ritt zu Maylis genau überlegt. »Ich wusste nichts anzufangen mit den Gefühlen, die du in mir weckst. Ich hielt sie für eine Art Krankheit, die man durch Abstand kurieren kann. Aber je mehr ich dich mied, umso größer wurde meine Sehnsucht nach dir. Wirst du mir erlauben, meinen Fehler gutzumachen? Du bist die einzige Heilung für mein Leid.«

Maylis blinzelte überrascht und wollte ihm ihre Hände entziehen, aber er ließ es nicht zu.

»Liebste.« Er zog sie in eine unwiderstehliche Umarmung. Er presste seine Wange an die ihre, dann suchte er ihre Lippen. »Ich bin ein Dummkopf. Ich wollte dich gehen lassen, aber ich kann es nicht. Was immer die Zukunft für uns bereithält, ich will es mit dir erleben. Ich kann nicht auf deine Liebe verzichten. Du hast mich betört. Ich habe jede Nacht davon geträumt, dich wieder in meinen Armen zu halten.«

Die leidenschaftliche Erklärung entwaffnete Maylis. Sie spürte seine Bartstoppeln an ihrer Wange, den hungrigen Kuss, die Anspannung seiner Muskeln. Das war nicht länger der beherrschte, stolze Ritter, der auf sie herabsah. Das war ein Mann, den die gleiche Sehnsucht quälte, die auch sie schwächte.

Sie brachte es nicht übers Herz, ihn leiden zu lassen. Ihm Schmerz zuzufügen kam ihr undenkbar vor. Sie ließ zu, dass er ihr Gesicht mit Küssen bedeckte, dass er sie in seinen Armen zerdrückte und sie so heftig an sich presste, dass sie kaum noch atmen konnte.

»So sag doch etwas«, forderte er ungestüm.

»Lasst mich erst Luft holen«, hauchte sie und berührte mit ihren blauen Fingerspitzen seine Wangen. »Ich kann nicht glauben, dass Ihr mir von Liebe sprecht, Seigneur. Ich wusste nicht, dass Ihr dieses Wort überhaupt kennt.«

»Zweifle nicht länger an mir, Maylis«, bat er sie leidenschaftlich. »Es war uns vom Schicksal bestimmt, dass wir uns begegnen mussten.«

»Ein blindwütiges, gefährliches Schicksal«, erwiderte sie, von einer seltsamen Ahnung befallen.

»Ein gütiges Schicksal«, verbesserte Drystan nachdrücklich und wandte den Kopf, damit er die Hand küssen konnte, die über seine Wangen strich. »Ich werde nie aufhören, dem Himmel dafür zu danken.«

»Hört mir zu«, unterbrach sie seine heißblütige Rede. Sie versuchte, sich von seinen Küssen nicht ablenken zu lassen. »Da ist so vieles, über das wir reden müssen. Ihr müsst mich erst anhören, dann werdet Ihr vielleicht eine andere ...«

»Das kann warten.«

Zwei Finger legten sich auf ihren Mund. Sie unterbrachen das Geständnis, noch ehe es begonnen hatte.

Maylis erzitterte unter der Berührung. Würde sie später noch einmal den Mut zur Wahrheit aufbringen können? Es kostete unendliche Kraft, alles aufs Spiel zu setzen.

Die Finger wanderten weiter, strichen über ihre Lippen, die Kante des Kinns entlang, folgten der Länge ihres Halses und tauchten kühn in das Tal zwischen ihren Brüsten. Schweiß hatte sich dort gesammelt, und die Haut prickelte unter der intimen Berührung, die Spitzen ihres Busens verhärteten sich sehnsuchtsvoll.

Es bedurfte nur dieses einen Funkens, um unter

dem trockenen Zunder ihrer Leidenschaft die Flamme neu zu entfachen. Ein letztes Aufflackern von Vernunft bewahrte Maylis lediglich davor, schon im Garten den Kopf zu verlieren. Sie zog Drystan ins Haus und hoffte auf Janice. Sie würde mit ihrer ruhigen praktischen Art dort sein und dafür sorgen, dass sie nicht jene verbotenen Dinge tat, die sich ihr Körper bereits mit einem erregten Schauer ausmalte.

Aber das Haus war leer. Niemand erhob Einspruch, als Drystan die Tür hinter ihnen schloss und die Sonne aussperrte. Sanftes Dämmerlicht füllte die Stube, denn halb geschlossene Fensterläden sollten die Tageshitze abhalten. Es war gerade hell genug, damit Maylis in Drystans Augen lesen konnte. Feuer stand in ihnen. Begehren. Hunger. Und alles galt ihr. Nie hatte sie jemand so angesehen. So gewollt.

»Ich weiß nicht, was ich tun soll, wenn Ihr mich auf diese Weise betrachtet«, flüsterte sie.

»Bleib einfach stehen. Lass dich anschauen. Du bist so schön. Die Erinnerung an deinen Anblick im Mondlicht hat mich verfolgt. Sie hat mich verdorben für jede andere Frau.«

Maylis' Pulsschlag beschleunigte sich. Erst war es Schock, dann aufkommende Erregung.

*Du solltest ihm Einhalt gebieten. Du darfst dich nicht von seinen Worten einlullen lassen. Es ist Sünde, was du tust. Du wirst es bereuen!*

Sie ignorierte die Mahnung ihrer Vernunft. Die Erinnerung an das berauschende Gefühl der Macht, das ihr sein Begehren geschenkt hatte, wurde übermächtig. Konnte sie es wieder empfinden? Die Macht über ihn festhalten und stärken?

Bestimmt nicht in diesem hässlichen Hemd. Sie hob die Hände und weitete die Zugbänder um den Halsausschnitt. Das einfache Kleidungsstück verlor seinen einzigen Halt. Mit gekreuzten Armen schob sie den Stoff betont langsam weiter über die Schultern. Sie fühlte ihn gleiten, mit einem rauen Streicheln über Arme und Hüften rutschen, bis sie in einem Ring aus grobem Stoff stand. Nackt wie Eva im Paradies.

Drystans Pupillen weiteten sich beim Anblick dieser unerwarteten Verführung. Die Liebesnacht im Mondlicht hatte ihm die genauen Einzelheiten ihres überschlanken, zerbrechlichen Körpers vorenthalten. Im Dämmerlicht schien sie ihm nicht mehr so gefährlich zierlich. Der matte Elfenbeinglanz ihrer Haut und die vollkommenen Proportionen der Glieder wirkten zwar ätherisch, aber die schmale Gestalt besaß jetzt eine Biegsamkeit, die keinen Gedanken an Schwäche zuließ.

Er konnte nicht ahnen, dass Janice' Fürsorge und die ungewohnt üppigen Mahlzeiten der letzten Wochen die Spuren getilgt hatten, die das Klosterleben und seine karge Kost an Maylis hinterlassen hatten.

»Ist es das, woran du dich erinnerst?«, hauchte sie mit belegter Stimme.

»Es ist mehr, es ist schöner«, antwortete er fasziniert und trat wie ein Schlafwandler näher.

Ein Schauer lief dabei über Maylis' Haut, färbte die zarten Brustspitzen dunkler und beschleunigte ihren Atem. So dazustehen und sich betrachten zu lassen kam ihr sündhaft und zugleich wundervoll vor. Seine Augen erschufen sie neu. Sie machten eine Frau aus der Klosterschülerin, eine Liebende.

Drystan atmete so schwer, als sei er eben die Treppe eines viel zu hohen Turms hinaufgestürmt. Er streckte eine Hand aus, die seltsamerweise bebte, ehe sie eine ihrer festen, vollen Brüste mit zärtlichen Fingern umfing. Maylis presste die Lippen aufeinander und schloss für einen Moment die Augen. Die Berührung, so sanft sie auch war, weckte solche Lust in ihr, dass sie sich kaum aufrecht halten konnte. Dennoch stand sie still, forderte ihn stumm auf, sich weiter zu wagen.

Es schmeichelte ihr, als sie den Schweiß auf seiner Stirn entdeckte. Dass er sich ebenso nach ihr verzehrte wie sie sich nach ihm, das erhöhte die köstliche Qual dieser Situation ins Unerträgliche. Ihr Körper glühte. Sie ließ es reglos zu, dass die zweite Hand über ihre Taille glitt, ihr Gesäß umfing und sie an ihn zog. Das glatte Gewebe des Wappenrocks strich über ihre Brüste, Gürtel und Dolch drückten sich gegen ihre Hüfte.

»Es ist nicht gerecht«, beschwerte sie sich ohne Nachzudenken. »Ich bin nackt, und du verbirgst dich hinter Kleidern.«

»Dem kann leicht abgeholfen werden.«

»O mein Gott ...«

Maylis wusste nicht, ob sie sich für den eigenen Wunsch schämen oder über die Geschwindigkeit staunen sollte, mit der sich Drystan seines Gewands entledigte. Am Ende entrang sich ihren Lippen nur ein Seufzer. Sie spürte förmlich die Röte, die ihren ganzen Leib überzog, als sie ihn ebenso scheu wie wissbegierig in Augenschein nahm. Auch sie hatte bislang wenig von ihm gesehen.

Die lang gezogenen, gut ausgebildeten Muskeln verrieten seine Kraft und seine Fähigkeiten im Kriegshandwerk. Mächtige Schultern verjüngten sich auf überraschend schmale Hüften, und die begehrlich aufragende Männlichkeit zwischen seinen kräftigen Schenkeln beunruhigte sie mehr, als sie sagen konnte. Ohne Kleider und in dieser Verfassung wirkte er noch einschüchternder als sonst. Ein heidnischer Gott. Er würde ihr wehtun.

Ehe sie ihrer Verwirrung freilich Herr wurde, hatte sie Drystan bereits auf seine Arme genommen. Er trug sie hinauf in die winzige Schlafkammer, wo der Alkoven stand. Behutsam legte er sie auf dem Bett ab. Der Ernst seiner Züge irritierte Maylis, und sie stützte sich auf einen Arm, so dass er, das Knie bereits auf der Matratze, in der Bewegung verharrte.

»Was ist?«

»Ich suche das Lächeln auf deinen Zügen.«

Drystans Antwort bestand aus einem Kuss, in dem Maylis förmlich ertrank. Ihr Atem mischte sich mit dem seinen. Seine Zunge drang in ihren Mund und streichelte so sanft die ihre, dass sie das Bedürfnis hatte, ihm diese wonnevollen Gefühle zurückzuschenken, die er in ihr auslöste. Sie drängte sich an ihn, und ihre Hände erkundeten in sinnlicher Neugier den Männerkörper, der so warm und glatt und doch so anders als der ihre war. Sie wagte das Wunder seines Geschlechtes zu berühren und konnte, verführt von der Schwere und Glätte, nicht aufhören, es zu liebkosen.

Drystans Muskeln wölbten sich, als würden sie unter Spannung stehen, aber Maylis war viel zu abgelenkt von ihren eigenen köstlichen Empfindungen. Sie begriff nicht, wie sehr ihn ihre zugleich unschuldige und auch ungestüme Neugier an die eigenen Grenzen führte.

Er bot dem lustvoll grausamen Spiel Einhalt und drängte ihre Schenkel sanft auseinander. Im Gegensatz zu ihr kannte er die feinen Mechanismen eines Frauenkörpers genau. Er wusste, was er tat, als er die zarten Falten teilte und die lockenden Tiefen ihres Schoßes mit der Hand erkundete. Ihr Seufzen war ihm Bestätigung und Lohn zugleich, und er erstickte die süßen Laute mit leidenschaftlichen Küssen.

Das Spiel seiner Finger trieb Maylis immer näher an einen Abgrund, von dem sie nicht wusste, was in seinen Tiefen auf sie lauerte. Dennoch ergab sie sich vertrauensvoll der erotischen Verlockung. Wogen purer Lust zitterten über ihre Haut, wie eine Brise über die glatte Oberfläche eines Teichs. Sie warf den Kopf auf dem Kissen hin und her und biss in die eigene Faust, um ihre Wonne nicht laut herauszuschreien.

»Gütiger Himmel, wie wundervoll du bist«, raunte Drystan an ihrem Ohr und knabberte spielerisch an der rosigen Muschel. »Ich kann nicht länger warten. Ich muss dich haben.«

Maylis tauchte aus dem Taumel ihrer Empfindungen auf, als Drystan seine Hand zurückzog und sich über sie hob. Sie verkrampfte sich unter einem plötzlichen Anflug von Schock, weil sich das Bild des pulsierenden Geschlechts vor seinem Bauch in ihre Erinnerung drängte. Viel zu groß, viel zu lang und viel zu bedrohlich. Schon einmal hatte er sie damit so verletzt, dass sie Blut an ihren Schenkeln gefunden hatte.

Aber ihre Angst wurde mit dem nächsten Atemzug von einem Schauer heißer Liebesglut abgelöst. Stark und glatt glitt die Spitze seiner Männlichkeit auf der Spur ihrer eigenen Erregung tiefer. Sie fühlte, wie sich die eigenen Muskeln um den Eindringling schlossen, wie sie sich weiteten und anpassten. Das war kein Schmerz, nur reinste Wonne. Der begierige Wunsch nach mehr packte sie. Sie hob ihm die Hüften entgegen, und jeder seiner Stöße entfachte größeres Entzücken.

Die Ekstase des unerwarteten Höhepunkts durchflutete Maylis gleich einer Sturmwoge und riss sie mit sich. Sie stürzte über den Abgrund, aber sie fiel nicht. Sie trieb auf unsichtbaren Flügeln, durch eine nie erlebte Dimension des Fühlens. Sie wurde eins mit Drystan. Das gleiche Blut rauschte wie ein glühender Strom durch ihre weiten Adern, ein und dasselbe Herz schlug für sie.

Drystan vermochte nicht zu sagen, wie lange er betäubt und gleichzeitig erfüllt von namenlosem Wohlbefinden einfach nur geträumt hatte. Es war nicht seine Art zu träumen. Er war ein Mann der Tat. Ein Mann der schnellen Entschlüsse, der nicht zögerte, in Angriff zu nehmen, was ihn nötig dünkte. Ein Mann, der sein Eigentum bewahrte und beschützte, der sich nicht von Gefühlen überwältigen ließ.

Ein kaum hörbares Seufzen von Maylis' Lippen vollendete den Kreis seiner Gedanken. Sie war sein.

Für immer sein Eigentum. Sie gehörte ihm. Sie zu schützen, zu lieben und zu bewahren, dafür war er auf die Welt gekommen.

Er hob den Kopf, um die Stirn zu küssen, die sich so vertrauensvoll an seine Schulter schmiegte. Ihr Gesicht lag halb in seine Schulter vergraben, halb vom wirren Vorhang ihrer Haare verdeckt, im Dunkel. Aber er spürte, dass ihre Lippen den Kuss erwiderten, und ließ zu, dass die Erleichterung durch seine Adern flutete. Sie schien ihm die ein wenig stürmische Eroberung nicht nachzutragen. Er hatte sich benommen wie ein gieriger Söldner.

»Ich habe nicht gewusst, dass Liebe auch so sein kann«, hörte er sie in diesem Augenblick erstaunt wispern. »Nur Wonne und keine Schmerzen.«

Drystan strich ihr die Haarflut aus der Stirn und entdeckte ungespielte Verwunderung in ihrem Blick. Eine grenzenlose Unschuld, die in krassem Gegensatz zur Verführungskunst ihres Körpers stand. Hatten sich die Frauen in ihrer Umgebung nie die Mühe gemacht, mit ihr zu sprechen? Woher kam sie, dass man sie in solcher Unwissenheit gelassen hatte? Die Fragen, die von der Leidenschaft in den Hintergrund gedrängt worden waren, tauchten wieder auf.

»Ich schwöre dir, dass ich dir nie mehr Schmerzen bereiten werde, Liebste.«

»Du meinst, es wird immer so sein wie jetzt? Ist das möglich?«

Bei aller Ahnungslosigkeit war Maylis doch nicht dumm. Dinge, die das Leben in solcher Tiefe erschütterten, konnten nicht selbstverständlich sein.

»Wenn es uns gelingt, uns unsere Liebe zu erhalten, würde ich sagen: ja.«

Maylis blickte in Drystans Augen. Im Licht der untergehenden Sonne, das durch die offenen Läden der Kammer fiel, leuchteten sie wie silbernes Feuer. Blonde Strähnen fielen ihm wirr in die Stirn und verbargen zum Teil eine Narbe, die sich entlang des Haaransatzes zog. Sie störte die absolute Regelmäßigkeit seiner Züge, machte sie aber gleichzeitig auch männlicher.

Im Verein mit den breiten, braunen Schultern entsprach er so genau dem Bild seiner normannischen Vorfahren, dass sie sich noch schwächer als sonst vorkam. Die hilflose Beute eines Wikingers.

»Wahre Liebe braucht keine Bedingungen«, sagte sie, und die Worte kamen aus der Tiefe ihres Herzens. »Sie ist perfekt, so wie sie ist. Sie ist unzerstörbar. Sie richtet sich nach keinen Regeln.«

Drystan lauschte ihren Worten nach. Er hatte eine andere Art von Liebeserklärung erwartet. Keine geradezu philosophische Erklärung des Wesens der Liebe.

»Heißt das, du liebst mich?« Er wollte es genau wissen und hören.

»Du weißt es«, umging Maylis auch dieses Mal die direkte Antwort. Sie hätte nicht zu sagen gewusst, was sie davon abhielt, sich ganz in seine Hände zu geben.

»Ich hoffe es«, entgegnete er und zog sie in eine Umarmung. »Die letzten Wochen waren die Hölle für mich. Ich möchte nie wieder Ähnliches erleben.«

Maylis durchlief ein unerklärliches Frösteln. Sogar jetzt, eng in Drystans Armen geborgen, fühlte sie sich nicht sicher. War das wirklich Liebe, dieser leidenschaftliche Besitzanspruch, in dem so viel ›Ich‹ vorkam? Gehörte zur Liebe nicht mehr als nur dieses Fieber?

# Zehntes Kapitel

»Robin! Wie schön, dich zu sehen. Wie geht es dir?«

Maylis öffnete dem Pagen die Tür des kleinen Hauses und bedeutete ihm mit einer Handbewegung einzutreten. Seit sie nicht mehr im Zeltlager des Herzogs logierten, bedurfte sie seiner Dienste nicht mehr.

»Gott zum Gruße, Mylady.«

Der Junge verneigte sich tief und gab Maylis die Möglichkeit, ihre erste Enttäuschung hinter einem Lächeln zu verbergen. Robin konnte schließlich nichts dafür, dass sie auf Drystans Besuch gehofft hatte. Sein Versprechen wiederzukommen, sobald es sein Dienst beim Herzog erlaubte, war trotz aller Leidenschaft unbehaglich vage gewesen.

Der Page richtete sich wieder auf und trat zur Seite, um einem anderen Mann den Vortritt zu lassen. Er war in einen dunklen Reiterumhang gewandet, aber die mittelgroße stämmige Gestalt verriet ihn ebenso wie seine energischen Schritte. Maylis forderte Janice auf, es ihr gleichzutun, und versank in eine Reverenz.

»Euer Gnaden.«

Heinrich Plantagenet sah sich um, ehe er Robin befahl, vor der Tür Wache zu halten.

»Hier seid Ihr also untergekommen, Lady Maylis«,

sagte er, und es kam Maylis vor, als lege er eine ganze besondere Betonung auf ihren Namen.

»Lord Drystan war der Meinung, es sei angemessener als ein Zelt im Feldlager«, antwortete sie vorsichtig und strich sich über ihr zweitbestes, braunes Kleid, das sie am Morgen in der Hoffnung angelegt hatte, ihr Gelieber würde sie besuchen.

»Lord Drystan, Euer Beschützer. Meint Ihr nicht, dass es langsam an der Zeit ist, die Schleier zu lüften, mit denen Ihr Euer Schicksal und Eure Herkunft umgebt? Ihr könnt Euch nicht ewig verstecken.«

So waren ihre Befürchtungen also berechtigt, dachte Maylis betroffen. Warum hatte sie nicht darauf bestanden, dass Drystan sie anhörte, ehe sie sich geliebt hatten? Es kam ihr nicht richtig vor, dem Herzog vor ihm zu erzählen, was sie in ihre schwierige Lage gebracht hatte. Sie hatte auf Drystans Rat gehofft. Nun musste sie allein entscheiden, was sie sagen sollte.

»Ich bin nicht wichtig genug, dass Ihr Eure Zeit damit verschwendet, nach meinen Geheimnissen zu suchen, Euer Gnaden«, versuchte sie Zeit zu gewinnen.

»Das überlasst mir zu entscheiden, Lady Maylis. Sagt mir, woher habt Ihr Euren Namen?«

»Meine Mutter trug ihn vor mir«, antwortete Maylis. Die Frage kam ihr harmlos vor, also sagte sie die Wahrheit. »Sie starb bei meiner Geburt.«

Sie tauschte einen schnellen Blick mit Janice. Die Magd war in den Hintergrund des Raums zurückgewichen und bemühte sich, dort mit dem Schatten zu verschmelzen. Sie hatte Angst vor Männern, und sie misstraute sogar dem Herzog. Maylis fühlte sich ihr sehr nahe. Auch sie fragte sich voller Argwohn, was Heinrich Plantagenet von ihr wollte und weshalb er die Mühe auf sich nahm, sie zu besuchen. Seine Zeit war trotz des augenblicklichen Schweigens der Waffen knapp bemessen.

»Man hat Euch zu den Nonnen von Whitby gegeben, damit Ihr dort zu einer Lady erzogen werdet«, sagte der Herzog in diesem Moment. »Warum habt Ihr das Kloster ohne Genehmigung verlassen?«

»Woher wisst Ihr ...«

Maylis verstummte. Welchen Sinn hatte es, weiterzusprechen oder gar zu leugnen? Der Herzog wusste Bescheid. Egal woher.

»Es wäre gut, wenn wir uns darauf einigen könnten, dass Ihr meine Fragen beantwortet, statt selbst welche zu stellen, Lady Maylis.«

»Ich hatte keine andere Wahl«, sagte sie mit einem tiefen Atemzug und faltete unwillkürlich die Hände. Sie richtete ein stummes Stoßgebet an die Muttergottes.

»Unsinn!«, fuhr sie der Herzog an. »Ihr wagt es, Eurem Vater und Eurem Oheim zu trotzen. Ihr habt einen Bräutigam vor den Kopf gestoßen. Einen Mann von Bedeutung und Einfluss. Das ist nicht das Benehmen einer Lady. Die Nonnen haben versäumt, Euch Gehorsam beizubringen.«

Maylis bot den grauen Augen nur mit äußerster Mühe Trotz. Sie enthielten keinerlei Wärme. Aus dem liebenswürdigen Fürsten war ein gnadenloser Richter geworden. Dennoch konnte sie nicht zulassen, dass er die Schuldigen auf der falschen Seite suchte.

»Macht den Nonnen nicht zum Vorwurf, was allein mein eigener Fehler ist«, erwiderte sie ruhig. »Meine Flucht hat auch sie überrascht, vermute ich.«

Der Herzog lachte, aber es klang nicht freundlich.

»Immerhin. Ihr räumt Eure Schuld ein. Das ist ein Fortschritt. Und wie steht es um Euren Gehorsam? Um Eure Bereitschaft, die Ehe mit dem Laird of Kyle einzugehen?«

Ihre Hände verkrampften sich, die Knöchel schimmerten weiß.

»Ich wollte ihn nicht zum Gemahl nehmen, und jetzt kann ich es nicht mehr«, sagte Maylis ehrlich. »Ich bin nicht mehr die Braut, die er sich erhofft.«

»Zum Donnerwetter noch mal!«

Der heftige Fluch des Herzogs entlockte Janice einen ängstlichen Laut. Maylis blieb stumm. Sie war sich bewusst, dass sie ihm mit ihren Worten mehr als nur schlichten Ungehorsam gestanden hatte.

»Ich nehme an, Drystan d'Aval weiß Bescheid über Euren fatalen Hang zum Abenteuer«, brach Heinrich Plantagenet schließlich die Stille.

»Nicht über alles.«

Maylis begriff blitzartig, dass es jetzt um Drystans Ehre ging, um seine Position beim Herzog. Wenn Heinrich glaubte, dass ihn sein Ritter ebenfalls belogen hatte, würde ihn seine Ungnade mit voller Härte treffen.

Sich selbst mochte sie nicht verteidigen, aber für Drystan warf sie sich ohne Zögern in die Bresche. »Seine Ehre hätte es ihm nie erlaubt, Euch zu belügen. Er weiß nur, dass ich bei den Nonnen von Whitby war und dort nicht länger bleiben konnte. Er hält mich für eine Reisende, die eine Krankheit im Kloster auskuriert hat ... Ich habe ihn davon überzeugt, dass ich heimlich aufbrechen musste, weil ich es nicht länger ertrug, von den Nonnen aufgehalten zu werden.«

»Das hat er geglaubt?«

Der Unglauben stand dem Herzog ins Gesicht geschrieben, und sie versuchte eine plausible Erklärung zu finden, die auch er akzeptieren konnte.

»Lord Drystan wollte mir glauben, Euer Gnaden. Sein Herz war im Spiel, da tut sich die Vernunft meist ein wenig schwer.«

»Na wunderbar!«

So wie es der Herzog sagte, klang es genau nach dem Gegenteil. Er begann gereizt in der Stube auf und ab zu marschieren und blieb vor Janice stehen.

»Ist sie das Mädchen, das den Bogenschützen am Axe abgestochen hat?«

*Himmel, was weiß er noch alles?*

Maylis fühlte unangenehme Schweißtropfen zwischen ihren Schulterblättern nach unten rinnen. Sie wagte kein Leugnen. Aber sie trat schnell neben Janice und legte ihr den Arm um die bebenden Schultern.

»Manchmal bleibt einer Frau nichts anderes übrig, als sich zu wehren«, sagte sie knapp. »Ihr eigener Vater war nicht bereit, sie zu schützen.«

Der Herzog vernahm sehr wohl die versteckte Kriegserklärung. Wenn es um andere ging, kannte Maylis keine Angst. Sie würde sich sogar für dieses Landmädchen mit ihm anlegen.

»Was werft Ihr dem Mann vor?«

»Willkür. Herzlosigkeit. Trunksucht. Habgier. Eigensucht.«

Maylis musste nicht lange überlegen. Bis auf die erwiesene Trunksucht traf alles auch auf ihren eigenen Vater zu. Die Aufzählung entlockte dem Herzog ein Knurren.

»Setzt Euch, Lady Maylis von Balliol. Ich bin nicht gekommen, das Mädchen dem Büttel zu übergeben. Sie hat sich gerächt, damit muss es gut sein. Wir aber müssen vernünftig miteinander reden, und das können wir nur, wenn Ihr aufhört, mich wie die Inkarnation der Hölle anzufunkeln.«

Maylis gab Janice zögernd frei. Der Herzog hatte sie mit ihrem vollen Namen angesprochen, und sie konnte eine unheilvolle Vorahnung nicht unterdrücken. Sie trat an den viereckigen Holztisch und sank auf die Bank davor, die Hände sittsam im Schoß gefaltet, die Lider gesenkt. Ein Bild makellosen Gehorsams, das der Herzog mit einem Kopfschütteln betrachtete.

»Ihr habt mir reichlich Ärger eingebrockt, Mylady«, begann Heinrich grollend. »Euer gekränkter Bräutigam fordert von Eurem Vater die Einhaltung des Ehevertrags, der ihm Barnard Castle und die Ländereien zusagt, die Euch gehören. Weigert sich Euer Vater oder findet er die entlaufene Braut am Ende nicht, will er sich gewaltsam aneignen, was er bereits für sein Eigentum hält.«

»Das kann nicht rechtens sein!«, widersprach Maylis heftig.

»Im Norden liegt das Recht häufig in den Händen des Stärkeren. Euer Vater und sein einäugiger Bruder zählen nicht länger zu den Starken. Sie zehren von altem Ruhm und vergangener Kampfkraft.«

»Woher wisst Ihr das alles?«

Heinrich gab ein neuerliches Schnauben von sich und verschränkte die Arme vor dem mächtigen Oberkörper. »Euer Oheim, Walter von Balliol, hat es mir in unliebsamen Einzelheiten unterbreitet.«

»Gott steh mir bei. Woher weiß er, dass ich hier bin?«

Das dröhnende Lachen des Herzogs beunruhigte Maylis. Machte er sich über sie lustig oder über ihren Oheim? Sie wagte keine Vermutungen anzustellen.

»Unser Schöpfer hat Wichtigeres zu tun, Mylady, als sich um entlaufene Bräute zu kümmern. Beruhigt Euch, Euer Oheim hat keine Ahnung, wo Ihr steckt.«

»Was tut er dann hier?«

»Er ist nach Wallingford gekommen, weil er mir einen Handel vorschlagen will. Er und Euer Vater sind bereit, künftig wieder meine Interessen statt die König Stephens zu vertreten, wenn ich im Gegenzug meinen Onkel, den König von Schottland, dazu bewegen kann, den Laird von Kyle zurückzupfeifen. Die entflohene Braut wurde nur erwähnt, um den Konflikt zu erklären. Ihr habt indes einen ausgefallenen Namen, Maylis von Balliol, und ein paar Fragen haben mir den Rest verraten. In Barnard Castle ist man sicher, dass man Euch, tot oder lebendig, irgendwann findet.«

Maylis schluckte. Sollte sie schweigen oder reden? Die grimmige Miene des Herzogs bewies ihr, dass sie ohnehin nichts zu verlieren hatte.

»Ich hätte nie gedacht, dass meine Entscheidungen bedeutungsvoll für Eure Politik sein könnten, Euer Gnaden«, entschloss sie sich für die reine Wahrheit. »Als ich aus dem Kloster entflohen bin, tat ich es in der Annahme, meine Existenz sei für keinen Menschen, außer für mich selbst, von Bedeutung. Weder mein Vater noch mein Onkel haben sich in den vergangenen zehn Jahren im Kloster nach mir erkundigt oder gar eine Nachricht geschickt. Ich hatte nahezu vergessen, dass es sie gibt. Nicht einmal der Tod meiner Brüder wurde mir mitgeteilt. Das Erscheinen meines Oheims kam dermaßen überraschend für mich, dass ich in Panik geriet. Er ließ keinen Zweifel daran, dass meine Zeit im Kloster zu Ende sei. Er drohte mir, mich notfalls an den Haaren nach Barnard Castle zu schleifen, falls ich es wagen sollte, mich der Ehe mit dem schottischen Laird zu widersetzen. Einem Mann der, wie ich höre, fast dreimal so alt wie ich sein soll.«

Maylis sah zu Boden, deswegen entging ihr der Anflug von Zorn, der bei ihrer Erzählung über die Miene des Herzogs zuckte. Man nannte ihn nicht umsonst ›Fitz Empress‹, Sohn der Kaiserin. Seine Mutter Mathilda, in deren Adern das Blut des großen Eroberers floss, war mit dem Kaiser des Heiligen Römischen Reiches verheiratet gewesen, ehe sie in zweiter Ehe Geoffrey von Anjou zum Manne nahm. Sie hatte ihren Ehrgeiz und ihre Pläne auf ihren ältesten Sohn übertragen. Gleichzeitig hatte sie ihn von Kind an in dem Wissen erzogen, dass Frauen ebenso viel Verstand besaßen wie ein Mann.

Heinrichs Gemahlin verfügte neben ihrer vielgerühmten Schönheit sogar über so viel messerscharfe Intelligenz, dass es für ihn stets eine besondere Herausforderung darstellte, sich mit ihr zu messen. Eleonore von Aquitanien ließ sich von keinem Mann etwas vormachen, und dennoch hatte sie sich aus Liebe zu einem Prinzen, der jünger als sie selbst war und noch nicht einmal eine Krone trug, in einen Skandal von ungeheuren Ausmaßen verstrickt. Bis ihre Heirat mit dem französischen König annulliert worden war, hatte sich ganz Europa über die Frau entrüstet, die es wagte, über ihr eigenes Leben bestimmen zu wollen.

Maylis besaß in Heinrichs Augen dieselbe anziehende Mischung aus Intellekt und Liebreiz, die auch Eleonore so gefährlich machte. Eine Frau, die es wagte, aus einem geschützten Leben auszubrechen, um auf eigene Faust die Freiheit zu suchen, nötigte ihm großen Respekt ab. Mehr Hochachtung als ein Baron, der seine Loyalität wechselte wie ein Ritter sein Reitpferd.

»So weit so gut«, brachte er seine schweifenden Gedanken in die Wirklichkeit zurück. »Was schlagt Ihr vor? Was soll ich Eurem Oheim sagen?«

Maylis erbebte. Das anhaltende Schweigen des Herzogs hatte ihre ärgsten Befürchtungen geweckt. Nur mit Mühe bewahrte sie Haltung.

»Ihr fragt wirklich mich, was Ihr ihm sagen sollt?«, wiederholte sie ungläubig.

»Warum nicht? Ihr habt einen Kopf, nutzt ihn zum Denken.«

»Gütiger Himmel ...«

»Der Himmel hält sich aus solchen Entscheidungen

heraus, Mylady. Ich habe die Erfahrung gemacht, dass er es schätzt, wenn sich die Menschen aus eigener Kraft helfen.«

Maylis konnte ein Lächeln nicht unterdrücken, und sie entdeckte erstaunt, dass auch die Augen des Herzogs amüsiert funkelten.

»Ihr seid mir nicht länger böse?«, fragte sie erstaunt.

»Ich bin nicht gekommen, Euch den Kopf abzureißen, Mylady. Aber ich wollte wissen, wie Ihr Euch in einer solchen Situation schlagt. Meinen Respekt. Und nun beantwortet meine Frage.«

Maylis zwang sich, alle Gefühle beiseite zu lassen und die Lage objektiv zu beurteilen. Der Herzog hatte an ihren Verstand appelliert, und sie wollte ihn nicht enttäuschen.

»Ich kenne weder meinen Vater noch meinen Oheim gut genug, um ihre Reaktionen vorhersagen zu können. Mir scheint jedoch, dass sie beide aus Eigennutz handeln. Wenn Barnard Castle wichtig für Euch ist, dann übertragt das Kommando über die Burg einem tüchtigen jungen Hauptmann Euer Wahl, der an der Grenze für Frieden sorgen kann. Ich bin sicher, dass ein solcher Krieger auch den zornigen Laird von Kyle im Schach halten wird. Sein Verlangen nach einer jungen Braut deutet darauf hin, dass auch er keinen Erben hat und in erster Linie von Hoffnungen lebt.«

»Barnard Castle ist Euer Erbe. Beziehungsweise das Eures künftigen Gemahls.«

»Der nicht der Laird von Kyle sein wird, wenn ich irgendetwas in dieser Sache zu sagen habe.«

Jetzt lachte der Herzog offen.

»Gemach, meine Liebe, nicht so stürmisch. Ich stimme mit Euch überein, dass der Laird und die Lords Eurer Familie ihre eigenen Interessen höher stellen als jene des Königreichs. Aber im Augenblick kann ich mir keinen weiteren Kriegsschauplatz leisten. Ich brauche Ruhe an der Grenze zu Schottland.«

*Auf meine Kosten?*, fragte sich Maylis erschrocken und sah ihn aus großen Augen an.

»Zum Donnerwetter, schaut mich nicht an, als würde ich Euch dem Henker überantworten. Ich schätze Drystan d'Aval, und ich sehe, dass Ihr ihm ebenso leidenschaftlich zugetan seid wie er Euch. Aber im Moment werdet Ihr Euch noch gedulden müssen, ehe die Hochzeitsglocken läuten können.«

»Davon war niemals die Rede. Ich will nicht heiraten!«

Maylis erschrak über die eigene Wildheit. Es gehörte sich nicht, den Herzog zu unterbrechen.

»Ihr wollt nicht heiraten? Nicht einmal Drystan d'Aval?«

Röte überzog ihre Wangen, während sie sich im Stillen für die eigene Dummheit tadelte. Natürlich vermutete der Herzog, dass sie mit Drystan das Lager teilte. Vermutlich sah man ihr die Zügellosigkeit sogar an, die sie in seine Arme geführt hatte. In den Augen der Welt hatte sie damit jeden Anspruch auf Respekt verloren. Aber noch besaß sie wenigstens ihren Stolz.

»Ich weiß, dass es unmöglich ist, seine Gemahlin zu werden«, erwiderte sie mit erstickter Stimme. »Ich habe mich durch meine Flucht und mein Verhalten selbst um den Ruf und die Ehre einer Frau von Stand gebracht. Lord Drystan wird nach Hause zurückkehren müssen und die Braut zum Altar führen, die ihm seine Mutter ausgesucht hat.«

Sie ballte die Fäuste und versuchte die Tränen zurückzuhalten. Es hatte keinen Sinn zu weinen. Die Dinge waren nun einmal so, und sie war nicht unbeteiligt an ihrer Situation.

»Auch der klügste Mann tut gut daran, die Befehle der eigenen Mutter nicht ohne jede Überlegung zu befolgen. Schon gar nicht, wenn es um die Dinge des Herzens geht«, erwiderte der Herzog und dachte daran, dass auch seine Mutter nicht begeistert von ihrer skandalumwitterten Schwiegertochter gewesen war. »Ihr, Mylady, solltet auf der Stelle damit aufhören, Euch unter Wert zu präsentieren. Sagt mir eines: Seid Ihr Drystan d'Aval aufrichtig zugetan?«

Maylis blinzelte verwirrt. Sie war es nicht gewöhnt, über ihre Gefühle zu sprechen. Schon gar nicht mit einem Herzog. Ihre innere Stimme sagte ihr jedoch, dass sie gut daran tun würde, seine knappe Geduld nicht weiter zu strapazieren. Also gab sie sich einen Ruck und sah ihn offen an.

»Er ist mein Leben.«

Heinrich Plantagenet nickte zufrieden.

»Dann bin ich bereit, Euch in dieser delikaten Angelegenheit zu helfen, wenn Ihr mir im Gegenzug Gehorsam schwört und meinen Befehlen ohne Widerspruch folgt.«

»Komme ich da nicht vom Regen in die Traufe?«, rutschte es Maylis heraus, und sie schlug entsetzt die

Finger auf den Mund, als ihr zu Bewusstsein kam, was sie gesagt hatte.

Dieses Mal lachte der Herzog nicht. Er grinste lediglich breit.

»Dieses Risiko müsst ihr wohl eingehen, meine Liebe. Nur ich kann Euren Oheim, Euren Vater und Euren schottischen Bräutigam so lange hinhalten, bis wir eine Möglichkeit gefunden haben, den gordischen Knoten zu zerschlagen, den Ihr mit Lord Drystan geknüpft habt. Wichtig ist nur, dass sein Anteil daran im Geheimen bleibt. Ich kann mir zurzeit keine zusätzliche Fehde zwischen Nansay Hall und Barnard Castle leisten. Um dies zu verhindern, müsst Ihr das Feldlager meiden. Bleibt in diesem Haus.«

Maylis nickte. Sie verspürte ohnehin kein Verlangen danach, durch das Feldlager zu spazieren.

»Es ist nicht für lange Zeit«, versprach der Herzog und wandte sich zur Tür. »Die Entscheidung über unser aller Zukunft wird in Wallingford fallen. Ihr werdet dabei sein, Mylady, und gemeinsam mit uns die süßen Früchte des Sieges kosten.«

Maylis hatte Mühe, den rasenden Wechsel von Angst zu Erleichterung, von Schande zu Ehre zu verarbeiten. Sie entsann sich eben noch rechtzeitig an die Gesetze der Höflichkeit und geleitete den Besucher vor das Haus.

Robin hielt die Pferde an den Zügeln, während der Herzog zum Abschied Maylis' Rechte an die Lippen zog. Sie spürte den Kuss, das leise Kitzeln des Barts, und sie hätte ihm die Hand am liebsten entrissen. Dies war kein schlichter Höflichkeitskuss. Es war die Erinnerung daran, dass sie es hier mit einem lebenshungrigen jungen Mann zu tun hatte. Einem Fürsten, der bei aller Liebe, die er für seine Gemahlin empfand, gegenüber anderen Frauen nicht mit Blindheit geschlagen war.

Er lachte, als er sich aufrichtete und die Röte auf ihrer Stirn entdeckte. Ihre Verlegenheit schmeichelte ihm und weckte gleichzeitig seine Tollkühnheit. Er zog sie an beiden Schultern lässig an sich und küsste sie zu allem Überfluss auch noch ungeniert auf beide Wangen und die Stirn.

»Euer Gnaden ...«, protestierte Maylis entrüstet.

»Ihr seid einfach zu reizend, als dass ein Mann eine solche Gelegenheit ungenutzt verstreichen lassen könnte. Achtet auf Euch, Mylady.«

Noch immer lachend sprang er aus dem Stand in den Sattel seines Pferdes und preschte davon. Robin hatte Mühe, den Anschluss nicht zu verlieren.

Maylis sah ihm halb entrüstet, halb überwältigt hinterher. Die Persönlichkeit Heinrich Plantagenets besaß so viele Facetten, dass sie sich vorkam, als wäre sie von einem Wirbelsturm zerfetzt worden und müsse sich erst wieder zusammensetzen. In nachhallender Ratlosigkeit legte sie ihre Handflächen auf die brennenden Wangen.

Sie spürte noch immer die frechen Küsse noch auf ihrer Haut. War es erlaubt, die Küsse eines künftigen Königs abzuwischen? Sie konnte sich nicht entschließen, es zu tun. Ein Lächeln stand auf ihren Zügen. Eines stand fest, es war schwer, Heinrich Plantagenet böse zu sein. Er besaß seinen ganz eigenen Charme.

Sie ahnte nicht, dass ihre Bewegungen für die Augen, die sie wie gebannt aus ihrem Versteck hinter den Bäumen am Wegrand beobachteten, einen ganz anderen Sinn ergaben.

War das nicht die verträumte Geste einer Frau, die ihren Liebhaber empfangen und nun den Zärtlichkeiten nachträumte, die sie getauscht hatten?

# Elftes Kapitel

Die Tür wurde mit solcher Wucht aufgestoßen, dass sie gegen die Wand prallte. Janice riss mit einem Schrei die mehligen Hände aus dem Brotteig, und Maylis ließ ihre Näharbeit sinken. Drystan. Endlich. Nach dem Besuch des Herzogs hatte sie mehr denn je auf ihn gewartet. Sie strich sich in einer befangenen, aber unbewusst weiblichen Geste eine Haarsträhne aus der Stirn und stand auf.

»Willkommen …«

»Bin ich das?«

Erst jetzt sah sie, wie wütend er war. Die grauen Augen glitzerten wie Eis. In den Mundwinkeln standen tief eingegrabene Falten.

»Was ist geschehen?«, fragte sie erschrocken.

»Das fragst du mich?«

Der schroffe Vorwurf in seiner Stimme mahnte zur Vorsicht. Maylis erkannte den Geliebten, der sie in seinen Armen gehalten hatte, kaum wieder.

»Das muss ich wohl«, sagte sie mit zunehmender Besorgnis. »Immerhin seid Ihr es, der in das Haus stürmt und uns Rätsel aufgibt. Was bringt Euch so in Rage?«

»Deine Falschheit!«

Maylis schloss in jähem Schmerz die Augen. Sie

hatte geahnt, dass es wieder geschehen würde. Vom ersten Blick in sein Gesicht an hatte sie es gefürchtet. Vielleicht sogar schon früher. Von der Stunde an, da er ihr Bett verlassen hatte. Es war ihm einfach nicht möglich, ihr länger als einen Tag zu vertrauen, egal wie viel Liebe sie ihm gab. Es genügte, ihm den Rücken zu drehen, damit wieder alles zerstört wurde.

»Ihr wisst nicht, was Ihr sagt«, hauchte sie.

»Aber ich weiß, was ich gesehen habe«, erwiderte Drystan kalt.

Er hatte Zeit genug gehabt, den eigenen Schmerz tief in seinem Inneren zu vergraben. Jetzt waren nur Zorn und Kälte in ihm. Der Wunsch, Maylis ins Gesicht zu sagen, wie abscheulich und widerwärtig er es fand, dass sie sich in die Arme des Herzogs geworfen hatte, kaum dass er ihr den Rücken zuwandte.

Sie sah auf, die braunen Augen riesig in einem bleichen Gesicht. Anrührend schön, obwohl sie tödlich verletzt war.

»Sagt mir, was Ihr gesehen habt«, forderte sie kaum vernehmbar.

»Ich sah dich in den Armen des Herzogs. Du hast dich von ihm küssen lassen. Du hast ihm nachgesehen, als er davonritt. Ich verstehe, dass du nicht erst warten wolltest, bis ich deiner müde werde. Eine Dirne muss sehen, wo sie bleibt, das ist mir klar. Sie verkauft sich immer an den Meistbietenden. Ich hätte in Whitby auf Crispin hören sollen. Es war ein Fehler, meine Wege mit den deinen zu verbinden. Ich bin ein Narr.«

»Da muss ich Euch wohl zustimmen, werter Herr«, antwortete Maylis spröde. Sie wusste nicht, woher sie die Kraft nahm, es ihm mit gleicher Münze heimzuzahlen.

Drystan reagierte mit höhnischem Gelächter auf ihren verzweifelten Spott.

»Das dürfte auch der einzige Punkt sein, in dem wir uns einig sind. Es war ein Fehler, dir mein Herz zu offenbaren. Denkst du, du hast mich in der Hand, weil ich Zärtlichkeit für dich empfand? Du hast jeden Funken davon getötet. Ich kann nicht einmal mehr Achtung für dich aufbringen. Ich bin gekommen, um dir zu sagen, dass ich dich nie wieder ...«

»Haltet ein!«

Drystan sah sich ebenso verblüfft nach Janice um wie Maylis. Das Mädchen bebte am ganzen Körper, aber sie fand dennoch den Mut, ihre Worte zu wiederholen.

»Haltet ein! Ihr werdet es bereuen, wenn Ihr solche Dinge sagt, Herr. Tut ihr nicht weh. Sie hat es nicht verdient!«

Maylis wollte Janice Einhalt gebieten, aber kein Laut kam über ihre Lippen. Drystan hingegen schüttelte nur den Kopf und schnaubte.

»Halt dich da heraus, Janice. Es spricht für dich, dass du sie verteidigen willst, aber sie ist es nicht wert. Sie ist eine Hure!«

Maylis schlug in namenlosem Entsetzen die Hände vors Gesicht. Aber sie hätte sich besser die Ohren zugehalten. Es hätte ihr die zynischen Abschiedsworte des Mannes erspart, den sie liebte.

»Hör mir zu, Lady Maylis von Irgendwo. Heinrich Plantagenet wird sich mit dir vergnügen und dich dann in die Gosse zurückschicken, aus der du kommst. Er vertreibt sich die Zeit mit dir. Ich kann es ihm nicht einmal verübeln. Ich weiß, wie vielfältig deine Talente sind, wenn es darum geht, einem Mann zwischen den Laken Genuss zu verschaffen.«

Sie hatte nicht gewusst, dass Worte so verletzen konnten. Drystan erwiderte ihren entsetzten Blick mit hochgezogenen Brauen. In seinen Augen las sie nur Verachtung. Aber sogar in diesem schlimmen Moment nahm ein Teil von ihr seine Männlichkeit, seinen Stolz und seine Kraft wahr. Sie konnte nicht aufhören, ihn zu lieben, obwohl sie nichts mehr wünschte.

»Ich wünschte ...«

Sie brach ab und biss sich in die Unterlippe. Sie hatte keinen Grund, sich zu verteidigen. Sie hatte nichts getan, für das sie sich rechtfertigen musste. Der Schmutz, mit dem Drystan sie bewarf, konnte sie nicht treffen.

»Ich wünschte, ich wäre dir nie begegnet«, griff Drystan die beiden Worte auf. »Ich bin nur gekommen, dir zu sagen, dass ich dich durchschaut habe. Du brauchst mich und meinen Schutz nicht mehr.«

Er verließ das kleine Haus, wie er gekommen war. Zornig, mit dem Gefühl, absolut im Recht zu sein, und mit schlagender Tür.

Maylis sank mit einem rauen Ton auf die Bank zurück. In ihrem Kopf dröhnte es, als habe sie ein Schmiedehammer getroffen. Ihr Körper war eiskalt, ihre Hände gefühllos, und ihr Herz hämmerte in unregelmäßigen Schlägen.

»Heilige Mutter Gottes, wie kann er es wagen, solche Dinge sagen? Beruhigt Euch, Herrin. Hier, trinkt einen Becher Wein. Er meint es sicher nicht so. Männer sind blind, wenn der Zorn sie packt.«

Erst nach geraumer Zeit verstand Maylis, was Janice murmelte, während sie ihr über den Rücken strich und den Wein in ihre Nähe rückte. Sie richtete sich auf und sah sich in der kleinen Stube um, als könne sie es nicht fassen, was sich zwischen diesen Wänden ereignet hatte. Sie rang nach Luft und zwang sich zu sprechen. Sie musste es aussprechen, damit sie es selbst glaubte.

»Er hat jedes einzelne Wort gemeint, wie er es gesagt hat, Janice. In seinen Augen bin ich weniger wert als der Staub unter deinen Füßen.«

Sie schleppte sich zur Stiege und erklomm Stufe für Stufe mit den müden Bewegungen einer schwer kranken Frau. Jeder Schritt kostete sie entsetzlich viel Kraft, und ihre Augen brannten wie Feuer. Janice konnte es nicht mit ansehen.

»Ihr weint«, sagte sie entsetzt.

»Nein«, widersprach Maylis, obwohl ihre Wangen feucht schimmerten. »Es gibt keinen Grund zum Weinen. Alles ist in Ordnung, wie es ist. Ich bin müde, Janice. Ich lege mich schlafen. Du musst mir nicht helfen …«

Ihr aufgesetztes Lachen klang so falsch und herzzerreißend, dass Janice noch ratlos ihre Hände rang, als Crispin wenig später erschien.

»Was, zum Donnerwetter, ist hier eigentlich geschehen?«, fragte er ohne jeden Gruß. Er war so außer sich, dass er völlig vergaß, wie Janice auf wütende Männer reagierte.

Aber auch Janice war mit ihren Gedanken mehr

bei Maylis als bei ihren eigenen Problemen. Sie quittierte seine wütende Frage bloß mit einer Grimasse. Ihrer Erfahrung nach gab es nur ein Mittel, das Männer um jede Beherrschung brachte.

»Kann es sein, dass der Herr zu viel Bier oder Wein getrunken hat?«

»Drystan d'Aval? Im Leben nicht«, widersprach Crispin knapp. »Er gehört nicht zu den Männern, die in den Alkohol fliehen. Was ist passiert? Du musst es gehört haben. Gab es Streit? Als der Lord das Lager verließ, war er guter Dinge und sagte, dass er wohl kaum vor morgen zurückkommen werde. Was hat die Dinge so aus der Ordnung geraten lassen?«

Janice sah Crispin kummervoll an. Die vergangenen Wochen hatten sie einander in der Sorge um Drystan und Maylis näher gebracht. Crispin mochte Janice und ihre stille, tüchtige Art. Janice ihrerseits vertraute ihm mittlerweile genug, um ihm jetzt von ihrer größten Angst zu berichten. Dass dieses Mal die Trennung der beiden Liebenden für immer sein würde.

»Was sollen wir tun, wenn sie einander aus falsch verstandenem Stolz verletzen? Er misstraut ihr ohne jeden Grund. Er hat keinen Anlass dazu.«

Crispin wusste keine Antwort darauf.

»Meinst du, ich könnte mit der Lady sprechen?«

»Sie ist in ihrem Schlafgemach.« Janice deutete die Treppe hinauf. »Ich fürchte, sie weint. Ich weiß nicht, ob sie will, dass man sie weinen sieht. Wenn ich hinaufgehe und ihr sage, dass Ihr hier seid ...«

»Wird sie dich davonschicken, weil sie niemand sehen will. Das dürfen wir nicht riskieren.«

Janice schwieg. Sie erhob indes keinen Einspruch, als er hinaufging. Dies war nicht der Zeitpunkt, sich um Höflichkeitsformen zu scheren.

Maylis stand am Fenster des winzigen Gemachs, das kaum mehr als den Alkoven und ein paar notwendige Möbelstücke enthielt. Die untergehende Sonne zeichnete einen schmalen rotgoldenen Rahmen um ihren Rücken. Crispin hielt inne. Sie wirkte so verlassen und schutzlos, dass er nicht wusste, was er sagen sollte.

»Schickt Euch der Lord?«, fragte sie nach einer endlos langen Stille, in der er sich nicht zu rühren gewagt und sie sich nicht umgedreht hatte. Sie musste seine Anwesenheit gespürt haben.

»Mylady ...«

»Das bin ich nicht länger, Crispin. Er hat schlimme Dinge zu mir gesagt.«

Crispin kannte sie unterdessen gut genug, um zu wissen, dass es keinen Sinn hatte, sie in ihrer Verzweiflung zu bestärken. Besser, er machte sie ärgerlich. Wenn sie wütend wurde, handelte sie.

»Es ist nicht das erste Mal, dass er Euch Unrecht tut, Mylady. Und Ihr wisst, dass Ihr es ihm auch nicht besonders leicht macht, mit all den Geheimnissen, die Ihr mit Euch herumschleppt und wahrt wie die Kronjuwelen. Ihr schürt die Missverständnisse zwischen Euch. Es ist nicht allein seine Schuld.«

»Was zum ...« Sie fuhr herum, sah die gespannte Erwartung auf seinem Gesicht und brach ertappt ab. »Es stimmt, was du sagst. Aber immer, wenn ich mich ihm anvertrauen wollte, hat er mich davon abgehalten und es auf später verschoben.«

»Vielleicht war es auch jedes Mal der falsche Zeitpunkt ...«

Maylis errötete, obwohl er nicht wissen konnte, wie nahe er mit seiner Vermutung an der Wirklichkeit lag.

»Wie auch immer«, sagte sie leise. »Jetzt ist es zu spät. Er würde meine Worte für Lüge halten. Er will nichts von mir wissen.«

»Da täuscht Ihr Euch. Er empfindet zu viel für Euch. Er ist es nicht gewohnt, Beute seiner eigenen Gefühle zu sein. Genau das macht ihn ja so ungerecht und streitsüchtig«, wagte Crispin zu sagen.

»Macht Euch nicht lustig über mich!« Maylis weigerte sich, ihm zu glauben.

»Ihr seid die Frau, die ihn um seine Ruhe bringt. Das wirft er Euch in Wirklichkeit vor. Ihr habt zu viel Einfluss auf sein Denken und Fühlen gewonnen. Das kann er nicht hinnehmen.«

»Soll ich mich darüber freuen? Dankbar dafür sein, dass er mich in den Staub zu treten versucht, weil er nicht fähig ist, mir zu vertrauen?«

»Lasst wenigstens Ihr Vernunft walten, Mylady.« Crispin entpuppte sich als wortgewaltiger Anwalt seines Milchbruders. »Für ihn und für Euch. Ich weiß, dass Ihr dazu imstande seid. Auch ich habe Euch falsch eingeschätzt. Freilich fällt es leichter, einen Irrtum einzugestehen, wenn das eigene Herz nicht dabei im Spiel ist.«

Maylis schnaubte verächtlich.

»Lord Drystan reimt sich Dinge zusammen, die nie geschehen sind.«

»Heinrich Plantagenet hat Euch aufgesucht, nicht wahr?«

»Ach, hat er Euch die Einzelheiten seiner bösartigen Fantasien mitgeteilt? Nun, dann wisst Ihr ja Bescheid. Es kommt ihm gar nicht in den Sinn, dass sich der Herzog aufgrund seiner Position Freiheiten herausnehmen kann, für die ein anderer Edelmann ein paar Backpfeifen kassieren würde. Lord Drystan schäumt, als habe er uns beim Liebesspiel beobachtet. Dabei hätte jeder Mann von Verstand erkennen können, dass sich der Herzog lediglich von mir verabschiedet hat.«

»Nachdem er geraume Zeit *in* Eurem Haus verbracht hat, stimmt's?«

Maylis stöhnte gereizt. Offensichtlich wurde alles falsch verstanden, was sie tat.

»Geht, Crispin. Geht zu Eurem Herrn und vergesst mich. Das ist das Beste, was Ihr tun könnt.«

Eben als sie dachte, er befolge diesen Befehl, begann er von Neuem auf sie einzureden.

»Lasst es nicht so enden, Mylady. Ihr seid füreinander bestimmt. Ihr gebt etwas auf, das für Euch beide von großer Bedeutung ist.«

Sie runzelte die Stirn, aber sie schwieg.

»Ich warte unten bei Janice.« Crispin setzte alles auf eine Karte und wagte einen kühnen Vorschlag. »Ich wäre bereit, Euch ins Lager zu begleiten. Wenn Ihr Lord Drystan in unserem Quartier erwartet, muss er Euch anhören. In dieser Umgebung ist er gezwungen, sich zu beherrschen. Die dünnen Wände des Zeltes werden Eure Verbündeten sein, ebenso wie Euer liebendes Herz.«

Ehe sie antworten konnte, war Crispin fort. Maylis starrte auf die glatten Decken des Alkovens, die sie vor wenigen Stunden so sorgsam festgezogen hatte. Sie hatte ihr Gemach für Drystans Besuch gerüstet. Wein stand auf dem Tisch, und in der Waschschüssel schwammen die letzten Rosenblätter auf dem Brunnenwasser. Sie hatte sie im Morgentau gesammelt und jedes Einzelne davon mit einem liebenden Gedanken an Drystan verbunden.

Sie wollte doch auch nicht, dass diese Liebe in gegenseitigen Kränkungen, in Schmerz und Verzweiflung starb. Getötet von dummen Missverständnissen und übertriebenem Stolz.

*Crispin hat recht. Du hast die Wahl zwischen Tränen und Handeln. Zwischen besiegt sein und siegen.*

War es nicht genau das, was sie sich im Kloster von Whitby so brennend gewünscht hatte? Die Freiheit, selbst zu entscheiden. Die Freiheit zu gehen, zu fragen, zu handeln. Das schlichte Hinnehmen von Ereignissen und Befehlen fiel ihr seit jeher schwer.

Aber jetzt gab es niemand mehr, der ihr Befehle erteilte, der sie aufhielt. Sie konnte Drystan jederzeit aufsuchen und die Macht auf die Probe stellen, die sie laut Crispin trotz allem über ihn besaß.

*Nein, das kannst du nicht. Der Herzog hat dir verboten, das Haus zu verlassen. Du kannst nicht einfach ins Feldlager spazieren und Drystan aufsuchen. Du hast Gehorsam versprochen.*

Das Hin und Her ihrer Gedanken ließ Maylis die Hände ringen. Was sollte sie tun? Auf Crispin setzen, dass er sie so heimlich zu Drystan brachte, dass nicht einmal der Herzog etwas davon erfuhr?

Maylis trat an die Waschschüssel und kühlte sich

die verweinten Augen mit dem Rosenwasser. Sie musste schön sein, wenn sie das Wagnis eingehen wollte. So verführerisch, dass Drystan den Kopf verlor, statt mit ihm zu denken. Sie musste ihn dazu bringen, dass er sie nur begehrte, ohne Wenn und Aber. Wie sollte sie das bewerkstelligen? Mit Weinen gewann man keine Schlachten, weder im Krieg noch in der Liebe.

Mit drei langen Schritten war sie an der Tür.

»Janice?«

Sie riss sie auf und rief so laut nach ihrer Kammermagd, dass diese unverzüglich die Treppe heraufgestürzt kam.

»Janice, hilf mir das grüne Gewand anzulegen. Zuvor musst du mir die Haare bürsten und ... was ist? Warum schaust du so?«

»Weshalb wollt Ihr Euer Gewand wechseln?«

»Das weißt du doch längst. Ich will zu Lord Drystan!«

Janice bekreuzigte sich hastig.

»Habt Ihr vergessen, was der Herzog befohlen hat? Ihr sollt das Haus nicht verlassen. Niemand darf Euch sehen. Ihr habt es ihm versprochen. Außerdem begebt Ihr Euch selbst in Gefahr, wenn Ihr mitten in die Höhle des Löwen marschiert.«

»Kein Mensch wird mich bemerken«, behauptete Maylis und schob alle Bedenken beiseite. »Wenn der Herzog wüsste, wie wichtig es für mich ist, dass ich Lord Drystan sehen kann, würde er mir sofort die Erlaubnis dafür geben.«

Sie löste die Bänder an ihrem Übergewand und schlüpfte so hastig aus dem Kleidungsstück, dass Janice um die Nähte fürchtete. Sie half ihr dabei, aber sie blieb bei ihren Einwänden.

»Anscheinend habt Ihr auch vergessen, wie böse der Lord auf Euch war. Was tut Ihr, wenn er sich weigert, Euch anzuhören?«

»Crispin wird mir helfen. Komm schon, ich muss Lord Drystan klarmachen, dass er sich getäuscht hat. Um Erfolg zu haben, muss ich so schön sein. Es war dumm von mir, ihn zu beleidigen und zu kränken. Männer darf man nicht beschimpfen, man muss sie verführen.«

»Ach herrje«, jammerte Janice von ihrer Energie förmlich überwältigt. »Ich weiß nicht, ob das so eine gute Idee ist! Ihr werdet nur in noch ärgere Schwierigkeiten geraten, weil Ihr gegen die ausdrücklichen Anweisungen des Herzogs handelt.«

»Woher soll der denn von diesem Ausflug erfahren? Hör auf zu zetern, hilf mir lieber.«

Maylis holte das grüne Gewand aus der Truhe. Janice hatte den Samt so lange gebürstet, dass weder Staub noch Salzwasserflecken zu sehen waren. Die Perlen auf der Borte um den Ausschnitt schimmerten ebenso alabasterweiß wie Maylis' Haut. Sie verzichtete ganz bewusst auf das Unterkleid, so dass ihre Brüste halb entblößt in einem Bett aus grünem Samt lagen. Eine Herausforderung der ganz besonderen Art.

»Ach herrje«, entschlüpfte es Janice ein zweites Mal, während sie den Juwelengürtel um die zierliche Taille legte. »Seid Ihr sicher, dass Ihr das so tragen wollt? Friert Ihr denn nicht?«

»Wie sieht es aus?«, fragte Maylis beunruhigt. Sie

warf die offenen Haare über die Schultern, ehe sie auf die Wölbung des eigenen Busens schaute und sich über die unvermutete Fülle wunderte.

»Ihr seid wirklich wunderschön. Die Königin der Feen.«

Janice trat einen Schritt zurück und betrachtete das gemeinsame Werk. Von den offenen Haaren bis zu den Säumen des Rocks war Maylis die Verlockung in Person. Der fiebrige Glanz in ihren Augen wetteiferte mit jenem der Juwelen, und das verführerische Dekolleté zog die Blicke an wie Honig die Fliegen.

»Dann wollen wir hoffen, dass ich tatsächlich die Fähigkeit besitze zu zaubern«, erwiderte Maylis nervös. »Hilf mir, den Umhang anzulegen. Wir müssen aufbrechen, sobald es dunkel ist.«

Crispin wartete bereits ungeduldig neben der gesattelten Stute. Er sah lediglich eine zierliche Gestalt im dunklen Umhang, die ihre Kapuze weit in die Stirn gezogen hatte. Der Duft von Rosenblättern folgte ihr.

»Ich werde für Euch beten«, versprach Janice und rang die Hände vor lauter Aufregung.

Maylis zögerte mit ihrer Antwort. Noch steckten ihr die Jahre der Klosterzeit in den Knochen. Es kam ihr eigenartig vor, den Himmel um Hilfe bei einer Sünde des Fleisches zu bitten. Aber wo sonst befand sich die höchste Instanz für die Liebe, wenn nicht dort? Was sie plante, tat sie schließlich mit reinstem Herzen und mit dem alleinigen Ziel, ihre Liebe zu retten.

»Bete für mich, Janice. Es kann gewiss nicht schaden«, sagte sie und umarmte ihre überraschte Magd heftig. »Ich danke dir für deine Hilfe.«

Crispin half Maylis in den Sattel. Als sich ihr Umhang dabei kurz öffnete und ihm den atemberaubenden Blick auf ihren Ausschnitt gestattete, hätte er um ein Haar anerkennend gepfiffen. Im letzten Moment besann er sich auf seine Position und grinste sie aufmunternd an.

»Keine Angst, Mylady. Mit diesen Waffen könnt Ihr jeden Mann unter der Sonne von Euren guten Absichten überzeugen.«

Maylis war so unruhig, dass sie nur kurz blinzelte, ehe sie nach den Zügeln griff. Die Reise nach Süden hatte ihre Reitkünste zwar sehr verbessert, aber ohne Drystans beruhigende Gegenwart durch die Nacht zu reiten war dennoch eine schwere Prüfung für sie.

»Lass uns aufbrechen, Crispin. Und vergiss nicht, ich muss ungesehen zu Lord Drystan gelangen. Der Herzog hat mir verboten, das Feldlager zu betreten. Ich kann nicht riskieren, auch noch ihn zu verärgern.«

Janice' Bedenken wollten ihr nicht aus dem Kopf. Sie war so in Erregung, dass ihr gar nicht auffiel, dass sie Crispin zum ersten Mal duzte. Sie behandelte ihn wie einen Diener, nicht wie Drystans Gefährten. Er nahm es nicht übel.

»Keine Angst, wenn wir die Pferde am Ufer anbinden und vom Fluss kommen, wird uns niemand bemerken. Seit die Friedensverhandlungen begonnen haben, wird die Themse nur noch sehr oberflächlich bewacht. Jeder weiß, dass sein Gegner im

Augenblick nicht daran denkt, den Fluss zu überqueren.«

Die beiden Reiter verschwanden so schnell in der Dunkelheit, dass Janice nur das Trommeln der Hufe vernahm. Sie bekreuzigte sich zur Sicherheit zwei Mal, ehe sie ins Haus ging und die Tür hinter sich schloss.

# Zwölftes Kapitel

Heinrich Plantagenet legte Wert darauf, im Kreise seiner Kampfgefährten und seines Hofes zu speisen. Normalerweise war diese Tafel eine fröhliche Angelegenheit, bei der schlüpfrige Witze ebenso an der Tagesordnung waren wie Schlachtpläne und Kampftechniken. Drystan beteiligte sich heute an keinem einzigen der Gespräche. Er leerte in eisiger Konzentration Becher um Becher Wein, während er kaum ein Stück des Bratens zu sich nahm, der vor ihm auf einer großen Brotscheibe lag.

Sein Nachbar zur Linken war auch noch ausgerechnet der einäugige Balliol. Was den Herzog dazu veranlasst hatte, diesen unerfreulichen Patron mit einer Einladung an seine Tafel auszuzeichnen, konnte sich Drystan beim besten Willen nicht erklären.

Aber er wollte ohnehin nicht über Heinrich Plantagenet und seine Pläne nachdenken. Zorn und Eifersucht brannten zu heiß in seinem Herzen. So sehr er das Feldherrngeschick des Herzogs und seine königliche Autorität bewunderte, sein Appetit in Sachen Frauen unterhöhlte die Loyalität, die er für ihn empfand. Allein, er würde nicht zulassen, dass sich Maylis auch noch zwischen seinen künftigen König und ihn stellte. Das war sie nicht wert. Das war keine Frau wert.

Walter von Balliol versuchte vergeblich, den jungen Lord von Nansay Hall in ein Gespräch über die Belange des Nordens zu verwickeln. Immer wieder scheiterte er an der Mauer des Schweigens, die Drystan um sich errichtet hatte.

»Ist es Euch denn egal, dass an der Grenze die Gefahr von neuen Kriegshandlungen besteht?«, beschwerte er sich schließlich entrüstet.

»Die Sicherheit von Nansay Hall stützt sich auf ein Abkommen mit den schottischen Clans, das noch von meinem Großvater Cyrus d'Aval geschlossen wurde«, entgegnete Drystan gereizt. »In unserem Gebiet stehen beide Seiten zu ihrem Wort. Jeder weiß, woran er mit dem anderen ist.«

Balliol entdeckte die kaum verbrämte Beleidigung zwischen den Zeilen dieser Antwort und reagierte mit einem heftigen Fluch.

»Grünschnabel. Ihr wisst nicht, wovon Ihr redet.«

Drystan wandte ihm stumm den Rücken zu und entdeckte, dass ihn der Herzog wohl seit geraumer Zeit beobachtete. Zähneknirschend hob er den Becher und neigte grüßend den Kopf. Der Wein schmeckte mit einem Mal wie Essig.

Glücklicherweise trat in diesem Moment ein Page zum Herzog und flüsterte ihm eine Botschaft ins Ohr. Heinrich erhob sich mit Schwung und bat um die Aufmerksamkeit seiner Gäste.

»Ein Bote aus Rouen, meine Freunde. Ihr entschuldigt mich. Die Nachrichten von meiner Gemahlin besitzen eine besondere Anziehungskraft. Schließlich soll sie in Kürze mit meinem ersten Sohn niederkommen.«

Er gab dem Mundschenk Anweisung, die Weinkrüge noch einmal zu füllen, und verschwand mit dem Pagen. Drystan sah ihm grimmig nach. Auf eigenartige Weise kränkte es ihn sogar, dass der Herzog Maylis mühelos vergessen konnte, wenn Eleonore von Aquitanien nur mit dem Finger schnippte. Er besaß etwas, das Drystan mehr ersehnte als einen Platz in der Seligkeit, und es bedeutete ihm offensichtlich gar nichts.

»Der Herzog kann sich glücklich schätzen, wenn ihm ein Sohn geboren wird«, bemühte sich Balliol erneut ein Gespräch in Gang zu bringen. »Schließlich hat sich ein ganzer Bürgerkrieg an der lästigen Tatsache entzündet, dass nur noch in den Adern einer Frau die direkte Blutlinie des großen Eroberers weitergegeben wird.«

»Ihr klingt nicht nach einem Freund der Frauen«, antwortete Drystan trocken. Er ließ sich endlich auf den anderen ein, damit er seinen eigenen Gedanken entfliehen konnte.

»Sie sind eine Plage Gottes«, fluchte Balliol. »Unlenkbar, lästig und unberechenbar. Wenn ich daran denke, dass eine Frau daran schuld ist, dass wir vor Heinrich Plantagenet zu Kreuze kriechen müssen, kommt mir die Galle hoch.«

»Wie das?«

»Meine Nichte hat es vorgezogen zu fliehen, statt den Laird von Kyle zu heiraten, den ihr Vater für sie ausgesucht hat. Das Frauenzimmer ist in der Nacht vor ihrer Abreise aus dem Kloster verschwunden. Als ich sie nach Hause bringen wollte, traf ich nur noch jammernde Nonnen an, die sich nicht erklären konnten, wo sie geblieben ist. Alle Nachforschungen verliefen bisher im Sande. Der Laird besteht auf Einhaltung der Eheverträge und droht, sich gewaltsam zu nehmen, was ihm durch die Heirat legal zugefallen wäre.«

Drystan nickte begreifend, während sich die Gedanken in seinem Kopf überschlugen. Etwas in den Worten des Einäugigen alarmierte ihn auf besondere Weise. »Ihr wollt Euch den Laird vom Hals halten und wendet Euch deswegen an den Neffen des schottischen Königs.«

»Was bleibt uns anderes übrig? Meine Nichte hat uns in eine unhaltbare Lage gebracht. Seit dem Verlust seiner Söhne ist mein Bruder nicht mehr der Alte, und meine nutzlose Gemahlin hat mir ebenfalls nur Töchter in die Wiege gelegt.«

»Gebt dem Laird doch eine von ihnen.«

»Das Erbe geht stets an die Kinder des Ältesten. Maylis ist die Letzte, die von ihnen noch am Leben ist. Ihr Gatte wird über Barnard Castle herrschen. Wenn sie nicht wieder auftaucht, fällt die Festung mit dem Tod meines Bruders nicht an mich, sondern an die Krone zurück. Wir brauchen dieses Mädchen. Wo sie auch ist, wir müssen sie finden, und zwar ehe die zerrüttete Gesundheit meines Bruders unsere Pläne völlig zunichte macht.«

Es entging Balliol, dass Drystan bei der Nennung des Namens Maylis erstarrte. Dass sich die Linien um seinen Mund verhärteten und das Grau seiner Augen zu Eis gefror.

»Aus welchem Kloster ist Eure Nichte eigentlich entflohen?«, erkundigte er sich zähneknirschend.

»Ihre Mutter starb bei der Geburt, also hat man sie zu den Nonnen von Whitby gebracht, als sie heranwuchs. Die Hoffnung, dass sie dort zu einer gehorsamen Weibsperson erzogen wird, war indes vergeblich. Offensichtlich waren die Nonnen mit dieser Aufgabe überfordert. Ein Haufen schnatternder Gänse, die nicht einmal sagen konnten, wer das Mädchen wann und wo zum letzten Mal gesehen hat. Wenn Maylis denselben Spatzenverstand besitzt, ist sie vermutlich im Esk ertrunken, ehe sie auch nur den Hafen von Whitby erreicht hat. Es ist der pure Hohn, dass das Schicksal von Barnard Castle von einem dummen Frauenzimmer abhängt.«

Drystan ließ Balliol reden, während sich vor seinem inneren Auge ein Mosaik vervollständigte. Maylis von Balliol. Hatte sie die Kunst der Verstellung im Kloster gelernt? Das Kind, von zu Hause vertrieben und ohne jeden liebevollen Familienhalt, musste sich bei den Nonnen von Whitby verlassen und einsam gefühlt haben. Wider Willen empfand er einen Anflug von Mitleid. Kein Mensch sollte so rüde aus der Sicherheit seines Elternhauses vertrieben werden.

Er betrachtete den leeren Stuhl am Kopfende der Tafel. Durfte er es ihr verübeln, dass sie sich mit dem Mächtigsten und Stärksten eingelassen hatte? Sie musste sich mehr als jeder andere Mensch danach sehnen, über das eigene Schicksal bestimmen zu dürfen. Heinrich Plantagenet war der Einzige, der ihr dazu verhelfen konnte. Bei ihm war sie vor ihrem Vater und ihrem Onkel in Sicherheit.

Die Stimmen, das Gelächter und der ständig räsonierende Mann an seiner Seite gingen ihm zusehends auf die Nerven. Er stand abrupt auf, grüßte knapp und verließ die Tafel.

Balliol starrte ihm mit offenem Mund hinterher. Dann stieß er einen Fluch aus und rannte ihm nach. Getrieben von dem wütenden Wunsch, wenigstens einem dieser jungen Laffen Manieren beizubringen, die ihn im Feldlager nicht mit jener Ehrerbietung behandelten, die er verlangte.

Drystan war so mit seinen Gedanken an Maylis beschäftigt, dass er gar nicht auf die Idee kam, über seine Schulter zu sehen. Er suchte Crispin. Sein Milchbruder war der Einzige, mit dem er offen über die Entdeckungen reden konnte, die er gemacht hatte. Er fand ihn jedoch weder bei den Pferden noch unter den Knappen und Kriegern am großen Feuer. Offensichtlich musste er sich in Geduld üben, bis Crispin wieder auftauchte. Wo steckte der Kerl, wenn er ihn brauchte?

Wütend schlug er mit der Faust gegen die Leinwand des eigenen Zeltes und schlüpfte gebeugt durch den Spalt, der dabei entstand. Als er sich drinnen zu seiner vollen Größe aufrichtete, blieb er vom Donner gerührt stehen.

Im warmen, gelblichen Licht einer kleinen Öllampe lag Maylis, auf einen Arm gestützt, wartend auf seinem Lager. Auf ihrem grünen Samtgewand glitzerten die Juwelen, das Haar umbauschte sie wie ein Schleier. Ihre braunen Augen leuchteten in purem Gold, die blassen Brüste hoben sich verführerisch prall über die Schmuckborte ihres Dekolletés. Der Anblick raubte ihm den Atem und ließ gleichzeitig das Blut in gewisse Körperteile schießen. Allein das

Lächeln in ihren Mundwinkeln reichte aus, um jeden logischen Denkprozess zu vereiteln.

»Was tust du hier?«, fragte er nach endloser Zeit.

»Setzt Euch, dann sage ich es.«

Maylis klopfte spielerisch auf den freien Platz der Liegestatt vor sich. Die Bewegung übertrug sich mit einem verlockenden Beben auf ihren Busen. Drystan schnappte nach Luft.

»Bist du verrückt? Wie kannst du dich auf diese Weise darbieten? Was, wenn nicht ich es gewesen wäre, der hereinkommt?«

»Crispin wacht draußen. Er hätte jeden Fremden abgewiesen.«

»Crispin. Noch so ein Narr, den du in deine Fänge gezogen hast.«

Ton und Inhalt seiner Worte irritierten sie erkennbar, dennoch fuhr sie sanft fort: »Wollt Ihr hören, was ich Euch zu sagen habe, oder wollt Ihr weiter die Zeit damit vertun, mich zu beschimpfen?«

Er sah eine bläuliche Ader an ihrem Hals pochen. Heftig. In Wirklichkeit war sie nicht so ruhig, wie sie sich gab. Sie spielte ihm etwas vor. Schon wieder. Sein Zorn, eben noch von der Überraschung vertrieben, kochte abermals hoch. Wütend winkelte er ein Knie an, stemmte es auf die Matratze und beugte sich über das Lager, auf dem sie sich darbot wie eine elegante Kurtisane.

»Was denkst du dir bei dieser Komödie, Maylis von Balliol?«, fragte er, packte sie bei den Schultern und schüttelte sie erbost.

Ihre Haare flogen über seine Finger. Ein sanftes Streicheln, gemischt mit Rosenduft. Er fühlte ihren

Schock. Vermutlich fragte sie sich, woher er ihren Namen wusste.

»Ihr habt nicht damit gerechnet, dass ich Euch auf die Schliche komme, nicht wahr?«, sagte er ihr ins Gesicht und lachte bitter über das Aufflackern der Unsicherheit in den goldenen Augen. »Kennt Ihr Euch noch aus zwischen all den Lügen, die Ihr erzählt? Amüsiert Ihr Euch heimlich über die Narren, die zu Eurer Musik tanzen?«

»Amüsieren? Nein, wenn Ihr es genau wissen wollt. Ich verzweifle. Eure Unfähigkeit, mir zu vertrauen, mir einfach nur zuzuhören, vergällt mit das Leben. Ist Euch die Liebe, die uns verbindet, denn nicht einmal diese kleine Mühe wert? Ein wenig Zeit und Aufmerksamkeit? Wollt Ihr die Dinge, die Ihr zu wissen glaubt, nicht einmal mit meinen Augen betrachten?«

In der leichten Rauheit ihrer Stimme schwang Bangen. Wovor sollte sie Angst haben, wenn nicht davor, dass er sie erneut bei einer Lüge ertappte? Und doch, in einem musste er ihr recht geben. Er sollte sie anhören.

»Sprich!«

Er lockerte seinen Griff, ohne sie freizugeben. Er konnte seine Hände nicht mehr von ihr lassen, denn auf einer elementaren Ebene seines Bewusstseins begehrte er sie nach wie vor. Sie war längst in seinem Blut, und sie wusste es.

Maylis richtete sich auf und berührte mit ihren Fingerspitzen seine Wangen. Unter der vertrauten, federleichten, liebkosenden Berührung zersplitterte seine Beherrschung in tausend Scherben.

Ein unterdrückter Fluch entrang sich seiner gepressten Kehle. Seine Rechte umklammerte ihr Handgelenk und drückte es so weit nach hinten zurück, dass sie mit durchgebogenem Rücken zwischen die Decken seines Lagers fiel. Gefangen zwischen den Strähnen ihrer offenen Haare und seiner Kraft, konnte sie ihn nur noch still halten.

»Du wagst es, das Wort Liebe in den Mund zu nehmen? Du hast unsere Liebe in den Armen des Herzogs verraten. Dein schneller Aufstieg von der Klosterschülerin zur Konkubine des Herzogs macht dich zu selbstsicher, Lady Maylis. Eben noch wäre ich fast bereit gewesen, dein Schicksal als Entschuldigung für deine Taten gelten zu lassen. Aber diese Inszenierung ist zu viel! Was erhoffst du dir davon?«

Maylis gelang es endlich, einen Teil ihrer Haare aus dem Gesicht zu streichen und in seine Augen zu blicken. Graue, kalte Kieselsteine. Angst, Zorn und jenes verräterische Prickeln, das sich von dort ausbreitete, wo seine Finger sie umklammerten, schürten auch ihre Entrüstung.

»Was werft Ihr mir jetzt schon wieder vor?«

»Diesen Auftritt, den die beste Hure von London nicht besser inszenieren könnte. Hast du gehofft, ich würde beim Anblick deiner halb entblößten Brüste vollends den Verstand verlieren?«

»Ja.«

Die schlichte Antwort entlockte ihm ein zynisches Knurren, das in einem seltsam heiseren Laut endete. Der Griff um ihr Handgelenk wurde unerwartet sanfter. Die Atmosphäre veränderte sich auf geheimnisvolle Weise. Maylis erbebte, und er bemerkte es.

»Dein Ja ist ein Freibrief«, warnte er sie. »Du solltest gehen, solange ich dir die Möglichkeit dazu einräume. Wenn du bleibst, hast du dir die Folgen selbst zuzuschreiben.«

»Ich bleibe.«

Mit einem Stöhnen, das ebenso gut ein Fluch sein konnte, beugte sich Drystan über sie. Er eroberte ihren Mund mit einem wilden, gewalttätigen Kuss. Er rechnete mit Widerstand. Allein, da war nur sanftes Erwidern und seidige Lippen, die seine Wut in Begehren verwandelten. Der süße Duft ihres Atems. Das Heben der verlockenden Brüste, die sich kühl und warm zugleich in seine Hände schmiegten.

Je ungeduldiger Drystan an Maylis' Kleidern zerrte, um noch mehr nackte Haut zu suchen, umso heißer und willfähriger kam sie ihm entgegen. Er hatte nicht die Geduld, Schlaufen und Bänder zu lösen, er schlug ihre Röcke hoch. Von den blinden Wünschen der eigenen Leidenschaft getrieben, suchte er ihren Duft und das Geheimnis ihrer Weiblichkeit. Sie zu erobern und sich die seidig zarten Tiefen ihres Leibes untertan zu machen, dies war sein einziges Ziel.

Leises Keuchen, hastiges Atmen und das Rascheln von Kleidern waren die einzigen Laute im Zelt. Beide hatten sie keine Worte mehr, um den Sturm zu bändigen, der sie zueinander trieb. Die Sprache ihrer Körper ließ keine Missverständnisse zu.

Maylis hörte Stoff reißen. Es kümmerte sie nicht. Noch nie hatte sie sich so gefühlt, so gierig, so verzweifelt und gleichzeitig auch so voller Erwartung. Seit sie in Drystans Armen ihre Erfüllung gefunden hatte, wusste sie um das Geheimnis der Erfüllung, aber dieses Mal wünschte sie noch mehr als nur Wollust. Wenn sie sich ganz und völlig hingab, wenn sie ihm Körper und Seele überließ und sich vorbehaltlos öffnete, dann musste er doch sehen, dass da nichts als Liebe für ihn war. Kein Betrug, kein Hinterhalt, nur ausschließliche und grenzenlose Liebe.

Drystan spürte sehr wohl, dass in diesem Augenblick etwas anders als sonst war, dass sie ihm auf neue Weise begegnete. Die vorsichtige Scheu war verflogen und von sinnlicher Erregung ersetzt worden. Von einer geschmeidigen Bereitschaft, die sogar seine Rohheit bloß zu einer neuen Variante ihres hemmungslosen Liebesspiels machte. In seinem Zorn hielt er auch das für einen Beweis ihrer Untreue. Hatte sie der Herzog auf diese raffinierte Ebene der Erotik geführt?

Sein Zorn mischte sich mit der Leidenschaft. Er trieb sie beide in eine zügellose Vereinigung, die mit der Gewalt eines entfesselten Gewitters über sie hereinbrach. Sie klammerten sich wie Ertrinkende aneinander, nur von dem Wunsch beseelt, für immer verbunden zu bleiben.

Maylis sank mit einem Lächeln auf den Lippen in nachtschwarze Dunkelheit. Vernichtet, aber unendlich glücklich. Welch himmlischer Tod.

Als Drystan wieder zu Besinnung kam, fand er sie reglos. Mit geschlossenen Augen lag sie in einem Wust aus Röcken, Haaren und Decken. Nie war sie ihm so schön und gleichzeitig so gefährlich erschienen. Sie besaß die Macht, ihn Ehre, Gewissen und Stolz vergessen zu lassen, wenn er sie in seinen Armen hielt.

Das durfte nicht sein!

Mit einem unterdrückten Fluch richtete er seine Kleider und stürmte aus dem Zelt. Er prallte mit Crispin zusammen, der ihm in den Weg vertrat. Crispin, der die schöne Hexe in sein Zelt geschmuggelt hatte.

»Geh mir aus den Augen, ehe ich mich vergesse.«

»Bist du verrückt? Was ist los mit dir?«

»Das fragst du noch? Wenn ich zurückkomme, möchte ich, dass das Frauenzimmer aus meinem Zelt verschwunden ist. Bring Lady Maylis meinetwegen zum Herzog, aber ich will nichts mehr mit ihr zu schaffen haben.«

Crispin sah ihm mit offenem Mund nach.

Er stand noch immer in der Nacht und kämpfte mit seinem Schock, als ihn ein Geräusch herumfahren ließ. Im selben Moment traf ihn ein heftiger Hieb auf den Hinterkopf. Lautlos sank er in sich zusammen.

# Dreizehntes Kapitel

Es duftete nach Rosen. Nach einem ganzen Garten voll blühender Rosen, deren rot glühende Blütenblätter im Sonnenlicht leuchteten. Maylis wollte das Gesicht in diesen Blüten vergraben, in ihrem Duft baden und die Augen mit ihrer Schönheit füllen. Im Kloster hatte es nur schlichte Wildrosen gegeben, Kräuter, Wiesenblumen und Lilien für den Altar der Muttergottes in der Kirche. Blumen, die in solcher Fülle und Pracht allein um der Schönheit willen blühten, hatte sie noch nie erblickt.

Beglückt in dieses Wunder der Natur vertieft, ignorierte sie das heftige Rütteln an ihrer Schulter. Sie wollte den Blick nicht abwenden. Erst ein roher Schlag auf ihren Rücken erschütterte das Bild. Es zerfloss wie eine Spiegelung auf ruhigem Wasser, die ein Stein zerstört. Verwirrt fuhr sie auf.

Wo war sie? Im ersten Moment suchte sie vergeblich nach den Rosen ihres Traums. Sie starrte verwundert in das schwindende Licht einer Öllampe, die im nächsten Moment erlöschen würde. Sie strich sich die losen Haare aus der Stirn und erkannte Drystans zerwühlte Lagerstatt. Warum war er nicht bei ihr? Sie sah sich um und stieß einen leisen Schrei aus, als sie den Mann entdeckte, der neben ihr aufragte.

»Mich hättest du hier zuletzt erwartet, nicht wahr?«, knurrte Walter von Balliol zufrieden, als er sah, wie sie erblasste. »Was tust du in diesem Bett? Spielst du die Lagerhure für die Ritter des Herzogs? Bei Gott, du bist tief gesunken, Nichte!«

Seine harsche Anklage trieb glühende Röte in Maylis' Stirn, aber sie schwieg. Ihre zerzauste Kleidung, die wirren Haare, die von Küssen geschwollenen Lippen und die rötlichen Griffspuren um ihr Handgelenk verrieten zu deutlich, was hinter ihr lag. Glücklicherweise waren wenigstens ihre Beine bedeckt.

Jemand hatte sie vor der Peinlichkeit bewahrt, mit bloßen Gliedern gefunden zu werden. Drystan? Wo steckte er?

»Steh auf und komm mit«, befahl ihr Onkel unfreundlich. »Du kannst von Glück sagen, dass ich dich lebend brauche.«

Maylis rieb sich das schmerzende Handgelenk und richtete sich langsam auf. Auch ein genauerer Blick durch das Zelt ergab ihr keinen Hinweis darauf, was mit Drystan passiert war. Und wo blieb Crispin? Es wäre seine Aufgabe gewesen, ihren Onkel daran zu hindern, das Zelt zu betreten. Er hatte ihr geschworen, dass er über ihre Sicherheit wachen würde. Wieso hatte er es nicht getan? Weil ihm Drystan etwas anderes befohlen hatte?

Hatten sie beide im Stich gelassen? Das unmittelbare Aufeinandertreffen von Drystans Verschwinden und dem Auftauchen ihres Onkels ließ keine andere Erklärung zu: Man hatte sie verraten und verkauft.

Sie warf einen verstohlenen Blick auf ihren Onkel. In Whitby hatte sie sich vor seiner Mitleidlosigkeit und seinem Zorn gefürchtet. Die kalte Verachtung, die er heute ausströmte, war freilich noch schlimmer. Es war die Geringschätzung eines Mannes, von dem sie keine Gnade erwarten durfte.

Die Erkenntnis ihrer Schwäche und die bittere Enttäuschung töteten jedes andere Empfinden in ihr ab. Sie hatte alles riskiert und alles verloren. Nichts zählte mehr. Es gab keinen Grund, sich ihrem Onkel zu widersetzen. Welche Strafe er und ihr Vater für sie bereithielten, sie verdiente sie in überreichem Maße für ihre Dummheit. Selbst wenn es der Tod sein sollte.

Sie erhob sich und griff nach ihrem Umhang, der neben dem Eingang lag. Dann wandte sie sich ihrem Oheim zu. »Ich bin bereit. Wir können gehen.«

Sein erbarmungsloser Griff um ihren Oberarm entlockte ihr keinen Laut. Sie war über allen Schmerz hinaus. Sie verließ Drystans Zelt, ohne einen einzigen Blick zurückzuwerfen.

*

Das Rauschen des Flusses mischte sich mit dem einsetzenden Regen. Er begann harmlos, nicht mehr als Feuchtigkeit, die sich in Tropfen verwandelte, aber Drystan konnte die Zeichen ebenso deuten wie alle anderen. Wenn er sich erst einmal zum Landregen entwickelt hatte, würde er die nächsten Tage anhalten. Tage, in denen die Wolken fast bis auf die Ohren der Pferde herabhingen und die Sonne nur noch eine vage Erinnerung war. Das richtige Wetter, um nicht nur die letzte Ernte zu vernichten, sondern auch um einen Mann daran zu erinnern, dass er ein ausgemachter Tölpel war.

Als Drystan mit hängenden Schultern den Weg zu seinem Quartier einschlug, lag bereits eine bleierne Ahnung von Morgenlicht in der Luft. Die nasse Erde blieb an seinen Stiefelabsätzen hängen. Erste Pfützen standen zwischen den Zelten, und manche der nächtlichen Zecher schliefen ihren Rausch am Feuer aus, ohne zu merken, dass sie bereits im Nassen lagen.

Er ging auch der Gestalt aus dem Weg, die hingestreckt mitten auf dem Weg in der Nähe des eigenen Zeltes lag. Das Gesicht im nassen Gras, die sandfarbenen Haare wirr und dunkel vor Schmutz. Sicher ein betrunkener Bogenschütze.

Wenn nicht bald etwas geschah, dass die Soldaten aus ihrer Lethargie riss und die Begeisterung für den Kampf neu entfachte, würde der Herzog Schwierigkeiten mit der Disziplin im Feldlager bekommen. Männer wie dieser da waren das beste Zeichen dafür, dass die Stimmung zu kippen drohte.

Drystan hatte den Reglosen schon passiert, als ihm etwas an seiner Kleidung bekannt vorkam. Er runzelte die Stirn und ging zurück. Im Dämmerschein des ersten Morgens packte er den Schlafenden an der Schulter und drehte ihn um, damit er sein Gesicht erkennen konnte.

»Zum Henker! Crispin!«

Er zog eine Hand zurück und betrachtete den zähen dunklen Schmutz, der daran haften blieb. Kein Schlamm. Blut!

Erst jetzt fiel ihm die hässliche Platzwunde an Crispins Hinterkopf auf. Sein Milchbruder schlief nicht, er war bewusstlos. Der Prügel, der seine Wunde verursacht hatte, lag noch in seiner Nähe. Mit einem Fluch packte Drystan den Ohnmächtigen unter den Achseln und zog ihn zum nahen Zelt. Eine Wachmannschaft kam vorbei, aber außer ein paar rüden Scherzen über den vermeintlichen Säufer bot sie keine Hilfe an.

Drystan schickte ihnen einen Fluch hinterher und mühte sich Crispin aus dem Regen zu bringen. Sein Quartier lag im Halbdämmer. Das Öl in der Lampe war ausgebrannt, und auf den ersten Blick sah es fast so aus, als läge eine zierliche Gestalt unter den Decken auf seinem Lager. Bei näherem Hinsehen entpuppte es sich als Täuschung. Nur eine zerknüllte Decke.

Er schob alles zur Seite, um für Crispin Platz zu schaffen. Zähneknirschend ignorierte er den intensiven Duft nach Rosen und Maylis, der aus den Laken aufstieg. Jetzt war er in erster Linie wütend auf sich selbst. Er hatte Crispin befohlen, Maylis fortzubringen. Stand der feige Überfall auf ihn mit diesem Befehl in Zusammenhang? Was war geschehen?

Da kein Wasser zur Hand war, tränkte er ein Tuch mit Wein, um Crispins Wunde auszuwaschen. Wein und Blut liefen in hellroten Bächen über die Laken, bis sein Milchbruder endlich die Augen aufschlug und verwirrt um sich sah.

»Was ist geschehen?«

»Das frage ich dich«, erwiderte Drystan. »Ich habe dich draußen vor dem Zelt gefunden. Zusammen mit dem Knüppel, der dich niedergestreckt hat. Mit wem hast du dich angelegt, mein Freund?«

»Das würde ich auch gerne wissen«, ächzte Crispin und betastete die Wunde an seinem Kopf. »Verdammt, wie ist das nur passiert? Mein Schädel fühlt sich an, als hätte er sich mit Ares' Hufen angelegt.«

»Was ist das Letzte, woran du dich entsinnst?«, fragte Drystan sachlich.

»An dich«, erwiderte Crispin prompt. »Du kamst aus dem Zelt gestürmt, als wären dir die Furien auf den Fersen. Du hast mich angebellt und mir unverständliche Befehle erteilt. Ich sah dir nach. Und dann ... tja, dann explodierte mein Schädel, und ich weiß nichts mehr.«

»Wer hätte einen Grund, dich ohne Warnung außer Gefecht zu setzen?«

Crispin hatte sich das längst gefragt, und ihm fiel nur eine Antwort ein.

»Jemand wollte das Zelt betreten, ohne von mir daran gehindert zu werden. Du warst es nicht. Wer also hat noch Interesse daran?«

»Der Herzog?«

Drystan kämpfte seine Wut nieder, während er eine saubere Leinenbinde um Crispins Schädel wand. Möglicherweise hatte der zärtliche Brief seiner Gemahlin Gelüste in Heinrich Plantagenet geweckt, die er auf der Stelle erfüllt haben wollte. Aber woher wusste er, dass Maylis die Nacht in seinem Zelt verbrachte?

»Vergiss es«, brummte Crispin mittlerweile. »Warum sollte der Herzog mich niederschlagen? Ich gehöre zu seinen Truppen.«

»Vielleicht schätzt er keine Zeugen?«

Crispin schnalzte missbilligend mit der Zunge. »Zeugen wofür?«

»Zum Donner, musst du das fragen? Unsere schöne Lady Maylis ist auch ihm zu Willen. Sicher liegt ihm daran, dass der Klatsch darüber nicht bis zu seiner Gemahlin nach Rouen dringt. Man sagt der Herzogin ein feuriges Temperament nach.«

»Langsam zweifle ich wirklich an deinem Verstand, Drystan d'Aval«, entgegnete Crispin zwar schwach, aber hörbar ätzend. »Maylis wollte zu dir, um all die Misshelligkeiten aus dem Weg zu räumen, die zwischen euch stehen. Gemessen an der Dauer eures Beisammenseins, hattest du anfangs wohl nichts dagegen einzuwenden. Wo steckt sie überhaupt? Du hast sie hoffentlich nicht allein durch die Nacht zu Janice zurückgeschickt? So verbohrt und rücksichtslos kannst nicht einmal du sein.«

»Woher soll ich wissen, wo sie geblieben ist? Sie war fort, als ich dich ins Zelt geschleppt habe. Ich hoffe, ich sehe sie nie wieder.«

»Du musst sie suchen.« Crispin packte Drystan am Wams, obwohl sein Schädel bei dieser Anstrengung höllisch pochte. »Man darf sie nicht im Lager entdecken. Der Herzog hat ihr befohlen, sich verborgen zu halten. Sie ist gegen seinen Willen zu dir gekommen. Sie hat seine Gunst riskiert, um dich zu sehen. Es liegt Ihr mehr an einem Holzkopf, der ihre Gefühle mit den Füßen tritt, als am Wohlwollen ihres künftigen Königs. Wann wirst du das endlich begreifen?«

»Warum hast du dich für diese lächerliche Scharade hergegeben?«, fragte Drystan anklagend, ohne auf seine Forderung einzugehen.

»Weil ich es für die einzige Möglichkeit gehalten habe, die Missverständnisse zwischen euch aufzuklären. Du liebst sie. Willst du es abstreiten?«

»Ich gebe dem Schlag auf deinen Kopf die Schuld daran, dass du solches Zeug redest. Zu deiner Information: Ich weiß inzwischen, mit wem wir es bei ihr zu tun haben. Sie ist eine Balliol. Die einzige Tochter des Herrn von Barnard Castle. Sie wurde im Kloster erzogen und hat ihr Heil in der Flucht gesucht, als ihr Oheim auftauchte, um sie zu ihrer Hochzeit mit dem Laird von Kyle nach Hause zu holen.«

»Mit dem alten Kyle? In dem Fall kannst du es ihr noch weniger verübeln, dass sie das Weite gesucht hat«, warf Crispin ein.

»Vermutlich wusste sie von Anfang an, wer wir sind. Vielleicht hat sie sogar darauf spekuliert, dass ich sie am Ende dieses Abenteuers heiraten muss, weil mir meine Ehre keinen anderen Ausweg lässt.«

»Du bist verrückt nach ihr, und deine Ehre spielt die kleinste Rolle dabei«, widersprach ihm Crispin.

»Das war ehe ich erfuhr, dass ich sie mit Heinrich Plantagenet teilen muss. Weißt du noch, wie wir uns fragten, ob sie eine Hure ist, und zu der Einsicht kamen, dass sie eine Edeldame sein muss? Inzwischen weiß ich, dass sie beides ist.«

»Wer behauptet das?«

»Ich habe es mit eigenen Augen ges....«

Drystan brach mitten im Satz ab, bückte sich und hob einen Gegenstand auf, der vom Bett gefallen war und halb unter einer herabhängenden Decke verborgen lag. Edelsteine glänzten im matten Licht des Morgens. Er hielt den Juwelengürtel in der Hand, der zu Maylis' Gewand gehörte.

»Kaum zu glauben, dass sie dieses kostbare Stück vergessen hat«, sagte er beunruhigt.

»Es sei denn, sie hätte das Zelt so hastig verlassen müssen, dass sie nicht auf die Vollständigkeit ihrer Garderobe geachtet hat«, brummte Crispin und tastete erneut an der Schwellung auf seinem Kopf herum. »Es sei denn, man hätte sie gewaltsam entführt, nachdem man ihren Wachhund mit einem kräftigen Schlag auf den Kopf außer Gefecht gesetzt hat.«

»Entführt? Du bist ...« Drystan schlug sich mit dem Handballen an die Stirn. »Balliol! Er ist auf der Suche nach seiner Nichte und würde alles tun, um ihrer habhaft zu werden.«

»Wie kann er auf ihre Spur gekommen sein?«

»Vermutlich ist es meine Schuld.« Drystan sank auf einen Hocker, stützte die Arme auf den Knien auf und ließ den Gürtel durch seine Finger gleiten. »Er klebt mir ständig an den Fersen. Er ist der Ansicht, unsere gemeinsame Abstammung aus dem Norden könnte mich dazu verleiten, beim Herzog ein gutes Wort für ihn einzulegen. Gestern Abend wurde er mir so lästig, dass ich ihn nach dem Mahl brüskiert habe. Es wäre ihm zuzutrauen, dass er mir gefolgt ist, um mich trotzdem zu überreden. Ich habe dich überall vergeblich gesucht und wollte mich letztendlich zur Ruhe begeben. Du musst mich gesehen haben, als ich ins Zelt ging. Du hast gewusst, wen ich dort vorfinde, und bist deswegen im Verborgenen geblieben.«

Crispin umging die direkte Antwort. »Wenn Balliol in der Nähe war, als du mir befohlen hast, Maylis fortzubringen, muss er deine Worte gehört haben. So könnte es gewesen sein. Bei Gott, was hat er mit der Ärmsten vor?«

Drystan zögerte. Der Gedanke, dass sich Maylis in den Händen ihres Onkels befand, gefiel ihm ebenso wenig wie der Schluss, der sich ihm aufdrängte.

»Er wird sie nach Norden schaffen, so schnell sie die Pferde tragen. Sie wollen sie mit dem Schotten verheiraten, damit sie Söhne zur Welt bringt. Söhne, die Barnard Castle und das Erbe der Kyles regieren. Maylis ist ausschließlich Mittel zum Zweck.«

»Söhne?« Crispin spuckte verächtlich auf den Boden. »Die Welt kann gut auf die Söhne des Laird von Kyle verzichten, das wissen wir beide. Du darfst nicht zulassen, dass sie diesem Barbaren ausgeliefert wird. Welche Fehler das Mädchen auch gemacht hat, ein solches Schicksal verdient keine Frau!«

»Wir wissen nicht, ob unsere Vermutungen zutreffen.«

»Zum Donnerwetter, Drystan, es sind Gewissheiten. Ich verwette mein Schwert darauf, dass ich diese Beule Balliol zu verdanken habe. Du musst auf der Stelle zum Herzog gehen und ihm enthüllen, was heute Nacht vorgefallen ist.«

Drystan warf den Gürtel, den er noch immer in den Händen hielt, quer durch das Zelt.

»Denkst du, es wird ihm gefallen, dass wir uns eine Frau teilen? Welchen Grund soll ich ihm dafür nennen, dass Maylis in meinem Zelt war?«

»Vergiss deinen Stolz und entsinne dich, dass du ein christlicher Ritter bist«, mahnte Crispin eindringlich. »Du hast Maylis unter deinen Schutz genommen.«

Drystan drehte ihm den Rücken zu. Er wollte nicht, dass Crispin den Schmerz in seinen Augen sah. Er hatte sich unten am Fluss geschworen, dass Maylis von Balliol nicht länger Teil seines Lebens sein würde.

Er wollte vergessen, dass es sie gab. Aber konnte er ungerührt zusehen, wie sie hilflos ins Unglück schlitterte? Wie sie zur Beute von Männern wie ihrem Oheim und dem Laird von Kyle wurde? Konnte er tatenlos dabeistehen, wenn ihr Leben zerstört wurde?

# Vierzehntes Kapitel

Die Bank war schmal und hart, der Strick, der ihre Handgelenke an die Streben des Planwagens fesselte, so eng gebunden, dass ihre Finger langsam taub wurden. Maylis starrte auf ihre Hände. Sie waren blass, blutleer und nutzlos. Die Hände einer Schreiberin. So unbrauchbar wie die ganze Person.

Das Rütteln des Fuhrwerks, das immer wieder in die tiefen, aufgeweichten Rinnen polterte, die der unaufhaltsam strömende Regen in die Straße wusch, stauchte sie auf ihrem Sitz zusammen. Der Schmerz passte zu ihren Selbstvorwürfen. Wie töricht sie doch gewesen war. Wie dumm und vertrauensselig. Zu sehr von sich selbst eingenommen und leichtfertig überzeugt, das eigene Leben bewältigen zu können.

Welcher Wahnsinn hatte sie aus ihrem sicheren Unterschlupf in Drystans Arme getrieben? Woher hatte sie die Zuversicht genommen, sie sei schön genug, ihn von ihren reinen Absichten überzeugen zu können? Aus ihrer Liebe?

Ein bitteres Lachen stieg säuerlich in ihre Kehle. Die Landstraße verschwamm ebenso vor ihren Augen wie der bullige Umriss des Fuhrknechts neben ihr. Sie hörte die lästerlichen Flüche längst nicht mehr, mit denen er das Ochsengespann zu schnellerer Gangart anzutreiben versuchte. Auch ihr Oheim hatte so geflucht, als sie ihm in einem letzten Anflug von Widerstand weisgemacht hatte, dass sie nicht wusste, wie sie sich auf einem Pferd halten sollte.

»Was erwartet Ihr, Herr Onkel? Ich bin in einem Kloster erzogen worden. Reitausflüge gehörten nicht zu meiner Erziehung.«

In seinem Zorn hatte er ihr nicht einmal die nahe liegende Frage gestellt, wie sie dann eigentlich in das Feldlager des Herzogs gekommen war. Ihm lag nur daran, sie so schnell wie möglich von dort wegzubringen und ihre Spuren zu verwischen, ehe ein Verdacht auf ihn fiel.

»Gideon Shepard wird dich unverzüglich nach Barnard Castle schaffen. Du bist mir verantwortlich dafür, dass sie ihrem Vater übergeben wird, Gideon. Nur dann bekommst du die zweite Hälfte deines Lohns. Als Nächstes will ich aus Barnard Castle von ihrer Hochzeit mit dem Laird hören.«

Gideon Shepard war der stämmige Northumbrier, der das Gefährt lenkte. Er hatte sie der Einfachheit halber an das Gestänge gefesselt, das die gewachste Plane trug, damit er sich nicht weiter um sie kümmern musste. Er war den Herren von Barnard Castle tief ergeben, und Maylis bedeutete für ihn nicht mehr als eines der Bündel, die er als vermeintlicher Fuhrknecht nach Norden schaffte.

Seine rein praktische Brutalität stellte eine neue Erfahrung für Maylis dar. Sie hatte sich gegen männlichen Zwang aufgelehnt, gegen eine Vorherrschaft, die nur aus der Geburt resultierte. Rohe, männliche Gewalt traf sie jedoch völlig unvorbereitet. Erst jetzt begriff sie, was in Janice vorgegangen sein musste und weshalb sie in solcher Panik auf jeden Mann reagierte. Der Gedanke, was Gideon alles mit ihr tun konnte, wenn es ihn danach gelüsten sollte, brachte sogar sie an den Rand ihrer Beherrschung.

Inzwischen tropfte der Regen längst durch die Plane auf die Ballen und Packstücke. Das schwerfällige Gespann trottete im gemächlichen Tempo in Richtung Norden. Auf diese Weise würde es immerhin Wochen dauern, bis sie Barnard Castle erreichten.

Maylis war es egal. Ihr Umhang hing nass und klamm an ihr herab, sie fror erbärmlich. Vielleicht wurde sie ja krank, bis sie den Norden erreichten. Vielleicht sogar todkrank. Der Gedanke hatte schon längst nichts Abschreckendes mehr für sie. Im Gegenteil. Erfüllt von Müdigkeit, Verzweiflung und der Qual eines gebrochenen Herzens, sah sie sogar einen Fiebertod als erstrebenswerte Erlösung an.

Der Reitertrupp, der in diesem Moment das Fuhrwerk und die wenigen Knechte überholte, die es begleiteten, drang kaum in ihr Bewusstsein. Sie wusste inzwischen, dass Gideons Tarnung perfekt war. Niemand schenkte ihnen auch nur einen Blick. Sie waren lediglich ein Hindernis, das man überholen musste, wenn man seinen Weg ungehindert fortsetzen wollte.

Am ersten Tag hatte sie gegen jede Vernunft gehofft, man würde sie vermissen und nach ihr suchen. Inzwischen hatte sie freilich begriffen, dass sie niemandem fehlte. Janice und Crispin vielleicht, aber die hatten nicht den Einfluss, nach ihr zu forschen. Der Herzog war vermutlich froh, nichts mehr von ihr zu hören, und Drystan hatte sie an ihren Oheim verraten. Von ihm war am wenigsten Rettung zu erwarten. Drystan hatte sie zu einem Leben schlimmer als der Tod verurteilt.

Als die Reiter unweit von ihnen innehielten und in einem perfekten Manöver so ausschwärmten, dass sie das Ochsengespann zum Anhalten zwangen, schöpfte Maylis noch immer keinen Verdacht. Sie schloss die Augen und lehnte den Kopf an das Gestänge. Dankbar für die kurze Pause im ständigen Gerüttel. Es war ihr egal, was die Männer dort draußen brüllten und weswegen Gideon Shepard mit hochrotem Kopf auf den Anführer einfluchte, der neben ihm sein Pferd zügelte und Maylis mit schmalen Augen musterte.

»Das ist die Frau! Wir haben sie gefunden! Lasst keinen der Schurken entkommen!«

Erst dieser Befehl riss Maylis aus ihrer Lähmung. Erschrocken öffnete sie die Augen und sah gerade noch, dass sich ein hoch gewachsener Ritter aus dem Sattel beugte und Gideon rüde mit der gepanzerten Faust von der Bank stieß. Da er im Sturz die Zügel nicht freigab, zerrten die Ochsen unruhig an den Deichseln und zogen seine leblose Gestalt weiter durch den Straßenschlamm, ehe sie vor den Pferden zum Stillstand kamen.

Im Gebrüll von Mensch und Tier verlor Maylis den Überblick. Regentropfen hingen an ihren Wimpern, so dass die gewalttätige Szene in einem Wassernebel verschwand. Eine herrische Stimme brachte irgendwann Ordnung in das Durcheinander.

»Steigt herab, Mylady!«, forderte sie unmittelbar darauf verbindlicher, aber dennoch befehlsgewohnt.

»Wir sind gekommen, Euch zurückzubringen. Heinrich Plantagenet schickt nach Euch.«

»Er hat kein Recht, die Lady an ihrer Heimreise zu hindern«, fluchte Gideon Shepard, der sich schlammbespritzt, mit einer blutenden Wunde an der Stirn, in den Händen mehrerer Waffenknechte wand. »Er ist nicht ihr König.«

»Es wird sich noch zeigen, wessen König er ist«, entgegnete der Ritter und nickte seinen Männern zu. »Bindet den Kerl und stopft ihm das Maul. Wir haben genügend Zeit verloren. Man erwartet uns dringend in Wallingford. Kommt, Mylady.«

Letzteres galt ihr. Aber Maylis hätte sich nicht einmal rühren können, wenn sie es gewollt hätte. Sie starrte den fremden Ritter aus schreckgeweiteten Augen an. Der Herzog befahl sie nach Wallingford zurück!

»Mylady!« Er versuchte sein Glück mit Höflichkeit. »Ich bin der Graf von Leicester. Heinrich Plantagenet hat mich zu Eurem Schutz und Euer Hilfe gesandt. Ich ...«

Ein Fluch unterbrach die etwas gestelzte Rede. Der Graf hatte endlich die Stricke entdeckt, die Maylis unbeweglich an den Wagen fesselten.

»Bist du von Sinnen?«, fuhr er wutentbrannt zu Gideon herum. »Wie kannst du es wagen, eine Dame von Stand so zu behandeln?«

»Es hält sie vom Davonlaufen ab«, antwortete Gideon gleichmütig.

»He, du da! Du hast doch sicher ein Messer im Gürtel. Schneide die Dame los und hilf ihr vom Wagen, wenn dir dein Leben lieb ist.«

»Ich hab nichts mit der Sache zu schaffen, Herr!«

Der Fuhrknecht neben der Ochsendeichsel wurde angesichts der Gefahr für sich selbst gesprächig. »Wir alle werden bloß dafür bezahlt, das Ochsengespann nach Norden zu bringen. Die Lady war seine Sache.«

Sein Daumen deutete auf Gideon, der sichtlich seine Felle davonschwimmen sah.

»Das ist nicht wahr!«, schrie er und kämpfte gegen die Stricke, die inzwischen seine Hände ebenso fesselten, wie er die von Maylis gebunden hatte. Niemand achtete auf ihn.

Der Ochsentreiber kletterte auf den Wagen und machte sich daran, Maylis' Fesseln mit einem minderwertigen, halbstumpfen Messer zu durchtrennen. Er verletzte sie dabei am Handgelenk, aber sie gab keinen Laut von sich. Blut tropfte auf Umhang und Kleid. Ihre tauben Arme fielen vom eigenen Gewicht gezogen in ihren Schoß zurück. Sie hatte keine Kraft, sie zu heben.

Ein scharfes, schmerzhaftes Kribbeln begann sich in ihren tauben Fingern auszubreiten. Es mischte sich mit dem Schmerz der frischen Wunde, und Maylis schwankte vor Schwäche und Qual. Von ihrem Handgelenk tropfte Blut auf den Wagenboden, und der Graf von Leicester fluchte noch ärger.

»Idiot!«

Er stieß den Fuhrknecht zur Seite und konnte Maylis eben noch auffangen, ehe sie vom Wagen fiel.

Sie spürte, dass er zusammenfuhr und sie um ein Haar fallen ließ, weil die Feuchtigkeit ihrer Kleider, gemischt mit Blut, sein eigenes Wams durchtränkte. Sie begann heftig zu zittern.

»Himmel, Ihr seid am Ende Eurer Kräfte«, stellte Leicester entsetzt fest. Er bellte eine Reihe von Befehlen. Unter anderem nach einem Tuch, mit dem man die Wunde der Lady verbinden konnte, und einem trockenen Mantel, der sie wärmte.

Maylis brachte kein Interesse dafür auf. Sie empfand den Schmerz fast als angenehm, und das Rinnen des eigenen Bluts übte eine fremdartige, hypnotische Wirkung auf sie aus. Da strömte ihr Leben davon. War es nicht das, nach dem sie sich gesehnt hatte? Das Ende. Der Tod. Ein ewiger, schmerzloser, tiefer Schlaf? Keine Erinnerungen und keine Träume mehr?

»Lasst mich ...«, hauchte sie, als der Graf nach ihrem Arm fasste.

»Ihr habt Schmerzen«, nickte er mitfühlend. »Haltet still, gleich wird es besser.«

Die Ereignisse hatten ihren Willen zum Widerstand so weit gebrochen, dass sie keinen weiteren Einspruch erhob, als ein fest verknoteter Leinenverband die Blutung endlich zum Stillstand brachte. Sie war nicht mehr sie selbst. Sie war nur noch eine zerstörte Hülle ohne Seele.

Graf Leicester hüllte sie in einen weiten Männermantel, der so intensiv nach Pferd und fremden Schweiß roch, dass sie sich vor Übelkeit fast übergab. Glücklicherweise hatte sie in den letzten Tagen so wenig gegessen, dass ihr leerer Magen kaum etwas hergab.

Gideon taumelte mit gebundenen Händen an einem Seil hinter dem letzten Reiter her. Die übrigen Fuhrknechte setzten ihr Ochsengespann wieder in Bewegung, nachdem der Graf und seine Männer keine Möglichkeit sahen, sie festzuhalten, und sie auch nicht wieder mit nach Süden nehmen wollten.

Maylis beantwortete keine einzige Frage des Grafen. Sie versuchte zu beten, aber die Worte wollten ihr nicht einfallen. Wenn der Himmel zuließ, dass ihr Leben in Trümmer ging, dann hatte es auch keinen Sinn, um die Hilfe Gottes zu beten. Niemandem lag an ihr. Den menschlichen Mächten ebenso wenig wie den himmlischen.

*

»Ihr seid nass bis auf die Haut. Ihr braucht andere Kleider, sonst werdet Ihr krank.« Janice flatterte besorgt um ihre Herrin herum. »Außerdem seht Ihr erbärmlich aus.«

»Dann passt mein Äußeres ja zum Zustand meiner Seele«, erwiderte Maylis spröde und sank auf den Hocker, der als einziges Möbelstück neben dem großen Arbeitstisch und dem Scherensessel des Herzogs im Raum stand. Graf Leicester hatte sie in dieses Zelt gebracht, und noch ehe sie sich umsehen konnte, war eine völlig aufgelöste Janice an ihre Seite gestürzt.

»Gütige Mutter Gottes, Ihr seid verletzt. Was haben Euch diese Barbaren angetan? Das sind Spuren von Stricken und ...«

»Es ist nur ein Kratzer, lass ...«

Maylis zerrte ihr Handgelenk aus Janice' Griff und stand wieder auf. Sie war so müde, dass sie auf der Stelle auf dem Boden hätte schlafen können. Aber sie hatte Angst, dass sie vor lauter Erschöpfung vom Hocker fiel. Ein jämmerlicher Rest ihres persönlichen Stolzes wollte von Heinrich Plantagenet nicht auf der Erde gefunden werden.

»Wie kommst du hierher?«, fragte sie Janice in der Hoffnung, sie von der Sorge um ihre Person ablenken zu können.

»Der Herzog hat nach mir geschickt, als man Euch ins Lager brachte. Aber ...«

Sie kam aber nicht mehr dazu, ihren Satz zu beenden, denn in diesem Augenblick schlug Heinrich Plantagenet höchstselbst den Zeltvorhang zurück und trat näher.

»Nun, seid Ihr zufrieden mit dem Durcheinander, das Ihr angerichtet habt, Mylady?«, blaffte er an Stelle einer Begrüßung.

Maylis hielt dem grauen Basiliskenblick seiner Augen stand. Sogar Heinrichs Männer zitterten vor diesem speziellen Blick, aber Maylis war über jede Empfindung von Angst oder Unglück hinaus. Sie stand einfach da. Schwankend, aber aufrecht.

»Ich habe Euch vor Eurem Oheim gewarnt, Maylis von Balliol. Was Euch zugestoßen ist, habt Ihr allein Euch selbst zuzuschreiben. Ich hätte Euch Eurem Schicksal überlassen sollen.«

»Warum habt Ihr es nicht getan?«, fragte Maylis tonlos. »Es wäre besser gewesen. Ich habe Euch enttäuscht. Ich bin nicht einmal imstande, mein Wort zu halten. Ich bin schwach und jämmerlich.«

»Das überlasst mir zu entscheiden, Mylady«, antwortete der Herzog scharf. »Ihr könnt von Glück sagen, dass Drystan d'Aval die Spuren Eurer Entführung enträtseln konnte. Ohne seine schnelle Reaktion und die Suchtrupps, die auf Eure Spur gesetzt wurden, hätte es Tage gedauert, bis wir von Eurem Verschwinden in Kenntnis gesetzt worden wären.«

Der vertraute Name jagte Maylis einen Schauer über den Rücken. Ihm sollte sie diese so angebliche Rettung zu verdanken haben? Wollte sich der Herzog über sie lustig machen? Drystan hatte sie verraten, an ihren Onkel verkauft. Ginge es nach ihm, sie säße noch gebunden auf dem Ochsenkarren.

Ihr Schweigen entlockte Heinrich eine leise Verwünschung, ehe er fortfuhr: »Euer Oheim wird Rechenschaft für dieses Verbrechen ablegen müssen, dessen könnt Ihr gewiss sein.«

»Daran liegt mir nicht.« Maylis' Stimme klang tonlos und schwach. »Werft ihm nicht vor, was meine Schuld ist. Ohne meine dumme Flucht aus dem Kloster wäre dies alles nie geschehen. Meine Unverantwortlichkeit hat ihn gezwungen, so zu handeln.«

»Ihr verteidigt diesen Schurken?«

»Ich nehme die Schuld auf mich.«

Ein leises Rascheln von Stoff verriet, dass Janice entsetzt die Hand vor den Mund geschlagen hatte. Sie verstand ihre Herrin noch weniger als Heinrich Plantagenet, der Maylis aus schmalen Augen prüfte.

Seine Menschenkenntnis zeigte ihm mehr als eine Frau in einem blutigen, ruinierten Festkleid. Mehr als ein bleiches Antlitz, in dem goldbraune Augen fiebrig brannten, und Hände, die zu Fäusten geballt wurden. Maylis kämpfte um Haltung, aber nicht länger um ihre Freiheit. Hatte Balliol den Stolz und den

Mut seiner Nichte gebrochen, oder hatte ein anderer dabei die Hände im Spiel?

Drystan d'Aval? Der Gedanke lag nahe, denn sie hatte seinen Anteil an ihrer Rettung mit keiner Silbe zur Kenntnis genommen. Auch hatte sich die Geschichte, wie es dazu gekommen war, dass Maylis aus d'Avals Zelt entführt worden war, außerordentlich unglaubwürdig angehört. Er hatte die Sache auf sich beruhen lassen, da es ihm wichtiger erschienen war, die Lady erst einmal zu finden. Nun aber hätte er gerne Näheres gewusst.

»Die Schuld woran?«, brach er deswegen mit unerwartet sanfter Stimme das schier endlose Schweigen.

Der Hauch eines Gefühls flog über Maylis' reglose Züge. Trauer? Bedauern? Verzweiflung? Es war so schnell vorbei, dass er nicht genau festhalten konnte, was er gesehen hatte.

»Es war das Recht meines Onkels, mich an meine versäumten Pflichten zu mahnen. Ich habe ihn enttäuscht, wie ich auch Euch enttäuscht habe. Lasst mich gehen und Buße tun.«

»Wohin?«

Es gelang ihm, Maylis aus ihrer Apathie zu reißen. Sie hatte mit Widerspruch gerechnet und nicht mit einer interessierten Frage.

»Mir bleibt nur noch ein Kloster«, sagte sie mit einem tiefen Atemzug, überrascht von den eigenen Worten. Sie hatte mit keinem Gedanken je in Erwägung gezogen, für immer den Schleier zu nehmen. Nicht einmal als sie noch annehmen musste, dass sie ihr Leben als Gast bei den frommen Frauen von Whitby verbringen würde.

»Irgendwo in Eurem Herzogtum wird es doch ein kleines Kloster geben, das einer Schreiberin bedarf«, sprach sie hastig weiter. »Und wenn das nicht der Fall ist, so kann ich auch im Garten oder in der Küche arbeiten. Es ist egal, was ich tue.«

»Ihr vergesst Euren Rang, Mylady.«

»Vor Gott sind alle Menschen gleich, Euer Gnaden. Mein Rang und meine Ehre waren weltlich. Ich habe sie verspielt. Mir bleibt nur noch, im Gebet Vergebung und Trost zu suchen.«

Der Herzog stützte sich mit den flachen Händen auf seinem Arbeitstisch auf und betrachtete Maylis, ehe er einen der Briefe musterte, die offen vor ihm lagen.

»Und wenn ich Euch einen Platz unter den Damen meiner Mutter anbiete?«

»Schickt ihr eine Lady, die dieser Ehre wert ist.«

»Ist das Euer letztes Wort?«

»Ja.«

»Kann ich mich dann wenigstens darauf verlassen, dass Ihr mir dieses Mal gehorcht, wenn ich Euch den Wunsch nach einem Posten als Schreiberin erfülle?«, fragte er misstrauisch. »Ihr habt mir schon einmal Gehorsam versprochen. Es widerstrebt mir, Euch erneut daran zu erinnern.«

Maylis schenkte ihm ein freudloses Lächeln.

»Ich würde es schwören, wenn ich noch eine Ehre hätte, bei der ich es tun könnte. Es war nicht mein Wunsch, Euch zu verärgern. Als ich gegen Euren Willen ins Feldlager kam, tat ich es in der irrigen Ansicht, dass es um eine Sache von solcher Wichtigkeit ginge, dass sie sogar Ungehorsam rechtfertigen würde. Ein weiterer meiner dummen Irrtümer. Verzeiht.«

»Was ist an diesem Abend geschehen? Vor Eurer Entführung, meine ich …?«

Maylis senkte für einen Herzschlag die Lider, ehe sie Heinrich Plantagenet offen ansah. »Ich habe gelernt zu verlieren …«

Ihr schmales unglückliches Gesicht warnte ihn davor, weitere Fragen zu stellen. Der Herzog hob die Handglocke, und einmal mehr erschien der Page Robin.

»Du wirst Lady Maylis und ihre Zofe in meine privaten Gemächer geleiten. Beide werden England in Kürze verlassen, und ich möchte, dass du dafür sorgst, dass sie für eine Reise in die Normandie ausgestattet werden. Ehrbar und bescheiden, wie es sich für fromme Frauen gehört, nicht wahr?«

Maylis war zu erschöpft, um den Hauch von Spott in seinen Worten zu vernehmen.

Robin jedoch ließ einen flinken, neugierigen Blick zwischen der unglücklichen Lady und dem grinsenden Herzog hin und her wandern. Augenscheinlich hatte er seine Pläne mit der Dame, und sie schien nichts davon geahnt zu haben.

»Ich soll in die Normandie reisen?«, hörte er sie verwirrt fragen.

»Ist es Euch denn nicht egal, wo der Zufluchtsort liegt, nach dem Ihr Euch sehnt? Im Moment ist mein Einfluss in meinem eigenen Herzogtum noch größer als in England, Mylady. Ich nehme an, das wird sich in Kürze ändern, aber bis dahin …«

»Ich habe versprochen, Euch zu gehorchen.«

»Dann haltet Euch ausnahmsweise daran und geht mit Robin. Ruht Euch aus. Man sieht Euch an, dass Ihr es nötig habt.«

Maylis entbot ihm eine Reverenz, und Janice huschte hinterher, als sie mit Robin das Zelt verließ.

Der Herzog sah ihnen nach, dann hob er den Brief an, der ihm vorhin ins Auge gestochen war und ihn auf eine Idee gebracht hatte. Er trug die charakteristischen Schriftzüge seiner kaiserlichen Mutter. So wie es aussah, hatte er ein interessantes Geschenk für Mathilda von Anjou.

# Fünfzehntes Kapitel

»Janice sagt, sie will den Schleier nehmen. Sie hat den Herzog gebeten, ihr den Eintritt in ein Kloster zu ermöglichen. Heinrich Plantagenet will sich in der Normandie für sie verwenden. Janice sagt, sie wird bei ihr bleiben, egal wohin sie geht.«

Drystan ließ das Schwert sinken. Er hatte sich vorgenommen, seine Waffen zu ölen und zu reinigen, aber mehr als den Beidhänder aus der Schneide zu ziehen hatte er noch nicht getan. Er wandte sich um und prüfte Crispins Gesichtsausdruck. Seine Züge waren ernst, von mühsam verborgener Unruhe geprägt. Der Knüppelhieb hatte eine Schramme an seinem Kopf hinterlassen, die nur langsam verheilte.

»Was um Himmels willen will eine solche Frau in einem Kloster tun?«, fragte er betont beiläufig.

»Was man gemeinhin dort tut. Beten. Janice sagt, sie liegt ständig auf den Knien und betet, seit Leicester sie wieder zurückgebracht hat.«

*Janice sagt* ... Die beiden Worte wiederholten sich wie eine Melodie in allem, was Crispin erzählte. Drystan kam nicht um die Feststellung umhin, dass sein Milchbruder Gefallen an dem scheuen, stillen Mädchen gefunden haben musste. Die Aussicht, sie in Kürze wieder zu verlieren, gefiel ihm vermutlich nicht. Er konnte seine Gefühle ohne weiteres nachvollziehen. Auch ihm missfiel der Gedanke, dass sich Maylis hinter Klostermauern vergraben wollte, obwohl er es nicht aussprach.

»Du musst das verhindern«, forderte Crispin denn auch prompt.

»Was erwartest du von mir?« Drystan hob betont fragend die Brauen. »Soll ich sie noch einmal von ihrem selbst gewählten Weg abbringen? Ich fürchte, sie wird es mir nicht danken.«

Die bittere Feststellung verursachte tiefes Schweigen. Drystan versuchte seine aufkommende Gereiztheit unter Kontrolle zu bringen.

»Hast du sie gesehen?«, fragte er und ärgerte sich im selben Augenblick darüber, dass er mit dieser Frage sein Interesse an Maylis verraten hatte.

»Das ist kaum möglich«, antwortete Crispin resigniert. »Sie verlässt das Zelt nie. Es ist schwer genug, mit Janice zu sprechen. Die Garde des Herzogs bewacht die beiden Frauen Tag und Nacht. Nur der Page Robin kann ungehindert ein und aus gehen. Aber er beantwortet keine Fragen.«

»Wenn der Herzog sie tatsächlich in ein Kloster schickt, ist er ihrer ziemlich schnell müde geworden«, bemerkte Drystan grimmig.

»Was redest du nur? Woher willst du überhaupt wissen, dass sie je die Geliebte des Herzogs war? Das Ganze ist ein Phantom deiner Eifersucht. Kein Wort davon ist wahr.«

»Dann hätte sie es abgestritten.«

»Damit du ihren Stolz und ihre Ehre noch weiter in den Schmutz ziehen kannst? Sie bedeutet dir so viel, aber du scheinst sie trotz allem nicht zu kennen.«

Drystan gab keine Antwort, wie er es jedes Mal tat, wenn Crispin es wagte, das Wort für Maylis zu ergreifen. Aus einem unerfindlichen Grund, den sein Milchbruder nicht nachvollziehen konnte, hing er geradezu an dem Gedanken, dass Maylis ihn betrogen haben sollte. Weshalb er dennoch das Wohlwollen des Herzogs auf Spiel gesetzt hatte, um sie zu retten, blieb sein Geheimnis. Vielleicht hatte er selbst noch nicht begriffen, dass er sie im Grunde seines Herzens beständig und verzweifelt liebte.

»Willst du sie wirklich in die Normandie gehen lassen, ohne die Dinge zwischen Euch ins Reine zu bringen?«, appellierte Crispin dickköpfig an dieses Herz. »Janice sagt, nur du hättest die Macht, sie von der Schwelle des Klosters zurückzureißen!«

»Janice sagt.« Dieses Mal konnte Drystan einen bissigen Kommentar nicht unterdrücken. »Ich wäre dir dankbar, wenn du mich künftig mit den Dingen verschonen würdest, die deine Janice sagt. Ich lege keinen Wert auf ihre Meinung. Sie kann sie mit meinem Segen in die Normandie oder nach Anjou tragen.«

»Sie ist nicht meine Janice. Sie wird es auch nie sein. Sie will nichts von Männern wissen«, sagte Crispin bitter.

»Diese beiden sind wahrlich ein feines Gespann«, erwiderte Drystan. »Die eine hat zu viel mit Männern zu schaffen, und die andere will gar nichts mit ihnen zu tun haben.«

Crispin floh mit einem Schimpfwort. Sein Verständnis für seinen Freund und Lord nahm mit jeder Unterredung mehr ab.

Drystan seinerseits schob das Schwert mit einem Ruck in die Scheide zurück. Die Erleichterung, die er verspürt hatte, als Leicester Maylis zurückbrachte und der Herzog anordnete, ihren Oheim in Ketten zu legen, war inzwischen nagenden Zweifeln gewichen. Sie befand sich in Sicherheit, aber er konnte sie damit nicht – wie er es sich fest vorgenommen hatte – für immer aus seinen Gedanken vertreiben. Ihre Anziehungskraft nahm zu statt ab.

Unerwarteter Hörnerklang rief das Lager zum Sammeln und unterbrach seine stumme Abrechnung mit sich selbst. Geradezu erleichtert über die Störung sprang er auf und gesellte sich zu den Männern, die sich um den Herold versammelt hatten, der den wechselnden Gerüchten der letzten Tage und Wochen ein Ende machte.

Die Würfel waren gefallen. Das Ende des Bürgerkriegs lag in Sicht. König Stephen hatte unter der Wucht eines neuerlichen persönlichen Schicksalsschlags in den Friedensplan der Erzbischöfe eingewilligt.

Die Erklärung des Herolds sagte kurz und knapp, dass Eustace von Blois, Stephens einziger Sohn, am 17. August des Jahres 1153 in Suffolk verstorben war. Stephen hatte keinen Erben mehr und fand sich deswegen bereit, Heinrich Plantagenet, den Sohn seiner Cousine Mathilda, an Sohnes statt anzunehmen, damit der nach seinem Tode die englische Krone trug.

Crispin lieferte wenig später die Gerüchte, die sich um Eustace' Tod rankten.

»Eustace hatte sich mit seinem Vater überworfen. Er zog sich mit seinen Anhängern nach Suffolk zurück, um dort neue Truppen zu rekrutieren und neue Ränke zu schmieden, wie man Heinrich Plantagenet am besten besiegt. Das nötige Geld dafür besorgte er sich auf seine übliche, rüde Art in den Klöstern. In Bury St. Edmund, dem Kloster des heiligen Edmund, verweigerte ihm der Abt die Zahlung. Eustace rächte sich, indem er am achten Tag nach St. Laurentis die Plünderung des Landes und der Ernten von St. Edmund befahl. Die Beute wurde auf eine seiner Burgen gebracht, aber offensichtlich hatte er nicht lange Freude daran.«

Crispin machte eine bedeutungsvolle Pause und fuhr erst fort, als Drystan ihn mit einem Rippenstoß dazu aufforderte.

»Angeblich ist ihm die Mahlzeit aus den geplünderten Vorräten nicht bekommen. Nach dem ersten Bissen verfiel er in wilde Krämpfe und verlor vor Schmerzen den Verstand, bis er schließlich unter schrecklichen Qualen, mit aufgedunsenem Leib und ohne die Segnungen der Kirche, zur Hölle fuhr.«

»Ein gerechter Tod für einen Schurken wie Eustace«, stellte Drystan fest. »Fragt sich nur, wie es nun weitergeht?«

»Jetzt sind die Erzbischöfe, Sekretäre, Schreiber und Politiker an der Reihe«, vermutete Crispin. »Man sagt, der Herzog vertraut dabei besonders dem Sekretär des Erzbischofs von Canterbury. Dieser Thomas Beckett ist zwar nur der Sohn eines Kaufmanns, aber er scheint einen klugen Kopf zu haben.«

»Wenn es Frieden gibt, sollten wir nach Nansay

Hall heimkehren«, überlegte Drystan laut. »Was bleibt uns hier noch zu tun? Es gibt nichts, was uns noch hält.«

Crispin warf ihm einen entsetzten Blick zu, der alles über seine Meinung zu diesem Plan verriet. Aber auch Heinrich Plantagenet wollte nichts davon hören, als er ihn wenige Tage später um die Genehmigung bat, den Kreis seiner Ritter verlassen zu dürfen.

»Noch ist der Nachfolgevertrag nicht unterzeichnet, den wir mit dem König aushandeln müssen«, berichtete er nüchtern. »Ich brauche vertrauenswürdige Männer und Berater um mich, wenn ich in London bin. Ich bin mir darüber im Klaren, dass ich meine Position auf politischer Ebene ebenso erobern muss, wie ich es auf dem Schlachtfeld getan habe. Wollt Ihr mich wirklich ausgerechnet jetzt im Stich lassen?«

»Ich weiß nicht, ob ich Euer Vertrauen noch besitze, mein Fürst«, erwiderte Drystan betont.

Ihre Blicke trafen sich. Da war vieles ungesagt zwischen ihnen, aber der Herzog ignorierte es.

»Mich habt Ihr bislang noch nicht enttäuscht«, entgegnete er mit einem lässigen Heben und Senken der Schultern. »Ich verlasse mich darauf, dass Ihr es auch künftig nicht tut.«

Drystan räusperte sich, um die Betroffenheit aus seiner Stimme zu vertreiben. Er konnte sich unschwer ausmalen, auf wen sich dieses betonte *mich* bezog. Der Gedanke an Maylis brachte ihn freilich auf eine andere Frage.

»Was geschieht mit Balliol, wenn wir aufbrechen? Noch habt Ihr kein Urteil gefällt.«

»Ich überlasse den Ritter dem Rechtsspruch König

Stephens. Immerhin haben ihm die Herren von Barnard Castle einmal die Treue geschworen.«

Als Drystan Einspruch erheben wollte, gebot er ihm mit einer Geste Schweigen und fuhr fort: »Außerdem befolge ich den Rat einer klugen Frau und sende einen meiner treuesten Hauptleute mit einer Kompanie Bewaffneter nach Barnard Castle, um die Grenze zu sichern. Mir scheint, dass die Burg eines tatkräftigen Kommandeurs bedarf. Die schwindenden Kräfte des alten Barons haben manches ins Arge geraten lassen.«

»Balliol sagte, sein Bruder sei krank.«

»An Seele und Körper, so wie es aussieht. Er sollte keine Entscheidungen mehr treffen.«

Und die Entscheidungen über das Schicksal seiner Tochter? Es lag Drystan auf der Zunge, auch diese Frage zu stellen, aber dann ließ er es lieber sein. Er fand, dass er kein Recht dazu hatte.

Der Herzog bemerkte sein Zögern, aber er ging nicht darauf ein. Er wechselte auf seine sprunghafte Art das Thema. »Wir reiten bei Sonnenaufgang. Ich bin die Zelte leid. Ich freue mich darauf, zur Abwechslung einmal wieder ein Dach über dem Kopf zu haben. Ich will endlich den White Tower sehen, den der große Eroberer in London erbauen ließ.«

In Momenten wie diesem merkte man Heinrich Plantagenet an, dass er erst zwanzig Jahre alt war. Mit jugendlicher Begeisterung stürzte er sich auf die neuen Aufgaben. Er sah sich bereits auf dem Thron, und die Tatsache, dass König Stephen müde, krank und erschöpft war, rückte die Erfüllung seiner Träume in greifbare Nähe.

»Auf die neuen Zeiten für England, mein Freund!«

Der Herzog füllte mit eigener Hand zwei Becher und reichte Drystan einen davon.

»Trinken wir auf die Zukunft und auf die Liebe, Drystan d'Aval. Dieses Land wird nicht nur einen starken König, sondern auch eine hinreißende Königin bekommen. Unser Hof wird die traurige Versammlung von Frömmlern, die König Ludwig in Frankreich in seinen Palästen um sich schart, ebenso in den Schatten stellen wie Stephens kränkliche Hofhaltung. Bei uns wird es schöne Frauen, Musik, Poesie und Tanz geben, aber auch große Turniere, für die Elite der Ritterschaft und die besten Kämpfer des Abendlands.«

Die Zukunftspläne des Herzogs entlockten Drystan ein dünnes Lächeln. Schöne Frauen, Musik, Poesie und Tanz. Der Lebenshunger Heinrich Plantagenets war maßloser denn je. Eleonore von Aquitanien mochte zwar der ehrenvolle Fixstern seines Lebens sein, aber er würde dennoch immer wieder auch andere Sternschnuppen lieben. Auch Maylis machte soeben diese Erfahrung. Wählte sie deswegen das Kloster für sich?

Er hob den Becher. Er stand vor seinem künftigen König und hatte nicht das Recht, seine Lebensart zu kritisieren. Auch wenn sie solch verheerenden Einfluss auf sein eigenes Dasein hatte. Der Fehler lag bei Maylis, nicht bei Heinrich Plantagenet. Er war trotz allem kein Mann, der sich einer Frau aufzwang. Sie hätte Nein sagen können.

»Auf die Königin, mein Fürst.«

Der Herzog erwiderte den Trinkspruch und winkte mit der anderen Hand einer eintretenden Person.

»Nur herein mit Euch, meine Liebe. Ihr stört uns nicht im Geringsten. Sicher ist es Euch ein Anliegen, Euch von dem Ritter d'Aval zu verabschieden. Immerhin hat er mit seiner Geistesgegenwart verhindert, dass Euch die Freiheit geraubt wurde.«

Drystan fuhr auf dem Absatz herum. Wein schwappte aus seinem Becher. Er merkte es gar nicht. Die Zeit blieb für ihn stehen.

Es war Maylis und doch hatte er im ersten Augenblick den Eindruck, vor einer anderen Frau zu stehen. Das dreieckige zarte Gesicht war durchsichtig schmal geworden, die Lippen blass, die Augen nicht länger scheu, sondern dunkel und verletzt. Bei seinem Anblick weiteten sie sich überrascht, ehe sie mit dem nächsten Wimpernschlag jedes Gefühl verloren. Sie wich erkennbar vor ihm zurück.

»Ich komme später wieder«, sagte sie tonlos.

»Aber nein, bleibt!« Der Herzog legte ihr leutselig den Arm um die schmalen Schultern und lächelte Drystan heiter ins Gesicht. »Ich werde gehen. Niemand wird Euren Abschied hier stören. Lasst Euch Zeit.«

Er verließ pfeifend das Zelt, und sie hörten ihn beide, wie er den Wachleuten die Anweisung gab, keine Dritten eintreten zu lassen.

Offensichtlich hatte Maylis ebenso wenig wie Drystan mit diesem Zusammentreffen gerechnet. Sie sah aus, als könne sie sich kaum auf den Beinen halten. In einem silbergrauen Samtkleid, ohne jeden Zierrat, das sie von den Finger- und Fußspitzen bis hinauf zum Kinn einhüllte, wirkte sie streng und elegant zugleich. Eine schwarze Samtkappe verbarg die aufgesteckten Haare, und erst jetzt entdeckte er den dicken Verband an ihrem Handgelenk.

»Du bist verletzt?«

»Das ist die geringste meiner Wunden.«

Der Vorwurf in ihrer Stimme sprach Bände.

»Du glaubst, ich bin verantwortlich dafür?«

»O nein.« Maylis klang beherrscht und kühl. »Ich weiß, dass ich an allem, was geschehen ist, selbst Schuld trage. Das Recht war auf Seiten meines Oheims. Die Dummheit auf der meinen. Es war geradezu Eure Pflicht, mich meinem Oheim auszuliefern.«

Der direkte Angriff brachte Drystan in Bedrängnis. Sein eigenes Gewissen gab ihr recht. Er hatte Walter von Balliol tatsächlich zu ihr geführt. Das Unglück war geschehen, ob nun Absicht oder Unwissenheit die Ursache dafür gewesen waren. Nur halbherzig versuchte er sich zu verteidigen.

»Ich wollte dich nicht verraten.«

»Es fällt mir schwer, dies zu glauben. Es hat mir kein Glück gebracht, Euch zu lieben. Dass Ihr mich am Ende sogar verraten habt, ist die Strafe des Himmels für meine Sünden.«

Drystan starrte sie an. Sie wirkte, als sei sie innerlich meilenweit von ihm entfernt. Wie konnte er sie erreichen? Ihr erklären, was geschehen war?

»Ich weiß, dass ich der Anlass allen Übels bin, das dir widerfahren ist, aber ...«

»So gebt Ihr es also zu.« Sie unterbrach ihn wütend. »Spart Euch die Lügen und die Schmeicheleien. Sie bewirken nichts mehr in meinem Herzen. Ihr habt alles getötet, was ich je für Euch empfunden habe.«

Der Klang ihrer ersterbenden Stimme verriet Drystan, dass sie die reine Wahrheit sagte. Dennoch wollte er es nicht wahrhaben.

»Du kannst nicht einfach aufhören, mich zu lieben«, widersprach er vehement. »Du lügst, um mich zu kränken.«

Er packte sie an den Schultern und eroberte ihre Lippen mit einem wilden, verzweifelten Kuss. Er konnte nicht sagen, was ihn dazu trieb. Er wusste nur, dass er sie nicht gehen lassen durfte. Bisher war es ihm noch immer gelungen, ihren Sinn zu ändern, wenn er sie in den Armen hielt. Wenn die Magie des Verständnisses ihrer Körper zur Wirkung kam.

In diesem Moment jedoch versagte der gewohnte Zauber. Maylis blieb kühler Marmor unter seiner Berührung. Seine Hände suchten ihre Gestalt, aber nicht einmal die verzweifelten Liebkosungen, die sie früher so nachgiebig in seinen Armen gemacht hatten, lösten ihre statuenhafte Reglosigkeit. Er hatte die Fähigkeit verloren, sie für sich einzunehmen.

»Es ist vorbei. Ihr habt mich gekränkt, belogen und verraten, obwohl Ihr mir einmal geschworen habt, mich zu beschützen und vor allem Bösen zu bewahren.«

Sie wandte ihm den Rücken zu und ging hinaus. Schweigend, ohne das geringste Abschiedswort.

Drystan starrte auf seine leeren Hände und fühlte den dumpfen unregelmäßigen Schlag seines Herzens. Er hatte Maylis verlassen wollen. Vergessen und aus seinem Leben verbannen. Aber erst jetzt, da sie ihn tatsächlich verließ, wurde ihm klar, dass er sich selbst getäuscht hatte. Es gab keine zweite Frau wie Maylis von Balliol. Er würde nie eine andere lieben können.

Er stand noch immer wie gelähmt, als vor dem Zelt Jubelrufe laut wurden. Die Fanfaren schallten, und der Herold verkündete die nächste, erfreuliche Kunde: Eleonore von Aquitanien hatte einen Sohn geboren. Am 17. August 1153 hatte sie Heinrich einen Erben für sein neues Königreich geschenkt.

Am selben Tag, da König Stephens Sohn unter Qualen sein Leben aushauchte.

*

»Weißt du, in welches Kloster sie gehen wird?«

Janice schüttelte den Kopf. So gerne sie Crispin geantwortet hätte, sie wusste selbst nicht, was sie auf der anderen Seite des Kanals erwartete. Sie versuchte die eigene Angst davor mit den Beschwichtigungen zu dämpfen, die Maylis in solchen Fällen parat hatte.

»Der Herzog hat Vorsorge für uns getroffen. Wir müssen ihm vertrauen.«

»Dann willst du wirklich mit ihr gehen, Janice?«

»Ich muss. Ich verdanke ihr mein Leben.«

»Aber du willst doch nicht ins Kloster.«

»Ach, Crispin.« Janice hob die Hand und berührte sanft seine Lippen mit den Fingerspitzen. Es war das erste Mal, dass sie sich zu einer solchen Zärtlichkeit hinreißen ließ, und Crispin rührte sich nicht. »Das ist doch egal. Auf meine Wünsche kommt es nicht an.«

Sie sahen sich an, und ihre Finger sanken wieder herab. Crispin wagte nicht, sie festzuhalten.

»Werde ich von dir hören?«

»Wie denn? Ich bin eine Magd. Niemand hat mich je schreiben gelehrt, und ich kann keine Boten über das Meer schicken. Vergiss mich, Crispin.«

Sie standen am Gatter der Pferdekoppel, und nur Ares lauschte ihrem Gespräch. Die Unruhe im Lager war zur Ruhe gekommen, und Janice hatte die Gelegenheit genutzt, ein letztes Mal aus dem Zelt zu schlüpfen. Sie hatte ohnehin nicht schlafen können.

Nacht für Nacht hörte sie Maylis weinen, auch wenn sie dabei kaum einen Ton dabei von sich gab. Sie hatte nicht geahnt, dass so viele Tränen in einem einzigen Menschen sein konnten. Ihre verzweifelte Herrin blieb taub für jeden Trost. Manchmal kam es ihr vor, als wolle sie sich zu Tode schluchzen.

»Ich will dich nicht vergessen«, widersprach Crispin heftig. »Es ist ein Fehler, was hier geschieht. Es dürfte nicht sein.«

»Es liegt nicht in unserer Macht, es zu ändern. Wir müssen es hinnehmen.«

»Das kann ich nicht.«

Crispin fasste nach Janice' Händen und spürte, wie sie seinen Griff erwiderte. Sie hob sich auf die Zehenspitzen, und der Hauch ihres schnellen Kusses war so flüchtig, dass er nicht wusste, ob er ihn träumte.

»Gott behüte dich, Crispin. Ich werde für dich beten.«

Sie entriss ihm die Finger und rannte mit fliegenden Röcken davon.

# Sechzehntes Kapitel

»Der Herzog kommt nach Hause!«

Die Nachricht verbreitete sich in Windeseile in der ganzen Burg. Seit in London der Vertrag von Westminster offiziell unterzeichnet worden war und der Herzog mit König Stephen Weihnachten gefeiert hatte, warteten Eleonore von Aquitanien und ihre Schwiegermutter, Kaiserin Mathilda, auf diese erlösende Botschaft. Die Aufregung darüber drang sogar in die Schreibstube, in der Maylis arbeitete.

Wie üblich war es Janice, die ihre Ruhe störte. Sie stand mit leuchtenden Augen unter der halbrunden Pforte, bemüht, all den Klatsch auf einmal wiederzugeben, der in Rouen und in der Burg des Herzogs die Runde machte.

»Sie sagen, er kommt mit seinem ganzen Gefolge zurück. Herzogin Eleonore ist völlig außer sich. Sie plant bereits zahllose Feste zu Ehren ihres Gemahls. Sie hat nach den Tuchhändlern, Schneidern und Goldschmieden geschickt.«

Maylis legte sorgsam die Feder zur Seite und wischte sich die Fingerspitzen an einem feuchten Tuch ab. Ihr Arbeitsplatz war nicht mit jenem im Kloster von Whitby zu vergleichen. Erleuchtet von weißen Kerzen, die in schweren Eisenleuchtern ruhig brannten, mit einem wärmenden Glutbecken ausgestattet und mit einer dicken Schicht Stroh unter dem geflochtenen Binsenteppich des Bodens, bot er jeden Luxus, den sich eine fröstelnde Schreiberin an den kühlen, ersten Märztagen nur wünschen konnte.

»Nennt die Nachricht einen genauen Zeitpunkt für die Ankunft Heinrich Plantagenets?«, fragte sie ruhig, obwohl ihr das Herz bis zum Halse schlug.

»Der hängt wohl von den Winden ab, die auf dem Kanal herrschen«, antwortete Janice. »Aber spätestens in vier Tagen soll er hier sein. Alle sagen, er sei ganz begierig darauf, endlich seinen ersten Sohn in den Armen zu halten. Immerhin ist William inzwischen schon mehr als ein halbes Jahr alt.«

Maylis hörte Janice den Stolz an. Sie liebte den kleinen Prinzen, als wäre er ihr eigenes Kind, und die Zuneigung wurde unzweifelhaft erwidert. Wenn weder Mutter noch Amme den Kleinen beruhigen konnten, sandte man nach Janice, die mit ihrer sanften Stimme, ihren ländlichen Liedern und den geschickten Händen jeden Sturm in der empfindsamen Kinderseele eindämmen konnte.

Obwohl von allen und besonders von seiner Mutter leidenschaftlich geliebt, war William kein einfach zu pflegender Säugling. Seine Launen hatten Janice aus dem Schattendasein einer Kammermagd geholt und sie in eine wichtige Person verwandelt. Seit sie einmal der Kaiserin beigesprungen war, als diese vor ihrem brüllenden Enkel kapitulierte, war sie nicht nur Maylis' Kammermagd, sondern die Kinderfrau des Thronfolgers und damit eine Dienerin von hoher Bedeutung.

In ihrem hübschen blauen Wollkleid, mit der leuchtend weißen Leinenschürze und der steifen Flügelhaube, bot sie einen ebenso energischen wie erfreulichen Anblick. Dass sie noch immer bei jedem harmlosen Scherz errötete und Männern scheu aus dem Wege ging, hatte ihr im Haushalt des Herzogs den Ruf von Züchtigkeit und Wohlerzogenheit eingetragen.

»Madame Mathilda hat mich geschickt«, erinnerte sie sich jetzt an den eigentlichen Grund ihres Kommens. »Sie wünscht Euch in ihrem Arbeitszimmer zu sprechen. Sie sagt, es sei dringend.«

Maylis machte sich auf der Stelle auf den Weg. Die Mutter des Herzogs war der Grund dafür, dass sie sich noch immer in der Burg von Rouen befand und nicht in einem Kloster. Die Enkelin des großen Eroberers regierte in Abwesenheit ihres Sohnes nicht nur über das Herzogtum der Normandie, sondern auch über die Provinzen Maine und Anjou, die Heinrich nach dem Tode ihres Gemahls im Jahre 1151 zugefallen waren. Die Aquitaine, die Eleonore mit in die Ehe gebracht hatte, vergrößerte zwar den Einflussbereich des Herzogs, aber die tatsächliche Regierungsgewalt über ihr Geburtsland hatte sich die Herzogin nicht aus den Händen nehmen lassen. Im Süden bestimmte allein sie.

Dennoch blieb für die Kaiserin, wie sie noch immer genannt wurde, obwohl sie nach dem Tode Kaiser Heinrichs Geoffrey von Anjou geheiratet hatte, genügend zu tun. Da es ihr nicht gelungen war, ihren eigenen Anspruch auf die englische Krone durchzusetzen, träumte sie nun davon, dass ihr Sohn eine neue Dynastie mächtiger, englischer Könige gründen würde. Der kleine Prinz William war für sie weniger das erste Enkelkind als der Grundstock dieser Dynastie. Sie war eine beeindruckende Persönlichkeit, die es verstand, die Menschen für sich einzunehmen.

Als Maylis im vergangenen Herbst in Rouen erschienen war, hatte sie auf Anhieb Gefallen an ihr gefunden. Die Empfehlung Heinrichs, sie in ihre Dienste zu nehmen und ihr den Eintritt in ein Kloster zu untersagen, weckte zwar den Verdacht, dass es sich bei ihr um eine seiner verflossenen Geliebten handelte, aber die Kaiserin machte ihr daraus keinen Vorwurf. Sie gab ihr den gewünschten Platz in ihrer Kanzlei und hielt sie auf diese Weise auch von Eleonore von Aquitanien fern.

Anfangs hatte Maylis diese Wende der Dinge für eine weitere Probe ihres Gehorsams gehalten. Sie traute es dem Herzog zu, dass er sie einer solchen Prüfung unterzog. Im Laufe der Zeit hatte sie jedoch sowohl Gefallen an ihrer neuen Tätigkeit wie an ihrer Herrin gefunden. Noch nie hatte sie eine Frau wie Mathilda von Anjou kennengelernt. Tatkräftig, ehrgeizig, klug und raffiniert zugleich, verband sie die Fähigkeiten eines Feldherrn mit denen eines Diplomaten und denen einer tüchtigen Hausfrau. Niemand konnte ihr etwas vormachen.

Maylis traf die hohe Frau im Gespräch mit dem Haushofmeister an, der unter der Flut ihrer Anweisungen längst einen roten Kopf bekommen hatte und erleichtert aufatmete, als sie die Strapaze beendete.

»Er wird die Hälfte vergessen«, sagte Mathilda ungnädig und sah ihm nach. »Ein jüngerer Mann sollte seinen Posten einnehmen. Jemand, der schneller und gewissenhafter ist. Ich weiß gar nicht, warum ich ihn nicht schon längst nach Hause geschickt habe.«

»Weil Ihr wisst, dass ihm der Dienst für Euch Lebenselixier ist. Wenn Ihr ihn nach Hause schickt, wird er sich ins Bett legen und sterben.«

»Ach, Maylis!« Die Kaiserin lachte. »Ihr verschwendet Eure Talente an Pergament und Tinte. Eure Fähigkeit, die Menschen zu durchschauen, würde Euch zu einem Hofamt befähigen. Wann gebt Ihr endlich Euer Einsiedlerdasein in meiner Schreibstube auf?«

»Habt Ihr nur nach mir geschickt, um mir zu sagen, was Ihr mir immer sagt?«

Unter vier Augen herrschte eine Offenheit zwischen der alten Kaiserin und der jungen Frau, die auf gegenseitigem Vertrauen und großer Wertschätzung beruhte. Beide hatten an der anderen festgestellt, dass sie in Wirklichkeit nicht so war, wie sie sich gab.

»Heinrich kommt nach Hause. Endlich.«

»Ich habe es vernommen.«

»Wir wollen ihm einen angemessenen Empfang bereiten, aber wir dürfen darüber auch nicht die Sicherung der Grenzen vergessen. Unsere Gewährsleute am französischen Hof müssen die Augen und Ohren noch mehr als sonst offen halten. Ich traue König Ludwigs angeblicher Krankheit nicht über den Weg, auch wenn Eleonore sagt, dass er schon früher leidend war. Ich will rechtzeitig alles über ihn und seine Pläne wissen, damit wir uns wappnen können. Ihr werdet die entsprechenden Anweisungen codieren und noch heute für die Boten fertig machen.«

Maylis brachte die meisten Anweisungen der Kaiserin in einer Geheimschrift zu Papier, die nur von wenigen vertrauten Personen entschlüsselt werden konnte. Ludwig von Frankreich, zutiefst gekränkt, weil sich seine temperamentvolle Gemahlin von ihm hatte scheiden lassen, hielt im Augenblick zwar Frieden, aber Mathilda misstraute ihm. Sie hatte mehr als einen Spion an seinem Hof, obwohl er im vergangenen Jahr mit Heinrich offiziell Frieden geschlossen hatte.

»Wie Euer Majestät befehlen«, versprach Maylis. »Kann ich sonst noch etwas für Euch tun, oder soll ich mich gleich an die Arbeit machen?«

»Wir müssen uns auch um Eure Garderobe kümmern, Maylis«, überraschte sie die Kaiserin mit einem unerwarteten Themenwechsel. »Die Feste zu Ehren des Herzogs sind eine gute Gelegenheit, Euch endlich offiziell bei Hofe einzuführen.«

»Wenn Ihr erlaubt, ich möchte nicht an diesen Festen teilnehmen«, widersprach Maylis. »Ich bin keine Hofdame, was soll ich dort?«

»Natürlich seid Ihr das. Euer Vater ist ein Baron und Ihr seid eine Edeldame.«

»Ich habe das Recht verspielt, mich eine Edeldame zu nennen.«

»Ach ja? Warum weiß ich nichts davon? Es ist an der Zeit, dass Ihr Eure Geheimnisse ein wenig lüftet, Maylis von Balliol.«

»Die Briefe, Madame«, erinnerte Maylis geschickt.

Sie erntete ein unwilliges Schnauben.

»Immer pflichtbewusst und diensteifrig ... Geht und schreibt die Briefe, Lady Maylis. Aber glaubt nicht, dass die Sache damit für mich ausgestanden ist. Ihr werdet mir Rede und Antwort stehen.«

Bisher war es Maylis stets gelungen, allen Fragen aus dem Weg zu gehen. Die Protektion des Herzogs hatte ihr bis zum heutigen Tage Schutz gewährt. Aber wie würde es weitergehen, wenn er nach Hause kam? Wenn er von Männern wie Graf Leicester oder dem Pagen Robin begleitet wurde? Sie alle wussten Dinge von ihr, die besser in Vergessenheit gerieten.

Sie hatte sich in Sicherheit gefühlt. Nicht glücklich, das würde sie nie wieder sein, aber doch zufrieden. Ihrer selbst sicher, bis zu dieser Nachricht.

»Der Herzog kommt nach Hause!«

Befand sich auch Drystan d'Aval in seinem Gefolge?

*Drystan!*

Allein diesen Namen zu denken rief ihr sein Gesicht vor Augen, als wäre es erst gestern gewesen, dass sie einander verletzt, gekränkt und verlassen hatten. Ihr Körper erwachte aus seinem Schlaf, erinnerte sich an die Existenz von Zärtlichkeit und Leidenschaft. Ihr Herz, ohnehin ein Stein, wurde noch schwerer. All die Tränen hatten es nicht vermocht, Drystan aus ihrer Seele zu waschen.

Als sie aus tiefer Verzweiflung wieder erwacht war, war sie nur noch ein Schatten der ahnungslosen Maylis gewesen, die ihm ihr Herz und ihren Körper geschenkt hatte. Es war ihr gelungen, die Leere mit Arbeit zu betäuben. Sich jeden Tag aufs Neue in den Ablauf ihres unerwünschten Lebens zu fügen. Doch tief verborgen in ihrem Inneren existierte ein Bereich, in dessen Nähe sie sich nie wieder gewagt hatte. Eine versiegelte Tür, die der unerwartete Ruf aufgesperrt hatte: »Der Herzog kommt heim!«

Obwohl sie mit zusammengebissenen Zähnen die geheimen Briefe der Kaiserin schrieb und sich zwang, ihre Gedanken beisammenzuhalten, machten sie sich selbstständig. Sie betrachteten, sortierten und kamen zu einem Fazit, das sich nicht länger leugnen ließ, als sie nach getaner Arbeit am Fenster stand und auf die Dächer der Stadt hinaussah.

*Egal, was er getan hat. Du kannst nicht aufhören, ihn zu lieben. Ebenso gut könntest du aufhören zu atmen.*

Er hatte sie eine Lügnerin genannt, und sie musste ihm zustimmen. Sie hatte ihn tatsächlich belogen. Ihre Gefühle waren nicht gestorben. Sie hatten unter einer dicken Schicht aus Asche und Verzweiflung weitergelebt. Was sollte sie mit ihnen anfangen?

*

Stadt und Burg waren ein Meer von bunten Fahnen, Standarten, Wimpeln, Flaggen und Girlanden. Rouen hatte sich für seinen Herzog geschmückt, der im Kreise seiner Ritter hoch zu Ross Einzug hielt. Drystan sah über die fröhliche Menge, bis sein Blick von den Türmen der Kathedrale gefangen genommen wurde. Ihre Glocken läuteten im Verein mit den anderen und übertönten zeitweilig sogar die Jubelrufe der Menschen. Sie dröhnten in den Himmel hinauf, der sich gesäumt von Mauern, Türmen und Dächern als blaues Frühlingszelt über ihnen spannte.

Auch Rouen war eine Stadt am Fluss, wie London, aber Drystan kam es vor, als wohne ein anderer Geist in der Normandie. London war vom Bürgerkrieg gezeichnet, Rouen hingegen die Hauptstadt eines blühenden Herzogtums. Obwohl von manchen Grenzstreitigkeiten heimgesucht, hatte die Normandie eine Zeit des Friedens und des Wohlstands hinter sich. Irgendwo hier gab es ein Kloster, in dem Maylis lebte.

Immer wieder kehrten seine Gedanken auf verschlungenen Wegen zu ihr zurück, seit er diese Reise im Gefolge des Herzogs angetreten hatte. War es möglich, dass sie ihren Frieden mit Gott und den Menschen gemacht hatte? Hatte sie ihn vergessen? Sollte er sie darum beneiden?

Nein. Trotz allem wollte er nicht auf die wenigen kostbaren Erinnerungen verzichten, die sie ihm geschenkt hatte. Augenblicke der reinen Verzauberung, der vollkommenen Leidenschaft, des Einsseins mit einer anderen Seele. Vielleicht waren es Gefühle, die nicht dafür geschaffen waren, ewig zu währen. Vielleicht konnte man sie nur einmal erleben, sie nur einmal empfinden. Er sollte dankbar dafür sein und sich ihrer voller Anteilnahme erinnern, statt sie zu zerpflücken.

Bohlen polterten unter Ares' Hufen und rissen ihn aus seiner Versunkenheit. Sie passierten die ersten Tore der Burg. Drystan fügte sich in das Zeremoniell der Begrüßung und betrachtete mit besonderer Neugier Eleonore von Aquitanien, die den Herzog im Kreise ihrer Hofdamen erwartete. Ihr Lebenswandel, ihr Ruf, aber auch ihre Schönheit waren in aller Munde. Sie scherte sich nicht darum, was die Menschen von ihr dachten, sie tat, was sie für richtig hielt.

Neben ihr, älter, aber auf ihre Art noch imposanter,

die Mutter Heinrichs, Kaiserin Mathilda. Spuren vergangener Schönheit zeichneten ihre Züge, und die innige Umarmung, mit der sie ihren Sohn zu Hause willkommen hieß, weckte in Drystan die Erinnerungen an seine eigene Mutter. An Nansay Hall, das darauf wartete, dass er ebenfalls irgendwann nach Hause kam.

Auch er hatte sich einmal gewünscht, Frau und Mutter in solcher Eintracht nebeneinander zu sehen. Beide vereint in der Liebe zu ihm. Wenn er sich ein solches Bild vor Augen rief, sah er stets Maylis neben seiner Mutter stehen. Maylis, die ihre Berufung im Dienste Gottes gefunden hatte. Er konnte sich nicht vorstellen, dass es je eine andere Frau geben würde, die ihr Bild aus seinem Herzen vertrieb.

Maylis von Balliol hatte ihn gekränkt, belogen und betrogen, und dennoch war sie die einzige Frau, nach der er sich sehnte. Es war ihm bewusst, dass er dessen ungeachtet eine andere heiraten musste. Nansay Hall benötigte früher oder später einen Erben, seine Mutter würde darauf drängen.

Seine Blicke kehrten zu Eleonore von Aquitanien zurück, der man nicht ansah, dass sie elf Jahre älter als ihr jugendlicher Gemahl sein sollte. Eine voll erblühte Schönheit, die es verstand, ihre Vorzüge durch prächtige Gewänder zu betonen. Wie war es nur möglich, dass Heinrich eine so liebliche Frau betrog?

Die Monate in London hatten Drystan bewiesen, dass der Ruf des Herzogs, ein Frauenheld zu sein, sehr wohl auf Tatsachen beruhte. Es nutzte seinen Charme wie seinen Rang, sobald es ihm von Vorteil schien, und er vergaß seine Liebschaften, sobald er die Bänder an seiner Hose geschlossen hatte. Drystan verabscheute ihn dafür, gleichzeitig musste er ihn für sein politisches Geschick, für seine Fähigkeit, Menschen zu führen, und für die leidenschaftliche Liebe, die er England entgegenbrachte, bewundern. Diese Liebe schien treuer und wahrhaftiger zu sein als jedes Gefühl, das er für einen Menschen empfand.

Das Festbankett, zu dem die Kaiserin im Anschluss an den Empfang einlud, überwältigte Drystan mit einer solchen Fülle von Raffinesse und Wohlgeschmack, dass er kaum die zierliche Blondine würdigte, die das Essbrett mit ihm teilte. Es handelte sich um eine Hofdame der Herzogin von Aquitanien.

Obwohl er zu den Vertrauten ihres Gemahls zählte, ahnte er nicht, dass ihn diese Tatsache, im Verein mit dem Umstand, dass er unverheiratet war, in den Augen der Edeldame zu einem perfekten Heiratskandidaten machte. Sie bot ihren ganzen Charme auf, ihn für sich einzunehmen.

»Habt Ihr an der Seite Eures künftigen Königs gekämpft?«, fragte sie und schlug die Wimpern in so schneller Folge auf und nieder, dass er sich irritiert fragte, ob sie etwas ins Auge bekommen hatte.

»Nur gegen Langeweile und Regen«, erwiderte Drystan trocken und erntete ein verblüfftes: »Oh!« von rosigen Lippen.

»Stimmt es, dass König Stephen noch immer um seine verstorbene Gemahlin trauert? Sie sollen einander innig geliebt haben«, machte die Blondine tapfer einen neuerlichen Versuch, ihn in ein Gespräch zu verwickeln, aber Drystan hatte für ihre Art von Klatsch einfach nichts übrig. Hinzu kam, dass er unweit der Kaiserin eine Frau entdeckt hatte, die auf Anhieb seine volle Aufmerksamkeit beanspruchte.

Im Gegensatz zur Herzogin und ihrem Damenflor trug sie weder hauchdünne Schleier, noch eine auffällige Kopfbedeckung oder gar einen Ausschnitt, der einem Mann das Blut schneller durch die Adern trieb. Ihre Haare waren unter einer engen Kappe aus bronzefarbenem Samt versteckt, ihr Gewand eine hochgeschlossene, eisblaue, schillernde Tunika über cremefarbener Seide. Ihre raffinierte Schlichtheit brachte einen Hauch von Eis und Schnee unter die grellen Farben der andern Damen. Ihr Antlitz besaß, soweit er es aus der Entfernung beurteilen konnte, eine so verblüffende Ähnlichkeit mit Maylis, dass er sie immer wieder ansehen musste. Die Eisige hätte ihre Schwester sein können!

»Man sagt, König Stephen sei nicht mehr er selbst, seit er vor zwei Jahren eine Gemahlin zu Grabe tragen musste«, plauderte seine Tischgenossin währenddessen unverdrossen weiter. »Ist es nicht schön zu sehen, dass auch die Mächtigen unserer Welt schwach werden, wenn es um die Liebe geht?«

Drystan murmelte eine höfliche Zustimmung und schalt sich im Geheimen einen Narren. Viel zu oft entdeckte er in einem Gesicht, einer Geste oder einem Duft die Erinnerungen an Maylis. Auch seine Reaktion auf solche Entdeckungen war ihm mittlerweile vertraut. Der Moment, in dem sein Herz stehen blieb. Die Enttäuschung, wenn er feststellte, dass es sich um einen Irrtum, eine flüchtige Ähnlichkeit handelte. Auch der Zorn auf die eigene Dummheit gehörte dazu.

Bei Gott, es war unhöflich, sich dermaßen ablenken zu lassen. Er sollte sich wie ein Edelmann benehmen. Die Blondine neben ihm rückte bereits unruhig auf ihrem Sitz hin und her. Sie tat ihm leid. Es war nicht ihre Schuld, dass er eine andere im Kopf hatte.

»Erzählt mir von der Herzogin von Aquitanien«, bat er sie und rang sich ein Lächeln ab, das seine Augen nicht erreichte. »Ich sehe Madame Eleonore zum ersten Mal von Angesicht. Ihre Schönheit steht außer Zweifel, aber was ist sie für eine Frau?«

Sie unterdrückte erkennbar einen Seufzer. Offensichtlich war sie nicht davon angetan, über eine andere Frau reden zu müssen, aber sie überwand sich mit gefälliger Wohlerzogenheit.

»Unsere Herrin ist eine fromme und mildtätige Dame. Wusstet Ihr, dass sie nach ihrer Eheschließung mit Heinrich Plantagenet die großen Klöster ihrer Heimat aufgesucht hat, um ihnen Schenkungen zu machen und dort für ihren Gemahl zu beten?«

»Gibt es denn ein Kloster, in dem sich die Herzogin am liebsten aufhält?« Drystan erwärmte sich, zum Erstaunen seiner Tischdame, für das fromme Thema. »Eine Schwesternschaft, der sie auf besondere Weise verbunden ist?«

Er erntete einen fragenden Blick. Vermutlich war sie es nicht gewöhnt, dass sich ein Ritter für Frauenklöster interessierte.

»Ihr meint bestimmt das Kloster von Fontevraud«, erwiderte sie dennoch mit kaum merklichem Zögern. »Die Herzogin versteht sich mit der Äbtissin Isabella besonders gut. Sie ist die Tante ihres Gemahls. Sie tauschen regelmäßige Botschaften aus, und unsere Herrin besucht das Kloster mehrmals im Jahr.«

Fontevraud? Der Herzog selbst hatte die Abtei mehrmals erwähnt, und Drystan fragte sich jäh, ob dies ein Zeichen dafür sein konnte, dass auch Maylis in Fontevraud lebte. Hatte Heinrich die Stirn besessen, seine verflossene Geliebte unter den Schutz seiner Tante zu stellen? Ging es ihr dort gut?

Wie magisch angezogen wanderten seine Blicke wieder zu der Dame in Eisblau hinüber. Die Kaiserin hatte sie in ein Gespräch verwickelt, und sie entlockte der hohen Frau ein amüsiertes Lachen. Maylis hätte nie gewagt, in Gegenwart der Kaiserin den Mund zu öffnen. Sie wäre viel zu schüchtern dafür gewesen. Und doch ... er konnte die Augen nicht von der Fremden nehmen, die ihn so schmerzlich an die verlorene Geliebte erinnerte.

Seine Tischdame stach empört ihr Messer in die Bratenscheibe. Sie war es nicht gewohnt, auf solche Weise vernachlässigt zu werden. Sie hatte sich mehr von dem Abend mit dem englischen Ritter erwartet.

»Kennt Ihr die Lady neben der Kaiserin?«, gab er ihrem Zorn zusätzliche Nahrung.

Ihr Blick flog hoch und über den Tisch, ehe sie den Kopf schüttelte.

»Zum Hof gehört sie nicht«, sagte sie mühsam beherrscht. »Vielleicht ist sie mit Euch aus England gekommen?«

Mit Sicherheit nicht, widersprach Drystan stumm. Sie wäre mir aufgefallen.

So wie ihm alles auffiel, das ihn an Maylis erinnerte.

# Siebzehntes Kapitel

»Es kommt nicht in Frage, dass Ihr Euch weiterhin in der Schreibstube vergrabt, Kind. Es ist an der Zeit, dass Ihr am Leben teilnehmt. Was immer Euch Kummer bereitet, es wird nicht leichter für Euch, wenn Ihr ihm erlaubt, Eure Tage und Nächte zu beherrschen. Ihr werdet diese Kleider anziehen, die ich für Euch in Auftrag gegeben habe, und mich zu den bevorstehenden Festlichkeiten begleiten.«

Einem solchen Befehl der Kaiserin widersetzte man sich nicht. Deswegen saß Maylis an der Festtafel und versuchte die Blicke zu ignorieren, die ihr von allen Seiten zuflogen. Ihre direkte Nähe zu Mathilda bewahrte sie vor unhöflicher Neugier.

Sogar Herzogin Eleonore hatte kurz die makellose Stirn gerunzelt, als der Herzog seinen Becher in ihre Richtung hob. Am meisten setzte ihr jedoch die Anwesenheit des Ritters zu, den sie auf der anderen Seite des Saales neben einer eleganten Hofdame entdeckt hatte. Drystan d'Aval. Er war also tatsächlich mit Heinrich Plantagenet in die Normandie gekommen. Hatte er sie erkannt? Schwer zu sagen. Die andere Seite der Hufeisen-Tafel lag weit entfernt, und der Rauch der zahllosen Fackeln und Kerzen bildete einen leichten Schleier zwischen ihnen.

Sie hatte jedoch auf Anhieb sowohl ihn wie auch seine Tischdame erkannt. Es war ausgerechnet Rosamund von Gisors. Eine zierliche Blondine mit einem seelenvollen Augenaufschlag, die ein Vermögen an Juwelen um ihren Hals und auf ihrem Kleid trug. Sie redete ununterbrochen auf ihn ein, und er schien ihr interessiert zu lauschen. Maylis verspürte den unchristlichen Wunsch, Rosamund die schönen Augen auszukratzen.

Immer wieder sah sie heimlich in seine Richtung. Trotz des höfischen Samtes und des seidenen Wappenrocks verbreitete er die gefährliche Aura eines Kriegers. Rosamund war erkennbar angetan von so viel maskuliner Attraktivität.

Maylis beneidete sie. Es war ihr nie vergönnt gewesen, Drystan so unbefangen zu begegnen: In allen Ehren, bei einem Fest und unter dem Schutz höfischer Sitten. Sie war ihm gegenüber von Anfang an im Nachteil gewesen, weil sie sich weder auf einen ehrenwerten Namen noch auf ihren Rang berufen konnte. Eine rechtlose Abenteurerin, wenn nicht sogar Freiwild.

Ein tiefer Seufzer entrang sich ihrer Brust, und ausgerechnet die Kaiserin bemerkte es.

»Ein Laut der Sehnsucht? Sagt mir, welcher der tapferen Ritter meines Sohnes hat es Euch angetan, meine Liebe?«

»Keiner.«

»Seit wann belügt Ihr mich?«

»Ein Versuch, Majestät. Nur ein törichter Versuch.«

Die Kaiserin schmunzelte, und die Köpfe drehten

sich erneut nach der Frau um, die es fertiggebracht hatte, die strenge Kaiserin schon wieder zu belustigen. Maylis' Nacken wurde steif, vor lauter Bemühen keinen weiteren Blick in Drystans Richtung zu werfen.

»Nun?« Die Kaiserin beugte sich vertraulich in ihre Richtung, sobald sich das Festmahl dem Ende entgegenneigte. Gaukler und Feuerspucker sorgten für Ablenkung, während sie ihren Schützling befragte. »Was hat es mit dem blonden Recken dort drüben auf sich, der Euch seinerseits kaum aus den Augen lässt? Ihr kennt ihn? Woher?«

»Aus einem anderen Leben, Majestät«, räumte Maylis dieses Mal ehrlich ein.

»Er gehört in die Riege junger Ratgeber, die mein Sohn um sich geschart hat. Männer, die mit ihm gekämpft haben und die ihm jetzt treu ergeben sind. Sein Gesicht kommt mir bekannt vor. Ich muss ihn irgendwo gesehen haben ... ihn oder seinen Vater.«

Maylis wusste, dass die Kaiserin darauf wartete, dass sie ihr Drystans Rang und Namen verriet, aber sie traute der eigenen Stimme nicht. Sie starrte stumm auf ihr Essbrett, wo das unberührte Bratenstück erkaltet und die Soße zu Gelee erstarrt war.

Der Kaiserin entging weder ihre Appetitlosigkeit noch ihre sonderbare Furcht. Sie hatte Maylis traurig erlebt, gleichgültig, bedrückt, einsam und verloren, aber noch nie ängstlich. Welches Geheimnis verband den Ritter und ihre schöne Schreiberin?

Maylis ahnte nichts von den Gedanken ihrer Herrin. Sie atmete jedoch auf, weil sie vorerst das Verhör einstellte. Sie versuchte dem Fest mehr Aufmerksamkeit zu schenken. Der Edelmann zu ihrer Rechten nutzte diese Chance und verwickelte sie in ein langweiliges Gespräch voller übertriebener Komplimente und Albernheiten. Sie unterdrückte ein Gähnen und ließ ihn reden. Sie wollte der Kaiserin unbedingt zeigen, dass der blonde Recke keinerlei Bedeutung für sie besaß. Der Graf von Mervaux, der schon den ganzen Abend um ihre Aufmerksamkeit buhlte, kam ihr für diesen Zweck so recht wie jeder andere.

Anscheinend hielt er ihr geistesabwesendes Lächeln für Bewunderung und ihr Schweigen für charmant. Er rückte so nahe an sie heran, dass sie die hässlichen dunklen Haare in seiner Adlernase erkennen konnte und vor lauter Abscheu am liebsten die Flucht ergriffen hätte. Erst als sich die Kaiserin, unter Hinweis auf ihr fortgeschrittenes Alter, früher vom Fest zurückzog, bekam auch sie die Gelegenheit zu gehen.

Der Graf akzeptierte die Entschuldigung, dass sie ihrer Herrin folgen müsse, aber er bat sie nachdrücklich um ein Wiedersehen.

»Ihr werdet es nicht bereuen, meine Liebe!«

»Die Kaiserin bestimmt über meine Zeit, nicht ich«, erwiderte Maylis knapp. Sie eilte davon, ehe er sie aufhalten konnte.

Am Fuße der großen Steintreppe vor dem Festsaal hielt sie kurz inne. Nach rechts ging es in den Wohnturm der Kaiserin, wo auch ihre Kammer lag. Was hinderte sie daran hinaufzugehen?

*Was willst du dort? Du kannst ohnehin nicht schlafen, das weißt du genau.*

Maylis wandte sich entschlossen in die andere Richtung. Sie lief durch die menschenleere Audienzhalle und gelangte durch eine Pforte in den Innenhof der Burg, wo soeben der neue Garten der Herzogin von Aquitanien angelegt wurde.

Sie liebte es, dort ihren Gedanken nachzuhängen, wenn sie keinen Schlaf fand. Die Dunkelheit verbarg die Stein- und Erdhaufen, die während des Tages von den Gärtnern, Bauarbeitern und Steinmetzen aufgehäuft wurden. Eleonore wünschte sich einen neuen Brunnen und einen Pavillon mit Marmorsäulen, wie sie es aus ihrer südlichen Heimat kannte.

Kies knirschte unter Maylis' Sohlen. Sie war aufgewühlt, zu sehr mit den Fehlern der Vergangenheit beschäftigt. Drystan an der Seite einer anderen zu sehen tat unerwartet weh. Dabei war Rosamund von Gisors eine Frau, die Lady Clarisse vermutlich für ihren Sohn ausgewählt hätte. Jung, unschuldig, aus bester Familie und mit makellosem Ruf. Eine Frau wie geschaffen zum Heiraten!

»Hier seid Ihr, meine Schönste! Eine Promenade im Mondschein ist tatsächlich ein höchst reizvoller Einfall. Gebt mir Euren Arm.«

Maylis wirbelte erschrocken herum. Der Graf von Mervaux bog lässig um einen Karren mit Pflastersteinen und schlenderte auf sie zu. Aufkommender Wind trieb Wolkenfetzen über den Mond und hüllte seine Gestalt in Schatten.

»Ihr? Warum seid Ihr mir gefolgt?«, fragte sie schroff.

»Um mit Euch zu reden und um Euch zu beschützen«, sagte er heiter. »Keine Frau sollte im Dunkeln alleine herumspazieren.«

»Genau das ist aber mein Wunsch«, antwortete Maylis kühl. »Bitte lasst mich allein.«

Der Graf machte keine Anstalten, dieser Aufforderung zu folgen. »Ihr seid einfach bezaubernd. Viel zu reizend, um Eure Tage damit zu verbringen, in der Kanzlei der Kaiserin langweilige Briefe zu schreiben. Seit wann steht Ihr schon in ihren Diensten?«

Ein Schauer überlief Maylis. Sie hatte mit keiner Silbe erwähnt, wie ihr Dienst für die Kaiserin aussah. Woher wusste der Graf davon?

»Was wollt Ihr von mir?«, fragte sie ohne Umschweife.

»Eure Aufmerksamkeit, meine strenge Schöne. Lasst uns ein wenig plaudern. Wie ich in Erfahrung bringen konnte, seid Ihr nicht aus der Normandie. Eine Engländerin, nicht wahr? Ganz von der Gnade unserer Kaiserin abhängig ...«

Die Worte plätscherten an ihren Ohren vorbei. Maylis war so darauf konzentriert, den Sinn dahinter zu entdecken, dass sie gar nicht registrierte, dass der Graf nach ihrer Hand griff. Er zog sie in das Rund der halbfertigen Laube und ganz nah an sich heran.

»Eine junge Frau, die so aussieht wie Ihr, hat bestimmt heimliche Wünsche. Sicher träumt Ihr von einem einflussreichen Ehemann, von Juwelen ...«

Maylis wehrte sich gegen seinen Griff und seine Nähe.

»Lasst mich sofort los. Meine Wünsche gehen Euch nichts an.«

Sie erreichte nur, dass er noch fester zupackte. Das war nicht länger der Griff eines aufdringlichen Höflings, sondern jene männliche Gewalt, mit der sie bereits schlechte Erfahrungen gemacht hatte. Auch seine Stimme klang jetzt anders. Nicht mehr schmeichelnd, sondern kühl und befehlend.

»Schscht. Hört mich an. Bleibt ruhig. Mein Angebot wird nicht zu Eurem Nachteil sein. Wollt Ihr Euer Glück machen? Bei Hofe leben?«

»Ich lebe bei Hofe«, antwortete Maylis knapp.

»Aber nicht als Edeldame, sondern als Dienerin Mathildas.« Sie sah Mervaux förmlich die scharfe Nase drüber rümpfen, obwohl es zu dunkel war, um Einzelheiten zu erkennen. »Ich biete Euch ein Leben in Ehren am Hofe des Königs von Frankreich, meine Schöne.«

»Was soll ich da? Ich bin Engländerin, keine Französin. Ich bin nicht einmal Normannin und schon gar nicht Eure Schöne.«

»Eine Heirat könnte vieles ändern. Oder wollt Ihr ein Leben lang den Launen der Kaiserin ausgeliefert sein und ihre Briefe schreiben?«

Schon wieder dieser Hinweis auf ihre Arbeit. Maylis gab es auf, sich gegen die grobe Hand zu wehren. Sie setzte ihren Verstand anstelle ihrer Kraft ein.

»Ich will nicht heiraten und einen französischen Edelmann schon gar nicht. Womöglich einen wie Euch, der mich gegen meinen Willen irgendwo hinzerrt und mich gewaltsam festhält, obwohl er mir schöntut. Da bin ich lieber Schreiberin und Herrin meines eigenen Wollens. Das ist ein ehrenwertes Handwerk, für das ich mich nicht schämen muss.«

Er lachte, aber Maylis fühlte gleichzeitig, wie sein

Griff ihr Handgelenk verdrehte. Der Schmerz raste bis in ihre Schulter hinauf. Sie biss sich in die Unterlippe, um einen Aufschrei zu unterdrücken.

»Wie eigensinnig Ihr doch seid, meine Schöne. Ich will ehrlich mit Euch sein: Ihr seid, obwohl eine Frau, der geheime Sekretär der Kaiserin. Ihr wisst, was in ihren Briefen steht. Ihr könnt die Geheimschrift enträtseln, die ihre Spione verwenden, um heimliche Nachrichten weiterzugeben.«

Maylis stockte der Atem. Darum also ging es. Verrat. Hochverrat.

»Ich habe keine Ahnung, wovon Ihr sprecht«, versuchte sie sich einfältig zu stellen.

»O doch, das wisst Ihr.« Der Graf ließ unerwartet ihre Hand los und packte sie im nächsten Moment an beiden Oberarmen. »Ihr werdet mir den geheimen Code der Kaiserin verraten.«

»Nie und nimmer!«

»Überlegt Euch gut, was Ihr mit diesem Nein ablehnt.«

»Ich bin keine Verräterin!«, zischte Maylis. »Ich verkaufe meine Herrin nicht an ihre Feinde. Für keinen Preis der Welt. Ich weiß, was Ehre und Treue ist, im Gegensatz zu Euch.«

Die Beleidigung entlockte ihm lediglich einen scharfen Laut. Maylis spürte, dass er ihr langsam das Blut in den Oberarmen abschnürte. Ihre Fingerspitzen wurden bereits taub.

»Noch habt Ihr die Wahl, Schreiberin«, hörte sie ihn sagen. »Ehre und Ehe in Paris, für das Rätsel der Geheimschrift oder einen schnellen Tod in diesem Garten. Euch ist hoffentlich klar, dass Ihr diesen Ort niemals lebend verlassen werdet, wenn Ihr mein Angebot ablehnt. Überlegt es Euch gut.«

Die Dame in Eisblau verließ die Bankettthalle im Gefolge der Kaiserin. Solange sie sich im Lichtkreis der zahllosen Kerzen, Fackeln und Öllampen befand, war es leicht, ihr zu folgen. Sie kam ihm wie ein kühler blauer Schatten vor, der sich mit einer Sicherheit durch die Gänge bewegte, die seine Vertrautheit mit der Umgebung verriet. Sie kannte jede Ecke der ehrwürdigen Burg von Rouen.

Drystan wusste, dass er sich wie ein Dummkopf aufführte, aber er musste ihr einfach folgen. Sie zog ihn an, wie der Duft einer besonderen Blüte die Bienen anlockt. Er musste wissen, wer sie war, woher sie kam und wohin sie ging. Aber dann war sie mit einem Mal verschwunden.

*Geschieht dir recht!*, rügte er sich selbst. *Du kannst von Glück sagen, dass weder Heinrich Plantagenet noch einer der anderen gesehen hat, dass du wie ein Narr hinter einer Frau herstolperst, die dir einen verlorenen Traum vorgaukelt.*

Da er jedoch auch keine Lust verspürte, sich wieder unter die Feiernden zu mischen, ging er gedankenvoll dem frischen Luftzug nach, der ihn nach draußen in den Innenhof der Burg lockte. Die dunklen Umrisse gestutzter Wacholderhecken und der Duft nach Erde verrieten ihm, dass er den Garten der Herzogin gefunden haben musste. Es war zu finster, um Einzelheiten zu erkennen, aber der leise Aufschrei einer Frauenstimme bewies ihm, dass er nicht der Einzige war, der die Stille der Nacht dem Trubel des Festes vorzog.

Da es ihm fernlag, das Liebesglück anderer zu belauschen, machte er kehrt. Das Wolkenband am Himmel gab eben den Mond wieder frei, und er verharrte kurz, um die nächtliche Szene in sich aufzunehmen. Im plötzlichen Licht entdeckte er das Paar zwischen den Säulen eines halb fertigen Pavillons. Der Mann hatte die Frau eng an sich gezogen, und die Röcke ihres Gewands verbargen seine Beine.

Neugier trieb ihn gegen jede Vernunft in ihre Richtung. Deswegen war sie so eilig nach der Kaiserin aufgebrochen. Sie hatte sich zu einem heimlichen Stelldichein in den Garten begeben wollen. Das eisblaue Gewebe ihres Kleides reflektierte das Licht des Mondes wie ein Spiegel. Es verriet sie ohne jeden Zweifel.

»Stoßt zu, wenn Ihr glaubt, mich zwingen zu können«, hörte er im gleichen Moment eine heisere Frauenstimme voller Zorn fordern. »Es wird Euch nicht gelingen, mir Angst einzujagen.«

Erst jetzt bemerkte Drystan einen zweiten Gegenstand, in dem sich das Mondlicht brach. Eine Dolchschneide blitzte auf. Die Spitze der tödlichen Waffe zielte genau auf das Herz der Edeldame. Dies war keine Liebesbegegnung, hier geschah ein Mord!

Drystan reagierte rein instinktiv. Mit einem wahren Panthersprung überwand er die Entfernung und tauchte hinter dem Grafen auf, ehe dieser begriffen hatte, was geschah. Er riss ihm den Dolcharm im Schwung der Bewegung nach hinten, bis die Waffe den leblosen Fingern entfiel.

Die Dame im eisblauen Kleid taumelte aus dem Pavillon. Sie hob die Hand an ihre Kehle, als habe sie die Sprache verloren. Der Schatten einer Säule lag genau über ihren Zügen. Sie sagte kein Wort. Er hörte nur das Stöhnen des Mannes, der seine Schulter umklammerte, und ihre hastigen Atemzüge.

»Seid Ihr verletzt?«, fragte er besorgt.

Er erhielt keine Antwort, deswegen beging er einen verhängnisvollen Fehler. Er trat auf sie zu, statt den Mörder im Auge zu behalten. Der Graf hatte Schock und Schmerz schnell überwunden. Er sprang Drystan in den Rücken und warf ihn zu Boden. Ineinander verkeilt, stürzten sie beide schwer zu Boden.

Drystan bemerkte augenblicklich, dass er es mit einem versierten Kämpfer zu tun hatte. In seinen Hieben lag die heimtückische Zielstrebigkeit eines Totschlägers. Die Dunkelheit und das Überraschungsmoment waren auf seiner Seite. Ein brutaler Faustschlag auf das Jochbein setzte ihn für einen kurzen Atemzug außer Gefecht. Als er wieder klar sah, hatte der andere den Dolch gefunden.

Im letzten Moment warf er sich zur Seite, so dass die Waffe in Sand und Erde drang. Im Nu ließ auch er die Regeln des ritterlichen Zweikampfs fahren. Dank Crispin waren ihm auch die tödlichen Tricks gemeiner Straßenkämpfer vertraut. Er packte den Arm mit der Waffe und riss seinen Gegner durch unerwartete Gewichtsverlagerung von den Beinen. Ein unterdrückter Schmerzenschrei quittierte seinen Erfolg. Aber der andere behielt dennoch die Waffe in der Hand. Sie verschaffte ihm einen gefährlichen Vorteil, den Drystan nur mit Geschmeidigkeit und Schnelligkeit wettmachen konnte.

Aus den Augenwinkeln sah er, dass die Dame in Eisblau aufgehört hatte, ihre Hände zu ringen. Sie bückte sich, aber ehe er erkennen konnte, was sie tat, erwischte ihn der nächste Dolchhieb an der Schulter. Er spürte das Eindringen der Waffe, aber seltsamerweise keinen Schmerz. Dafür entdeckte er im Mondlicht den Triumph in den Augen seines Gegners. Das Aufblitzen eines Lachens, das unmittelbar darauf zu einer Grimasse völliger Fassungslosigkeit wurde, weil ihm die Edeldame im selben Moment einen würfelförmigen Pflasterstein auf den Hinterkopf hieb. Mit einem heiseren Ton brach er über Drystan zusammen.

Die jähe Last des leblosen Körpers ließ in seiner Schulter schieres Feuer ausbrechen. Er hörte qualvolles Stöhnen, aber es war ihm nicht klar, dass es aus seiner eigenen Kehle kam.

»O Heiland, was habe ich getan?«

Drystan hörte die Frage durch den Nebel der Qual. Der Mann auf ihm rührte sich nicht mehr.

»Vermutlich habt Ihr ihm den Schädel eingeschlagen«, keuchte er unter größter Anstrengung. »Helft mir, damit ich ... oh verdammt ...«

Hilflos fühlte er das Blut über seinen Arm und seine Brust rinnen. Zu warm, zu schnell, zu viel. War das wirklich sein Ende?

»Jetzt bin ich also auch noch eine Mörderin ...«

Er wollte sie um Hilfe bitten, aber er fand keine Worte. Es war so schrecklich dunkel. Wo blieb das Mondlicht? Der Mond stand doch dort oben über der Schulter der jungen Frau zwischen den Wolken. Wieso wurde es immer schwärzer um ihn?

# Achtzehntes Kapitel

Die Stille tat weh. Maylis hörte lediglich die eigenen, hastigen Atemzüge. Auch ihr Retter, der wie ein Erzengel aus dem Dunkel zu ihrer Hilfe erschienen war, gab keinen Laut mehr von sich. Sie hatte reagiert, ohne nachzudenken. Sie hatte den Dolchstoß kommen sehen und gehandelt. Der blutige Pflasterstein fiel ihr mit dumpfem Poltern aus den Fingern.

Das Spiel der Wolken mit dem Wind, das den Mond mal bedeckte und dann wieder frei gab, erhellte den Schauplatz und zeigte ihr zum ersten Mal die Züge des Unbekannten. Fassungslos starrte Maylis in das leblose Antlitz, auf dessen Jochbein die Haut unter einem Hieb aufgeplatzt war. Sie sah auch den Blutstrom, der den Wappenrock an der Schulter nässte, und das blonde Haar. Drystan! Niemand anders als Drystan hatte sein Leben für sie riskiert.

Maylis' Beine gaben nach. Sie sank erschüttert neben ihm in die Knie. Ihre Kräfte reichten nicht aus, Mervaux von Drystan herabzuzerren. Sie musste Hilfe holen. Aber wo? Sie konnte nicht nach den Wachen rufen, sie musste die Kaiserin benachrichtigen. Der Graf von Mervaux war ein Spion des Königs von Frankreich gewesen, und sein Tod und seine Entdeckung mussten mit äußerster Vorsicht behandelt werden. Gleichzeitig benötigte sie jedoch rasch Hilfe für Drystan. Sie konnte ihn nicht hier liegen lassen. Er würde verbluten.

»Lady Maylis? Herrin, wo seid Ihr?«

»Janice! Janice, hier ... welch ein Glück, dass es ausgerechnet du bist. Ich brauche dich. Schnell! Es geht um Leben und Tod!«

»Was ist geschehen? Ich habe mich gefragt, wo Ihr bleibt? Die Kaiserin hat sich bereits zur Ruhe begeben. Ihr sollt nicht des Nachts in diesem unfertigen Garten herumspazieren, wie oft habe ich Euch schon darum gebeten? Es ist gefährlich und ... »

Janice brach mit einem erstickten Japsen ab. Sie hatte die leblosen Gestalten erblickt. Maylis kam eilig auf die Beine und schüttelte sie mahnend.

»Sie können dir nichts mehr tun. Der eine ist tot und der andere schwer verletzt. Ich muss Hilfe für ihn holen. Ich erkläre es dir später.«

»Heilige Anna, das ist Lord Drystan!«

»Ich weiß. Bleib hier, ich muss unverzüglich zur Kaiserin. Hier, drück das auf Lord Drystans Wunde, er darf nicht noch mehr Blut verlieren.«

Während sie sprach, hatte Maylis einen breiten Streifen Seide aus ihrem Unterkleid gerissen und zu einem mehrfach gefalteten Packen zusammengelegt. »Drück so fest du kannst, ich bin so schnell es geht zurück.«

»Und er?« Janice scheute vor dem Toten zurück. »Was ist mit ihm?«

»Ich habe ihn mit einem Stein erschlagen«, antwortete Maylis heiser. »Jetzt bin ich nicht nur eine Dirne und Lügnerin, sondern auch noch eine Mörderin.«

Sie lief davon, ehe Janice widersprechen oder weitere Fragen stellen konnte. Ihre Position sicherte ihr zu jeder Tages- und Nachtzeit Zutritt zu den Gemächern der Kaiserin. Die wichtigsten Botschaften duldeten oft keinen Aufschub. Die Mutter des Herzogs schlief ohnehin nur den kleinsten Teil der Nacht. Sie zog sich aus dem Bedürfnis nach Ruhe und Besinnung aus dem Trubel des Hofes zurück, nicht weil sie müde war. Auch heute empfing sie Maylis noch angekleidet, und ihr hastiger Bericht entlockte Mathilda neben einem erstaunlichen Männerfluch eine Reihe von Befehlen, die unverzüglich Leben in ihre Gardisten, Lakaien und Mägde brachten.

Wenig später lag Drystan d'Aval auf den gebleichten Laken eines Alkovens, und der persönliche Medicus der Kaiserin säuberte seine Wunde behutsam, ehe er mit eigener Hand einen festen Salbenverband darüber anlegte.

»Und? Wird er wieder genesen?«, forschte Mathilda und warf Maylis, die in der Fensternische stand und die Hände rang, einen mahnenden Blick zu.

»Ich habe mein Möglichstes getan, Majestät«, erwiderte der Arzt und richtete sich auf. »Er hat eine Menge Blut verloren, und wenn er Wundfieber bekommt, wird es ihn zusätzlich schwächen ...«

»Ich bin nicht daran interessiert zu hören, was diesen Mann alles umbringt, ich will wissen, was ihn möglicherweise am Leben erhält«, fuhr ihn die Kaiserin ungnädig an.

Der Medicus war an ihre Art gewöhnt und behielt die Ruhe. »Er ist stark und jung, und ich nehme an, dass seine gesunden Säfte am Ende den Sieg davontragen werden. Seine Bewusstlosigkeit ist eine Folge des hohen Blutverlusts. Sorgt dafür, dass er gute Pflege erhält und dass ihm möglichst viel Flüssigkeit zugeführt wird, dann stehen seine Chancen gut.«

»Ich nehme Euch beim Wort«, antwortete die Kaiserin geradezu drohend.

Der Medicus betrachtete den gut aussehenden Ritter, den auch die Schramme im Gesicht nicht entstellen konnte. Sein Blick suchte den blutverschmierten Wappenrock, den er ihm vom Leib geschnitten hatte und der unbeachtet neben dem Alkoven auf dem Boden lag. Er trug die Löwen von Anjou, das persönliche Wappen des heimgekehrten Herzogs. Es musste sich um einen Ritter von großer Bedeutung handeln. Welche Tragödie hatte sich hinter den Kulissen des heutigen Festmahls abgespielt? Die Kaiserin hatte ihm keinen Hinweis gegeben.

»Wer ist der Mann?«, fragte er und rechnete eigentlich nicht mit einer Antwort. Die Kaiserin rügte solche Anfälle von Neugier normalerweise brüsk.

»Sein Name ist Drystan d'Aval«, sagte Maylis aus der Fensternische heraus. Ihre Stimme klang gepresst, aber laut und nachdrücklich. Etwas zwang sie, den Namen zu verkünden. Sie wollte seine Existenz beschwören, ihn auffordern zu bleiben, nicht zu sterben.

»Einer der englischen Ritter«, stellte der Medicus fest. »Hat er seine Feinde mitgebracht oder sich in der kurzen Zeit seines Aufenthalts in Rouen bereits unbeliebt gemacht?«

»Das lasst meine Sorge sein, Doktor«, erwiderte die Kaiserin knapp. »Ihr werdet seine Anwesenheit in meinen Gemächern ebenso schnell vergessen wie die Umstände, unter denen er gefunden wurde.«

Maylis konnte die Augen nicht von Drystan nehmen. Er lag wie seine eigene Grabfigur zwischen den Laken. Eine der mächtigen Schultern in Leinen gebunden, die Decke bis zur Brust hochgezogen. Wäre nicht das sachte, kaum sichtbare Auf und Ab der Brust gewesen, man hätte ihn für einen Toten halten können. Sie hörte, wie die Kaiserin den Medicus verabschiedete und die Tür hinter ihm schloss. Dann kehrte sie zurück und nahm Maylis in Augenschein.

»Ihr seht aus wie ein Gespenst. Setzt Euch endlich, damit Ihr mir nicht umfallt. Ehe Ihr Euch zurückzieht, will ich genau wissen, worüber der Graf von Mervaux mit Euch gesprochen hat. Ihn hätte ich zuletzt verdächtigt, für den König von Frankreich zu spionieren. Ich hielt ihn für einen angenehmen, belanglosen Kavalier. Für einen dieser Narren aus Eleonores Hofstaat, die sich nur für Poesie und Musik interessieren. Ich hätte ihm mehr Aufmerksamkeit schenken müssen.«

»Was ist aus ihm geworden?«, flüsterte Maylis bedrückt, ohne sich von der Stelle zu rühren.

»Ihr habt ihm den Schädel eingeschlagen«, erwiderte die Kaiserin trocken. »Ein viel zu gnädiger Tod für einen Verräter. Schade, dass wir ihn keinem peinlichen Verhör unterziehen konnten. Er muss Helfer und Komplizen gehabt haben.«

»Und was geschieht mit mir?«

»Mit Euch? Was meint Ihr damit?« Mathilda runzelte die Stirn.

»Ich bin eine Mörderin.«

»Narretei. Ihr seid eine beherzte junge Frau, die sich zu verteidigen weiß. Ihr habt gehandelt wie ein Mann. Tapfer, ohne zu zögern und ohne großes Lamentieren. Ich bin stolz auf Euch.«

Maylis starrte sie aus großen Augen an. Das hatte noch niemand zu ihr gesagt.

Ihre Sprachlosigkeit veranlasste die Kaiserin zu einer seltenen, mütterlichen Geste. Sie trat zu ihr in die Fensternische, nahm sie liebevoll in die Arme und tätschelte ihr den Rücken.

»Was bedrückt Euch, Kind? Wollt Ihr mir nicht endlich ein wenig vertrauen?«

Die sanfte Frage im Verein mit der streichelnden Hand löste den Schock, der Maylis noch immer umfangen hielt. Sie brach unvermittelt in einen Strom von Tränen aus. Mathilda runzelte zwar die Stirn, aber sie sagte nichts. Sie wartete in aller Ruhe ab, bis sie sich von selbst wieder beruhigte.

»Verzeiht«, suchte sie irgendwann nach Worten. »Ich wusste gar nicht, dass ich noch weinen kann.«

»Jeder Mensch kann weinen. Was hat Euch auf den Gedanken gebracht, Ihr könntet es nicht?«

»Die Tatsache, dass ich bereits solche Mengen von Tränen vergossen habe, dass ich dachte, die Quelle meines Unglücks müsse für immer ausgetrocknet sein.«

Die Blicke der Kaiserin wanderten zu dem reglosen Mann im Bett, bevor sie zu der Frau zurückkehrten, die es in diesem Augenblick nicht wagte, in seine Richtung zu schauen. Schon im Bankettsaal war ihr aufgefallen, dass es zwischen diesen beiden eine besondere Verbindung geben musste.

»Die Quelle Eures Unglücks. Ist er das?« Ihr Kopfnicken wies auf Drystan. »Weint Ihr Eure Tränen um Drystan d'Aval? Das hört sich nach einer interessanten Geschichte an. Wie wäre es, wenn Ihr mit dem Bericht, den Ihr mir ohnehin schuldet, bei den Ereignissen in England anfangt, die Euch zu mir an den Hof gebracht haben?«

Maylis sah keinen Ausweg. Die Kaiserin hatte sie geschickt in die Enge getrieben.

»Es ist eine lange Geschichte«, versuchte sie sich trotz allem zu wehren. »Völlig unwichtig im Vergleich dazu, dass ich einen Spion des Königs von Frankreich erschlagen habe. Seine Helfer und Komplizen werden ihn vermissen.«

»Noch weiß niemand, dass Mervaux tot ist. Ich habe Befehl gegeben, seine Leiche verschwinden zu lassen und seine Unterkunft zu bewachen. Wer immer ihn vermisst, er wird denken, er schlafe die Folgen des Festmahls aus und melde sich, sobald er wieder nüchtern ist. Wir haben Zeit und die Nacht ist lang. Ich kann nicht schlafen und ihr wollt nicht schlafen, solange Ihr nicht sicher sein könnt, dass dieser Ritter den feigen Anschlag überlebt.«

Die Persönlichkeit Mathildas übte eine solche Macht auf Maylis aus, dass sie nachgab. Sie sah auf ihre gefalteten Hände hinab. Sie trugen die Spuren von Drystans Blut. Ihre Erinnerungen würden mit ihm sterben, wenn er diese Nacht nicht überlebte. Vielleicht war es gut, sie vorher ein letztes Mal zum Leben zu erwecken.

*

»Wie fühlt Ihr Euch, Mylord?«

Drystan fuhr aus dem Schlummer hoch, als ein kleiner, dunkel gekleideter Mann an sein Bett trat. Talar und Kopfbedeckung verrieten den Arzt.

»Wer seid Ihr?«

»Der Leibarzt der Kaiserin. Man hat Euch meiner Obhut anvertraut.«

»Was ist geschehen?«

»Das kann ich Euch nicht sagen. Ich habe lediglich den Befehl, für Eure Genesung zu sorgen.« Der Doktor löste mit geschickten Fingern den Verband an der Schulter und betrachtete aus unmittelbarer Nähe die rötlichen Wundränder, ehe er sich befriedigt aufrichtete. »Sehr gut, die Entzündung ist zurückgegangen. Könnt Ihr Eure Schulter bewegen?«

Obwohl ihm vor Schmerz und Anstrengung der Schweiß ausbrach, wagte Drystan einen Versuch. Eine steife Schulter fürchtete er mehr als jede vorübergehende Qual.

»Es geht nicht gut, aber es geht«, krächzte er.

»Sehr erfreulich. Die Kaiserin wird zufrieden sein, wenn sie das erfährt. Erlaubt, dass ich Eure Wunde neu verbinde, dann seid Ihr mich für heute los.«

»Weshalb ist es für die Kaiserin von Wichtigkeit, was mit mir geschieht?«

»Fasst Euch in Geduld, Ihr werdet es sicher erfahren. Dankt lieber unserem Herrgott, dass Euch so schnell Hilfe zuteil wurde.«

Drystan knirschte mit den Zähnen und vermied den Blick auf die Wunde, die in seinen Augen so grässlich aussah, wie sie sich anfühlte. Was der Medicus daran erfreulich fand, war ihm ein Rätsel.

»Könnt Ihr mir wenigstens sagen, seit wann ich hier liege?«

»Es ist der fünfte Tag und der erste ohne Wundfieber.«

Wundfieber? Nun, das erklärte wenigstens die wirren Bilder, die in seinem Kopf anstelle vernünftiger Erinnerungen durcheinanderbrodelten. Irgendwo in diesem Chaos musste sich ein Anhaltspunkt auf die Geschehnisse versteckt finden. Wo und von wem war er verwundet worden? Er konnte sich an keine Schlacht erinnern. Er war mit Heinrich Plantagenet nach Rouen gekommen, und man hatte sie in einem Rausch von Begeisterung empfangen.

»Gehabt Euch wohl, Seigneur!«

Der kleine Medicus verließ das Gemach, ehe er seine Fragen ordnen konnte. Immerhin hatte er die Vorhänge des Alkovens offen gelassen, so dass er sich umsehen konnte. Er befand sich in einem gefällig ausgestatteten großen Raum, dessen bemalte Wände eine Laube vortäuschen sollten. Die verspielten Vögel in den Ranken wiesen ihn als Frauengemach aus. Auf einem Hocker neben dem Fenster lag eine vergessene Stickarbeit, und ein bunter Strang Seidenfäden leuchtete im Sonnenlicht, das durch das offene Fenster fiel.

Die Räume der Kaiserin. Unzweifelhaft. Vom ersten Empfang und dem folgenden Festmahl erinnerte er sich jäh an eine beeindruckende Dame, deren Haar das erste Grau färbte. Ihre Fähigkeiten als Statthalterin der Normandie und der übrigen Ländereien des Herzogs wurden allgemein gerühmt.

Sie wäre bestimmt auch England eine gute Königin gewesen. Er hatte an der Seite seines Vaters als junger Ritter für ihren Thronanspruch gekämpft. Dies allein war doch sicher kein Grund dafür, dass sie ihn bei sich aufnahm und ihren persönlichen Medicus mit seiner Pflege beauftragte. Was also veranlasste sie, ihn dermaßen zu ehren? War es überhaupt eine Ehre?

»Drystan d'Aval. Der Medicus hat mir gesagt, dass Ihr zu Euch gekommen seid. Ihr müsst wahrlich einen Pakt mit dem Himmel geschlossen haben. Der gute Mann wollte keine Kupfermünze für Euer Leben einsetzen, als das Wundfieber begann.«

Drystan fuhr zusammen. Er musste wieder eingeschlafen sein, denn er hatte niemand kommen hören. Jetzt stand Mathilda vor seinem Alkoven und lächelte zufrieden auf ihn herab.

»Majestät.« Er versuchte sich aufzurichten.

»Bleibt liegen.« Sie unterband seine Bewegung, indem sie ihre Hand auf die gesunde Schulter legte. »Der Doktor wird mir zürnen, wenn ich Euch erlaube, seine Bemühungen zunichte zu machen. Ihr müsst ruhen und Eure Schulter schonen.«

»Was ist passiert, Majestät? Könnt Ihr es mir sagen? Wie komme ich hierher?«

»Weil ich den Befehl dazu gegeben habe«, erwiderte die Kaiserin schlicht. »Ich kann nicht zulassen, dass noch ein d'Aval in meinen Diensten ums Leben kommt. Euer Vater war ein großartiger Mann, und ich sehe, dass er Euch seine besten Eigenschaften vermacht hat. Ich bin Euch zu tiefem Dank verpflichtet.«

»Ich weiß nicht, wofür, Majestät.«

»Ihr habt Euer Leben für eine meiner liebsten Damen riskiert, Lord Drystan.«

»Die Lady im eisblauen Gewand ...«

Ein erstes Bild aus seinen Fieberträumen bekam plötzlich Konturen.

»Ebenjene.« Mathilda wartete, aber als er nicht weitersprach, warf sie ihm bedachtsam den nächsten Köder hin. »Wie ich sehe, hat sie Eure Aufmerksamkeit beim Bankett gefesselt. Ihr seid Ihr gefolgt, als sie das Fest verließ. Was wolltet Ihr von ihr?«

»Wer ist sie?«

Er erhielt keine Antwort. Im Geheimen verfluchte er seine Verletzung, die ihn dazu zwang, im Hemd vor der Kaiserin zu liegen und sich nicht rühren zu können. Etwas in ihrem nachdenklichen Blick versetzte ihn in Alarm. Sie zögerte, den Namen der jungen Frau zu nennen. Warum? Neue Bilder drangen in sein Bewusstsein. Ein Dolch auf eisblauer Seide. Ein Kampf um Leben und Tod. Das jähe Ende. Ein blutiger Pflasterstein in zarten Händen. Himmel, das war es.

Endlich sah er die Szene in aller Klarheit vor sich. Er spürte den Dolchstich, hörte das widerliche Geräusch, als der Stein den Schädel zertrümmerte, und fühlte das blanke Entsetzen der jungen Frau, die ihm soeben das Leben gerettet hatte.

»Wer ist der Mann, den sie getötet hat?«, fragte er aus diesen Erinnerungen heraus und rechnete gar nicht mit einer Antwort.

»Der Graf von Mervaux«, erwiderte die Kaiserin.

»Er hat sie mit dem Dolch bedroht. Wieso?«

»Das werden wir wohl nie erfahren. Er hat sein Geheimnis mit in die Hölle genommen!«

»Ist ...'« Drystan brach ab. Er spürte, dass die Kaiserin auf etwas wartete. Dass sie ihm nicht alles gesagt hatte.

»War der Graf ein Mann von großem Einfluss?«, begann er von neuem. »Kann er der Lady über den Tod hinaus gefährlich werden?«

»Wie sollte er das tun?«

»Wird man sie des Mordes anklagen?«, fragte er ohne Umschweife.

»Wenn ich es verhindern kann – nein.«

Sie wählte bewusst eine vage Form der Antwort. Nach allem, was Maylis ihr in jener Nacht gestanden hatte, fand sie seine Reaktion von höchstem Interesse. Dem Anschein nach hatte er nichts von den Drohungen des Grafen gehört. Er hatte allein auf die Gefahr reagiert, in der sich Maylis befunden hatte, wenngleich er offensichtlich immer noch nicht durchschaut hatte, wen er da wirklich gerettet hatte.

»Solche Ungerechtigkeit dürft Ihr nicht zulassen«, keuchte Drystan entrüstet, ohne sich um die eigene Schwäche zu kümmern. »Sie hat mir das Leben gerettet. Ich stehe für sie ein. Ohne ihren Mut und ihre Geistesgegenwart ...«

Die Kraft verließ ihn, und er rang nach Atem.

»Beruhigt Euch.« Die Kaiserin berührte erneut seine gesunde Schulter. »Ihr habt noch mehr getan, als nur für sie einzustehen, Ihr habt Euer Blut für sie vergossen. Ohne Euer Eingreifen hätte Mervaux sie getötet.«

»Ich hatte keine andere Wahl.«

Die Kaiserin nahm diese Behauptung ohne Gegenrede hin. Sie trat an das Fenster und bückte sich nach der vergessenen Stickerei. Drystan glaubte einen Kinderkittel zu erkennen, der mit einer roten Borte verziert wurde. Er erinnerte ihn wieder daran, wo er sich befand.

»Wenn es möglich wäre, eine Botschaft in mein Quartier zu schicken, müsste ich Euch nicht länger zur Last fallen, Majestät. Mein Diener kann mich abholen und mir dabei behilflich ...«

»Unfug! Ihr bleibt hier, bis Ihr wieder gesund seid. Ihr benötigt Pflege.«

Die energische Zurechtweisung rief eine neue Erinnerung in ihm wach. Eine sanfte, liebevolle Stimme, die ihn anflehte zu trinken. Eine kühle Hand auf seiner heißen Haut. Den Duft nach Sommerrosen und Lavendel, gepaart mit dem scharfen Kräuteraroma eines Heiltranks.

»Eure Dienerinnen haben sicher Besseres zu tun«, murmelte er, noch ganz im Banne dieser Fülle von Besorgnis und Aufmerksamkeit.

»Das mag sein«, antwortete die Kaiserin knapp. »Aber wer soll Euch bei den Rittern meines Sohnes pflegen? Euer Milchbruder? Männer können so etwas nicht. Fasst Euch in Geduld!«

Die Kaiserin rauschte mitsamt der Stickerei aus der Kammer. Erst geraume Zeit später runzelte Drystan beunruhigt die Stirn. Woher wusste die Kaiserin von Crispin? Er hatte mit keiner Silbe erwähnt, dass sein Diener auch sein Milchbruder war.

# Neunzehntes Kapitel

»Es geht ihm gut. Er beginnt Fragen zu stellen und wird unruhig.«

Maylis unterbrach die Arbeit und legte das kleine Messer zur Seite, mit dem sie ihre Federn gespitzt hatte. Die Kaiserin war mittlerweile ihre einzige Verbindung zu Drystan. Seit er wieder bei Bewusstsein war, hatte sie seine Pflege schweren Herzens den anderen Dienerinnen überlassen.

»Ihr werdet Euch nicht ewig vor ihm verstecken können«, sagte Mathilda jetzt ohne Umschweife. »Es ist an der Zeit, dass Ihr die Missverständnisse zwischen Euch klärt.«

Maylis wagte keine Antwort. Sie war feige. Sie hatte Angst. Sie hatte sich in ihrem Leben im Dienst der Kaiserin eingerichtet und eine Aufgabe gefunden, die sie befriedigte. Drystans Erscheinen brachte all dies in Gefahr. Es weckte verbotene Hoffnungen und dumme Träume. Aber sie wollte nicht mehr enttäuscht werden. Sie hatte nicht den Mut, schon wieder im Namen der Liebe alles zu riskieren und alles zu verlieren. Dieses Mal würde sie es nicht überleben, das wusste sie.

»Schweigen ist keine Lösung«, mahnte die Kaiserin.

»Wie steht es um die Suche nach den Komplizen des Grafen Mervaux?« Maylis ging die Gefahr ein, die Kaiserin zu verärgern, indem sie das Thema wechselte, aber sogar das war noch besser, als an Drystan zu denken und Entscheidungen zu treffen.

»Schlecht. Wir haben einige Verdächtige, aber keine Beweise. Wer immer das Netzwerk der Spione nach seinem Verschwinden übernommen hat, er ist klug und vorsichtig.«

»Man müsste ihm eine Falle stellen«, sagte Maylis nachdenklich, und dieses Mal lenkte sie sogar die Kaiserin auf ihre Pfade.

»Ihr habt einen Plan?«, fragte sie interessiert.

»Mervaux' Hintermänner wissen sicher ebenso wie er, dass ich Eure geheime Schreiberin bin. Aber sie können nicht erfahren haben, ob er vor seinem Verschwinden mit mir Kontakt aufgenommen hat. Wenn nun sein Tod bekannt werden würde, könnte ich seine trauernde Geliebte spielen und warten, bis sie mit mir Verbindung aufnehmen.«

Die Kaiserin sah sie verblüfft an. »Das wollt Ihr tun? Ihr begebt Euch erneut in Todesgefahr.«

»Ihr werdet mich schützen.«

»Ihr seid tollkühn. Das kann ich nicht verlangen.«

Maylis schwieg, denn sie ahnte, dass diese Ablehnung noch nicht das Ende der Diskussion war. Wenig später brach Mathilda die Stille.

»Wir müssen an Euren Ruf denken. Wenn überhaupt, können wir nur eine heimliche Verlobung erfinden, die von mir gebilligt wurde. Mervaux war von Eurer Schönheit bezaubert, und ich habe Eure treuen Dienste gelohnt, indem ich Euch mit einem Edelmann verheiraten wollte, der weit über Eurem Stand ist. So könnte es gehen. Wäre da nicht Lord Drystan ...«

»Er hat nichts mit der Angelegenheit zu schaffen«, sagte Maylis scharf.

»Denkt nach, Kind. Er muss ja glauben, dass Ihr Euren Verlobten erschlagen habt. Und weshalb sollte Euch Merveaux zuvor mit dem Dolch bedroht haben?«

»Es wird ihm etwas einfallen, das er mir zur Last legen kann. Wenn er erst herausfindet, dass ich Maylis von Balliol bin, wird er ohnehin nur das Schlechteste von mir denken.«

»Ich kann nicht zulassen, dass er Euch für eine Mörderin und Schlimmeres hält. Ich weiß, wie sehr Ihr ihn liebt.«

»Das hat er mir noch nie geglaubt«, widersprach Maylis eigensinnig. »Schon die Tatsache, dass ich bei Hofe lebe und nicht wie angekündigt in einen Orden eingetreten bin, wird ihm genügen, mich zu verurteilen. Es liegt nicht in meiner Macht, seine Meinung über mich zu ändern. Ich muss lernen, mit seiner Verachtung zu leben.«

»Ihr schließt eine Versöhnung völlig aus?«

»Völlig. Er wird nie begreifen, dass allein Liebe die Triebfeder meines Handelns ist.«

»Ich weiß nicht, ob ich Euch um die Fähigkeit, so zu lieben, beneiden soll. Ich besitze sie nicht.«

»Da täuscht Ihr Euch, Majestät«, widersprach Maylis ruhig. »Ihr würdet alles für Euren Sohn tun, für Euren Enkel, für das Königreich. Ihr habt Euer

Herz Größerem verschrieben, aber deswegen ist es nicht weniger liebesfähig als das meine.«

Ihre Blicke trafen sich, und sie erlebte die Kaiserin zum ersten Male sprachlos. Eine flüchtige Röte färbte die blassen Wangen Mathildas. Sie schüttelte den Kopf, als wolle sie ihr widersprechen. Dann setzte sie das ursprüngliche Gespräch fort, als habe es den Austausch persönlichster Geständnisse nie gegeben.

»Ihr lasst Euch auf eine gefährliche Täuschung ein«, warnte sie Maylis ein letztes Mal. »Ich kann Euch nicht dazu zwingen. Wenngleich ich nicht verhehlen will, dass Euer Plan eines meiner dringendsten Probleme lösen würde. Wenn Ihr den Hof glauben machen könnt, dass Mervaux Euch seine Geheimnisse anvertraut hat, besteht durchaus die Möglichkeit, dass jene mit Euch Kontakt aufnehmen, die auf den Code für die Geheimschrift warten.«

»Mein Leben ist in Gottes Hand.«

»Manchmal könnt Ihr die Klosterschwester wirklich nicht verleugnen, Kind. Gut, dann lasst uns einen Plan entwerfen, der Euch wenigstens ein Höchstmaß an Sicherheit garantiert.«

Maylis lächelte traurig. Die Klosterfrau war nur eine ihrer vielen Rollen. Inzwischen wusste sie selbst nicht mehr, wer sie in Wirklichkeit war.

Welche Frau kam zum Vorschein, wenn sie einmal wirklich so leben konnte, wie es ihr Herz wünschte? Wenn keine Zwänge und Gefahren ihre persönlichen Entscheidungen bestimmten?

*

Die Herzogin von Aquitanien hatte das Maifest am Ufer der Seine nach den südlichen Bräuchen ihrer Heimat ausgerichtet. Besonders die Jüngeren der Edelleute stürzten sich mit Begeisterung in die Tänze, Spiele und sportlichen Wettkämpfe. Die hellen Kleider der Damen wetteiferten mit der Farbenpracht der Frühlingsblumen, und die Musikanten spielten gegen den Gesang der Vogelstimmen an.

Drystan glitt wie in Trance durch die fröhliche Menge. Seit er das Bett verlassen und die seltsamen Gerüchte über ein Ereignis vernommen hatte, von dem er wusste, dass es sich ganz anders zugetragen hatte, hielt er sich von den Festen des Hofes fern. Die Einladung Eleonores von Aquitanien hatte er jedoch unmöglich ausschlagen können.

Er wusste, was er riskierte. Die Begegnung mit einer Frau, die ihn erneut zum Narren gehalten hatte. Maylis von Balliol. Jeder bei Hofe kannte ihren Namen und ihr vermeintlich tragisches Schicksal. Eine Edeldame sei sie, hatte man ihm berichtet, die Madame Mathilda unter ihre Fittiche und in ihre Dienste genommen hatte. Lachten sie beide heimlich über ihn? War es sein Los, dass er sich immer wieder von neuem zwischen seiner Ritterehre und seinem Herzen entscheiden musste?

Er würde gut daran tun, die Ehre zu wählen und das Herz zu vergessen. Es hatte keinen Sinn, eine Frau verstehen zu wollen. Wenn er eines von Maylis gelernt hatte, dann war es dies.

»D'Aval! Endlich, da seid Ihr ja.« Heinrich Plantagenet hatte ihn entdeckt und zeichnete ihn mit einer freundschaftlichen Umarmung aus. »Teufelskerl, der

Ihr seid. Meine Mutter lobt Euch in den höchsten Tönen, aber sie schweigt sich hartnäckig darüber aus, bei welchem Abenteuer Ihr Eure gefährliche Wunde erhalten habt. Wollt Ihr uns nicht endlich aufklären?«

Drystan schüttelte nachdrücklich den Kopf. »Ich werde Ihrer Majestät nicht mit einer Erzählung meiner vermeintlichen Heldentaten in den Rücken fallen. Dafür müsst Ihr Verständnis haben. Ich habe lediglich meine Pflicht getan.«

»Ein Geheimnis also. Wäre nicht meine Mutter die Dame im Hintergrund, würde ich auf eine Herzenssache tippen.«

Der Herzog lachte auf, als er keine Antwort erhielt. »Immerhin, eines steht fest: Das Haus Plantagenet kann sich auf Euch verlassen.«

Maylis beobachtete die Begrüßung aus der Ferne und wappnete sich für das unvermeidliche Zusammentreffen. Sie bemerkte die Anspannung in Drystans Bewegungen, die verhaltene Vorsicht seiner Blicke. Er hatte die Gerüchte gehört. Natürlich. Er musste sie gehört haben. Es war Sinn des Plans, dass alle Welt über ihr vermeintlich tragisches Schicksal tuschelte und die wildesten Vermutungen anstellte.

Man tratschte darüber, dass die Kaiserin ihre heimliche Verbindung mit dem Grafen Mervaux großzügig gefördert habe. Die Tatsache, dass der Bräutigam nur wenige Tage vor der anberaumten Hochzeit mit zertrümmertem Schädel im Burggraben gefunden worden war, fügte dem Gerede jenen Hauch von Gefahr und Rätsel hinzu, der die Neugier am Kochen hielt.

Maylis war zum bedauerten und beneideten Mittelpunkt des Hofes geworden. Sowohl ihre Schönheit wie auch der Besitz des Grafen, den ihr die Kaiserin zur Entschädigung überschrieben hatte, lockten eine Vielzahl unterschiedlichster Menschen an, die sich darin überboten, sie zu trösten.

Die meisten von ihnen waren Männer. Ritter ohne Lehen. Jüngere Söhne und Abenteurer, die sich am Hofe des jungen Herzogs und künftigen Königs Aufstieg und Ruhm erhofften. Edelmänner, die sie ihres Mitleids versicherten. Alle miteinander schielten dabei auf ihr vermeintliches Vermögen zu beiden Seiten des Kanals. Auch Barnard Castle gehörte dazu.

Für Drystan musste es aussehen, als habe sie vor seinen Augen einen Mord begangen, der nun einem Unbekannten in die Schuhe geschoben werden sollte. Er wusste, wer den Grafen getötet hatte. Er wusste, dass sie log, wenn sie die trauernde Verlobte spielte. Würde er sie zur Rede stellen?

So gerne Maylis das heitere Fest geflohen hätte, sie tat es nicht. Sie bot den Umständen die Stirn. Sie verzichtete lediglich darauf, sich unter die Hofdamen zu mischen, die hinter ihrem Rücken über sie tratschten und sich fragten, woher die Kaiserin diese englische Lady geholt hatte, um die sich momentan alles drehte. Sie hielt sich lieber an den emsigen kleinen Hofstaat, der Prinz William umgab. Wie üblich war Janice an seiner Seite zu finden. Sie war die Einzige, die keine Fragen stellte, sondern ihr vertraute. Was immer die Kaiserin ihr nach jener Nacht gesagt hatte, sie behielt es wie alle anderen Geheimnisse für sich.

»Habt Ihr ihn gesehen?«, flüsterte sie jedoch, sobald sich die Gelegenheit für ein paar private Worte ergab. »Ihr solltet bei den Damen bleiben, wenn Ihr ihm wirklich aus dem Weg gehen wollt. Er meidet sie, sagt Crispin, weil alle früher oder später vom Heiraten reden.«

Maylis ging nicht auf das Thema ein. Sie kitzelte den kleinen Prinzen unter dem Kinn und wurde mit einem Lächeln belohnt. Inzwischen verschnürte man ihn nicht mehr in die Wickelbinden, die dafür sorgen sollten, dass er gerade Glieder bekam. Er reckte die Arme nach Maylis.

»Bald wird er laufen«, vermutete sie und hielt ihm die Hände hin. Er packte augenblicklich ungeschickt zu und versuchte, sich hochzuziehen. Es gelang ihm nicht, und er plumpste nach hinten, das rote Gesicht zum Weinen verzogen. Maylis nahm ihn jedoch so schnell auf die Arme, dass er vor Verblüffung zu jammern vergaß.

Das allgemeine Gelächter der Kinderfrauen und Ammen über seine verblüffte Miene erregte sowohl die Aufmerksamkeit des Herzogs wie jene der Herzogin. Beide wandten sich um und entdeckten ihren übermütig kreischenden Sohn in den Armen von Lady Maylis.

Heinrich Plantagenet lächelte bewundernd, und die Herzogin von Aquitanien bekommt schmale Augen. Janice bemerkte es sofort.

»Vorsicht. Sie wittert das Einverständnis zwischen Euch und ihrem Gemahl.«

»Nicht schon wieder.« Maylis reichte ihr das Kind. »Der Herzog ist mein künftiger König, sonst nichts.

Du weißt, dass er meinem Herzen nichts bedeutet.«

»Was Ihr fühlt, ist nicht wichtig«, antwortete Janice so leise, dass nur sie es hörte. »Bedeutsamer ist, was in seinen Augen steht, wenn er Euch ansieht. Schöne Frauen sind für ihn Delikatessen, die seinen Appetit anregen. Gleichgültig, ob er die glanzvollste Frau Frankreichs geheiratet hat oder nicht, wenn er Euch ansieht, liegt der Hunger in seinem Blick.«

»Unsinn. Er weiß, dass ich ihn nie erhören würde. Er weiß, dass ich Lord Drystan liebe, welch tiefer Graben uns auch trennt.«

»Das respektiert er lediglich, weil Lord Drystan sein Freund ist. Ein Hinweis von Euch, dass Ihr ihn nicht mehr liebt, und die Sache ändert sich. Der Umstand, dass Ihr Euch in diesen Tagen von so vielen Edelmännern umwerben lasst, ist ihm sicher nicht entgangen.«

»Du warnst mich?«

»Ich appelliere an Eure Vernunft. Ich weiß nicht, was Euch in diesen Tagen antreibt, aber es passt nicht zu der Maylis von Balliol, die ich kennengelernt habe. Sie ist nicht auf der Suche nach einem Ehemann.«

Maylis senkte stumm den Kopf und ersparte sich die Antwort. Sie betrachtete den Prinzen in seinem Kinderhemdchen. Er war ein zartes Kind, aber er war ein Knabe, ein Erbe. Die beiden Töchter, die Eleonore dem König von Frankreich geboren hatte, zählten nicht gegen seine winzige Gegenwart. Ein Thronerbe für den Thronerben. Kein Wunder, das König Ludwig von Frankreich trotz aller Frömmigkeit Heinrich Plantagenet mit grimmigem Hass verfolgte. Man hätte meinen können, er melde einen Anspruch auf diesen Knaben an, dessen Mutter einmal seine Frau gewesen war.

»Ist es nicht unfassbar, dass Eleonore von Aquitanien ihrem neuen Gemahl plötzlich Söhne gebiert?«, sagte in diesem Augenblick eine einschmeichelnde Stimme hinter ihr. »Wer weiß, wo wir alle wären, hätte sie diesen Jungen ihrem ersten Gemahl geschenkt.«

Maylis erkannte Tedbald von Blois. Der Seigneur aus der weit verzweigten Verwandtschaft des Hauses Blois, dem auch König Stephan angehörte, nahm sich eine vertrauliche Nähe heraus, gegen die sich alles in ihr sträubte. Dennoch wandte sie sich mit einem Lächeln zu ihm um. Sie verdächtigte ihn schon seit geraumer Zeit, der gesuchte Kontaktmann zu sein, aber bisher hatte sich keine Möglichkeit ergeben, ihre Vermutung durch Beweise zu erhärten.

Das schrille Weinen des kleinen Prinzen, dem es nicht passte, dass er wieder in seine Wiege gelegt wurde, gab ihr die Möglichkeit, das Gespräch in die gewünschte Richtung zu lenken.

»Ein Sohn allein ist keine Garantie für die Krone, und das Schicksal ist unberechenbar. Noch sitzt der Herzog nicht auf Englands Thron. Seine Feinde lauern auf jedes Zeichen der Schwäche.«

»Seine Feinde? Heinrich Plantagenet hat keine Feinde, schönste Dame.«

Maylis verzog spöttisch den Mund. »Natürlich hat er Feinde, Seigneur. Nur ein Teil der englischen Barone steht auf seiner Seite, und der französische König stellt einen grimmigen Widersacher dar. Sogar ein

Teil des normannischen Adels fragt sich, ob er nicht lieber unter seiner Herrschaft leben will als unter dem Regime eines Herzogs, der sich künftig in erster Linie den englischen Interessen widmen wird.«

»Seht Ihr das nicht zu kritisch? Ludwig von Frankreich ist mehr Mönch als Krieger.«

»Aus diesem Grund hat er ja auch die Kirche auf seiner Seite«, entgegnete Maylis kühn. »Gemeinsam mit dem Heiligen Vater und seinen Bischöfen ist Ludwig ein gesalbter Herrscher von Gottes Gnaden. Der rechtmäßige Lehnsherr des Herzogs und seiner Gemahlin, wenn wir es einmal genau betrachten.«

Tedbald nickte und sah sie mit aufkeimender Bewunderung an, ehe er mit gedämpfter Stimme antwortete: »Verstehe ich Euch richtig? Ihr sympathisiert mit dem französischen König und dem Adel, der ihn bei uns unterstützt?«

»Mein teurer Verlobter hat mich von der Richtigkeit dieser Politik überzeugt«, seufzte sie in perfekt gespielter Trauer. »Er sorgte sich um die Zukunft unseres Landes, das unter dem fehlgeleiteten Ehrgeiz seiner Herzöge leidet. Ihr könnt Euch nicht vorstellen, wie sehr ich mir wünschte, ein Mann zu sein. Ich würde seinen Mörder verfolgen, seinen Tod rächen und seine Ziele weiterverfolgen. Mir liegt so sehr daran.«

Unter halb gesenkten Lidern beobachtete sie die Wirkung ihrer Worte. Der Seigneur von Blois strich sich mit dem Rücken des Zeigefingers über die Oberlippe, als vermisse er den Bart, den er dort lange Zeit getragen hatte. Ihre Blicke trafen sich, hielten einander fest. Maylis spürte ein unangenehmes Kribbeln in ihrem Nacken. Tedbald von Blois verbarg unter der gefälligen Maske des Höflings eine andere, bedrohlichere Seite.

»Wenn Ihr nach Möglichkeiten sucht, die Ziele unseres gemeinsamen Freundes zu erreichen, dann kann ich Euch möglicherweise einen Weg dorthin weisen«, sagte er schließlich gedehnt.

Er führte Maylis aus dem Kreis der Kinderfrauen, indem er sie am Arm ergriff und in seine gewünschte Richtung dirigierte. Sie bemühte sich, ein erfreutes Gesicht machen.

»Ich bin ganz Ohr«, antwortete sie sanft.

»Ihr seid eine bemerkenswerte Dame, Lady Maylis. Welches Schicksal hat Euch nach Rouen gebracht?«

»Der Bürgerkrieg in England und ein Vater, der mich mit einem Mann verheiraten wollte, der dreimal so alt ist wie ich.«

Er lachte auf und packte sie noch fester. »Kommt, lasst uns miteinander reden, ohne dass wir dabei gestört werden. Ich gewinne mehr und mehr den Eindruck, dass es sich für uns beide lohnen könnte.«

Die Feiernden blieben zurück. Das Lachen der Damen und die gutmütigen Scherze der Männer, die einen Bogenschützen-Wettbewerb austrugen, wurden leiser. Sie wagte nicht, den Kopf zu wenden. Die Monate bei Hofe hatten ihr inzwischen jedoch eine Sicherheit verliehen, die ihr vor einem Jahr noch gefehlt hatte. Sie bewahrte kühlen Überblick und ein höfliches Lächeln.

»Worüber wollen wir reden?«, fragte sie, als sie nur noch das leise Plätschern der Seine vernahmen.

»Darüber, dass Ihr künftig dem Herrscher von Frankreich dienen wollt.«

»Nicht so hastig. Das hängt von dem Lohn ab, der auf mich wartet«, erwiderte sie kühl. So weit entfernt vom festlichen Treiben war es nicht mehr nötig, die flirtende Hofdame zu spielen.

»Ihr wisst zu verhandeln, Madame.« Auch Tedbald von Blois ersparte sich überflüssige Höflichkeiten. »Was fordert Ihr?«

»Mein Preis ist der gleiche geblieben. Ein Gemahl meiner Wahl und eine ehrenvolle Position am Hofe des Königs von Frankreich. Ich bin es leid, dass die Hofdamen der Herzogin von Aquitanien naserümpfend auf mich herabsehen.«

Er sah sie mit dem Erstaunen eines Mannes an, dem zum ersten Mal eine Frau begegnete, die so sprach. Im Gegensatz zu Maylis war er jedoch skrupellos genug, alles zu versprechen, ohne sich den Kopf darüber zu zerbrechen, ob er es halten konnte.

»Ist Euch klar, was Ihr für solchen Lohn tun müsst, Mylady?«

»Sagt es mir.«

»Und wenn es nun ein Angriff auf das Leben des kleinen Prinzen wäre?«

Maylis bemühte sich, ihr Erschrecken zu meistern. Es gelang ihr, denn sie war in den vergangenen Monaten durch eine harte Schule gegangen. Sie hob lediglich verächtlich ihr Kinn und ließ gelangweilte Arroganz durch ihre Antwort klingen.

»Ich setze mich für die gerechte Sache des Königs von Frankreich ein, aber ich lasse mich nicht von Euch zur Mörderin machen, Seigneur. Für diese

Schmutzarbeit sucht Euch einen Mann. Männern fällt es leichter zu töten.«

»Bei Gott, Ihr seid unglaublich.«

Der unverkennbare Respekt in der Stimme ihres Begleiters zeigte Maylis, dass sie den Test bestanden hatte. Er löste seinen Griff und gab sie frei. Endlich vertraute er ihr. Sie wagte ein blasiertes Lächeln.

»Was habt Ihr erwartet? Dass der Graf von Mervaux sich mit einer Närrin zusammentut?«

»Habt Ihr eine Ahnung, wer ihn ermordet haben könnte?«

»Er hatte Feinde.«

»Ihr wollt ihn wirklich rächen?«

»Wenn es sich ergibt, ja. Ich mag es nicht, wenn man meine Pläne zerstört. Und von Euch erwarte ich, dass Ihr mir einen handfesten Beweis für die königlichen Wohltaten liefert, die mich in Frankreich erwarten. Einen Adelsbrief, ein Schreiben des Königs.«

»Im Austausch gegen den geheimen Code der Kaiserin werdet Ihr beides erhalten.«

»Ihr sollt ihn bekommen, Seigneur. Je eher sich das Gewünschte in meinen Händen befindet, umso früher werdet Ihr die Briefe entschlüsseln können, die Eure eigenen Agenten abfangen.«

Sie nutzte den neuen Respekt des Seigneurs von Blois, um die Aussprache zu beenden. Sie raffte ihre Röcke und schritt in aller Seelenruhe unter die Feiernden zurück. Man sah ihr nicht an, wie aufgewühlt sie war und wie viel es sie kostete, nicht einfach davonzustürmen.

Aber sie musste sich bewegen, nur so konnte sie verbergen, dass sie zitterte und völlig außer sich war.

Die Angst, die sie so geschickt verborgen hatte, überflutete sie mit Macht. Planten die Feinde des Herzogs tatsächlich, den kleinen Prinzen zu ermorden? Sie musste sofort Madame Mathilda warnen und auch Janice zu erhöhter Aufmerksamkeit mahnen.

Sie war so aufgewühlt, dass sie darüber vergaß, Drystan d'Aval aus dem Weg zu gehen. Wie aus dem Boden gewachsen stand er plötzlich vor ihr, den silbernen Becher, den ihm der Herzog für seinen Sieg im Bogenschießen überreicht hatte, zwischen den Fingern.

»Mylady, Ihr seht mich erfreut, dass es Euch so gut geht«, sagte er mit eisiger Höflichkeit. »Ihr müsst es mir nachsehen, dass ich anfangs an meinen Augen zweifelte. Ich war blind.«

»Wie geht es euch?«, hauchte Maylis tonlos.

Jede Spur ihrer mühsam aufgebauten Überlegenheit war von der Überraschung zunichte gemacht worden. Sie sah, dass er zusammenzuckte.

»Was habt Ihr mit Eurer Stimme getan? Sie klingt anders.«

*Zu viel geweint. Gott zu viele Vorwürfe gemacht. Zu viele Nächte gebetet.* Das wäre die richtige Antwort gewesen, aber Maylis blieb stumm.

Sie konnte ihn nur ansehen. Aus der Nähe waren seine Züge zugleich schmerzlich vertraut und unerwartet fremd. Das war nicht länger der Mann, der sie in einer Mondnacht voller Rosenduft und Leidenschaft geliebt hatte. Der Verletzte, der auf ihre Fürsorge angewiesen gewesen war, oder gar der junge Ritter, der sie mit seinem Elan bezaubert hatte. Hatte er beim Versuch, sie gewaltsam aus seinem Leben zu tilgen, auch alle einnehmenden Seiten seines eigenen Wesens getötet?

»Ihr sprecht nicht mit mir? Auch gut. Ihr habt Euren Weg gewählt und ich den meinen. Ich wünsche Euch, dass Ihr vor schlaflosen Nächten bewahrt bleibt, Mylady.«

»Warum sollte ich die haben?«

Maylis biss sich zu spät auf die Zunge. Sie hätte nicht fragen sollen. Er würde ihr wehtun. Seine Antwort bestätigte es umgehend.

»Ihr habt Euch verändert, aber ich nehme dennoch an, dass irgendwo in Euch eine Spur der reinen Unschuld und Frömmigkeit vergraben ist, die Euch einst so unwiderstehlich und süß gemacht hat. Dieser letzte Winkel Eurer Seele muss leiden, wenn Euch des Nachts die Belogenen, Gekränkten und Ermordeten heimsuchen, die Euren Weg säumen. Ich wünschte, ich könnte es Euch ersparen. Ich war Euch einmal sehr zugetan. Damals, als Ihr noch ehrlich wart. Oder seid Ihr das etwa nie gewesen? Habe ich mich von Anfang an getäuscht?«

Maylis' Pupillen weiteten sich ungläubig. Goldbraun und schwarz gingen ineinander über und spiegelten Drystans Gestalt, den Glanz des Silberbechers, sein kaltes Lächeln, als er sich abwandte und ging.

Sie schwankte und ein Arm stützte sie, ehe sie das Gleichgewicht vollends verlor. Als sie aufsah, blickte sie in die grauen Augen des Herzogs. Sie sah das Mitleid und die Fragen in ihnen.

»Hat er Euch schon wieder verletzt?«, fragte er sanft. »Könnt Ihr wirklich nicht einmal mehr miteinander reden? Was bringt ihn so auf gegen Euch?«

»Die Umstände, Euer Gnaden«, wisperte sie tonlos.

»Soll ich mit ihm sprechen? Auf mich muss er hören.«

»Nein! Nein, bitte nicht!« Ohne nachzudenken fasste Maylis nach seiner Hand und umklammerte sie heftig. »Was nicht aus ihm selbst kommt, könnt auch Ihr nicht erzwingen. Es wäre nicht das, was ich mir wünsche. Lasst ihn.«

»Euer Wunsch ist mir Befehl, schönste Lady.«

Heinrich Plantagenet beugte sich über ihre Finger und küsste sie sanft. Maylis hatte die Augen geschlossen. Sie war so in ihrem Leid gefangen, dass ihr nicht auffiel, wie lange und intensiv der Kuss andauerte.

Der Hof hingegen nahm regen Anteil an der romantischen Szene, man steckte die Köpfe zusammen und tuschelte. Bei drei Menschen löste sie besonders heftigere Gefühle aus.

Eleonore von Aquitanien murmelte ein hässliches Wort in der Sprache ihrer Kindheit. Sie wusste um die Schwäche ihres Gemahls für schöne Frauen. Heinrich war jung und stürmisch, und im Grunde ihres Herzens liebte sie genau diese Eigenschaften so besonders an ihm. Sie nahm es ihm nicht übel, wenn er seinem Hang zum Abenteuer auf seinen Reisen und Kriegszügen nachgab. Er hatte sie geheiratet und ihr Macht und Sicherheit geschenkt. Aber eine so öffentliche Bevorzugung einer bestimmten Schönheit in ihrer Gegenwart konnte sie nicht dulden. Sie bedrohte eben diese Macht und Sicherheit, auf die sie so großen Wert legte.

Drystan d'Aval hingegen wandte sich ab und verließ auf der Stelle das Fest. Auch für ihn demonstrierte Maylis mit diesem Kuss ihren zunehmenden Einfluss auf Heinrich Plantagenet. Sicher tat sie es, um sich für seine dummen Vorwürfe zu rächen. Er hatte sie verletzen wollen, aber jetzt erkannte er, dass nicht sie das Opfer war, sondern er selbst.

Tedbald von Blois hingegen rieb sich die Hände. So wie es aussah, pflegte die neue Spionin des Königs von Frankreich tatsächlich Umgang mit den allerhöchsten Kreisen. Hatte Merveaux sie aus diesem Grund selbst heiraten wollen? Vielleicht sollte er sich seinen ursprünglichen Plan doch noch einmal in Ruhe durch den Kopf gehen lassen. Er hatte vorgehabt, die ehrgeizige Dame zu töten, sobald er den Code in seinen Händen hielt. Aber war das nicht eine sinnlose Verschwendung von Einfluss und Schönheit?

# Zwanzigstes Kapitel

Das Zimmer duftete so intensiv nach Rosen, dass Drystan zögernd unter dem Türbogen stehen blieb. Mit dem Duft verbanden sich dermaßen viele Erinnerungen, dass er sie nicht ohne weiteres verdrängen konnte. Eine Sommernacht. Maylis. Der Schimmer ihrer Haut im Mondlicht. Das Gefühl reinen Glücks.

Erst auf den zweiten Blick bemerkte er, dass ihn der Blumenduft von wichtigeren Dingen ablenkte. Es empfahl sich, seine Gedanken zur Ordnung zu rufen, denn die Rosen standen auf dem Arbeitstisch der Kaiserin. Sie folgte der Richtung seines Blickes.

»Ihr bewundert meine Blumen, Lord Drystan?«, fragte sie freundlich. »Es ist selten, dass Männer Gefallen an Rosen finden.«

»Sie erinnern mich an Nansay Hall, Majestät«, sagte Drystan. Es war nicht ganz die Wahrheit, aber auch keine Lüge. »Die Ladys von Nansay Hall pflegen die Rosenstöcke im Innenhof unserer Burg mit besonderer Hingabe. Sie bezeugen seit Generationen das Glück der D'Avals. Man sagt, solange diese Rosen blühen, bleibt es unserer Familie erhalten.«

»Ich erinnere mich.« Die Kaiserin strich mit den Fingern über die Rosenblüten. »Euer Vater hat mir einmal die Familiengeschichte erzählt. Die Lady des

Rosenturms und ihre Töchter sind mir noch heute ein Begriff. Ist die Neigung zu leidenschaftlich romantischer Liebe in Eurer Familie tatsächlich über all die Jahre hinweg erhalten geblieben?«

»Wir leben in der Gegenwart, Majestät, und nicht in den Legenden«, erwiderte Drystan nüchtern.

Rosen waren Frauensache. Seine Gemahlin würde sich ihrer annehmen. Irgendwann, wenn er eine andere Frau ansehen und den Gedanken ertragen konnte, dass sie seine Kinder gebären würde und nicht Maylis von Balliol.

»Da habt Ihr wohl recht«, entgegnete die Kaiserin und deutete auf einen Stuhl. »Setzt Euch, Lord Drystan, wir haben länger miteinander zu sprechen. Ich habe einen schwierigen Auftrag für Euch, und ich hoffe, dass Ihr nach Eurer Verwundung wieder völlig hergestellt seid.«

»Das bin ich, Majestät. Euer Medicus hat ganze Arbeit geleistet.«

Drystan war ebenso erstaunt wie erleichtert darüber, dass sie die Rosen und die gefühlvollen Erinnerungen schnell zur Seite schob. Was wollte die Mutter des Herzogs von ihm?

»Wie Ihr vielleicht wisst, halten wir schwierigen Frieden mit dem König von Frankreich. Seit mein Sohn die Herzogin von Aquitanien zur Gemahlin genommen hat, reicht sein Einflussbereich vom tiefsten Süden des Landes bis hinauf in den Norden der Normandie. Trägt er erst einmal die englische Krone, wird er über ein größeres Territorium als der König von Frankreich herrschen.«

Drystan lauschte und fragte sich, was ihm die Kaiserin eigentlich sagen wollte. Dass Heinrich Plantagenet und seine Gemahlin die mächtigsten Vasallen des französischen Königs waren, wusste er. Auch dass die beiden ohne die Genehmigung ihres Königs eigentlich nie hätten heiraten dürfen, war kein Geheimnis. Aber es war geschehen und nicht mehr zu ändern. Mittlerweile hatte Eleonore bereits bekannt gegeben, dass sie ein zweites Kind ihres Gemahls erwartete. Heinrich war überglücklich darüber.

»Ihr erwartet Schwierigkeiten, wenn es erst einmal so weit ist?«, fragte Drystan neutral.

»Wir müssen sie nicht erwarten. Wir haben sie schon«, antwortete die Kaiserin.

»Es gibt seit Wilhelm dem Eroberer Unzufriedene, denen es nicht passt, dass die Normandie von England aus regiert wird. Sie werden sich auch dieses Mal daran gewöhnen.«

»Das mag auf den Adel zutreffen, Lord Drystan, aber bisher hatten es die englischen Herrscher noch nie mit einem persönlich gekränkten König von Frankreich zu tun. Ludwig wird nicht aufgeben. Er musste sich zwar nach den ersten kriegerischen Auseinandersetzungen mit Heinrich wieder zurückziehen, aber das bedeutet nicht, dass er die Hände in den Schoß legt. Er versucht im Verborgenen gegen uns zu arbeiten. Er hat seine Spione und Agenten in Rouen und in England. Er trachtet danach, frühzeitig über unsere Pläne Bescheid zu wissen und sie zu vereiteln.«

Drystan nickte stumm.

»Gut.« Die Kaiserin kam zum Kern der Sache. »Auch wir sind nicht untätig, wenn es darum geht, geheime Informationen zu erhalten. Zur Sicherheit unserer Agenten und ihrer Verbindungsleute werden alle Anweisungen und Nachrichten in einer Geheimschrift verfasst, die nur mit Hilfe eines bestimmten Codes zu entschlüsseln ist. Das bewahrt uns davor, dass alle gemeinsam in Gefahr geraten, wenn zufällig ein Agent enttarnt wird. Ihr könnt Euch vorstellen, wie dringend dem französischen Hof daran gelegen ist, das Rätsel unserer Geheimschrift zu lösen.«

»Majestät sind mit äußerster Klugheit vorgegangen«, nickte Drystan anerkennend.

»Das Kompliment müsst Ihr nicht mir machen, sondern meiner talentierten Geheimschreiberin, Lord Drystan. Sie hat diese Lösung vorgeschlagen und gleichzeitig ein System entwickelt, wie die Worte mit Hilfe eines bestimmten Schlüssels verfremdet werden können. Seitdem ist nicht einer unserer Agenten in St. Denis und in Paris gefasst worden.«

Die Kaiserin lehnte sich gegen die geschnitzte Rückwand ihres Stuhls und legte die Fingerspitzen beider Hände gegeneinander. Sie warf Drystan einen langen Blick zu, der ihm Unbehagen bereitete. Was erwartete sie von ihm? Dass er als Spion für sie arbeitete? Er war kein Meister der Verstellung.

»Und was hat mein Auftrag mit alldem zu tun?«

»Unter Berücksichtigung all dieser Umstände begreift ihr bestimmt, dass die persönliche Sicherheit meiner Schreiberin von größter Bedeutung ist. Sie benötigt eine Leibwache.«

»Ihr bittet mich, eine Schreiberin zu bewachen?«

Mathilda bedachte ihn mit einem sparsamen Lächeln.

»Eine ganz besondere Schreiberin, Lord Drystan. Sie geht ein gefährliches Risiko ein, weil sie sich zum Schein darauf eingelassen hat, mich zu verraten. Schon einmal ist sie nur um Haaresbreite einem Mordanschlag entgangen. Ich will nicht, dass sie erneut in Lebensgefahr gerät. Mir liegt an ihr.«

Drystan starrte die Kaiserin alarmiert an, während sich in seinem Kopf ein schrecklicher Verdacht zu regen begann.

»Ich möchte, dass Ihr ein Kommando besonders fähiger Männer zusammenstellt und befehligt, das jeden Schritt dieser jungen Frau bewacht«, fuhr sie fort. »Sie hat sich bereit erklärt, den französischen Kontaktmann in seinem Stadthaus in Rouen aufzusuchen und ihm die Beweise für seinen Verrat zu entlocken. Ihr werdet dieses Rattennest ausräuchern und die Spione König Ludwigs auf frischer Tat ertappen! Alle Männer und Frauen, die unter diesem Dach angetroffen werden, müssen lebend gefangen genommen und ausführlich verhört werden. Ich möchte, dass es in Rouen keinen einzigen französischen Spion mehr gibt. Aber ich möchte auch, dass meiner Schreiberin bei dieser ganzen Aktion nicht ein Haar gekrümmt wird. Ihr steht mir mit Eurem Leben dafür ein.«

»Könnt Ihr mir auch Namen nennen?« Drystan ballte die Fäuste, ohne dass es ihm bewusst wurde.

»Der wichtigste Kopf des Ganzen scheint Tedbald von Blois zu sein. In seinem Haus findet das Treffen statt. Er war der Verbindungsmann, dem der Graf von Mervaux seine Erkenntnisse weitergegeben hat.«

»Also doch ...«, rutschte es dem Lord heraus, ohne

dass er die Worte zurückhalten konnte. »Lady Maylis ist Eure geheime Schreiberin, nicht wahr?«

»In der Tat.« Die Kaiserin löste ihre gewölbten Fingerspitzen und beugte sich nach vorne über den Tisch. »Darf ich fragen, woher Ihr das wisst? Es war mir stets daran gelegen, diesen Umstand zu verheimlichen. Wenn der halbe Hof ihren Namen kennt, ist eine geheime Schreiberin nicht länger geheim. Wer also hat es Euch gesagt?«

»Niemand. Ihr habt den Grafen Mervaux beim Namen genannt. Ihr wisst, dass ich ihn davon abgehalten habe, Lady Maylis zu töten.«

»Sprecht weiter. Eure Schlüsse klingen interessant ...«

»Ich habe mich gefragt, was sie dazu veranlasst haben könnte, sich mit einem Mann wie Mervaux im Geheimen zu treffen. Ein Stelldichein im Garten passt nicht zu ihrer Art.«

»Die Ihr zu kennen scheint?«

»Die ich dank Eurer Worte erst entdecke. Ich habe die schlimme Befürchtung, dass ich sie zu Unrecht verdächtigt und beleidigt habe.«

»Ihr habt noch nie großes Vertrauen in ihre Ehrenhaftigkeit gesetzt, ist es das?«

Die Kaiserin ließ den Lord nicht aus den Augen. Sie glaubte zu ahnen, was in ihm vorging, und seine nächsten Worte bestätigten es.

»Ich habe vorschnell geurteilt. Sie wird es nicht schätzen, ausgerechnet von mir beschützt zu werden. Sie verabscheut mich.«

»Es geht hier nicht um persönliche Empfindlichkeiten, Lord Drystan. Es geht um die Zukunft des

Herzogtums und um das Leben meines Enkels. Lady Maylis hat Kenntnis davon erhalten, dass auch ein Anschlag auf den kleinen William geplant ist. Ich bin auf Eure und die Hilfe Eurer Männer angewiesen. Euer Vater zählte zu meinen treuesten Rittern, und ich bin sicher, dass Ihr diesem ehrenwerten Vorbild nacheifern werdet.«

Drystan wusste, dass ihm nur die Antwort eines Ehrenmannes blieb, egal was er dabei fühlte: »Majestät können sich auf mich verlassen.«

»Gut, dann werden wir uns jetzt den Einzelheiten zuwenden, Lord Drystan. Dies ist ein Plan des Hauses, das Tedbald von Blois bewohnt. Wie Ihr seht, sind die Eingänge markiert. Es steht auf einem Flussgrundstück an der Seine, in der Nähe der neuen steinernen Brücke ...«

Die nüchternen Erklärungen der Kaiserin hinderten Drystan nicht daran, auf einer anderen Ebene seines Verstandes den Schock zu analysieren, den ihm die Neuigkeiten versetzt hatten.

Maylis hatte nicht ihren Verlobten erschlagen, sondern einen Hochverräter. Die Geschichte mit der Verlobung hatte die Kaiserin nur erfunden, um Mervaux' Freunde und Verbündete in Sicherheit zu wiegen. Sie alle würden insgeheim nach dem Mörder suchen, und jeder von ihnen würde Maylis töten, wenn er die Wahrheit erfuhr.

»Gibt es keine Möglichkeit, Eure Schreiberin aus dem Ganzen herauszuhalten?«, fiel er der Kaiserin gegen jede Etikette ins Wort. »Es muss doch einen Weg geben, die Verräter und Mörder ohne ihre Mithilfe zu entlarven.«

»Tedbald von Blois ist ein Verwandter des englischen Königs, Lord Drystan. Wenn wir ihn ohne handfeste Beweise des Hochverrats anklagen und hinrichten, steht der Nachfolgevertrag auf dem Spiel, der Heinrich die Krone sichert. Erst wenn Lady Maylis die Bestätigung in ihren Händen hält, dass Blois hinter meinem Rücken mit dem König paktiert, können wir ihn überführen. Je stiller und unauffälliger die Aktion jedoch durchgeführt werden kann, desto besser ist es für uns alle. Ich verlasse mich auf Euch, Lord Drystan.«

»Weiß Lady Maylis, wer ihr zu Seite stehen soll?«

»Sie wird es beizeiten erfahren.«

»Sie weiß es also nicht. Ihr müsst es ihr sagen.«

»Warum liegt Euch so viel daran?«

»Ihr wisst nicht, was zwischen uns liegt ...«

»Seid Euch da nicht so sicher«, erwiderte die Kaiserin kurz angebunden. »Diesmal werdet Ihr wohl der Intelligenz und der Integrität der Frau vertrauen müssen, die Euch zur Seite gestellt wurde. Ihr habt keine andere Wahl. *Ich* lasse Euch keine andere Wahl.«

Die Antwort erklärte vieles.

»Sie hat sich Euch anvertraut?«

Die Kaiserin überhörte seine Frage. Sie schlug mit den Handflächen auf die Papiere vor sich und fasste Drystan streng ins Auge.

»Rekrutiert die Männer, die Euch begleiten sollen, aus der persönlichen Leibwache des Herzogs und verpflichtet sie zu absolutem Stillschweigen. Weist sie in ihre Aufgaben ein. Das Treffen ist für morgen Abend nach der Non anberaumt. Sobald die Verräter im Kerker sitzen, möchte ich benachrichtigt werden. Ich will bei den Verhören persönlich zugegen sein.«

Sie entließ Drystan mit einer förmlichen Geste. Weitere Fragen waren nicht erwünscht, nur sein Gehorsam.

Ein Gehorsam, der ihm erkennbar schwerfiel.

Die Kaiserin gestattete sich erst ein Lächeln, als er fort war. Sie hatte erfahren, was sie wissen wollte. Drystan d'Aval liebte Maylis auf seine sture sächsische Art ebenso leidenschaftlich wie sie ihn. Beide waren jedoch außerstande, aufeinander zuzugehen und die Missverständnisse der Vergangenheit auszuräumen. Man würde sehen, was geschah, wenn sie aufgrund äußerer Umstände dazu gezwungen waren, miteinander auszukommen.

Sie hatte der Versuchung nicht widerstehen können, die beiden Dickköpfe zusammenzuspannen. Weniger, weil sie sich als Patronin ihrer konfliktbeladenen Liebe sah, als aus Interesse daran, wie sich zwei starke Charaktere verhalten würden, wenn man sie zwang, gegen ihre eigene Überzeugung zu handeln. Ein jeder würde alles tun, den anderen zu beschützen.

Drystan durchschaute ihre Absicht, und sein anfänglicher Zorn wich kühler Überlegung. Wenn Maylis sich für die Kaiserin in Lebensgefahr begab, dann war er besser an ihrer Seite, um das Schlimmste zu verhindern. Wieso ließ sie sich auf eine so gefährliche Operation ein? Aus Loyalität gegenüber ihrer Herrin oder aus Liebe zu deren Sohn?

Im ersten Fall bestand eine winzige Chance, sie trotz allem für sich zu gewinnen. Wenn sie ihn so innig liebte wie er sie, konnte sie vielleicht über alle Missverständnisse hinweg nur diese Liebe sehen und ihm seine Irrtümer verzeihen. Dann bestand Hoffnung.

Im zweiten Fall konnte er nichts anderes tun, als ihr Leben zu bewahren und so schnell wie möglich nach England zurückzukehren. Dann hatte es keinen Sinn mehr, einem unerfüllbaren Traum nachzuhängen. Seine Mutter drängte ihn ohnehin mit jedem Brief, nach Hause zu kommen. Sie fragte sich, was ihn hielt, nachdem der Friede geschlossen worden war.

Maylis.

Er hatte sich so lange verboten, ihren Namen zu denken, dass ihn nun die Erinnerungen mit Macht heimsuchten. Auch die gefühlsbetonte Szene beim Frühlingsfest war darunter. Maylis mit geschlossenen Lidern dem Kuss des Herzogs nachfühlend ... Wusste sie denn nicht, dass sie sich mit Eleonore von Aquitanien anlegte, wenn sie diesen Weg weiter beschritt?

Drystan eilte in die Wachstube und versuchte sich auf seinen Auftrag zu konzentrieren. Maylis zu schützen erschien ihm einfacher, als sie zu verstehen.

# Einundzwanzigstes Kapitel

»Mir ist nicht wohl bei dieser Sache«, sagte Janice, ohne ihre Arbeit zu unterbrechen.

Maylis saß mit dem Rücken zum Feuer, während Janice ihre feuchten Haare ausbreitete, damit sie nach dem Bad schneller trockneten. Sie hatte das letzte Spülwasser mit Rosenessenz versetzt, und nun mischte sich ihr Duft mit dem des Kamillenblütenbalsams, den Maylis auf ihre Hände auftrug, um die Schwielen zu mildern, die das ständige Führen der Feder an den Fingern verursachte.

»Es ist ein Besuch, nicht mehr.«

»Das habt Ihr letztes Jahr auch gesagt, als Ihr zu Lord Drystan gehen wolltet und Eurem Onkel in die Hände gefallen seid.«

»Diesmal kann nichts schiefgehen«, behauptete Maylis. »Die Kaiserin sorgt für meinen Schutz.«

»Und warum wollt Ihr mir dann nicht sagen, wohin Ihr geht? Wenn Ihr weg seid, weiß ich nicht einmal, wo ich Euch suchen muss.«

»Ach, Janice!« Maylis stand auf und schloss ihre Magd, die ihr inzwischen mehr Freundin als Bedienstete war, in die Arme. »Du würdest die Einzige sein, die mich vermisst, nicht wahr?«

»Das stimmt nicht«, widersprach Janice und befreite sich halb gerührt, halb verlegen aus dieser Umarmung. »Ihr vergesst die Kaiserin, Crispin, Robin und all die anderen, die sich nur wünschen, Euch glücklich zu sehen.«

Sie verbot sich, Lord Drystans Namen zu nennen, denn sie wollte keinen zusätzlichen Streit vom Zaun brechen. Eine vorwurfsvolle Frage entkam ihr dennoch: »Warum denkt Ihr so wenig an Eure Zukunft?«

»Was willst du damit sagen?«

»Ihr könnt nicht ewig in dieser Schreibstube sitzen.« Einmal in Schwung gekommen, platzte Janice mit all den Sorgen heraus, die sie sich um ihre Herrin machte. »Ich wünschte, es gäbe irgendwo einen stillen Ort, an dem wir zu Hause sein könnten. Einen Ort ohne Herzöge und Kaiserinnen.«

»Das wäre auch ein Ort ohne William. Glaubst du wirklich, dass du ohne deinen Prinzen leben könntest? Er ist dein Augapfel.«

Janice wich ihrem Blick aus. »Es gibt inzwischen so viele andere, die sich um ihn kümmern. Ich werde immer seltener gebraucht. Ich könnte eigene Kinder haben, dann würde es nicht mehr so wehtun, dass sie mich beiseite schieben, weil ich nur eine dumme Kinderfrau und keine Edeldame bin.«

Maylis schaute sie verblüfft an und sortierte die Informationen, die sie soeben erhalten hatte.

»Du willst Kinder? Das bedeutet, du willst heiraten? Du hast dein Herz verschenkt? Wann ist das denn passiert? Wer ist es? Kenne ich ihn?«

»Aber ja. Es ist Crispin«, antwortete Janice leise, und ihre behutsamen Hände steckten Maylis' Zöpfe fest, damit sie die extravagante Schleierkappe tragen konnte, die zu ihrer neuen Robe gehörte. »Wir sehen uns, wenn es die Zeit erlaubt. Ihr wisst, dass er mit Lord Drystan nach Rouen gekommen ist.«

Es dauerte einige Zeit, bis Maylis die richtigen Worte fand. Sie wollte nicht, dass Janice bemerkte, wie sehr sie sie um dieses Glück beneidete.

»Das ist wirklich wunderbar, Janice. Was hindert dich daran, diesen Ort mit Crispin zu suchen? Ich glaube, ihr werdet glücklich miteinander sein. Crispin verbirgt ein gutes Herz unter seiner harten Schale.«

»Wie könntet Ihr das nur denken? Crispin will seinen Herrn ebenso wenig im Stich lassen, wie ich Euch verlassen werde.«

Maylis unterdrückte ein Stöhnen. Das eigene Unglück genügte ihr vollauf, sie wollte nicht auch noch die Verantwortung für Janice' Leid tragen.

»Ich halte dich nicht zurück, wenn du mit Crispin nach England zurückgehen willst«, wiederholte sie. »Ich habe gar kein Recht dazu. Du bist nicht meine Leibeigene. Du bist freiwillig in meinen Diensten.«

»Aber Ihr zieht das nicht in Betracht?«

»Mit Crispin nach England zu gehen? Nein, das ziehe ich nicht in Betracht.«

Sie rettete sich in Spott und bereute es augenblicklich, als sie sah, dass Janice rot anlief und ihr die Haarnadeln aus den zitternden Fingern fielen.

»Entschuldige.« Sie hob die Nadeln mit eigener Hand auf. »Ich wollte dich nicht verletzen. Es war ein dummer Scherz, nicht mehr. Ich weiß nicht, wohin ich in Zukunft gehen werde, Janice. Dorthin, wo mich die Kaiserin schickt, nehme ich an. Es ist so gut wie jeder andere Platz für mich. Aber du bist frei. Du kannst wählen, wo du leben willst.«

»Ich habe gewählt. Ich bleibe an Eurer Seite.«

Janice sagte es so einfach und stolz, dass Maylis nur ratlos die Hände hob.

»Da ist das letzte Wort noch nicht gesprochen.«

»Setzt Euch, sonst kann ich den Schleier nicht befestigen.«

Auch Janice beherrschte inzwischen die Kunst der höfischen Diplomatie. Maylis gehorchte stumm und setzte sich wieder. Sie musste diesen Abend, vor dem sie sich, entgegen ihrer tapferen Worte von vorhin, heimlich fürchtete, hinter sich bringen, ehe sie sich ernsthaft mit ihrer Dienerin auseinandersetzen konnte.

Tedbald von Blois hatte sie in den vergangenen Tagen mit eindringlicher Aufmerksamkeit verfolgt. Seine zudringlichen Berührungen und zweideutigen Komplimente waren schwer zu ertragen gewesen. Als er ihr die Nachricht überbrachte, dass das gewünschte Schreiben des Königs eingetroffen sei, hatte sie ihre Erleichterung nicht spielen müssen. Endlich.

Jetzt allerdings, gekleidet in rosenfarbene, schwere Seide und von einem feinen Musselinschleier umwallt, kam sie sich wie das Opferlamm vor, das zum Altar geführt werden sollte. Janice wusste nur, dass sie zu einem Festmahl in der Stadt geladen war. Ihrer misstrauisch gekräuselten Nase sah man freilich an, dass sie kein Wort davon glaubte. Sie reichte ihr den zum Kleid passenden Umhang und schüttelte eine geknickte Rockfalte aus, ehe sie mit schmalen Augen zurücktrat und die Hände vor der Brust zusammenlegte.

»Die Heilige Jungfrau beschütze Euch auf allen Wegen«, sagte sie beschwörend, ehe sie ihr die Tür öffnete und den Weg freigab.

Maylis beugte sich schnell vor und küsste sie auf beide Wangen.

»Sei mir nicht böse. Es ist nicht mein Geheimnis, das ich wahre.«

Der Freundschaftsbeweis machte Janice so verlegen, dass sie keine weiteren Fragen stellte. Aber sie seufzte aus tiefstem Herzen, als sie ihre Herrin davoneilen sah.

Die Gänge der Burg wurden nach Sonnenuntergang in regelmäßigen Abständen von Pechfackeln erleuchtet. In ihrem flackernden Schein bemühte sich Maylis, möglichst ungesehen ins Freie zu kommen. Immer wieder musste sie sich in Fensternischen drücken oder hinter einer Ecke verharren. Am Ende bemerkten sie lediglich ein paar Wachsoldaten und ein unbekannter Edelmann, dessen schwarze Locken und scharfe Gesichtszüge ihn als Aquitanier auswiesen. Sie wandte ihm schnell den Rücken zu und vergaß ihn sofort wieder.

Wie mit Tedbald abgesprochen, wartete eine geschlossene Sänfte neben der Pforte, durch die die Lieferanten und Handwerker des Morgens die Burg betraten, noch ehe die großen Tore geöffnet wurden. Die stummen Sänftenknechte setzten sich in Bewegung, sobald sie die halbhohe Tür und die Vorhänge darüber geschlossen hatte. Sie verzichtete darauf, den Weg durch einen Spalt zwischen den dünnen Lederbahnen zu verfolgen.

Die Männer gingen in zügigem Tempo. Maylis betete heimlich darum, dass die Wache, die ihr die Kaiserin versprochen hatte, mit ihnen Schritt halten konnte. Hätte sie dennoch hinausgesehen und den aquitanischen Edelmann entdeckt, der ihnen heimlich folgte, sie hätte ihn lediglich für einen weiteren ihrer Beschützer gehalten.

Als die Sänfte jäh abgesetzt wurde und Tedbald von Blois das Leder zurückschlug, wäre sie fast vor ihm zurückgeschreckt. Mit letzter Kraft gelang es ihr, ihn überheblich anzulächeln.

»Seid mir gegrüßt, Seigneur!«, sagte sie mit starren Lippen und hielt ihm auffordernd die Hand hin, damit er ihr aus der Sänfte helfen konnte.

Sie merkte ihm an, dass er sich nur zähneknirschend zur Höflichkeit bereitfand. Das nervöse Zucken seiner scharfen Nase verriet ihn ebenso wie seine erkennbare Ungeduld.

Auf ihren eigenen Beinen stehend, wich sie unauffällig vor ihm zurück und ordnete sorgsam ihre Röcke. Sie versuchte Zeit zu gewinnen, während er über ihre Schulter in den Tragstuhl starrte.

»Wie? Ihr kommt mit leeren Händen? Keine Tasche? Kein Behältnis? Ihr habt uns etwas versprochen, Mylady, wo habt Ihr es?«

Maylis sog die milde Abendluft in einem tiefen Zug ein und behielt das künstliche Lächeln bei. »Wonach Ihr sucht, befindet sich in meinem Kopf, Monsieur von Blois. Das ist das sicherste Behältnis, das man sich für ein Geheimnis wünschen kann.«

Entwaffnet starrte Tedbald sie an, dann räusperte er sich und deutete zum Haus, das im Licht einer einzigen Laterne dunkel und riesig aussah. »Tretet ein, Lady. Man wartet auf Euch.«

Maylis drängte ihre Ängste energisch in den Hintergrund ihres Bewusstseins. Sie folgte der Aufforderung mit einem gnädigen Nicken. Als die Tür des Hauses hinter ihr ins Schloss fiel, konnte sie ein leichtes Erschauern nicht unterdrücken. Wo waren die Männer der Kaiserin?

*Nur die Ruhe. Es ist ein gutes Zeichen, dass du sie nicht siehst. Das heißt, dass sie auch Blois und seine Spießgesellen nicht entdecken können.*

Die Laterne in Tedbalds Hand warf einen begrenzten Lichtkreis auf quadratische Steinfliesen. Es war totenstill im Haus. Die dumpfe Luft roch nach Flussschlamm und Fäulnis. Ein bewohntes und gepflegtes Haus besaß eine andere Atmosphäre.

»Folgt mir.«

Tedbald eilte voraus und eine steinerne Treppe hinauf. Maylis folgte so langsam, dass er im ersten Stock ungeduldig vor einer offenen, geschnitzten Tür auf sie warten musste. Sie trat an ihm vorbei in einen Saal von enormen Ausmaßen, der nur an einem Ende ausreichend beleuchtet war. Zu beiden Seiten des ungeheizten Kamins loderten Fackeln in eisernen Halterungen, und am Kopfende eines riesigen Eichentischs brannten Kerzen in einem sechsarmigen Leuchter. Ein hagerer Mönch saß dort und sah ihnen reglos entgegen. Die Hände in den Kuttenärmeln verschränkt, verriet er mit keiner Bewegung, ob er ihre Ankunft bemerkt hatte.

Sie schritt den langen Tisch entlang und registrierte aus den Augenwinkeln eine Fülle kriegerischen

Zierrats an den Wänden. Standarten, Spieße und Schwerter wechselten sich mit Bildteppichen ab, die ausschließlich Schlachten zeigten. Wollte man sie einschüchtern mit so viel Kriegswerkzeug?

»Gott zum Gruße, Bruder«, sagte sie höflich, als sie den Mönch erreichte.

Es verwunderte sie nicht, dass König Ludwig von Frankreich einen Klosterbruder zu diesem Anlass geschickt hatte. Sie wusste um die engen Beziehungen des französischen Königshauses zum Papsttum, und sie beging nicht den Fehler, den Mönch für einen bedeutungslosen Mann zu halten. Mit Sicherheit war er in der Kirchenhierarchie ganz oben angesiedelt, wenn er nicht sogar der Beichtvater des Königs in Person war.

»Der Herr sei mit Euch«, erwiderte der Mönch mit emotionsloser Stimme. Er machte sich nicht die Mühe, die Kapuze zurückzustreichen, so dass Maylis nur den Schatten nachwachsender dunkler Barthaare sah, asketisch schmale Lippen und eine Nase so scharf wie der Rücken eines Messers.

Sie wandte sich Tedbald von Blois zu, ohne Platz zu nehmen. Sie verschränkte lediglich die Finger locker in Höhe der Taille. Es war ihr nicht bewusst, dass sie in ihrem eleganten Gewand, von dem feinen Schleier umweht, in der kriegerischen Umgebung einer unwirklichen Vision von Schönheit glich.

»Wo ist das Schreiben des Königs?«, fragte sie, ohne sich an einen der Männer im Besonderen zu wenden.

»Wer sagt uns, dass Ihr überhaupt imstande seid, die Geheimschrift zu entziffern?«, erwiderte der Mönch in frostigem Ton.

»Es handelt sich um eine Zahlen- und Buchstaben-Kombination, die auf einem Text beruht, der bei Hofe jedermann zugänglich ist. Wenn man weiß, um welches Kapitel es sich handelt und welche Verse gemeint sind, kann der Code unschwer entschlüsselt werden.«

»Haltet uns nicht zum Narren!« Die Hand des Mönchs schoss aus dem Dunkel seiner Kutte, und ein knochiger Zeigefinger richtete sich drohend auf Maylis. »Ich fordere einen Beweis für Eure Worte. Um welches Buch handelt es sich?«

»Erst das Schreiben des Königs.«

Maylis reckte ihm die Hand entgegen und hüllte ihn dabei gleichzeitig in feinen Rosenduft. Sie ahnte nicht, wie sehr ihn ausgerechnet dieses weibliche Aroma irritierte. Mit Eleonore von Aquitanien waren die selbstbewussten Frauen und die Blumendüfte vom Hofe des französischen Königs verschwunden. Die Erinnerung daran gefiel dem Kirchenmann gar nicht.

»Wir sind im Patt«, sagte Maylis liebenswürdig, als sie keine Antwort erhielt. »Ihr werdet keine Silbe erfahren, solange ich nicht sicher sein kann, dass ich ein neues Leben erhalte für jenes, das ich zerstöre.«

»Sie ist mit leeren Händen gekommen«, mischte sich Tedbald ein.

»Durchsucht sie!«, befahl der Mönch.

Maylis schlüpfte so blitzschnell aus Tedbalds Reichweite, dass er fluchend ins Leere griff.

»Was soll das?«, fragte sie empört. »Ich bin keine Betrügerin. Wer immer Ihr seid, Bruder, ich bin von adligem Geblüt. Ich pflege mein Wort zu halten. Die

Tatsache, dass ich rechtzeitig die Fronten wechsle, ist kein Zeichen meiner Schwäche und Dummheit, sondern eines meiner Voraussicht und Klugheit.«

Sie hielt dem unsichtbaren Blick aus dem Schatten der Kapuze mutig stand und wurde nach einer endlosen, belastenden Stille mit einem knarrenden Lachen dafür belohnt.

»Wahrhaftig, ich muss Mervaux im Nachhinein ein Kompliment machen, dass er Euch gefunden hat, Mylady.« Der Mönch gab seine feindselige Haltung auf und beugte sich vor. »Verzeiht unser Misstrauen. Hier ist die Zusage des Königs. Ein Adelsbrief für Euch und ein Lehen in der Nähe von Orleans, das Euren Ansprüchen genügen dürfte.«

Er zog eine Urkunde unter seiner Kutte hervor, an der das rote Wachssiegel des Königs hing und deren offiziellen Inhalt Maylis flüchtig überflog, ehe sie nickte. Nun war es an ihr, den nächsten Zug zu tun.

»Gut, dann lasst uns beginnen. Habt Ihr Schreibzeug zur Hand? Ihr werdet Euch Notizen machen müssen, damit Ihr das System richtig anwenden könnt. Es enthält eine Fülle von Zahlen.«

Der Mönch zog eine Wachstafel näher, wie sie in den Klöstern für Notizen verwendet wurde.

»Fangt an«, befahl er.

Maylis faltete die Urkunde langsam zusammen. Wann griffen die Männer der Kaiserin ein? Wer bestimmte den Zeitpunkt? Es musste jemand sein, der die Unterhaltung belauschen konnte. Wo steckte er? Hinter den Wandteppichen? In einer geheimen Nische zwischen den Holzvertäfelungen? Welche Verstecke gab es noch in dieser Halle?

»Welches Buch liegt dem Code zugrunde?«

Der Mönch klopfte ungeduldig mit dem Holzgriffel auf die Tischplatte und forderte ihre Aufmerksamkeit.

»Die Bibel«, entgegnete sie ruhig und genoss die Mischung aus Verblüffung, Anerkennung und Ratlosigkeit, die über die Züge der beiden Männer flog.

»Die Heilige Schrift?« versicherte sich der Ordensbruder. »Das sind unendlich viele Kapitel, Evangelien und Psalmen. Wonach soll man da suchen? Ihr müsst uns schon ... was ist das?«

Ein lautes Krachen im Haus, das im selben Augenblick von einem Poltern und einer Rußwolke aus dem Kamin über dem leeren Feuerrost gefolgt wurde, ließ den Mönch aufspringen. Aus der Rußwolke flog eine Gestalt. Ehe der Kirchenmann begriff, wie ihm geschah, lag die Spitze eines Dolchs an seiner Kehle.

Maylis konnte am panischen Auf und Ab seines Adamsapfels erkennen, dass er die Ausweglosigkeit der Situation erfasste. Auch ihr Herz raste, während sie eine Mischung aus Erschrecken und Erleichterung zugleich durchflutete.

Tedbald wählte den Weg des Feiglings. Er hastete zu einer Geheimtür hinter einem Wandbehang, ohne sich um Maylis oder den Mönch zu kümmern. Als er freilich das Gewebe zur Seite riss, trat ihm ein bewaffneter Krieger entgegen. Im Gegensatz zu dem Phantom aus dem Kamin trug er ein Wappenhemd mit den Farben der Kaiserin. Zornig fuhr er zu Maylis herum.

»Dirne! Ihr habt uns verraten!«

Maylis zuckte mit keiner Wimper. Lediglich die Urkunde in ihren Händen bebte ein wenig, so dass das Siegel leise hin und her schwang.

»Achtet auf Eure Worte, Verräter!«, knurrte der Bewaffnete, der den Mönch überwältigt hatte. »Wir dienen unserer Kaiserin.«

Maylis' Augen weiteten sich ungläubig, als sie die Stimme erkannte. Unter dem Ruß, der das Gesicht des Mannes aus dem Kamin bedeckte, erkannte sie endlich die vertrauten Züge. Drystan!

»Zu mir! Alle Mann zu mir! Holla Blois!«, kreischte Tedbald aus vollem Hals.

Nichts geschah. Nach dem Lärm des ersten Überfalls wirkte die gespenstische Stille, die seinem Schrei folgte, nur noch belastender.

»Die Männer, die Ihr ruft, liegen gebunden in Eurem Pferdestall, Blois!«, teilte Drystan Tedbald gelassen mit. »Ihr werdet Ihnen in den Kerkern der Kaiserin wieder begegnen. Bindet die Verräter!«

Sein Befehl galt den Bewaffneten, die soeben die Saaltür aufstießen. Sie verknüpften die Handgelenke des Mönchs und des Edelmannes mit Stricken und führten beide an Maylis vorbei nach draußen. Tedbald von Blois kämpfte mit hochrotem Kopf gegen seine Fesseln. Der kahlköpfige Mönch, der im Verlaufe des Handgemenges seine Kapuze verloren hatte, bedachte sie mit einem so tödlichen Blick, dass sie sich unwillkürlich bekreuzigte.

»Schlange!«, zischte er kaum hörbar.

Maylis wich vor ihm zurück. Ihrer gepressten Kehle entrang sich ein unterdrückter Laut, als sie dabei gegen ein lebendiges Hindernis stieß. Sie musste sich nicht umdrehen. Sie wusste, wer da hinter ihr um Beherrschung kämpfte.

»Wie konntest du dich auf ein solches Wagnis einlassen? Ein einziger Fehler, und diese Männer hätten dich getötet!«

»Wen kümmert schon mein Leben«, murmelte Maylis.

»Die Kaiserin. Ihr Befehl hat uns alle zu deinem Schutz abkommandiert.«

Was sollte sie dazu sagen? Sollte sie ihm danken, dass er die Befehle der Kaiserin befolgte? Sie senkte die Lider. Sie wollte ihn nicht ansehen. Es schmerzte zu sehr. Es brachte sie dazu, sich Dinge zu wünschen, die ihr nie gehören würden. Sie vernahm seine Schritte, fühlte, dass er sich vor ihr aufbaute.

»Nun, gönnst du mir keine Antwort?«

»Ihr habt Eure Pflicht getan, wie ich die meine«, antwortete sie spröde.

»Aber ich habe im Gegensatz zu dir kämpfen gelernt. Ich kann mich wehren, wenn man mich angreift. Was hat dich getrieben, gegen solche Schurken anzutreten? Du hättest dich weigern müssen.«

»Weil nur Männer für ihre Fürsten kämpfen dürfen?«

Ihr hartnäckiger Trotz brachte Drystans Zorn zum Überkochen.

»Findest du Gefallen daran, aus Todesgefahr gerettet zu werden?«, warf er ihr vor. »Ist dir bewusst, wie knapp es dabei hergeht? Eine falsche Bewegung, und Blois hätte dich ins Jenseits befördert.«

»Das wäre nicht das Schlechteste gewesen.«

Betroffen fuhr Drystan zusammen. Ihr Tonfall besorgte ihn mehr als ihre Worte. Maylis hatte sich augenscheinlich selbst aufgegeben. Sie meinte es ernst. Sie hätte den Tod willkommen geheißen.

Eine Fülle der unterschiedlichsten Empfindungen erschütterte ihn, und er suchte hektisch nach einem Grund, der ihr möglicherweise neuen Lebensmut schenken konnte. Nur einer kam ihm schwerwiegend genug für diesen Notfall vor, und es war ihm in diesem Moment auch völlig egal, dass er sich damit das Messer in das eigene Herz stieß.

»Komm zur Vernunft, Maylis. Hast du schon vergessen, wie sehr man dich liebt? Unser Herr, der Herzog, wäre untröstlich, wenn dir nur ein Haar gekrümmt worden wäre.«

Maylis presste die Lippen zu einem schmalen Strich aufeinander. Dass sie sogar in diesem Moment von seinen absurden Verdächtigungen verfolgt wurde, überstieg ihre Kraft. Sie taumelte, warf die Urkunde auf den Tisch und stützte sich mit den Händen daneben auf der Platte ab, dann schloss sie resigniert die Augen. Warum ließ er sie nicht in Ruhe?

Das strahlende Licht der dicken Wachskerzen enthüllte Drystan die feinen Linien in ihren Mundwinkeln. Er entdeckte auch die müden Schatten unter ihren Augen und die Mutlosigkeit in ihrer Haltung. Maylis war am Ende. Sie war völlig erschöpft. Sie verlangten zu viel von ihr. Alle miteinander, die Herzogin, ihr Sohn und auch er selbst.

Eine Frau wie Maylis sollte beschützt und verwöhnt werden. Sie sollte ohne Sorge um ihr Leben atmen dürfen. Stattdessen war sie zum Werkzeug der Mächtigen geworden. Zu einer Schachfigur.

Die Erkenntnis, dass er den Anstoß dazu gegeben hatte, überlief Drystan mit jäher Kälte. Er hatte sie im Namen der Ehre und seiner Eitelkeit von sich gestoßen, statt sie zu behüten und zu beschützen. Er hatte seinen Ritterschwur verraten und sie ihrem Schicksal überlassen, weil er aus Eifersucht und falsch verstandener Liebe nur an sich selbst und nicht an sie gedacht hatte. Wie sollte er seine Fehler je wiedergutmachen?

»Verzeih«, sagte er so sanft, dass sie zum ersten Mal den Kopf hob und ihn voller Verwunderung ansah. »Verzeih, ich bin ein Narr. Ich habe nicht das Recht, dir Vorwürfe zu machen. Erlaube mir, dich nach Hause zu bringen.«

»Nach Hause? Wo ist das?«

»Fürs Erste ist es dein Gemach in der Burg ...«

Der Ruß auf seinen Zügen machte es Maylis schwer, seine Gefühle zu deuten. Lediglich die grauen Augen blitzten silbern und vertraut.

»Sieh mich nicht so an«, sagte Drystan leise. »Ich bin auch einer von denen, die dir wehgetan haben. Du hast das Recht, mir zu zürnen.«

Maylis entschlüpfte ein lautloser Seufzer. Das erneute Eingeständnis seiner Fehler machte es ihr schwer, die Distanz zu wahren.

»Erlaube mir dennoch, dir zu helfen. Du brauchst Ruhe. Du siehst aus, als hättest du nicht viel geschlafen in den letzten Tagen.«

Die Demut in seinen Worten trieb Maylis die Tränen in die Augen. »Was ist passiert? Eben glaubtet Ihr noch, dass ich den Herzog liebe, und im nächsten Moment bittet Ihr mich um Verzeihung? Ich kann nicht verstehen, was in Euch vorgeht.«

»Ich weiß es auch nicht«, erwiderte Drystan aufrichtig. »Ich weiß nur, dass ich mich um dich sorge. Ich möchte, dass du glücklich bist. Das scheint mir das Wichtigste zu sein.«

Ihre Blicke trafen sich, und Maylis hörte auf zu denken. Sie reagierte ausschließlich mit dem Herzen. Sie straffte die Schultern und wandte sich zu ihm. Schweigend legte sie die Hände auf seine Brust, stellte sich auf die Zehenspitzen und bedeckte seine rußigen Lippen mit einem sanften Kuss. Sie liebte ihn. Fern aller noch so drängenden Erklärungen und Worte, blieb es allein bei dieser elementaren Tatsache.

Stimmen und Lärm aus dem Treppenhaus weckten sie aus ihrer Versunkenheit.

»Wir müssen miteinander reden, aber das Haus eines Verräters ist kein Platz dafür«, stieß Drystan rau hervor. »Willst du dich mir noch einmal anvertrauen?«

Maylis nickte stumm.

Er führte sie aus dem Saal. Mit einem Mal war es hell und lebendig in den Gängen des Hauses. Sie hörte das Klirren von Küchengerätschaften, das Poltern von Truhen und Männerstimmen.

»Wir durchsuchen die Räume nach weiteren Beweisen«, erklärte Drystan auf ihren fragenden Blick. »Wir dürfen nichts dem Zufall überlassen.«

Auch im Innenhof des Gebäudes brannten nun Fackeln. Männer und Pferde drängten sich, und Drystan winkte den Sänftenträgern, die neben ihrem Tragstuhl wartend auf der Erde saßen.

»Sie bringen dich in die Burg. Glaube mir. Alles

wird gut werden.« Er half ihr mit eigener Hand in die Sänfte.

»Ich war diejenige, die immer vertraut hat, Seigneur«, entgegnete sie vielsagend.

»Du wirst es nicht bereuen, wenn du es noch einmal tust«, versprach Drystan und küsste sie innig auf die Stirn. »Mein Wort darauf.«

Er wandte sich an den ersten der Träger, dessen Profil Maylis flüchtig bekannt vorkam. »Ihr seid mir für die Sicherheit der Dame verantwortlich. Sie ist mir teuer. Bringt sie zur Burg, Ihre Majestät die Kaiserin erwartet sie dort.«

Der Vorhang fiel zu, und die Sänfte hob sich schwankend. Das Gehäuse knarrte und ächzte, während Maylis sich fragte, ob sie seinen Abschiedsgruß wirklich gehört oder nur geträumt hatte.

*»Gott schützte dich, meine Liebste.«*

Sie berührte vorsichtig ihre Lippen mit den Fingerspitzen. War es tatsächlich möglich, dass ein einziger Kuss wieder alles ins Lot brachte? Ein wundervoller Kuss, auch wenn er ein wenig nach Ruß geschmeckt hatte. Vermutlich hatte sie auch an ihren Händen Ruß, aber im Dunkel des Tragstuhls konnte sie nicht einmal ihre Umrisse erkennen.

Sie schloss gefasst die Augen und verschob die Reinigung ebenso auf später wie die Ausarbeitung des Berichts, den die Kaiserin von ihr erwartete. Eingelullt von der schaukelnden Bewegung und dem gleichmäßigen Tritt der Sänftenträger, dämmerte sie in einer angenehmen Hoffnungswolke dahin. Mit einem Mal fuhr sie jedoch wieder hoch.

Jetzt wusste sie wieder, weshalb ihr der Sänftenträger bekannt vorgekommen war. Es handelte sich um den aquitanischen Edelmann, dem sie bei ihrem Aufbruch in der Burg begegnet war.

Maylis beugte sich misstrauisch vor und schlug den Vorhang zurück. In den Gassen von Rouen war es inzwischen so dunkel, dass sie nur vage die Hauswände vorbeihuschen sah. Wie lange waren sie eigentlich schon zur Burg unterwegs? Ihr Gefühl sagte ihr, lange, viel zu lange.

»Haltet an! Wohin bringt Ihr mich?«

»In Euer neues Zuhause, Mylady!«, antwortete eine leicht atemlose Stimme, mit jenem südlichen Einschlag, der die Untertanen Eleonores von Aquitanien auszeichnete.

»Welches Zuhause? Dies ist nicht der Weg zur Burg!«

Es war nur eine Vermutung, aber die Erwiderung bestätigte ihre schlimmsten Befürchtungen.

»Das stimmt. Haltet Euch ruhig, dann wird Euch nichts geschehen.«

»Ich glaube Euch kein Wort! Was hat das zu bedeuten? Was ...«

Die Sänfte kam ruckartig zum Stehen. Maylis stieß mit der Schläfe so unglücklich gegen eine Holzstrebe, dass ihr das Wort auf den Lippen erstarb. Greller Schmerz explodierte in ihrem Kopf, dann wurde es dunkel um sie.

# Zweiundzwanzigstes Kapitel

»Hast du endlich etwas Neues in Erfahrung bringen können?«

Crispin fuhr von seinem Hocker auf, als Drystan in den Raum trat. Sein gebeugter Rücken straffte sich, und die Erwartung in seinem Blick verriet, worauf er hoffte.

Drystan schüttelte den Kopf und griff nach dem Weinkrug auf dem Tisch. Er war leer. Crispin hatte nicht daran gedacht, ihn zu füllen. Er war ebenso außer sich wie sie alle. Seufzend stellte er die Kanne wieder ab.

»Niemand weiß, wohin Maylis verschwunden ist, nicht einmal die Kaiserin. Allem Anschein nach bin ich der Letzte, mit dem sie gesprochen hat. Die Kaiserin vermutet, dass sie ihre Flucht selbst organisiert haben muss – dass sie die Sänftenträger auf ihre Seite gebracht hat. Sie streitet es ab, aber ich bin mir gewiss, dass sie ebenfalls nach Maylis suchen lässt. Es würde mich nicht wundern, wenn sie die Ärmste im Geheimen auch noch des Verrats verdächtigt.«

»Und das glaubst du? Bist du noch bei Trost? Hast du die richtigen Sänftenträger vergessen, die wir verschnürt und geknebelt in Tedbald von Blois' Stallungen gefunden haben? Maylis hätte nie geduldet, dass

Unschuldige so behandelt werden, wenn das alles ihr eigener Plan gewesen wäre.«

»Ich bin deiner Meinung, doch sah ich keinen Sinn darin, mit der Kaiserin zu debattieren«, antwortete Drystan bedrückt und trat an das Fenster seines Gemachs. Die Sorge um Maylis färbte seine Stimme. »Sie hatte keinen Anlass zu fliehen. Weder wollte ihr die Kaiserin Übles, noch gab es neuen Streit zwischen uns. Ich will nicht sagen, dass wir alle Missverständnisse ausgeräumt hatten, aber wir waren auf einem Weg dorthin. Gott, ich hasse es, sie jedes Mal zu verlieren, wenn ich denke, die Dinge würden sich zum Guten wenden. Wofür straft uns der Himmel nur?«

Drystan erwartete keine Antwort. Er stützte sich mit einer Hand gegen die Mauer und starrte über die Vorwerke der Burg zur Seine hinüber. Der Sommer hatte solche Hitze gebracht, dass die Flussauen austrockneten. Die Abfälle, die in den Straßen der Stadt verrotteten, zogen die Fliegen an, und die Gerüche der Unratgruben drangen bis zur Burg hinauf. Er sehnte sich fast ebenso sehr nach einem erfrischenden Regenguss wie nach einem Lebenszeichen von Maylis.

»Sie wurde schon einmal gegen ihren Willen entführt«, erinnerte Crispin in diesem Moment.

Sein Milchbruder reagierte mit einem unwilligen Schnauben auf diese Möglichkeit.

»Du denkst doch nicht, dass Walter von Balliol abermals seine Finger im Spiel hat? Er wurde auf seine Güter im Norden verbannt, nachdem er der Krone ein Bußgeld bezahlt hat und den Kerker verlassen durfte. Er versucht ganz bestimmt kein zweites Mal, sich mit Heinrich Plantagenet anzulegen.«

»Dann muss die Lady außer ihm noch andere Feinde haben.« Crispin raufte sich den sandfarbenen Schopf. »Wie kann eine Frau, die so friedliebend und feinfühlig ist, überhaupt jemand dermaßen gegen sich aufbringen, dass er sie entführt?«

»Indem sie mit all ihrer Liebenswürdigkeit und Anmut die Begehrlichkeit eines Ehemanns weckt, der für seine Seitensprünge bekannt ist und der zu ihren ergebensten Bewunderern zählt«, antwortete eine leise Stimme von der Tür.

Janice wartete ebenfalls dringend auf Nachrichten von ihrer verschwundenen Herrin, und sie hatte Drystan kommen gehört. Sie sah in die fassungslosen Mienen der beiden Männer und schüttelte den Kopf über so viel Ahnungslosigkeit.

»Ich spreche von Heinrich Plantagenet«, fügte sie grimmig hinzu.

»Willst du ernsthaft die künftige Königin von England verdächtigen, dass sie Lady Maylis entführt hat? Das ist albern.« Crispin fand als Erster seine Sprache zurück. »Eleonore von Aquitanien ist die schönste Fürstin des Abendlands. Sie würde sich nie von der Tochter eines englischen Barons bedroht fühlen. Außerdem ist ihr der Herzog trotz all seiner Abenteuer leidenschaftlich zugetan.«

»Solange Eleonore in seiner Nähe ist und er dieser Leidenschaft frönen kann, mag dies ja der Fall sein«, fügte Janice trocken an. »Aber die Herzogin von Aquitanien ist nicht die Frau, die ihrem Mann um den Bart geht und ihn in seiner Selbstherrlichkeit bestätigt. Sie ist willensstark und sucht die Herausforderung, auf welchem Gebiet auch immer. Sie ist anstrengend. Sie treibt einen Mann dazu, dass er sich in all ihren Stürmen irgendwann nach einer warmherzigen, sanftmütigen und liebreichen Frau sehnt, bei der er sich wie ein Held fühlen kann. Nach einer Frau wie Lady Maylis.«

Janice suchte Drystans Augen und hielt sie fest. »Ihr wisst, wie ihr Stolz gelitten haben muss, wenn der Herzog Maylis vor den Augen des Hofes bewunderte. Ihr selbst habt vor lauter Eifersucht dummes Zeug geredet und darüber vergessen, dass unsere Lady eine Dame ist und keine Dirne.«

»Musst du schon wieder damit anfangen?«, mahnte Crispin, aber Drystan winkte ab. Er konnte Janice nicht widersprechen.

Es kam ihm inzwischen selbst abwegig vor, was er von Maylis gedacht hatte. Seit er endlich die eigenen Vorurteile überwunden hatte, wusste er, dass sie viel mehr zu bieten hatte als nur ein hübsches Gesicht und eine vollkommene Figur. Sie besaß eine seltene Reinheit des Herzens, gepaart mit einem Mut, der es ihr erlaubte zu handeln, auch wenn sie aus Angst vor den Folgen bebte. Sie opferte sich bedenkenlos für jene, die sie liebte.

»Sie liebt nur Euch«, fuhr Janice, von seiner Geste ermutigt, fort. »Sie war Euch keinen Herzschlag lang untreu. Nicht einmal einen Gedanken lang. Was Ihr meiner Lady vorwerft, ist nur in Eurer Fantasie geschehen. Ich möchte nicht wissen, was in der Fantasie der schönen Herzogin alles geschehen ist. Diese Südländer sind stolz und von heftigem Temperament ...«

Drystan schlug sich jäh mit der flachen Hand vor die Stirn.

»Ich Idiot! Der erste Sänftenträger in jener Nacht war ein Aquitanier. Warum ist mir das nicht gleich aufgefallen? Die Männer der Herzogin müssen sich wahrlich nicht als Tragburschen verdingen.«

»Wenn das stimmt, was können wir tun, um unsere Lady zu finden?«, fragte Crispin praktisch. »Ihr könnt nicht hingehen und die Herzogin beschuldigen. Sie wird alles leugnen. Sie muss es leugnen, schon um keinen Ärger mit dem Herzog und seiner Mutter zu bekommen. Sicher hat sie Maylis wie alle anderen für eine beliebige Hofdame der Kaiserin gehalten. Sie hätte es nie gewagt, sich an der geheimen Schreiberin ihre Schwiegermutter zu vergreifen. Dass unsere Lady auch noch ausgerechnet in der Nacht verschwunden ist, in der die Agenten des französischen Königs gefasst wurden, macht die Sache für die Herzogin besonders misslich. Man könnte sie sogar verdächtigen, dass sie gemeinsame Sache mit den Franzosen gemacht hat. Dass sie Maylis beseitigen musste, um ihre eigene Sicherheit zu gewährleisten.«

»Schluss mit diesen Spekulationen.«

Drystan hieb mit der Faust auf den Tisch. Maylis zu verlieren war schon schlimm genug, aber er wollte wenigstens die Hoffnung haben, dass sie lebte.

»Ich werde den Stier bei den Hörnern packen. Ich muss um jeden Preis herausfinden, was Eleonore von Aquitanien über Maylis und ihr Verschwinden weiß. Ich muss handeln, es liegt mir nicht, zu warten.«

»Sei vorsichtig«, warnte Crispin. »Vielleicht hat

die Herzogin nur ein zorniges Wort fallen lassen, und einer ihrer Getreuen hat auf eigene Faust gehandelt, um ihr einen Gefallen zu tun. Sie und ihr aquitanischer Hofstaat sind eine verschworene Gemeinschaft. Die Südländer beten den Boden an, auf dem sie geht.«

Janice gab einen verächtlichen Laut von sich. Im Kinderzimmer hatte sie sich ihre eigene Meinung über die schöne Herzogin gebildet. Sie benutzte die Menschen für ihre Zwecke.

»Ich habe Lady Maylis mehrmals vor ihr gewarnt«, berichtete sie. »Aber sie wollte mir nicht glauben. Sie meint, alle Menschen wären wie sie – aufrichtig und reinen Herzens.«

Drystan erkannte die versteckte Rüge, aber er überging sie. Er würde sich nicht vor Janice rechtfertigen. Höchstens vor Maylis. Aber dazu musste er erst einmal herausfinden, wo sie steckte.

»Ich wünschte, wir wären nie in dieses Land gekommen. Wir gehören nicht hierher«, murmelte die kleine Magd bedrückt.

»Was noch alles.« Crispin platzte der Kragen. »Als Nächstes wünschst du dir, wir wären alle zu Hause geblieben. Ist dir klar, dass ich dich dann nie gefunden hätte? Ebenso wenig, wie sich Lady Maylis und Lord Drystan gefunden hätten. Also hör gefälligst auf zu jammern. Der Himmel denkt sich schon seinen Teil dabei, wenn er uns in die Welt hinausschickt. Wie wäre es, wenn du selbst ein wenig mehr Vertrauen in die Macht Gottes aufbrächtest und nicht nur andere kritisierst?«

Janice sah erschrocken auf. In ihren Augen glänzten Tränen. Es war unverkennbar, dass Crispin noch nie in diesem Ton mit ihr gesprochen hatte.

»Ich wollte nicht ... ich dachte nur ...«

Sie brach ab und rang die Hände. Crispin entdeckte betroffen die Spuren ihrer Tränen.

Drystan griff hastig ein, ehe sich die beiden in ihren ersten Streit verwickelten. Crispin hatte sie bisher mit Samthandschuhen angefasst, aber vielleicht war es an der Zeit, Janice normal zu behandeln.

»Hört auf, ihr beiden«, sagte er streng. »Maylis würde nicht wollen, dass ihr euch gegenseitig Vorwürfe macht, nur weil ihr vor Sorge um sie nicht aus noch ein wisst. Wir sind die Einzigen, auf die sie bauen kann. Wir müssen uns einig sein und dürfen nicht aufgeben.«

»Es tut mir leid«, nuschelte Crispin so verlegen, dass Drystan die Augen verdrehte. Als er auch noch bemerkte, dass Janice hoffnungsvoll die Hand nach Crispins Rechter ausstreckte, verließ er fluchtartig die Kammer.

Er gönnte beiden ihr Glück, aber er wollte nicht zusehen, wie sie sich versöhnten. Es brannte ihm den eigenen Verlust nur noch tiefer ins Bewusstsein.

*

»Dieser Kreuzgang scheint eine magische Anziehungskraft auf dich auszuüben, meine Tochter. Tag für Tag umrundest du ihn unzählige Male, und nie wirst du es müde, diesen Weg zu gehen. Fast kommt es mir vor, als liefest du vor etwas davon.«

Maylis musste sichtlich erst in die Wirklichkeit zurückfinden. Es dauerte ein paar Atemzüge, bis sie die Äbtissin erkannte und ihr ein schwaches Lächeln schenkte.

»Die Zeiten, in denen ich mein Heil in der Flucht gesucht habe, sind vorbei, Ehrwürdige Mutter«, sagte sie dann. »Habt Ihr Antwort auf meinen Brief an die Kaiserin erhalten?«

»Ihr Bote wartet im Besuchszimmer auf dich«, entgegnete die Oberin und deutete auf die offene Tür, vor der sie beide standen. »Du solltest mit ihm sprechen, ehe du eine Entscheidung triffst.«

Maylis nickte erleichtert. Der Sommer, den sie im Kloster von Fontevraud verbracht hatte, wich langsam dem Herbst. In dieser Zeit war nicht nur die sichtbare Schramme an ihrer Schläfe verheilt, auch die unsichtbaren Wunden auf ihrer Seele hatten sich geschlossen.

An die Fahrt im Boot die Seine flussabwärts, die Reise und die ersten Tage in Fontevraud erinnerte sie sich nur verschwommen. Aber die Pflege der Nonnen, die gute Klosterküche und der strenge Ritus des frommen Lebens, der ihr so vertraut war, hatten es ihr ermöglicht, endlich wieder zu sich selbst zu finden.

Erst nach diesen Wochen hatte sie die Äbtissin Isabella gebeten, ihren Brief an die Kaiserin weiterzuleiten. Die Verbannung, oder wie immer man die Tage in Fontevraud nennen wollte, hatte ihren Zweck erfüllt. Sie wusste jetzt, was sie wollte.

Das Besuchszimmer des Klosters wurde von den steinernen Säulen der drei halbrunden Fenster in ein Muster aus Licht und Schatten getaucht. Mitten im

Zimmer stand der Bote, den die Ehrwürdige Mutter angekündigt hatte. Maylis vergaß vor Erstaunen ihren Gruß. Erst das leise Lachen der Besucherin weckte sie aus ihrer Erstarrung, und sie sank in einen respektvollen Hofknicks.

»Steht auf, Maylis von Balliol«, sagte die Herzogin von Aquitanien und hielt ihr die Hand hin. »Ginge es mit rechten Dingen zu, sollte ich vor Euch knien und Euch um Verzeihung bitten. Eifersucht ist eine hässliche Krankheit, die uns zu den dümmsten Taten treibt. Dass wir sie bereuen, wenn wir wieder zu Verstand gekommen sind, ist keine Entschuldigung.«

Maylis erhob sich und übersah die Hand absichtlich. »So habe ich tatsächlich Euch diese Zeit der Einkehr zu verdanken? Den Verdacht hatte ich immer. Der Anführer meiner Entführer war ein Aquitanier.«

»Glaubt mir, ich wollte Euch nicht schaden. Ich wollte Euch nur aus dem Weg haben. Die Äbtissin ist eine liebe Freundin von mir.«

»Und die Tante Eures Gemahls.«

»Das zählt in diesem Zusammenhang nicht. Wenn es um Frauendinge geht, halten Frauen zusammen.«

»Oder sie werden zum Opfer.«

Die schnelle, stolze Antwort trieb der sonst so souveränen Herzogin die Röte in die Stirn.

»Es tut mir leid.«

»Dann hat die Kaiserin meinen Brief nie erhalten?«

Eleonore von Aquitanien schüttelte stumm den Kopf. Es kam selten vor, dass sie um Worte verlegen war.

»Eine letzte Frage noch.« Maylis war sich der Tatsache bewusst, dass es ihr nichts bringen konnte, die stolze Fürstin zu demütigen. »Was ist offiziell mit mir geschehen? Was denkt der Hof? Die Kaiserin und ...«

»Drystan d'Aval?« Eleonore half mit dem Namen aus, der Maylis nicht über die Lippen kommen wollte. Ihr berühmtes Lächeln blitzte auf. »Er ist sich sicher, dass ich meine Finger im Spiel habe, aber er kann es mir nicht nachweisen. Er lässt nicht locker. Er ist überzeugt, dass ich weiß, wo Ihr seid. Ich wünschte, Ihr würdet mir das Kunststück verraten, das es möglich macht, einen Mann so ausschließlich an sich zu fesseln.«

»Wo ist er?«

»Bei meinem Gemahl. Es ist viel geschehen während Eurer Abwesenheit. Ein Teil der angevinischen und normannischen Barone ist nicht länger bereit, dem Herzog zu dienen. Sie haben eine Rebellion angezettelt. Nicht sehr erfolgreich, aber doch ernst genug, um seine Ritter und Soldaten in Atem zu halten. Hinzu kam, dass mein Gemahl zu Beginn dieses Monats schwer erkrankte und wir alle fürchten mussten, ihn zu verlieren.« Die unerwartete Rauheit in Eleonores melodiöser Stimme zeigte, dass auch sie diese Angst geteilt hatte.

»Was ist mit Heinrich Plantagenet?«, forschte Maylis besorgt und fügte hinzu: »Ich frage nicht als Frau, sondern als seine Untertanin.«

»Inzwischen weiß auch ich das, Lady Maylis. Ein fremdartiges Fieber suchte meinen Gemahl heim. Die Ärzte fanden kein Mittel dagegen, und wir rechneten bereits mit dem Schlimmsten. Glücklicherweise ist es ebenso unerwartet und geheimnisvoll wieder verschwunden, wie es aufgetaucht ist. Mein Gemahl ist wieder gesund und hat auf der Stelle seine Truppen um sich versammelt. Er ist aufgebrochen, die aufrührerischen Vasallen zur Ordnung zu rufen. Er ließ mich unter der Obhut seiner Mutter in Rouen.«

»Und wie seid Ihr dieser Obhut entkommen?«

»Mit der Wahrheit«, antwortete Eleonore trocken.

»Ihr habt der Kaiserin gestanden, dass Ihr mich aus dem Weg geschafft habt?«

»Ja. Sie war zutiefst erleichtert, Euch in Sicherheit zu wissen.«

»Vermutlich hat sie gefürchtet, ich hätte sie am Ende doch noch an den König von Frankreich verraten und mich mitsamt all meinem geheimen Wissen aus dem Staub gemacht. Es muss ihr gehöriges Kopfzerbrechen bereitet haben.«

Die Herzogin schwankte zwischen Lachen und Erstaunen. »Wie gut Ihr sie kennt.«

»Wer weiß sonst noch Bescheid?«

»Mein Gemahl. Im Angesicht des Todes ist man ehrlich miteinander, und ich weiß jetzt, dass ich Euch Unrecht getan habe, Maylis von Balliol.«

Maylis dachte einen Augenblick nach. Ihr Schweigen beunruhigte Eleonore von Aquitanien sichtlich. Sie war es nicht gewohnt, um Nachsicht zu bitten.

»Belassen wir es dabei.« Sie erlöste die Herzogin mit einem schwachen Lächeln aus ihrer Bittstellerrolle. »Ihr werdet keinen Wert darauf legen, dass alle Welt von Eurem Fehler erfährt. Eine Möglichkeit dafür wäre, mich für immer in Fontevraud zu vergessen …«

»Wollt Ihr das denn?«, warf die Herzogin hoffnungsvoll ein.

»Nein. So gut mir der Friede getan hat, ich bin nicht dafür geschaffen, hinter Klostermauern zu leben. Ich will nach Hause.«

»Nach England?«

»Es ist ein wunderbares Land. Ihr werdet es kennenlernen, wenn Ihr seine Königin seid.«

»Dann begleitet mich als meine Hofdame und Freundin. Ich habe nicht viele Freundinnen. Die meisten Frauen fürchten mich.«

Maylis hob die Brauen. »Wer sagt Euch, dass ich Euch nicht ebenfalls fürchte? Ihr habt mich in dieses Kloster gesperrt. Wer weiß, was Euch in Zukunft einfällt, wenn Euer Gemahl wieder einmal vergisst, dass es meine Hand ist, die er gerade küsst?«

»Drystan d'Aval wird Euch mit so leidenschaftlicher Liebe bewachen, dass Ihr gar keine Zeit haben werdet, die Avancen anderer Männer zu bemerken. Egal ob Herzog oder Ritter.«

»Drystan ...«

Maylis' beherrschte Fassade bekam feine Sprünge. Er hatte nach ihr gesucht, die Herzogin bedrängt. War es möglich, dass er dieses Mal an sie und ihre Ehrenhaftigkeit geglaubt hatte?

»Ich weiß durchaus, wie es ist, so zu lieben«, sagte Eleonore von Aquitanien mit gedämpfter Stimme. »Alle Welt denkt, ich hätte Heinrich geheiratet, weil mein Ehrgeiz mich an seine Seite getrieben hat. Aber das kam erst später. Als ich ihn das erste Mal erblickte, war er nur ein Jüngling, der mich ansah, als sei ich alles, nach dem er je gesucht hat. Es war ihm egal, wie alt ich war, welche Position ich hatte und wie mein Name lautete. Es interessierte ihn nicht, dass man über mich spottete, weil ich dem König nur Töchter geboren hatte, und dass man mich verdächtigte, in Antiochia bei meinem eigenen Onkel gelegen zu haben. Er wollte mich. Um jeden Preis. Was auch zuvor geschehen war, er wollte die Zukunft. Jeden Tag meines weiteren Lebens. Ich habe nie bereut, dass ich ihn erhört habe.«

Maylis beneidete sie.

»Ich wünschte, Drystan d'Aval würde mich so bedingungslos lieben.«

»Warum zweifelt Ihr an ihm?«

»Er hatte nie eine Wahl. Ich habe ihn gezwungen, mich zu beschützen. Ich habe mich aufgedrängt und seine Ritterlichkeit ausgenutzt, auf einem solchen Boden kann keine ehrliche Liebe wachsen.«

»Was für ein Unsinn. Jede Frau von Verstand versucht von Zeit zu Zeit, ihrem Liebsten ein wenig auf die Sprünge zu helfen«, lachte die Herzogin. »Hört auf, Euch den Kopf darüber zu zerbrechen, wenn ich je einen blind verliebten Seigneur gesehen habe, dann war das der Eure. Und glaubt mir, in meiner Heimat verstehen wir etwas von den Regungen des Herzens. Vielleicht kann ich meine Schuld begleichen, indem ich Euch unter meine Fittiche nehme. Wenn Ihr ihn wiederseht, wird er Wachs in Euren Händen sein.«

Es klang verführerisch, aber Maylis hatte längst beschlossen, dass sie Drystan seine Freiheit zurückgeben wollte.

»Ich bin nicht die richtige Frau für ihn. Seine Mutter hat ihm längst eine passendere Braut gesucht.«

»Dann überlasst Lord Drystan die Entscheidung darüber. Ich bin sicher, er wird Euch wählen. Kommt mit nach Rouen. In dieser Burg voll wartender Frauen werdet Ihr Euch fühlen als im Kloster. Wir alle sind nur damit beschäftigt zu warten. Auf ein Kind, auf unsere Männer, auf das Morgen, auf das Glück.«

»Wenn es etwas gibt, das ich vermag, dann ist das warten«, erwiderte Maylis und unterdrückte ein Seufzen. »Seit ich denken kann, habe ich gewartet. Ich kenne nichts Langweiligeres.«

»Ich werde Euch lehren, wie man sich die Zeit dabei verkürzt. Kommt mit, Maylis.«

In ihrem Überschwang schloss die Herzogin Maylis in die Arme. Atemlos hielt sie unter der Berührung inne. Der Duft, die Weichheit und die freundschaftliche Nähe der Umarmung machten sie schwindelig. Noch nie hatte eine Frau sie liebevoll umarmt, sie erinnerte sich ja nicht einmal an Zärtlichkeiten ihrer Mutter. Eleonore wusste nicht, was sie ihr schenkte.

# Dreiundzwanzigstes Kapitel

Immer wieder fing sich der Regen im Kamin und ließ die Flammen aufzischen. Der Wind drückte Rauchschwaden hinterher, die das Atmen erschwerten. Trotz der Teppiche an den Wänden und der Glasrauten in den Fensterrahmen war es klamm und kühl zwischen den Wänden des prächtigen Gemachs. Die Damen der Herzogin von Aquitanien waren eng zusammengerückt in der Hoffnung, sich gegenseitig Wärme zu spenden.

Rosamund von Gisors schielte, den blonden Scheitel tief über eine Nadelarbeit gebeugt, immer wieder zum Tisch hinüber. Lady Maylis von Balliol saß dort gemeinsam mit der Herzogin und rätselte über einem lateinischen Vers. Hin und wieder schrieb sie ein Wort der Übersetzung nieder. Sie tat es flüssig, ohne Stocken und nicht mit der Anstrengung, die Rosamund befiel, sobald sie eine Feder in der Hand hielt. Alles, was die Lady tat, sah elegant und selbstverständlich aus.

Beide Frauen waren so in die Schwierigkeiten der Grammatik vertieft, dass ihnen die feindseligen Blicke der kleinen Blondine völlig entgingen. Rosamund neidete dem neuen Mitglied des Hofstaats die freundschaftliche Aufmerksamkeit der Herzogin. Sie selbst hatte sich bisher in der Rolle der Lieblingshofdame gesehen und ihre Herrin ausgiebig mit Klatsch und Neuigkeiten aus Burg und Stadt versorgt. Seit es Maylis gab, interessierte Eleonore sich nicht mehr dafür.

Ein besonders heftiger Windstoß drückte einen Fensterflügel auf und trieb den Regen ins Zimmer. Aufkreischend brachten die Damen Schleier, Kleider und Handarbeiten in Sicherheit. Lediglich Maylis dachte daran, das Fenster wieder zu schließen.

»Nicht nur die Stimme unserer Vernunft, sondern auch die Vernünftigste«, lobte die Herzogin sie und verzog dann den Mund. »Dieses Wetter ist abscheulich. Wenn ich daran denke, dass in Toulouse vermutlich die Sonne scheint, könnte ich Heimweh bekommen.«

»Ende Oktober?«

Maylis erlaubte sich einen fragenden Unterton. Sie hatte ihre anfängliche Befangenheit vor Eleonore verloren. Inzwischen kannte sie die komplizierte Persönlichkeit und die verborgenen Ängste der Herzogin ebenso wie ihre Vorlieben. Sie konnte sich diese winzige Prise Spott erlauben.

»Ende Oktober«, bestätigte Rosamund von Gisors vorlaut anstelle ihrer Herrin. Sie nutzte eilig die Möglichkeit, sich in den Mittelpunkt zu rücken. »Der Süden ist wahrhaftig das einzige Land, in dem man leben kann.«

Maylis hätte Rosamund sagen können, dass es unklug war, Eleonore diese Tatsache ins Gedächtnis zu rufen. Ausgerechnet in einer Situation, in der sie keine Möglichkeit hatte, der verregneten Normandie zu entkommen, hätte sie besser ihren Mund gehalten. Die kühle Antwort der Herzogin bestätigte dies unverzüglich.

»Dann werdet Ihr wohl beizeiten in den Süden zurückkehren müssen, Rosamund«, rügte sie ungnädig. »Ich werde Euch nicht aufhalten. Ich möchte um keinen Preis, dass Ihr Euer Leben unerträglich findet.«

Während die Blondine eifrig das Missverständnis aufzuklären versuchte, gingen Maylis' Gedanken auf Wanderschaft. So sehr sie die Freundschaft Eleonores schätzte, die ständige Gegenwart der wichtigtuerischen Gänse ihres Hofstaats ging ihr zunehmend auf die Nerven. Sie dachte sehnsüchtig an das kleine Haus an der Themse, das sie mit Janice bewohnt hatte. Welcher Friede hatte unter diesem einfachen Dach geherrscht.

*Und wie unglücklich du gewesen bist!*, erinnerte sofort ihre innere Stimme.

*Bin ich hier denn glücklicher?*, fragte sie zurück.

Drystan war noch immer mit dem Herzog in der Normandie unterwegs. Bis auf das kurze Lebenszeichen, das Crispin zu Beginn des Feldzugs an Janice geschickt hatte, wussten sie nichts von ihnen. Dabei hatte ihr die Kaiserin in quälender Ausführlichkeit geschildert, wie verzweifelt er nach ihr gesucht hatte. Dass er als Einziger daran geglaubt hatte, dass sie niemals freiwillig gegangen sein konnte. Aber irgendwann nach Wochen der vergeblichen Suche schien er jede Hoffnung auf ein Wiedersehen aufgegeben haben.

Was sollte sie tun? Eine erklärende Botschaft schicken? Eleonore hatte davon abgeraten.

»Man darf Männer in ihrem Kriegshandwerk nicht stören. Es ist wichtig, dass mein Gemahl seine aufrührerischen Edelmänner unter Kontrolle bekommt. Die Dinge des Herzens müssen warten, bis sie nach Hause kommen.«

Die Kaiserin hatte dem beigestimmt, und so wartete sie wie alle anderen auch. Ein Warten, das die Nerven strapazierte und dafür sorgte, dass sie bei jedem Boten alles stehen und liegen ließen, um die Neuigkeiten als Erste zu erfahren. Bislang waren es jedoch nur Schilderungen von Eroberungen und private Nachrichten für Eleonore gewesen.

Die vertraute Ankündigung eines Lakaien ließ sie auch dieses Mal jäh aus allen Grübeleien hochfahren. Seinen Eintritt hatte sie nicht bemerkt, aber seine Worte rissen sie auf der Stelle in die Wirklichkeit.

»Ein Bote für Ihro Gnaden, die Herzogin von Aquitanien!«

Schlagartig herrschte Stille im Damenzimmer. Lediglich das leise Rascheln von Röcken und hastige Atemzüge untermalten Eleonores Antwort.

»Lasst den Mann eintreten.«

Als der Bote unter dem Türstock stand, verstummte sogar das Rascheln und Atmen. Es handelte sich um einen Mönch. Einen englischen Mönch.

»Ihr bringt uns Nachrichten von der Insel, mein Bruder?«, fragte die Herzogin beherrscht.

Später sollte es Maylis so vorkommen, als hätte sie eine Ahnung von dem gehabt, was folgen würde.

Der Mönch streifte die Kapuze ab und sank in eine tiefe Reverenz vor ihr. Maylis sah die bleiche Haut seines Schädels im Kreise der Tonsur schimmern, als er das Haupt neigte.

»Mein Herr, der Erzbischof Theobald von Canterbury, teilt Euch mit, dass unser allergnädigster Herr und König, Stephen von Blois, verstorben ist. Er ist in den Morgenstunden des gestrigen Tages, versehen mit den Tröstungen der Kirche, in den Frieden Gottes eingegangen. Heinrich Plantagenet ist der neue König von England, und Ihr seid unsere Königin. Der Erzbischof bittet Euch, unverzüglich nach England zu reisen.«

Spontan sah Maylis auf das Schreiben, das ihr die Herzogin zu Beginn des Nachmittags diktiert hatte und das an die Ehrwürdige Mutter von Fontevraud ging. Das Datum stand am Rande des Pergamentes. Sie hatte den 26. Oktober des Jahres 1154 notiert, ohne sich etwas dabei zu denken.

*Eleonore ist seit gestern Königin von England!*

Die Herzogin von Aquitanien hatte die Neuigkeit reglos hingenommen. Sie sah über den Kopf des knienden Mönchs hinweg in die Ferne. Woran dachte sie? An Heinrich Plantagenet, der irgendwo in der Normandie eine Burg belagerte und noch nicht einmal wusste, dass er der neue König von England war? Daran, dass sie jetzt wieder eine Krone tragen würde? An die Verantwortung, die mit dieser Krone verbunden war? An die unbestreitbare Tatsache, dass sie gemeinsam mit ihrem königlichen Gemahl jetzt über mehr Macht verfügte als König Ludwig von Frankreich?

»Wir danken Euch, Bruder«, sagte sie in diesem Augenblick würdevoll. Die Augen wieder auf den

Mönch gerichtet und jeder Zoll die Herrscherin, die wusste, was auf sie zukam. »Ihr müsst auf Flügeln gereist sein, damit uns die Kunde in solcher Schnelligkeit erreicht. Erhebt Euch. Ihr seid sicher völlig erschöpft. Die Dame von Gisors wird sich darum kümmern, dass Euch unsere Gastfreundschaft zuteil wird. Sobald Ihr Euch erfrischt und gestärkt habt, bitte ich Euch um genauere Einzelheiten. Bis dahin entschuldigt mich, ich möchte der Kaiserin diese Botschaft selbst überbringen. Lady Maylis, Ihr kommt mit.«

Sie schritt in solcher Eile aus dem Raum, dass Maylis Mühe hatte, ihr zu folgen. Sie fanden die Kaiserin in ihrem Arbeitskabinett, zusammen mit dem jungen Sekretär, der Maylis' Aufgaben übernommen hatte. Es handelte sich um den jüngsten Sohn eines Kaufmanns aus Rouen, der mit ihrer Hilfe den geheimen Code nicht nur übernommen, sondern auch verfeinert und verändert hatte, so dass sie endgültig nichts mehr von den gefährlichen Geheimnissen der Kaiserin wusste. Sogar in diesem Moment verspürte sie Erleichterung darüber.

Es war ihr persönliches Geheimnis, dass ihr die Herzogin mit ihrem Eingreifen auch diesen Gefallen getan hatte. Sie behielt es für sich, denn es erleichterte das Zusammenleben mit Eleonore, dass sie stets eine Spur schlechten Gewissens ihr gegenüber verspürte. Es machte sie menschlicher, ohne dass sie deswegen an Autorität einbüßte.

»Stephen von Blois ist tot!«, platzte Eleonore unverblümt heraus. »Soeben kam der Bote. Er ist gestern früh gestorben. Heinrich ist der neue König von

England. Er muss sofort nach England aufbrechen und sich krönen lassen.«

»Stephen ist tot?«

»Ihr klingt, als würde Euch das bekümmern, Mutter?«

Maylis sah, dass sich die dünnen Lippen der Kaiserin schmerzlich verzogen.

»Er war mein Cousin«, sagte sie schließlich melancholisch. »Ein Gefährte meiner Kindheit. Es gibt nicht mehr viele von ihnen. Sein Tod erinnert mich daran, dass auch ich sterblich bin und ihn bald wiedersehen werde. Gott sei seiner Seele gnädig.«

»Setzt Euch, Majestät.«

Maylis wagte die Kaiserin zu berühren, obwohl das Hofzeremoniell eine solche Vertrautheit streng verbot. Sie führte sie zu einem Stuhl und reichte ihr einen Becher des Würzweins, der auf dem Kamin für sie bereitstand. Mathilda trank die dampfende Flüssigkeit in kleinen Schlucken, ehe sie ihr einen dankbaren Blick zuwarf.

»Ihr seid die einzig menschlich fühlende Seele unter diesem Dach, Kind«, sagte sie leise.

Eleonore nahm den versteckten Tadel schweigend hin. Sie wusste, dass sie ihrer Schwiegermutter ein Dorn im Auge war. Aber sie wusste in diesem Augenblick auch, dass ihre Tage unter dem erwähnten gemeinsamen Dach gezählt waren. Sie konnte sich Großmut leisten. Sie war die neue Königin von England!

»Habt Ihr schon einen Boten zu Heinrich geschickt, Tochter?«, wandte sich die Kaiserin schließlich direkt an Eleonore.

»Ich wollte es Euch überlassen, ihm die gute Nachricht zu schicken«, entgegnete die Herzogin, aber nur weil sie einen mahnenden Blick von Maylis aufgefangen hatte. Sie hatte begonnen, ihrer Intuition und Diplomatie zu vertrauen. »Ihr habt Euren Rechtsanspruch auf diese Krone Eurem Sohn übertragen, Mutter. Dass er sie künftig besitzen wird, ist Euer Triumph.«

Die Kaiserin sah sie mit sichtlichem Erstaunen an, ehe sie sich räusperte und zum Fenster blickte. Auch an ihren Läden rüttelte der Wind, und der Regen peitschte gegen die Scheiben.

»Der Bote des Erzbischofs muss mit dem letzten Schiff gekommen sein, das es noch über den Kanal geschafft hat. Die Herbststürme haben in diesem Jahr zu früh eingesetzt.«

Was das bedeutete, wurde sowohl Maylis wie der Herzogin in den nächsten Tagen klar. Die Winde über dem Meer peitschten die Wassermassen landeinwärts, und sogar die Schifffahrt auf der Seine kam zum Erliegen. Ströme von Regen trieben über das Land und hinderten sogar den Herzog daran, in seine Hauptstadt zurückzukehren. Die Straßen wurden zu Bächen aus Schlamm. Erst in der zweiten Novemberwoche ritt er mit seinen Männern durch die Tore der Burg.

Die Herzogin, der man die neuerliche Schwangerschaft inzwischen deutlich ansah, empfing ihren Gemahl mit königlichen Ehren. Maylis hingegen durchsuchte vergebens die Reihen der Ritter, die ihm folgten. Drystan d'Aval war nicht unter ihnen. Auch Janice konnte keine Spur von Crispin entdecken.

»Wie ist das möglich?«, fragte sie Maylis außer sich

vor Sorge. »Sie sind mit dem Herzog aufgebrochen. Sie müssen doch auch mit ihm zurückgekommen sein. Es sei denn ... Heilige Jungfrau, niemand weiß, dass wir einander versprochen sind. Niemand würde ausgerechnet mir Bescheid geben, dass er verwundet worden ist oder gar Schlimmeres ... Oder vielleicht ist auch Lord Drystan verwundet, und er will ihn nicht im Stich lassen ...«

»Beruhige dich.« Maylis konnte ihre aufgelöste Kammermagd nur mit Mühe besänftigen. »Sie werden schon noch kommen. Ein Heerzug ist keine Reisegruppe, die beieinander bleibt. Es gibt immer eine Nachhut. Hab Geduld.«

Janice ließ sich vertrösten, aber Maylis lag wach, während der Wind um die Türme der Burg heulte. Sie hatte noch keine Gelegenheit erhalten, nach Drystan zu fragen. Der Herzog war auf der Stelle mit Mutter und Gemahlin in seinen Gemächern verschwunden. Er hatte Wichtigeres zu tun, als Auskünfte über seine Ritter zu geben.

Auch der nächste Morgen brachte keine Neuigkeiten. Der Hof summte vor Ungeduld. Allen war klar, dass das Königspaar ohne Verzug nach England reisen musste, aber bei diesem Wetter konnte nicht einmal eine Möwe den Kanal überqueren.

Heinrich und Eleonore schlossen sich mit Ratgebern, Kirchenfürsten und der Kaiserin ein. Sie berieten stundenlang, während Maylis und der Rest des Hofes zur Untätigkeit verdammt waren. Es gab keine Feste, keine Unterhaltung mehr. Alle taten nur eines: warten. Auf ein Nachlassen des Sturms. Auf den Aufbruch nach England. Auf Neuigkeiten.

»Ihr müsst den Herzog nach Lord Drystan fragen«, forderte Janice ein ums andere Mal. »Er weiß bestimmt, wo er steckt und dort ist dann auch Crispin. Er würde ihn nie im Stich lassen.«

»Wie stellst du dir das vor?«, antwortete Maylis zunehmend nervöser. »Soll ich in das Beratungszimmer marschieren? Das gäbe einen schönen Aufstand. Fass dich in Geduld. Ich tu es doch auch.«

»Ich bin aber kein Engel wie Ihr!«, verlor Janice die Ruhe. »Ich will wissen, wo mein Geliebter ist. Ich will wissen, ob mein Kind überhaupt einen Vater hat, wenn es im April zur Welt kommt, wenn ich schon keinen Ehemann habe, wie es sich gehört.«

»Janice!« Maylis schloss das verzweifelte Mädchen in die Arme. »Warum hast du nichts davon erzählt? Warum muss ich es auf diese Weise erfahren? Du bekommst ein Kind – das ist doch wunderbar.«

»Das find' ich weniger«, schluchzte Janice und fiel in ihren ländlichen Dialekt zurück. »Eine schwangere Dienstmagd, was ist das schon? Ein Ärgernis. Ein Sündenfall. Man wird mich nicht mehr zu William lassen. Man wird mich nach Hause schicken.«

»Man? Wer ist man? Meinst du mich damit? Denkst du, ich lasse dich im Stich? Wenn gar nichts anderes möglich ist, bitte ich die Herzogin, uns zu helfen. Wir brauchen nicht viel. Nur ein kleines Haus, wie wir es in Wallingford besaßen. Einen Garten, ein Stückchen Grund, eine Kuh und ein paar Ziegen. Was auch geschieht, wir haben doch uns!«

Jetzt schluchzte Janice noch haltloser, und Maylis bekämpfte den Wunsch, es ihr gleichzutun. Sie beneidete und bedauerte sie zu gleichen Teilen. Ein

Kind von Drystan, diese Gnade hatte ihr der Himmel versagt. Mit einem Mal begriff sie, dass ihre ganzen Wünsche in diesem einen steckten. Ein Kind von Drystan, eine Familie, ein Zuhause.

»Und trotzdem müsst Ihr den Herzog fragen.« Auch in Strömen von Tränen verlor Janice in ihrer bodenständigen Art nicht das Ziel aus den Augen. »Ihr wollt es doch auch wissen!«

Natürlich wollte sie es wissen.

Sie glaubte zu fühlen, dass Drystan weder tot noch verletzt sein konnte. Aber es war Janice, die den Beweis dafür auftat. Sie fand einen Bogenschützen, der zu Drystans Männern gezählt hatte.

»Der Herzog hat Lord Drystan nach Hause geschickt. Es scheint einen Streit zwischen ihnen gegeben zu haben. Er hat in der ersten Oktoberwoche in Barfleur mit seinem Diener ein Schiff bestiegen.«

Maylis erstarrte. Drystan war nach Hause zurückgekehrt, und Crispin, sein treuer Schatten, begleitete ihn. Das war das Ende aller ihrer dummen Hoffnungen.

»Er lebt! Wieso freut Ihr Euch nicht darüber?«, wunderte sich Janice.

»Wenn er nach Hause gegangen ist, dann ... » Maylis brach ab.

Zu Hause und verheiratet, sagte sie sich stumm.

»Aber er wird mit Crispin nach London kommen, wenn der König gekrönt wird, nicht wahr?« Janice klammerte sich verzweifelt an diese Hoffnung. »Wir werden sie wiedersehen, wenn wir den König und seine Gemahlin nach England begleiten. Wir werden sie doch begleiten, nicht wahr?«

Maylis hatte nicht den Mut, ihr diese Illusionen zu rauben. Sie schwieg.

Der Hof saß wochenlang auf gepackten Reisekisten. Die Stürme, die das Meer zwischen England und der Normandie in einen tobenden Hexenkessel verwandelten, wollten nicht nachlassen. Der November verstrich tatenlos. Erst die Hohe Messe, die zum Beginn der Heiligen Adventszeit in der Kathedrale von Rouen gelesen wurde, markierte einen Wendepunkt. Am nächsten Tag brach der Hof auf, und Maylis bekam den Herzog erstmals wieder aus der Nähe zu sehen.

Sichtlich verblüfft entdeckte er sie unter den Hofdamen, die Eleonore begleiteten.

»Lady Maylis? Ihr hier? Wieso seid Ihr nicht bei Drystan in Nansay Hall?«

Maylis hörte nur eines. Die Bestätigung ihrer schlimmsten Befürchtungen. Der Saal drehte sich vor ihren Augen. Als sie endlich wieder Heinrichs unverwechselbare Stimme vernahm, war ihr der größte Teil seiner Rede entgangen.

».... was ist passiert?«

»Nichts«, hauchte Maylis mit ersterbender Stimme. »Nichts, Majestät, es ist alles in Ordnung.«

»Dann war es Euer Wunsch, ihn gehen zu lassen?«

»Es ist mein Wunsch, ihm nicht im Wege zu stehen«, entgegnete sie leise.

»Unsinn.«

»Wahrheit.«

Der König schüttelte unwillig den Kopf, entdeckte aber bei dieser Gelegenheit, dass sein Gespräch mit

Maylis die Aufmerksamkeit seiner Gemahlin erregte. Er wollte ihrer Eifersucht keine neue Nahrung geben. Nicht in einem Moment, da sie vielleicht seinen zweiten Sohn trug und das Kind mit ihrer Aufregung möglicherweise gefährdete. Er bedachte Maylis mit einem nachdenklichen Blick.

»Lassen wir es dabei. Ihr wisst, wo Ihr mich findet, wenn Ihr meiner Hilfe bedürft.«

*Mir kann niemand mehr helfen!*

Maylis sank in einen Hofknicks.

# Vierundzwanzigstes Kapitel

Die weißen Felsen der englischen Küste tauchten so plötzlich aus dem Meer, dass Maylis erst nach einer Weile begriff, dass es sich bei dem hellen Streifen zwischen Wasser und Himmel um Land handelte. England! Sie kam nach Hause! Und sie kehrte als Hofdame der neuen Königin von England in ihre Heimat zurück.

Für einen winzigen Augenblick verspürte sie so etwas wie Genugtuung. Was ihr Vater wohl dazu sagen würde? Oder gar die Ehrwürdige Mutter der Nonnen von Whitby? Ihnen beiden war sie nur ein lästiges Anhängsel gewesen. Eine störende Verpflichtung, der sie sich möglichst schnell entledigt hatten.

Der Ruf aus dem Ausguck bewies, dass sie schärfere Augen besaß als der Mann im Mastkorb. Er hatte erst jetzt das Meeresufer entdeckt. Alles reckte sich auf die Zehenspitzen und drängelte sich an der Reling. Aufgeregte Rufe und Gelächter, Fragen und Scherze flogen über das Schiff.

Maylis hörte zu und konnte weder die Vorfreude noch die Aufregung teilen. Eine unsichtbare Wand trennte sie von den anderen. Beim Anblick ihrer Heimat kam ihr der Verlust, den sie erlitten hatte, nur noch unerträglicher vor. Sie zitterte bei dem Gedanken, Drystan und seiner Gemahlin gegenübertreten zu müssen. Wie sollte sie das ertragen?

»Ihr seht blass aus. Seid Ihr seekrank?«

Allein Rosamund von Gisors konnte eine so schadenfrohe Frage stellen. Maylis würdigte sie keiner Antwort. Ihre Augen brannten, aber das war sicher nur die Schuld des Seewinds.

Eine unerwartet problemlose Überfahrt lag hinter ihnen. Kaum vierundzwanzig Stunden lagen zwischen ihrem Aufbruch im Hafen von Rouen und der Ankunft in Southampton. Eine milchig schwache Dezembersonne durchdrang die dünne Wolkenschicht. Der wochenlange Sturm war zu einer nützlichen Brise aus Ost geworden, die sie geradewegs an ihr Ziel trieb, das alle so begierig in Augenschein nahmen.

Auch das Paar, das neben dem Kapitän des Schiffes stand. Reglos nebeneinander, die prächtigen, mit Hermelin gefütterten Umhänge über den Schultern. Als der Wind in Eleonores Mantel fuhr, zeichnete sich für einen Moment die Wölbung ihres schwangeren Leibes ab. Die junge Königsfamilie kam im Zeichen des neuen Lebens zu ihren wartenden Untertanen.

Die knappen Befehle des Kapitäns, das Knarren der Masten und das Brausen des Windes im großen, rechteckigen Segel hallten in Maylis' Ohren. Was erwartete sie in England? Sie wagte weder zu hoffen noch zu fürchten. Solange sie sich auf dem Wasser befanden, blieb die Waage im Gleichgewicht. Aber die Zeit verging viel zu schnell. Das Flaggschiff des Königs näherte sich mit geschwellten Segeln und flatternden Standarten dem Hafen. Die Bucht von Southampton breitete sich vor ihnen aus. Schon erkannte man Häuser, Schiffe und das Gewimmel der Menschen, die sich versammelt hatten, ihr neues Herrscherpaar zu begrüßen.

Die Menge drängte sich erwartungsvoll an Ufer und Kai. Ihre Rufe wurden vom Dröhnen der Glocken einer ganzen Stadt übertönt. Maylis' Gedanken, so lange Zeit gewaltsam unter Kontrolle gehalten, machten sich jäh selbstständig.

Stand er vielleicht auch dort zwischen den Männern des Königs? Lag der ernste Blick seiner grauen Augen auf diesem Schiff, das seinen neuen Souverän nach Hause brachte? Ahnte er, dass auch sie auf diesen Planken stand? Die Treulose? Die Verräterin? Die Lügnerin? Die Frau, die all seine Vorurteile über dieses Geschlecht bestätigte?

Das eigenartige Gefühl, all dies schon einmal gesehen zu haben, überlief sie mit eisigem Wiedererkennen. Sie kannte jeden Farbtupfer dieses Bildes. Die Stadt. Die Fahnen. Die Menschen. Ihre eigenen wirren Gefühle. Die bedrückende Mischung aus verbotener Hoffnung und dem klaren Wissen, dass es keinen Sinn hatte, auf ein Wunder zu hoffen. Woher nur?

Sie versuchte die Erinnerung festzuhalten, während das Schiff an den Kai manövriert wurde und die ersten Planken ausgelegt wurden, damit sich der König und seine Gemahlin an Land begeben konnten. Der Lärm wurde ohrenbetäubend, das Gedränge gefährlich. Maylis schwindelte es. Nur die Tatsache, dass sie mittlerweile eingekeilt im Kreise der Hofdamen und der Edelmänner stand, die das Königspaar begleiteten, verhinderte, dass ihre Unsicherheit auffiel.

So sehr sie es hasste, anderen Menschen dermaßen nahe zu kommen, dieses eine Mal empfand sie das Gedränge tröstlich. Sie war lediglich Teil des Gewühls, und deswegen würde sie auch nicht hervorstechen. Für niemanden. Auch nicht für Drystan d'Aval, wenn er denn überhaupt nach Southampton gekommen war. Vielleicht verabscheute es seine Gemahlin zu reisen, und er war ihr zuliebe in Nansay Hall geblieben.

Eine Abordnung kirchlicher und weltlicher Würdenträger erwartete den jungen König und seine skandalumwitterte Gemahlin am Kai. Maylis bewunderte Eleonores hoheitsvolle Miene und die Eleganz ihrer Bewegungen. Jeder einzelne dieser wichtigen Männer, die nun vor ihr auf dem hastig ausgelegten Teppich knieten, hatte sich zuvor das Maul über sie zerrissen. Aber die schwangere Königin, strahlend, mütterlich und gleichzeitig der Inbegriff weiblicher Schönheit, entwaffnete sie, ohne ein einziges Wort gesagt zu haben.

Mit stolzem Gleichmut reichte sie ihnen die Hand zum Kuss, während Heinrich den kleinen William auf dem Arm trug, der zur Feier des Tages kein Kinderhemdchen, sondern ein prachtvoll besticktes Wams trug, in dem sein zornrotes kleines Gesicht fast verschwand. Ihm gefielen weder der Lärm noch die vielen Menschen. Er plärrte aus voller Brust gegen die schmetternden Fanfarenstöße an.

Obwohl sich Maylis in unmittelbarer Nähe der Königin befand, verstand sie in diesem Getöse kaum ein Wort der Begrüßungsreden und des nachfolgenden kirchlichen Segens. Der Jubel nahm sturmartige

Ausmaße an, und inmitten des beispiellosen Tumults fiel ihr unvermittelt ein, woher sie die Bilder von der Ankunft des königlichen Paares kannte.

Sie hatte die Szene schon einmal vor sich gesehen! In allen Einzelheiten, vor langer Zeit in der Schreibstube des Klosters von Whitby. Damals, als sie über ihrer Arbeit träumte und sich nach Dingen sehnte, von denen sie nicht wusste, welchen Namen sie ihnen geben sollte. Nun wusste sie einen Namen.

Drystan d'Aval.

Jetzt empfand sie das Chaos ihrer quälenden Gefühle, das sie damals so erschreckt hatte, in Wirklichkeit. Welches davon würde am Ende dieses Tages die Oberhand behalten?

Die Trauer einer Frau, die auf dem Höhepunkt weltlicher Ehren doch das Wichtigste vermisste – die Liebe?

Hatte sie das Schicksal damals in Whitby warnen wollten? Hätte sie ihrem Onkel gehorchen sollen?

Trotz allem *nein*! Sogar der Preis eines gebrochenen Herzens war angemessen dafür, dass sie wenigstens einmal die Liebe kennengelernt hatte. Dass es ein paar Träume gab, die sie hüten und bewahren konnte, wenn die Einsamkeit ihre Stunden vergällte.

»Meine Güte, ist das kalt«, beschwerte sich Rosamund von Gisors, die schon wieder in ihrer Nähe stand. Sie behauptete ihren ersten Platz unter den Hofdamen Eleonores noch verbissener, seit ihre Herrin zu königlichen Ehren gekommen war. »Ich denke nicht daran, bei diesem Wetter auf einem Pferd zu reiten. Wie weit ist dieses Winchester eigentlich entfernt, wo wir von den übrigen Adeligen und den Kirchenfürsten erwartet werden?«

Maylis blieb stumm. Sie nahm mit gesteigerter Empfindlichkeit alles in sich auf, während sie nach außen hin ruhig und mechanisch tat, was nötig war. Als die Pferde gebracht wurden, stieg sie ohne zu fragen in den Damensattel des hübschen Rotfuchses, den man ihr zuteilte. Von ihrem Platz hinter der Königin verfolgte sie, wie der Ritt nach Winchester zum Triumphzug für Heinrich und Eleonore wurde.

Der Krieg und seine verheerenden Folgen gerieten wie durch ein Wunder in Vergessenheit. Das Volk jubelte dem jungen, verheißungsvollen Königspaar aus voller Kehle zu. An den Straßen standen winkende Bauern, und über die abgeernteten Winterfelder liefen die Kinder und Frauen herbei, um wenigstens einmal den Enkel des großen Eroberers und seine schöne Königin von Angesicht zu sehen.

In Winchester wiederholte sich das bereits bekannte Begrüßungs-Zeremoniell, gefolgt von einem Hochamt in der großen Kathedrale und einer viel zu kurzen Nacht im Gästehaus des Klosters. Die Erwartungen an den jungen Monarchen traten immer deutlicher zutage. Unter König Stephen und seinem gewalttätigen Sohn hatte England ebenso gelitten wie unter dem Bürgerkrieg. Von Heinrich Plantagenet, dem Nachfahren des großen Eroberers, erhoffte man sich nun Frieden, Ordnung und neuen Wohlstand.

Maylis verbot sich energisch, während all dieser Reden und Feiern, nach Drystan Ausschau zu halten. Aber jeder Ritter, der ihm halbwegs aus der Ferne glich, brachte ihr Herz zum Stillstand, und die darauf folgende Enttäuschung brannte in ihren Augen. Ihre Vernunft hatte es längst eingesehen und akzeptiert: Sie hatte ihn verloren. Ihr Herz tat sich schwer damit.

Der Tower, den Heinrichs Großvater in London aus einer Holzfestung in einen Prachtbau aus weißem Stein verwandelt hatte, erwartete sie am Ende ihrer strapaziösen Reise. Die Stadt an der Themse hatte sich für ihren König mit Girlanden aus Tannengrün und Mistelzweigen geschmückt. Fahnentuch hing aus jedem Fenster, und die Bürger säumten die Straßen so dicht, dass Maylis die Gebäude nur ab Höhe des ersten Stockwerkes erkennen konnte. Sogar Rosamund von Gisors zeigte sich beeindruckt von so viel Enthusiasmus.

Zusätzlich zu den Bewohnern Londons war der Adel des ganzen Landes in die Stadt geströmt, soweit es die Straßen und die Reisemöglichkeiten im Dezember zuließen. Die Stadt platzte aus allen Nähten, und im Palast sah es nicht viel anders aus. Es wurde schnell klar, dass sich die Hofdamen der Königin in wenigen Kammern zusammendrängen mussten, bis die Feierlichkeiten vorüber waren.

Maylis zögerte, sich ihren Platz unter den aufgeregten jungen Edeldamen zu suchen. Sie delegierte das Problem an Janice, die von ihrem angestammten Platz bei William verdrängt worden war und dankbar für die Aufgabe zu sein schien. Sie selbst blieb bei der Königin. Eleonore spürte die Last ihrer fortgeschrittenen Schwangerschaft. Sie atmete auf, dass die Stunden im Sattel endlich vorüber waren.

»Dem Himmel sei Dank, dass es noch ein paar

Tage bis zur Krönung am 19. Dezember sind«, seufzte sie und rieb sich die gespannte Bauchdecke. »Ich würde ungern als hohlwangiges Gespenst gekrönt werden. Ich brauche dringend Ruhe. Auch Ihr seht aus, als könntet Ihr diese Medizin vertragen, Maylis. Ihr könnt gehen. Habt Ihr schon ein Quartier?«

»Janice wollte sich für mich darum kümmern.«

»Die unersetzliche Janice, die Männer nur wahrnimmt, wenn sie Kinderkittel tragen und auf ihr Mieder sabbern«, sagte die Königin ein wenig spöttisch. »William liebt sie mehr als mich.«

»Ehe Ihr Eurer Eifersucht Nahrung gebt, Majestät, solltet Ihr daran denken, dass Euer wichtiges Amt Euch wenig Zeit lässt, Euer eigenes Mieder vollsabbern zu lassen«, erwiderte Maylis trocken. »Außerdem wird Janice im Kinderzimmer nicht mehr gebraucht. Es scheint, dass sich die Töchter und Frauen der englischen Barone um die Ehre raufen, dem Prinzen aufwarten zu dürfen.«

Die Königin schmunzelte und bedachte Maylis mit einer schnellen Umarmung.

»Die Stimme der Vernunft. Einmal mehr. Was werde ich nur ohne Euch tun, meine Liebe?«

»Die Frage stellt sich nicht.«

»Das werden wir sehen. Geht und ruht Euch aus, ich bin sicher, dass Eure tüchtige Kammermagd eine Unterkunft für Euch gefunden hat. Vertraut Euch Janice nur an. Wir sehen uns in zwei Tagen zur Morgenmesse, bis dahin nutzt die Möglichkeit zur Muße.«

Maylis wagte nicht zu widersprechen, obwohl sie sich fragte, was sie mit all dieser Zeit anfangen sollte. Sie hatte die Untätigkeit fürchten gelernt. Müßiggang verleitete zum Grübeln. Trotzdem entfernte sie sich rückwärts gehend aus dem Raum. Man drehte Eleonore nicht mehr einfach den Rücken zu, um zu gehen.

Janice wartete bereits ungeduldig auf dem Gang. Sie hatte einen pelzverbrämten Umhang über dem Arm und trug ebenfalls einen warmen Mantel.

»Den braucht Ihr für die Bootsfahrt«, erklärte sie und half ihr in den Umhang. »Es ist kalt auf dem Wasser, aber auf diese Weise geht es am schnellsten.«

»Welche Bootsfahrt? Ich habe keine Lust, noch einmal hinaus in die Kälte zu gehen, und von Schiffen habe ich, ehrlich gesagt, die Nase voll.«

»Es ist nur ein kurzer Weg, ich verspreche es Euch«, drängte die Magd. »Aber dafür werdet Ihr mit einem Quartier belohnt, wie es im Palast nur unserer Königin zur Verfügung steht.«

»Janice, was soll das? Ich will lediglich einen Alkoven für mich allein und eine Tür, die ich hinter mir schließen kann.«

»Vertraut mir, Mylady. Alles wird gut.«

Janice besaß eine Art von gutherziger Hartnäckigkeit, der Maylis, erschöpft und müde, wie sie war, nichts entgegensetzen konnte. Sie zog den Umhang enger um die Schultern und ließ sich von ihr durch die Gänge und eine kleine Pforte hinaus in die winterstarren Gartenanlagen führen.

Ein wartender Fackelträger leitete sie zum Flussufer weiter, wo eine Barke mit vier Ruderern auf dem Wasser lag, die sich augenblicklich in Bewegung setzte, sobald die beiden Frauen auf der Bank Platz genommen hatten. Dämmerung war bereits hereingebrochen. Eine Spur von Nebel zog sich über das Wasser und verwischte die Konturen am Ufer. Aus dem Dunst klang von irgendwoher ein Glockenschlag zur Abendandacht.

Maylis bekreuzigte sich mechanisch. Sie vermochte nicht festzustellen, wie weit sie fuhren, da sie die Strömung trotz der kurzen Zeit sehr schnell flussabwärts trug. Die Ruderer steuerten einen Holzsteg an, auf dem erneut ein Knecht mit Laterne auf sie wartete. Die Umrisse des Hauses, zu dem er sie schweigend führte, schimmerten trotz der hereinbrechenden Dunkelheit hell. Es war aus dem gleichen Sandstein wie der Palast errichtet, und die sorgsam gekiesten Gartenwege unter ihren Füßen verrieten den Reichtum seiner Bewohner. Im Sommer, wenn die kahlen Bäume des Gartens Blätter trugen und die Blumen blühten, musste es ein Paradies sein.

Der Diener stieß die Tür zu einer lichterfüllten, quadratischen Halle auf, aus der eine breite Holztreppe mit geschnitztem Geländer nach oben führte. Das polierte Holz glänzte gepflegt, die Kerzen dufteten nach Honigwachs, und angenehme Wärme umfing die Eintretenden. Maylis empfand ein so spontanes Gefühl von Wohlbehagen, dass sich ein großer Teil der Anspannung löste, die sie seit ihrer Ankunft in England umfing.

»Wie schön«, sagte sie. »Wo ist Eure Herrschaft, damit ich Ihr für diese unerwartete Gastfreundschaft danken kann?«

Der Hausknecht sah sie an, als habe sie den Verstand verloren. Janice brach in plötzliches Husten aus. Ehe Maylis sich über ihr seltsames Benehmen wundern konnte, drängte sie ihre Magd die Treppe hinauf.

»Hebt Euch Euren Dank für später auf, Mylady«, sagte sie ungewohnt nachdrücklich. »Erst müsst Ihr das Gemach sehen, das für Euch bereitsteht.«

»Bist du sicher, dass hier alles mit rechten Dingen zugeht?«, wunderte sich Maylis. »Warum sollte ausgerechnet mir ein so prächtiges Quartier zustehen, während die anderen Hofdamen zu viert in einem Alkoven schlafen müssen? Das sieht mir ganz nach einem Irrtum aus.«

»Es ist alles in bester Ordnung«, beteuerte Janice. »Habt Ihr nicht selbst gesagt, dass Euch die Enge der Palastkammern missfällt?«

»Natürlich, aber dies ...«

»Hier ist es«, unterbrach sie ihre Magd erneut voller Aufregung.

Sie deutete zu einer Tür, die dem Treppenabsatz genau gegenüberlag. Unter einen halbrunden, filigranen Bogen aus Stein-Maßwerk war eine geschnitzte Holztür einfügt. Maylis strich mit den Fingerspitzen über die schöne Arbeit, ehe sie die Klinke herabdrückte und die Tür aufstieß. Auch hier war ihr erster Eindruck der von Wärme, Licht und Schönheit.

Das Gemach einer Dame. Das prasselnde Feuer im Kamin wurde von einem eisernen Funkenschirm geschützt, der das Abbild der Sonne trug. Auf dem Alkoven lag ein lindgrünes Samtkleid mit passendem hellen Unterkleid und allen modischen Zutaten ausgebreitet. In einem mit Leinen ausgelegten Badezuber vor der Feuerstelle dampfte warmes Wasser.

»Ich glaube, ich träume.« Maylis drehte sich zu Janice um und schüttelte fassungslos den Kopf. »Dafür schuldest du mir aber eine Erklärung.«

»Es ist alles, was man sich wünschen kann, wenn man von Heinrich Plantagenet in dieser Eile nach London gehetzt wurde«, sagte Janice, ehe sie weitere Fragen stellen konnte. »Lasst Euch mit dem Gewand helfen. Ihr sehnt Euch sicher nach einem Bad. Wenn Ihr noch länger zögert, wird nur das Wasser kalt.«

Dem konnte Maylis unmöglich widersprechen. Als sie im Zuber saß und Janice Seifenkrautschaum in ihr Haar massierte, hätte sie am liebsten die Augen geschlossen und sich allein dem Wohlbefinden hingegeben. Aber ihre Vernunft sprach dagegen.

»Erzähl mir nicht, dass du ein solches Quartier mal eben auf den Gängen des Tower für mich gefunden hast«, stellte sie ihre Magd zur Rede. »Welches Geheimnis steckt hinter diesem Haus?«

Janice schrubbte, spülte und kämmte in verbissenem Schweigen. Sie half ihrer Herrin aus dem abgekühlten Badewasser, hüllte sie in angewärmtes Leinen und drängte sie, auf dem gepolsterten Hocker vor dem Feuer Platz zu nehmen, damit sie die feuchten Haare entwirren und trocknen konnte. Maylis durchschaute das Ablenkungsmanöver, aber sie ließ es ihr durchgehen. Vor dem Feuer zu sitzen und nicht mehr nach Pferden zu riechen, das erschien ihr im Moment der Gipfel aller Behaglichkeit. Um die damit verbundenen Probleme wollte sie sich später kümmern.

Sie sah sich um, und ihre Blicke wurden von der eleganten Robe auf dem Bett förmlich angezogen.

»Als Nächstes wirst du verlangen, dass ich dieses wundervolle Gewand trage. Wozu?«

»Wollt Ihr denn nicht hübsch aussehen, wenn Ihr die Gelegenheit erhaltet, Euch endlich für die Gastfreundschaft zu bedanken, die Euch in diesem Hause widerfährt?«, fragte Janice zurück.

Der Anblick des staubigen Haufens ihrer Reisekleider brachte Maylis dazu, auch in diesem Punkt nachzugeben. Sie vertraute sich Janice mit derselben Zufriedenheit an, wie es auch der kleine Prinz William tat. Ihre Magd hatte in den vergangenen Monaten spürbar an Autorität gewonnen. Weil sie sich von Crispin geliebt wusste?

Maylis runzelte kurz die Stirn. Sie wollte jetzt nicht an Liebe denken. Es war zu gefährlich. Besser, sie konzentrierte sich auf das Ankleiden. Als das Unterkleid aus schwerer, heller Seide über ihre Haut glitt, entdeckte sie ein völlig unbekanntes, weibliches Vergnügen darin, sich zu schmücken.

Das Samtkleid hatte Schlitze in den Ärmeln, und Janice bauschte die Seide heraus, ehe sie glättend über die weißen Pelzbesätze von Ärmelkanten und Ausschnitt strich. Passende Schuhe und ein feiner Schleier, der von einem schmalen Goldreif gehalten wurde, ergänzten die Robe. Maylis hatte sich noch nie so schön gefühlt.

*Für wen?,* meldete sich im selben Moment ihre lästige, innere Stimme mit solcher Bitterkeit, dass die Freude in ihrem Gesicht erstarb.

»Ich kann nicht glauben, dass mir all dieser Luxus mit vollem Recht zusteht«, sagte sie schließlich gebieterisch. »Was muss ich dafür tun?«

»Nichts«, beteuerte Janice.

Maylis runzelte die Stirn. Wenn Janice das wirklich glaubte, gab es nur eine Erklärung dafür. Sie erinnerte sich jäh an die drängenden Worte der Königin.

»Diese Angelegenheit trägt einwandfrei die Handschrift Eleonores von Aquitanien, und du bist mit ihr im Bunde, Janice! Sag die Wahrheit. Ich will nicht schon wieder das Opfer ihrer Intrigen sein. Was hat sie vor?«

Ein Geräusch an der Holzvertäfelung ließ sie so schnell herumfahren, dass sie eben noch erkannte, wie sich eine Geheimtür öffnete, die normalerweise zwischen Leisten und Schnitzwerk versteckt blieb. Dann erblickte sie den Mann, der in der Öffnung stand und sie halb erfreut, halb schuldbewusst anlächelte.

Er trug Dunkelblau und war barhäuptig. Dennoch hatte sie ihn noch nie so elegant und höfisch gewandet gesehen. Auf dem gefältelten, langen Samtwams glänzte eine goldene Gliederkette, und der Zierdolch an seinem Gürtel trug einen großen Rubin im Griff. Lord Drystan d'Aval verkörperte von Kopf bis Fuß den Edelmann von Stand.

»Ich glaube nicht, was ich sehe«, murmelte sie fassungslos und schaute zu Janice.

Deren Augen leuchteten, ihre Wangen glühten. Es war nicht zu übersehen, dass sie vor Stolz förmlich platzte. Vor Stolz darüber, dass sie über den Kopf ihrer Herrin hinweg gehandelt hatte. Dass sie zu wissen geglaubt hatte, was gut für sie wäre.

Drystan hingegen kannte Maylis gut genug, um die ersten Anzeichen von Gefahr zu entdecken. Er hatte damit gerechnet, und er handelte unverzüglich. Mit wenigen Schritten war er bei ihr und umfasste beruhigend ihre Hände.

»Später kannst du uns rügen, so viel du willst. Fürs Erste ist keine Zeit dafür. Wir müssen gehen. Wir werden erwartet.«

»Von wem?«

Maylis sah ihn aus schmalen Augen misstrauisch an. Sie vermochte sich nicht über seine Anwesenheit zu freuen, obwohl sich ihr Herz unter all der Seide förmlich überschlug.

»Was macht Euch glauben, dass ich lieber das Opfer Eurer Intrigen bin als das der Königin? Wofür haltet Ihr beide mich? Für eine Holzpuppe, die man nach Belieben schmücken oder fortwerfen kann? Was soll dieses dumme Spiel?«

»Es ist kein Spiel«, antwortete Drystan eindringlich. »Und dumm ist es schon gar nicht. Ich werde es dir beweisen. Komm mit.«

Seine überlegene Körperkraft ließ ihr keine Wahl. Er zog sie aus dem Zimmer, den Gang entlang und eine andere, schmalere Treppe hinab. Wenige Schritte weiter stand eine Spitzbogentür offen, und Drystan trat mit ihr über die Schwelle.

»Eine Kapelle ...«, staunte sie und sah auf den dreiflügeligen, geschnitzten Holzaltar, dessen Figuren die Kreuzigung des Herrn darstellten. Das Licht der Kerzen brach sich in den Glasbildern der Spitzbogenfenster zu beiden Seiten des Allerheiligsten und in der Rosette darüber.

Noch verwirrter war Maylis, als sie auf den zweiten Blick entdeckte, dass die exquisite kleine Kapelle nicht so leer war, wie es um diese Zeit eigentlich zu erwarten gewesen wäre. Ein Priester in feierlichem Ornat stand vor dem Altar. In den Chorstühlen zu seiner Seite saßen Eleonore von Aquitanien und Heinrich Plantagenet.

»O nein, du wirst jetzt nicht in Ohnmacht fallen, Maylis von Balliol«, hörte sie von Ferne Drystans Stimme. »Du wirst jetzt mit mir vor diesen Altar treten und vor Gott und den Menschen schwören, dass du mich zu deinem Ehemann nehmen willst.«

Er klang so bedrohlich, dass sie die Augen aufriss und sich tatsächlich wieder sicher auf ihren Beinen fühlte. Er bat nicht. Er befahl.

»Aber Ihr seid doch schon ...«

»Tretet näher vor den Altar des Herrn, meine Kinder«, unterbrach die gemessene Stimme des Priesters ihren Streit.

Maylis erkannte erschrocken, dass es sich bei ihm auch noch um Theobald von Bec, den Erzbischof von Canterbury handelte. Er war nach London gekommen, um die Krönung zu leiten. Ihn hier zu sehen war fast ebenso unglaublich wie die Anwesenheit des Königspaars. Sie gab nach und ließ sich von Drystan nach vorne führen.

»Wir haben uns heute Abend hier versammelt, weil Ihr einander vor dem Angesicht Gottes das Eheversprechen geben wollt«, begann Theobald von Bec. »Unser König und seine Gemahlin stehen dafür ein, dass es keine Hindernisse für diese Ehe gibt.«

Widersprach man einem Erzbischof und einem Königspaar? Maylis' Augen flogen durch den Raum, entdeckten Heinrichs Lächeln und Eleonores angespannte Miene. So erschöpft wie sie war, sie hatte es sich nicht nehmen lassen, bei dieser Zeremonie zugegen zu sein. Sie war Teil des Komplotts, und sie machte damit ein anderes wieder gut.

Maylis verschluckte ihren Protest und atmete zitternd aus. Sie spürte Drystans Gegenwart an ihrer Seite, seinen Halt, als er gemeinsam mit ihr auf den Stufen des Altars in die Knie sank. Jetzt war sie es, die seine Hand umklammerte, als sei sie der einzige Anker, der sie in der Wirklichkeit festhielt.

# Fünfundzwanzigstes Kapitel

»Bis ans Ende meiner Tage werde ich den Augenblick nicht vergessen, als du mir auf der Schwelle der Kapelle sagen wolltest, dass du gar nicht daran denkst, mich zum Mann zu nehmen.«

»Ich glaubte dich mit einer anderen verheiratet.«

»Und ich wusste nicht, ob ich dich schütteln oder prügeln sollte ...«

Maylis konnte immer noch nicht darüber lächeln, obwohl Drystan wie ein Schmierenkomödiant die Augen verdrehte. Tiefer Ernst klang aus ihrer Antwort.

»Ich hasse es, gezwungen zu werden. Du weißt es. Es bringt mir zu Bewusstsein, dass ich schwach und hilflos bin. Es macht mich zornig, wenn ich am Ende nichts anderes tun kann, als zu gehorchen.«

»Du bist nicht schwach, mein Herz. Unter all deiner vermeintlichen Wehrlosigkeit bist du gehärteter Damaszener Stahl. Niemand kann dich je brechen. Die reine Essenz deines Willens und deiner Liebe überlebt alle Umwege und Widrigkeiten.«

Maylis wusste nicht, was sie darauf antworten sollte. Sie drehte in jäher Befangenheit den schweren Goldreif an ihrer rechten Hand, den ihr Drystan nach dem Ehegelöbnis übergestreift hatte. Noch verspürte sie ausschließlich Erstaunen.

Unzählige Fragen gingen ihr durch den Kopf und konzentrierten sich schließlich auf die Wichtigste.

»Warum ich?«

»Weil ich dich liebe. Weil ich nicht ohne dich leben kann. Du weißt es.«

»Und alles andere? Dieses Haus? Die Heimlichkeiten? Der Zwang?«

»Vorsicht. Angst.«

Ihr fragender Blick entlockte ihm einen seltsamen Laut. Er trat an den Tisch, auf dem jetzt eine Mahlzeit auf sie wartete, und goss den Wein in die durchscheinenden venezianischen Gläser. Indem er ihr das eine reichte, hob er das andere zum stummen Gruß und trank es in einem einzigen Schluck aus.

Dann weitete ein tiefer Atemzug seine Brust, und er begann zu sprechen: »Ich wusste, dass du nie und nimmer freiwillig verschwunden wärest. Aber erst auf dem Normandie-Feldzug machte mir eine zufällige Bemerkung des Königs klar, dass er etwas über dich wusste, das ihm äußerst unangenehm war.«

Maylis nippte an ihrem Glas. »Eleonore hat mich aus Eifersucht entführen und nach Fontevraud bringen lassen. Sie hoffte, dass er mich vergessen würde, wenn sie mich nur lange genug dort festhält. War er tatsächlich wütend auf sie?«

»Ich war noch wütender. Offensichtlich so wütend, dass Heinrich fürchtete, ich würde auf der Stelle Eleonore zur Rechenschaft ziehen wollen. Er bemerkte, dass er einen Fehler gemacht hatte, und er befahl mir, nach Nansay Hall zurückzukehren und dort auf seine Befehle zu warten. Er schwor mir, dass du in Sicherheit bist, und wies mich an, Geduld zu haben. Ihm nicht zu glauben und zu gehorchen hätte er mir als Hochverrat ausgelegt. Er ist empfindlich, wenn es um seine Ehre geht. Ich wollte, er wäre auch so empfindlich, wenn es um die Kapriolen seiner Frau geht. Ich bin fast umgekommen vor Sorge um dich, und ich bin nach London geritten, sobald uns die Nachricht erreichte, dass der König verstorben ist. Ich hoffte gegen jede Vernunft, dass auch du nach Hause kommen würdest, wenn Heinrich Plantagenet gekrönt wird.«

»Und die Braut, die zu Hause auf dich wartete?«

»Hat längst einen anderen geheiratet. Meine Mutter ist ein wenig herrschsüchtig, aber nicht dumm.«

»Und was hat es mit diesem Haus auf sich?«

»Es ist ein Geschenk der Königin an dich. Sie wünscht, dass du nie wieder heimatlos sein sollst, sogar auf die Gefahr hin, dass sie dir einen Zufluchtsort geschenkt hat, an dem du auch deinem Gemahl entkommen kannst. Sie wollte dich überraschen und entschädigen. Vielleicht auch mich ein wenig demütigen, für all die männliche Ignoranz, mit der ich dir das Leben schwergemacht habe. Ich kann es ihr nicht verübeln. Immerhin hat sie Feinfühligkeit genug besessen, nicht auf einer gemeinsamen Hochzeitsfeier zu bestehen. Schließlich verdanken wir es ihrer törichten Eifersucht, dass wir so lange darauf warten mussten.«

»Bleibt noch der Zwang«, stellte Maylis trotz allem streng fest.

Drystan stellte das Glas wieder ab und riss sie so heftig in seine Arme, dass sie kaum Luft bekam.

»Ich habe mich deinetwegen fast mit meinem König überworfen. Ich kann nicht leben ohne dich. Ich brauche dich. Ich liebe dich. Ich wollte dir Freiheit lassen und in Demut auf deine Entscheidung warten. Ich hatte heldenhafte Vorsätze, aber diese neuerliche Trennung hat mir gezeigt, dass all dies nicht wahr ist. Wahrheit ist, dass ich zu jedem Mittel greifen würde, dich für immer zu erobern. Auch zu Zwang und Gewalt. Damit musst du dich abfinden. Damit müssen sich alle abfinden, ob es nun meine Mutter ist oder dein Vater oder gar die allmächtige, intrigante Königin von England.«

Die leidenschaftliche Innigkeit der kriegerischen Liebeserklärung trieb Maylis Tränen in die Augen. Sie wollte sich umsehen, das Gemach mit den Augen einer Frau anschauen, die nicht zu Gast, sondern Herrin war, aber sie konnte die Blicke nicht von Drystan nehmen. In dem Augenblick, in dem sie alles besaß, was sie sich je erträumt hatte, wurde ihr wieder bewusst, dass sie immer nur eines gewollt hatte. *Ihn!*

Sie hob die Arme um seinen Nacken und spürte die Verzweiflung, die hinter den vielen Worten lauerte. Dieser starke, strahlende Ritter zitterte aus Furcht, ihre Liebe zu verlieren. Welch ein Geschenk. Schöner und bedeutender als dieses Haus und alle damit verbundenen Ehren. Sie wollte ihn nie wieder loslassen.

»Komm!« Maylis drängte ihn zum Alkoven, dessen Decken zurückgeschlagen waren. Janice hatte sich um alles gekümmert. »Wir haben einen Schwur zu besiegeln und zu viele verlorene Nächte nachzuholen.«

»Ich will dir gerne behilflich sein.« Drystans Stimme klang belegt, und seine Finger waren plötzlich ungeschickt im Kampf mit den Bändchen und Schlaufen ihres schönen Hochzeitskleids.

»Nimm den Dolch«, forderte Maylis ungeduldig.

»Für dieses Kleid?«

»Meine Hochzeit ist vorbei. Ich brauche es nicht mehr.«

Drystan lachte auf und folgte dem Rat. Nur Herzschläge später spielten die rötlichen Flammen über Maylis' elfenbeinfarbene Haut und die sehnigen Glieder ihres Gemahls. Sie fanden sich in leidenschaftlicher Hast. Sie brachten nicht die Geduld für Zärtlichkeit oder Liebkosungen auf, das würde später kommen, dafür war ein Leben lang Zeit. An diesem Abend suchten sie die gemeinsame Leidenschaft, sie wollten auf schnellstem Wege den Einklang ihrer Körper wiederfinden und die Vergangenheit auslöschen.

Maylis keuchte auf, als Drystan mit stürmischer Macht in sie drang. Die gewaltsame Inbesitznahme sprengte die Grenzen zwischen Lust und Schmerz. Sie fühlte seine Anspannung, den unterdrückten Groll und die Zweifel, die er mit Macht unter Kontrolle gehalten hatte, zersplittern, als er sich mit einem heiseren Aufschrei in ihr verströmte.

Sie fühlte mit ihm, während die Wogen einer nie verspürten Lust über sie wogten und alles mit sich rissen. Die Macht des Königs und der Königin über ihr Leben mochte bedrohlich und allumfassend sein, aber in diesem Augenblick, Haut an Haut, tief ineinander versunken, von Wollust durchdrungen, hatten sie ihren Einfluss und ihre Autorität verloren.

Ihre Liebe gehörte allein ihnen.